ullstein

Jahrelang hat Emilia für Familie und Firma geschuftet, statt ihre Träume zu leben. Nur die Leidenschaft fürs Tortenbacken ist ihr noch geblieben. Und nun? Die Ehe ist zerbrochen, und ihre Tochter meldet sich kaum, seitdem sie in Italien studiert. Um Julia wieder näherzukommen, reist Emilia für zwei Wochen nach Kalabrien. Als sie sich jedoch in dem malerischen Dorf in eine leer stehende Bäckerei verliebt, kommt ihr eine verrückte Idee ...

Julia fällt aus allen Wolken: Ihre Mutter möchte vor Ort eine kleine Konditorei eröffnen! Eine denkbar schlechte Idee, denn das Dorf ist dem Gesundheitswahn verfallen. Der Bürgermeister hat den Bewohnern das Sterben verboten, damit sein Dorf nicht von der Landkarte verschwindet. Mit täglicher Morgengymnastik hält er die Gemeinde fit. Kuchen und Torten? Gehen gar nicht! Oder vielleicht doch?

TESSA HENNIG schreibt seit vielen Jahren große TV-Unterhaltung und Bestseller-Romane mit Herz und Humor, die auch erfolgreich verfilmt wurden. Wenn sie vom Schreiben eine Auszeit benötigt, reist sie auf der Suche nach neuen Stoffen gern in den Süden.

Von Tessa Hennig sind in unserem Hause bereits erschienen:

Mutti steigt aus · Elli gibt den Löffel ab · Emma verduftet · Lisa geht zum Teufel · Mama mag keine Spaghetti · Alles außer Austern · Mit Oma in Roma · Bea macht blau · Nie wieder Amore! · Von wegen Dolce Vita!

Tessa Hennig

Kann Gelato Sünde sein?

Roman

Ullstein

Besuchen Sie uns im Internet:
www.ullstein-buchverlage.de

MIX
Papier
FSC® C083411

Originalausgabe im Ullstein Taschenbuch
1. Auflage Juli 2020

Umschlaggestaltung: bürosüd° GmbH, München
Titelabbildung: © Gerhard Glück
Gesetzt aus der Quadraat Pro powered by pepyrus.com
Druck und Bindearbeiten: CPI books GmbH, Leck
ISBN 978-3-548-06140-5

Kapitel 1

»Buongiorno. Sono Francesca Lombardi«, rief Emilia bereits zum dritten Mal dem in die Jahre gekommenen Laptop zu. Er stand direkt neben ihr auf der Arbeitsplatte, wo sie gerade den Teig für die Schwarzwälder anrührte. »Lombardi« war natürlich glatt gelogen, denn sie hieß Bäumle, doch ihren richtigen Namen kannte das Online-Lernprogramm für Italienisch naturgemäß nicht. Die Stimme aus dem Laptop wiederholte die Frage. Beim ersten Versuch hatte ihre Aussprache wohl nicht ganz gestimmt, beim zweiten Mal war dem Mikrofon das penetrante Hämmern des Schlagbohrers aus dem Erdgeschoss dazwischengekommen. Bald stand dort unten vermutlich kein Stein mehr auf dem anderen, doch damit war zu rechnen, wenn jemand aus einem ehemaligen Versicherungsbüro einen Fachhandel für Scooter machen wollte. Anscheinend musste man bei diesem Sprachprogramm alles mit süditalienischer Inbrunst aussprechen, damit die Software die Wörter schluckte und das Gesagte mit einem grünen Haken versah. Emilia schmunzelte unwillkürlich, denn das mit der Inbrunst war etwas untertrieben. Offen gestanden, hatte sie sich vorhin vorgestellt, die Loren zu sein, eine Sexbombe, die mit Franco Nero auf Flirtkurs war. Gut, dass das Sprachprogramm beim Vokabeltraining nicht auch noch die Webcam dazuschaltete, denn für eine Fast-Sechzigjährige mit grauem Haar und nicht mehr ganz so straffem Rubenslook kam sie höchstens als Synchronsprecherin für die Loren infrage. Besser als nichts!

»Piacere!« kam als Nächstes dran. Diese Vokabel saß bereits sicher und wurde daher gleich beim ersten Versuch als richtig erkannt. Ein »Vergnügen«, sich auf die bevorstehende Italienreise vorzubereiten, war es aber nicht gerade. Emilia hatte sich am Vorabend das Vokabular von gleich fünf Lektionen auf einmal reinprügeln müssen, um das bereits Erlernte parat zu haben. Das strengte an, war aber nötig. Schließlich war ihr Reiseziel nicht der Gardasee, wo man selbst mit schwäbischem Akzent überall verstanden wurde.

»Prima, weiter so«, spuckte der Bildschirm aus. Neun von zehn richtig. Emilia beschloss daher, sich wieder ihrem Kunstwerk zu widmen. Die Schwarzwälder musste bis heute Nachmittag fertig sein, und ihr Anspruch, sich mit jeder Torte selbst zu übertreffen, entsprang dem Herzen einer wahren Künstlerin. Tortenbacken war eine Kunst. Wer das nicht wusste, hatte noch nie eine von ihr gegessen. Liebe ging durch den Magen, und Emilias ganze Liebe steckte nun mal in ihren Torten. Jeder Bissen musste verzaubern, wohlige Schauder vom Gaumen aus durch den Körper jagen und schlicht und ergreifend rundum glücklich machen. Mit »Backen nach Rezept« war Ekstase dieser Art natürlich nicht möglich. Während Emilia genüsslich den Biskuitteig in die Backform fließen ließ, lief ihr beim Gedanken an die Füllung, die sie bereits vorbereitet hatte, das Wasser im Mund zusammen. In einer Schüssel schwammen Sauerkirschen frisch vom Biobauern in der Nachbarschaft. Das war einer der Vorteile, wenn man in Achern lebte. Bauer Meisner machte nicht nur der Badischen Weinstraße Ehre. Sein Kirschwasser versetzte die Seele nach nur wenigen Schlucken in Schwingung. Der Geist seiner Kirschen durfte in Emilias Schwarzwälder genauso wenig fehlen wie der Birkenzucker. Oft waren es Kleinigkeiten wie diese, die selbst einem Tortenklassiker die besondere Note verliehen. Veredelung nannte sich das. Dazu gehörte auch etwas Weizenkleie, die für eine vortreffliche Konsistenz und Standfestigkeit sorgte, eines ihrer Geheimnisse, die sie nicht einmal ihren besten Freundinnen anvertraute. Zufrieden mit sich, strich Emilia den Teig in einer mit Backpapier ausgelegten Form glatt, schob sie in den vorgeheizten Backofen und beschloss, sich in der Wartezeit wieder dem Italienischen zu widmen.

Sie setzte sich auf den Stuhl neben der Anrichte und klickte auf *Fortfahren*. Aha, nun kamen die Wörter für Familie, Freunde und die Zahlen dran. Mal sehen, was von gestern noch hängen geblieben war. »Mia figlia ha sette anni«, sagte Emilia laut und deutlich ins Mikrofon. Der grüne Haken blieb aus. Kein Wunder, wenn man unentwegt lügen musste, denn Julia war schließlich schon zweiundzwanzig und keine sieben. Emilia fiel dann aber doch ein, warum sich das Programm beschwerte. Das »g« in »gli« war im Italienischen ja stumm. Der zweite Versuch gelang.

Emilia seufzte und lehnte sich für einen Moment gedankenverloren zurück. Sie vermisste ihre Tochter. Entgegen ihrer Annahme, dass sich dieses furchtbare Verlustgefühl mit der Zeit ein bisschen legen würde, schlug es aus den geringsten Anlässen immer wieder mit voller Wucht zu. Emilia tröstete sich mit dem Gedanken, dass Julia ja nur für ein Auslandsjahr in Italien war und in wenigen Monaten wieder zurück sein würde, um ihr Lehramtsstudium in Freiburg zu beenden. Die vielen Fotos per WhatsApp ließen immerhin darauf schließen, dass Julia ihr Studium in Kalabrien in vollen Zügen genoss. Es sei ihr gegönnt. Außerdem war das Leben da unten an der italienischen Stiefelspitze günstiger. Wenigstens musste Emilia sich keine Sorgen machen, dass das Geld aus dem Sparvertrag und ihre monatlichen Zuwendungen nicht reichten. Julia hätte ja auch auf den verwegenen Gedanken kommen können, in Rom ein Auslandsjahr einzulegen.

Die nächste Vokabel zum Thema »Familie« war dran. Und die sorgte auch nicht für gute Laune. Dass sie seit einem Jahr geschieden sei, wäre zudem die nächste Lüge. Acht Jahre waren es! Vokabeln, die mit Emotionen verbunden waren, konnte man sich aber besser merken. »Sono stato divorziato per un anno« saß deshalb bombensicher. Emilia war trotzdem die Lust am Lernen vergangen. Außerdem meldete sich nun eine Fräse lautstark von unten, ihrem alten Büro. Eigentlich seinem Büro, wenn er nicht so viele Hausbesuche bei attraktiven Damen gemacht hätte. Nicht daran denken! Acht Jahre her! Auch das konnte einen nach so langer Zeit immer noch aufwühlen. Jetzt half wirklich nur noch eines. Finger in die Schüssel tunken und von der magischen Füllung probieren. Himmlisch! Ein kleiner Kirschgeist pur könnte auch nicht schaden. Bis die Torte fertig war und die Freundinnen antanzten, war sie bestimmt wieder nüchtern. Das Schnapsgläschen stand sowieso noch griffbereit auf dem Tisch. Ahhh ... brannte das gut die Kehle aus. Kirschwasser putzte zudem das Hirn frei. Ein Hoch auf Bauer Meisner, und überhaupt. Mir geht es doch gut, sagte sie sich und goss sich gleich noch einen zweiten Seelenputzer ein.

Julia hatte auf der Fahrt nach Pizzo große Mühe, die gefühlt kilometerlange Einkaufsliste zu lesen. Bei der Schaukelei, dem Rütteln und den gelegentlichen Angriffen auf ihre Schädeldecke war das ein Ding der Unmöglichkeit. Das lag im Moment aber eher an den schlechten Straßenverhältnissen und nicht an der guten alten Ape Piaggio von Francescos Großvater, die superpraktisch war, weil man die Einkäufe nach getaner Arbeit einfach auf die Pritsche packen konnte. Außerdem war die Mischung aus Motorroller und Mini-Laster irgendwie süß und gab Geräusche von sich, die an ein lebendiges Wesen erinnerten. Francesco sprach sogar mit ihr, als wäre sie eine gute alte Freundin. Er behandelte das Fahrzeug mit Sorgfalt und fummelte beim geringsten verdächtigen Geräusch so lange am Motor oder Fahrwerk herum, bis sie wieder schnurrte wie ein Kätzchen. Mehr Fürsorge ging nicht. Angeblich hatte sein Großvater das auch so gemacht – der einzige Grund, warum der Schepperkasten aus den Achtzigern überhaupt noch fuhr. Mit den hiesigen Straßenverhältnissen hatte die Ape aber ordentlich zu kämpfen: Pizzagroße Schlaglöcher zierten die Fahrbahn – manche erweckten den Eindruck, als wäre Godzilla über die Straße getrampelt.

Autsch! Es war nicht das erste Mal, dass ihr Kopf gegen die von Haus aus viel zu niedrige Decke der Ape knallte. Sie war für Piccolinos gemacht, also für Menschen mit süditalienischen Genen.

»Mensch, fahr halt drum rum«, maulte Julia nach inzwischen fast halbstündiger Serpentinenfahrt durch das kalabrische Hinterland.

»Wie denn?« Francescos Frage war berechtigt, denn letztlich hatte er nur die Wahl zwischen Pizza- und Godzillalöchern. Da konnte Italia noch so bella sein. Einmal von einer kalabrischen Haupt- oder Landstraße abgebogen, herrschte anscheinend Krieg. Sonne gegen Asphalt. Wer ihn gewann, war angesichts leerer Staatskassen sichtbar.

»Ich fahr langsamer, okay?«, schlug Francesco nun versöhnliche Töne an und fuhr ihr sanft durchs Haar.

»Autsch!« Eine der Beulen auf der Schädeldecke zu streicheln, war unter diesen Umständen keine so gute Idee.

»Tut mir leid, Bella«, sagte er und grinste verwegen. Seinen verliebten Blick hätte er wohl besser nach vorn gerichtet. Die Ape begann nämlich erneut zu rumpeln. Diesmal erwischte es aber seine Hand, die sich unbeabsichtigterweise schützend auf ihren Kopf gelegt hatte.

»Leg die besser wieder ans Steuer«, riet Julia.

Francesco nickte einsichtig, nicht ohne ihr einen weiteren verliebten Blick zuzuwerfen. So ein verrückter Kerl. An sich ja Italiener, aber alle außerhalb seines Heimatdorfs im Hinterland von Pizzo und Menschen, die ihn nicht kannten, hielten ihn für einen Deutschen. Das lag an seinem Äußeren. Michael-Schulte-Locken, allerdings viel dunkler, hingen ihm bis zu den Schultern. Mit seinem verwaschenen XL-T-Shirt, einer Bootcut-Last-Century-Jeans und Sandalen, die Julia bisher nur an Seniorenfüßen gesehen hatte, wirkte er wie ein Hardcore-Müsli. Dabei waren die längst out. Ökos waren heutzutage schick und hip. Sie verweigerten sich nicht mehr den Annehmlichkeiten des Lebens oder angesagter Mode. Julia überlegte, ob das der Grund war, warum er so an dieser Ape hing. Ein Müsli-Nostalgiker und somit Teil einer Spezies, die es in Italien eigentlich gar nicht geben dürfte. Die gab's ja nicht einmal mehr in Germania.

»Steht der Draht für den Hühnerstall drauf? Wir müssen den heute flicken, sonst laufen sie uns noch davon, und wir haben keine frischen Eier mehr.«

»Dann kaufen wir halt welche im Supermarkt«, wandte Julia ein, machte sich in dem Moment aber klar, dass dies nicht so einfach war, wenn man mitten in der Pampa saß und ohne das Erbstück seines Opas nicht mal so eben schnell zum Supermarkt fahren konnte. Ihre Fahrräder kamen bei der Hitze und angesichts beachtlicher Steigungen nur für masochistisch veranlagte Hochleistungssportler infrage. Das war der Preis für ländliche Idylle im kalabrischen Hinterland.

»Stell dir vor, unsere Hühner geraten auf die Straße, und jemand fährt sie an. Ich könnte mir das nie verzeihen«, überlegte er laut, was wieder einmal typisch Francesco war. Wenn es nach ihm ginge, hätten sie bis heute noch kein Moskitonetz im Bett, damit die Stechmücken ja nicht am ausgestreckten Arm verhungerten. Insekten waren als wichtiger Bestandteil der Nahrungskette schließlich wichtig für den Fortbestand der Menschheit. Ob ihre Gäste ein Klo hatten, auf dem sie sich im Sitzen erleichtern konnten, erschien Julia im Moment aber wichtiger. Bis morgen musste alles zumindest bewohnbar sein, ohne dass man sich wie in einem Bootcamp für Alternativurlauber fühlte. Agriturismo nannte sich das heutzutage, doch der sah Julias Ansicht nach anders aus als Francescos Idee von glücklichen Menschen, die im Urlaub gerne mal selbst Hand anlegten und sich frühmorgens mit Wonne ihre Eier aus dem Hühnerstall holten. Landstil ja, aber bitte mit mehr Komfort und Schick.

Julia fand endlich den Draht auf ihrer Liste, die sie nun wieder lesen konnte, weil sie auf eine normal geteerte Landstraße bogen, die direkt nach Pizzo führte. Nägel, Schrauben, ein Klo mit Deckel, der nicht knallte, wenn man ihn schloss, Badvorleger, einen Duschvorhang und ein Spiegelschrank standen auf dem Einkaufszettel für den am Ortsrand befindlichen Baumarkt. Nichts vergessen? Nein. Julia schaffte es daher, sich für einen Moment zu entspannen und die Aussicht zu genießen. In die Küstenstraße nach Pizzo konnte man sich immer wieder aufs Neue verlieben. Ein Ferienklub nach dem anderen pflasterte den Weg. Dazwischen mannshohes Schilf, blühende Sträucher und ein Blumenmeer, das sich bis zum feinen weißen Sandstrand zog, an dem sich Touristen vor azurblauem Meer tummelten. Andere machten Urlaub, während sie und Francesco schufteten, wobei sich Julia eingestehen musste, dass diese Touristen wahrscheinlich nie in den Genuss eines Lebens im Paradies – da hatte Francesco schon recht – kommen würden. Wer brauchte schon die Hektik einer Stadt?

Landluft und Liebe – das reichte dicke. Julia überfiel trotz dieser Einsicht der Wunsch, sich ein bisschen für den Kontakt mit der Außenwelt herzurichten. Ihr Handy diente dabei als Spiegel, weil die Ape keinen für Beifahrer hatte. Schnell mal durchs Haar wuscheln. Seitdem sie es nicht mehr tönte, weil Francesco ihr natürliches Mittelblond so gut gefiel, peppte sie ihren Look zumindest mit Lippenstift auf, obwohl er Schminke für gänzlich überflüssig hielt, weil sie ja ohnehin seine »Bella« war. Dass sie ihre Lippen schminkte, bekam er mit.

»Da ist Walfett drin. Die armen Tiere müssen sterben, damit sich Frauen ...«

Julia schnitt ihm sofort das Wort ab. »Das war vor hundert Jahren. Da ist Öl drin. Erdöl«, erklärte sie ihm.

»Auch nicht besser«, gab er trotzig zurück.

»Und mit was fahren wir? Oder frisst die Ape etwa Olivenöl?«

Wenn er grinste, wusste Julia, dass er ihr recht gab.

»Wir könnten doch danach noch nach Pizzo reinfahren und Tartufo essen«, schlug er vor. Mit diesen Eisbomben, die ihren Namen der Trüffelpraline verdankten, konnte man Julia kaufen. Es gab auf der ganzen Welt keine besseren als in der Fußgängerzone von Pizzo. Das war auch kein Wunder, denn die mit flüssiger Schokolade gefüllten und nahezu tennisballgroßen Kugeln hatte man dort erfunden.

»Meinetwegen«, gab sie betont unbeeindruckt zurück. Er durchschaute sie, weil er sie neckisch gegen den Arm boxte.

»Autsch!« Julias Ausruf war nicht besonders glaubhaft, weil sie dabei grinste. Auf einen blauen Fleck mehr oder weniger kam es jetzt sowieso nicht mehr an.

Es war in Emilias Tortenkreis über die Jahre zum Ritual geworden, sich den ersten Bissen des Kunstwerks aus Teig, Füllung und Belägen erst einmal genüsslich wie bei einem guten Wein auf der Zunge zergehen zu lassen. Und das nicht nur im übertragenen Sinn, denn eine Schwarzwälder von Emilia war besonders cremig und saftig. Dass es hierbei nichts zu beißen gab, schätzte Friederike besonders, weil sie nicht mehr so viele Zähne hatte, kein Geld für Implantate und sich keine Prothesen in den Mund kleben wollte. Emilia betrachtete die wohlig verdrehten Augen ihrer Freundinnen, die es sich in den Baststühlen ihres Balkons mit Weitblick auf den Schwarzwald gemütlich gemacht hatten. Mehr Anerkennung gab es nicht. Dazu Kaffee. Hier unterschieden sich allerdings die Geschmäcker. Rotschopf Sigi, eigentlich Siglinde und Lehrerin im Frühruhestand, weil die Witwenrente ihres Mannes reichte, trank grundsätzlich Cappuccino. Friederike, Ex-Verwaltungsangestellte und die Älteste in der Runde, war schon seit drei Jahren regulär in Rente. Sie nahm grundsätzlich einen aufgebrühten Kaffee mit Milch. Brigitte, zeitlebens Hausfrau, spindeldürr und mit militärisch anmutendem Kurzhaarschnitt, trank Espresso, während Emilia ihren schwarz bevorzugte, aber mit viel Zucker. Genau genommen war es ein Witwenkreis. Sigi, die Emilia an Blanche von den »Golden Girls« erinnerte, zählte als mehrfach Geschiedene mit zwei inzwischen verstorbenen Ex-Ehemännern mit dazu.

»Ein Traum. Du hast dich wieder einmal selbst übertroffen.« Diesmal war es Friederike, die als Erste Worte fand. Sie hatte das Kompliment mit noch vollem Mund ausgesprochen. Vermutlich ignorierte sie gute Tischmanieren nur, weil sie sich bei Emilia wie zu Hause fühlte. Sie wohnte einen Stock über ihr. Aus der langjährigen Nachbarin war über die Jahre eine Freundin geworden, mit der man Freud und Leid teilen konnte.

»Das ist, wie wenn du einen Mann küsst«, warf Siglinde urplötzlich in die Runde. Drei verblüffte Augenpaare richteten sich daraufhin auf sie.

»Meine Lippen werden immer ganz geschmeidig, und ich kann gar nicht genug davon kriegen«, erklärte Siglinde augenzwinkernd.

Emilia atmete erleichtert auf. Sie hatte nämlich befürchtet, dass Siglinde die Füllung nicht cremig genug sein könnte und die Weizenkleie, die vorhin auf Sigis Gabel verklumpt war, Anlass zu einer kritischen Bemerkung geben würde. Das scheuerte auf den Lippen bestimmt wie der Bart eines Mannes. Emilia musste bei diesem Gedanken unwillkürlich schmunzeln. Vermutlich kam man nur in Sigis Gegenwart auf so einen Unsinn – und wenn man selbst nur noch vage Erinnerungen an das Gefühl hatte, wie sich ein Kuss anfühlte. Sigi war zurzeit wie ein Stachel, der Emilia schmerzhaft an ihr Leben vor der Menopause erinnerte. Ihre Freundin war nämlich seit zwei Wochen Mitglied eines Dating-Portals für Senioren und liebte es, ihnen Fotos von einem Sahnestückchen nach dem anderen zu präsentieren. Alles Bärtige. Immer noch ihr altes Beuteschema.

Natürlich lugten nun alle auf Sigis Smartphone, das sie nach Verzehr des letzten Bissens auf dem Tisch drapiert hatte.

»Manfred. Hat mich gestern kontaktiert. Mein Gott! Dass es solche Männer überhaupt noch gibt«, schmachtete Siglinde.

Brigitte schaute sich als Einzige den Mann näher an, der Mario Adorfs Zwillingsbruder hätte sein können, schwieg aber und aß in aller Gemütsruhe weiter. Emilia und Friederike taten es ihr gleich. Essen und genießen, auch wenn Sigi nach Anerkennung und Komplimenten heischte.

Friederike brach das sinnliche Schweigen dann als Erste, sicher, um Sigi zu erlösen.

»Und was ist mit diesem Robert? Haste den denn nicht auch

getroffen?«, wollte sie von Siglinde wissen. Friederike nahm direkt Bezug auf Manfreds Vorgänger. Der hatte auch sehr gut ausgesehen. Irgendetwas war doch da schiefgelaufen.

Sigi blickte peinlich berührt in die Runde. »Lockvogel …«, brummelte sie und klaubte dann mit der Kuchengabel verlegen die letzten Krümel ihrer Schwarzwälder auf.

»Wie? Mann aus dem Katalog und dann Fake?«, fragte Brigitte.

Siglinde nickte und spülte die letzten Kuchenkrümel mit Cappuccino herunter.

»Ich hab's dir ja gleich gesagt. Tolle Männer in unserem Alter … Mangelware«, sagte Emilia.

»Aber ich bin doch noch jünger«, wandte Siglinde fast schon verzweifelt ein.

»Danke, dass du uns daran erinnerst«, warf Friederike ihr prompt vor.

»Noch ein Stück?«, fragte Emilia in die Runde.

»Natürlich. Eine der wenigen Freuden im Leben, die uns noch geblieben sind«, stellte Brigitte fest und hielt ihr sogleich den Teller hin. Die anderen nickten solidarisch, denn wie Emilia wusste, war es um »Freuden« im Leben ihrer Golden-Girls-Clique nicht gerade gut bestellt. Sie teilten sich das Gefühl wachsender Einsamkeit bereits seit zwei Jahren, als Emilia den Tortenkreis ins Leben gerufen hatte. Wenigstens einmal in der Woche konnten sie sich das Leben versüßen. Emilia hievte nun auch noch ein weiteres Stück auf ihren eigenen Kuchenteller.

»Gestern hat mich diese Anna so was von runtergezogen«, erzählte Brigitte.

»Du meinst die aus dem Reformhaus?«, hakte Emilia nach.

»Ich hab Blumen auf Franz' Grab gelegt. Sie kommt und fängt an zu heulen.«

»Warum das denn? Ihr Mann ist doch auch schon seit mindestens drei Jahren ...« Emilia vermied das böse Wort.

»Wird ihren Melancholischen gehabt haben. Meinte, dass wir doch alle nur noch warten, bis wir unseren Männern folgen.«

»Also, ich nicht!«, beteuerte Siglinde.

Emilia sah das genauso wie Siglinde, weil ihr Mann sie gleich zwei Mal verlassen hatte. Erst die eigene Frau gegen eine Jüngere eintauschen, dann zu Kreuze kriechen, weil das Flittchen ihn in den Wind schießt. Kurz danach auch noch den Löffel abgeben und Emilia mit dem ganzen Versicherungskram alleinlassen. Nee! Ernst konnte ruhig weiterhin allein die Radieschen von unten zählen.

»Mensch. Uns geht's doch gut. Wir sind frei ... haben uns ... und ...« Brigitte musste gar nicht mehr weitersprechen. Es genügte, bedeutungsschwanger auf Emilias Torte zu blicken. Was für ein schönes Kompliment.

»Nächste Woche bin ich dran. Aprikosentorte, aber natürlich wieder etwas ganz Neues«, kündigte Friederike geheimnisvoll lächelnd an.

»Da kann ich nicht«, erklärte Emilia kleinlaut. Von ihren Reiseplänen hatte sie noch nichts verlauten lassen.

»Fährst du weg? Aber du hast doch Geburtstag? Sag bloß, den feierst du ohne uns«, entrüstete sich Brigitte.

»Julia hat mich eingeladen.« Emilia saß nicht vor ihrem Laptop und wiederholte auch keine Vokabeln. Belogen hatte sie ihre Freundinnen trotzdem, um einen gedachten grünen Haken zu erhaschen. Emilia war sich nämlich sicher, dass Julia sie lediglich zu ihrem Geburtstag anrufen würde. Sie konnte ja nicht erwarten, dass ihre Tochter nur deswegen anreiste und somit ihr Studium gleich für mehrere Tage sausen ließ. Dennoch tat der Gedanke daran weh. Emilia hatte daher beschlossen, Julia einen Spontanbesuch abzustatten.

»Das ist doch toll«, kommentierte Siglinde, nachdem sie sich von der Überraschung erholt hatte. Sie wusste ja genau wie die anderen, dass Julia sich nur selten bei Emilia meldete. Oft genug darüber geklagt hatte sie ja.

»In Italien den Sechzigsten feiern. Dafür würde ich sogar die beste Sacher stehen lassen«, schwelgte Brigitte.

Friederike sah immer noch etwas betreten drein. Anscheinend hatte sie fest mit einer gemeinsamen Feier gerechnet.

»Du hast ja noch Enkelkinder. Ich hock hier die ganze Zeit allein rum«, jammerte sie, rang sich dann aber doch ein aufmunterndes Lächeln ab.

»Wird bestimmt schön. Wann fliegste?«, wollte Siglinde wissen.

»Morgen. Direkt von Karlsruhe. Billigflug«, erklärte Emilia.

»Hat dich das Finanzamt so gerupft?«, hakte Siglinde nach.

»Der Kundenstamm war um die hunderttausend wert … So viel bleibt da nach der Steuer nicht mehr. Wird ja bei meiner Rente und den Provisionen draufgerechnet«, erklärte Emilia. Die vielen Jahre, in denen sie sich den Kundenstamm mühsam aufgebaut hatte, rauschten daraufhin wie ein Film im Zeitraffer an ihrem geistigen Auge vorbei.

»War hart, alles aufzugeben, oder?«, fragte Brigitte vorsichtig nach. Sicher war ihr nicht entgangen, dass Emilia bereits mit glasigem Blick auf die Torte starrte.

»Lief doch eh nicht mehr. Heut geht alles nur noch online, und 'ne Lebensversicherung, vergiss es. Da hat man früher gut dran verdient. Die will doch keiner mehr haben. Da schufteste dein ganzes Leben, und dann auf einmal …«, sagte Emilia.

»Oh, oh. Bald sechzig und Lebenskrise«, merkte Brigitte süffisant an.

Emilia zuckte ratlos mit den Schultern, obwohl sie wusste, dass Brigitte da bestimmt nicht so ganz unrecht hatte. Was außer ihrem Tortenkreis war ihr denn noch geblieben? Gelegentlicher Small Talk beim Metzger oder Bäcker war nicht lebensfüllend. Das merkte man leider erst, wenn man die Routinen des Arbeitsalltags abgestreift hatte oder man ihrer beraubt worden war.

»Jetzt feierste erst mal schön mit Julia und genießt Dolce Vita. Und vom Aprikosenkuchen heben wir dir einfach ein Stück auf«, versuchte Friederike, sie aufzuheitern.

Die Runde nickte einhellig, doch komischerweise baute Emilia das im Moment weniger auf als sonst.

Wenn die Sonne am Horizont sich bereits den Baumkronen der Olivenplantage näherte, saß Julia normalerweise mit Francesco auf der Sternjasmin-umrankten Terrasse des uralten Steinhauses seines Großvaters, um bei einem Glas Wein nach dem Abendessen den Tag in romantischer Stimmung ausklingen zu lassen. Die Sonne färbte wie fast jeden Abend die Kronen der Olivenbäume golden und den Himmel darüber in einen pastellfarbenen Apricot-Ton, der auch die schroffen Felsen des Hinterlands in warmes Licht tauchte. Die letzten langen Schatten der Olivenbäume fielen auf ihren Anbau, umgebaute Scheunen, aus denen in den letzten Wochen zwei Lofts mit viel Platz für ihre Gäste entstanden waren.

Das Glas Wein mit Francesco in trauter Zweisamkeit zu genießen, konnte Julia heute allerdings vergessen. Während sie die Bettwäsche für ihre ersten Gäste von der quer über den Hof gespannten Leine nahm, mühten sich Alberto und Giuseppe mit dem Verlegen von Kabeln ab. Die beiden Handwerker versuchten seit Stunden, das Bad in einem der beiden »Lofts« funktionsfähig zu machen. Das Schwierige daran war, dass die Kanalisation zu weit entfernt lag und sie ohne Häcksler das Abwasser nicht über normale Wasserleitungen abtransportieren konnten. Der brauchte wiederum Strom, und das Kabel dafür musste auf dem Weg zum Haupthaus verbuddelt werden, damit niemand darüber stolperte.

Alberto und Giuseppe kamen ihr bei dieser Tätigkeit vor wie zwei Totengräber. Hoffentlich schaufelten sie nicht Francescos Grab, denn er beschäftigte sie schwarz. Nach einer Genehmigung für die Umbauarbeiten hatte er sich erst gar nicht erkundigt. Angeblich war das kein Problem, denn sein Vater war schließlich der Bürgermeister des Dorfs. Nerven hatte ihr Liebster ja, und Mut zum Improvisieren. Eine saubere Lösung, also komplett neue Abflussrohre zu verlegen, war für Francesco nicht infrage gekommen, weil sie dafür gleich vier Olivenbäume hätten fällen müssen. Ein klares »no«, denn Opa hatte die Bäume in seiner Jugend eigenhändig gepflanzt. Von den Kosten für einen Bagger ganz zu schweigen. Das Geld für diesen Monat hatte gerade noch gereicht, um das Nötigste für ihre ersten Gäste zu besorgen. Julia hoffte, dass die beiden noch vor Einbruch der Dunkelheit fertig wurden und die wetterfeste Außensteckdose, die Alberto gleich als Erstes montiert hatte, auch Strom abgab. Francesco befestigte das Kabel bereits mit Klemmen an einem Stromstecker. Bald würde wenigstens einer der beiden Häcksler funktionieren. Der andere hatte sich als defekt erwiesen. Billigware aus China, die sie im Internet erworben hatten.

»Wir haben's gleich«, rief er ihr zu.

Julia überlegte, ob sie die Tagliatelle nun auf den Herd stellen sollte. »Gleich« war bei Francesco eher relativ – italienische Zeitrechnung. Es sah diesmal jedoch tatsächlich nach »gleich« aus, denn das Kabel war endlich eingebuddelt. Alberto glaubte wohl auch fest daran, weil er bereits nach drinnen ging, vermutlich, um den Häcksler nun zu testen. Giuseppe verteilte mit der Schaufel noch etwas Erde an der Stelle und stampfte sie fest. So auf den ersten Blick sah das Ganze nun wieder aus wie auf der Webpage, die Julia für ihr Agriturismo-Paradies entworfen hatte. Mr Photoshop hatte allerdings ein bisschen nachgeholfen, um den einen oder anderen Riss im Mauerwerk des Hauptgebäudes und an der Terrasse zu vertuschen. Na und? Welches Hotel sah schon in Wirklichkeit so aus wie im Katalog? Hauptsache, das Ambiente stimmte. Vor ihrem geistigen Auge sah Julia bereits glückliche und entspannte Gesichter auf der Terrasse ihres angepriesenen romantischen Restaurants mit ausschließlich Bio-Küche sitzen. Ein blubbernd-saugendes Geräusch, das aus dem Loft kam, riss Julia abrupt aus ihren Gedanken. Dann drang Albertos Freudenschrei nach draußen. Das Klo. Es ging. Halleluja! Also alles paletti. Julia blickte dennoch etwas betreten drein, denn so richtig schalldicht waren die neu errichteten Wände des »Lofts« nicht gerade. Holzwände eben. Vielleicht hätte sie auf ihrer Internetseite doch besser von einer umgebauten Scheune sprechen sollen.

»Unsere ersten Gäste. Schon morgen. Ich kann es noch gar nicht glauben«, freute sich Francesco, der sich zu ihr gesellt hatte und sie in den Arm nahm. In einer Mischung aus Stolz und Erleichterung betrachtete sie die Früchte ihrer Arbeit. Giuseppes Versuche, mit seinem festen Schuhwerk die letzten Erdklumpen auf dem Boden zu verteilen, wirkten wie ein Freudentanz.

Julia ging es wie Francesco, denn so recht glauben konnte sie es auch noch nicht, dass von nun an ein gänzlich anderes Leben auf sie warten würde und sie sich von ihrem ursprünglichen Berufswunsch »Lehramt« definitiv verabschieden durfte. Für einen Moment kamen ihr erneut Zweifel, ob ihre Entscheidung, zusammen mit Francesco einen Agriturismo-Betrieb hochzuziehen, richtig gewesen war. Ja, schoss es ihr spontan durch den Kopf. Kontakte mit Gästen aus aller Welt zu haben, war wunderbar. Unabhängig sein. Das Leben selbst in die Hand nehmen zu können, und all dies an der Seite eines Mannes, den sie liebte, noch dazu in einem der schönsten Landstriche Italiens. Das hieß ab jetzt aber noch mehr Arbeit und keine Zeit mehr für die Uni. Nur noch zweimal pro Woche hatte sie sich in den letzten beiden Monaten dort blicken lassen, eigentlich nur, um sich eine Tür offen zu halten, falls sich Francescos Pläne als undurchführbar erwiesen hätten, und natürlich, um Mama nicht verrückt zu machen, bevor nicht zu einhundert Prozent sicher war, dass sie diesen radikalen Schritt in ihrem Leben tatsächlich gehen wollte. Andererseits: Was gab es da noch großartig zu überlegen? Lehramt in Deutschland? Sich von Schülern fertigmachen lassen wie bereits beim Probeunterricht erlebt? Nee! Und was, wenn ihr Vorhaben doch scheiterte? Von Luft und Liebe allein beziehungsweise den monatlichen Zuwendungen ihrer Mutter fürs Studium ließ sich nicht leben. Das angesparte Geld für ihre Ausbildung steckte ja bereits in den Gebäuden vor ihr. War das nicht alles etwas zu schnell gegangen? Francesco kannte sie schließlich erst seit der Weihnachtsfeier an der Uni, also gerade mal fünf Monate.

»Was hast du, Bella?«, fragte Francesco feinfühlig. Diesmal sorgten weder seine Nähe noch seine Streicheleinheiten dafür, dass sich alle Sorgen im Nu in Luft auflösten.

»Und wenn es nicht läuft?«

»Sieh dich doch um. Es gibt kein schöneres Fleckchen Erde. Die Leute wollen keinen Massentourismus mehr. Sie suchen Ruhe, Besinnlichkeit, spirituelle Klarheit inmitten der Kraft von Mutter Natur«, schwärmte er. War das jetzt das Wort zum Sonntag? Als Priester würde er sich gut machen. Julia lächelte unwillkürlich. Seine Euphorie war immer wieder ansteckend. Hoffentlich übertrug sie sich auch auf die Gäste, die das erste Geld in die leeren Kassen spülen sollten, denn auch Francescos Ersparnisse waren mittlerweile aufgebraucht.

Kapitel 2

Emilia blickte aus dem Fenster der mit Touristen vollgestopften Boeing, die sich unaufhaltsam auf die Startbahn zubewegte. Schon trieb es ihr den ersten Angstschweiß auf die Stirn. Billigflieger! Hoffentlich kam sie heil an. So, wie das jetzt schon in der Kabine rumpelte, keimten Zweifel in ihr auf. Wobei »billig« relativ war. Der Koffer kostete fast genauso viel wie der Flug. Beim Buchen hatte sie leichtsinnigerweise die Handgepäckoption gewählt, nur um dann beim Packen festzustellen, dass man mit den lausigen sechs Kilo nicht sehr weit kam. Dazu kam das Problem mit den Flüssigkeiten, die bestimmte Mengen nicht überschreiten durften. Zu blöd, wenn man sich immer Maxigrößen bei Zahnpasta kaufte. Das Parfüm daheim lassen, weil mehr drin war als hundert Milliliter? Nee! Der Ärger über die Abzocke am Gate übertünchte momentan noch die Flugangst, doch die blühte erneut auf, als der Pilot beschleunigte. Nun wackelten auch noch die Gepäckfächer. Hielten eigentlich die Nähte an den Tragflächen den Fliehkräften stand? Mein Gott! Das sah ja so aus, als wären die nur angenietet. Bleib ruhig, sagte sich Emilia. Du hast Tausende von Lebensversicherungspolicen verkauft, und keine einzige musste ausbezahlt werden, weil eine Maschine vom Himmel gefallen war.

Der Gedanke beruhigte Emilia augenblicklich, doch schon kam der nächste, und der war wenig hilfreich. Früher, als Lebensversicherungen noch wie geschnitten Brot liefen, hatte es nämlich noch keine Billigflieger gegeben. Für neunundvierzig Euro nach Italien? Das Ding konnte zu dem Preis doch gar nicht fliegen. Emilias Knöchel wurden weiß, so sehr krallte sie sich mittlerweile am Metallende der Armlehne fest.

»Keine Sorge. Wir sitzen schließlich nicht in einer Maschine der Regierung oder der Bundeswehr«, witzelte der sympathische ältere Herr neben ihr. So verkrampft, wie sie mittlerweile dasaß, war ihm ihre Flugangst sicher nicht entgangen. Die Frau neben ihm, offenbar seine Gattin, hatte die Augen auch schon zu und bemühte sich um ruhige, gleichmäßige Atmung.

Emilia rang sich ein zaghaftes Lächeln ab. So richtig beruhigend war das nämlich nicht. Sich anderen auszuliefern war ihr generell unangenehm, ob beim Arzt oder in so einem Blechvogel. Was man nicht selbst machte, hatte man nicht unter Kontrolle, und wenn andere etwas machten, dann ging es meist schief. Das sagte ihr die bisherige Lebenserfahrung.

»Wenn Ihre Zeit rum ist, dann ist sie halt rum«, fuhr ihr Sitznachbar aus der Dreierreihe fort, sichtlich darum bemüht, sie aufzumuntern.

»Und was, wenn die Zeit des Piloten um ist?«, gab Emilia noch rechtzeitig zurück, bevor es ihr die Kehle zuschnürte. Das tonnenschwere Teil hob der Schwerkraft trotzend ab, wackelnd, ächzend, aber es flog. Ihr Sitznachbar kriegte sich über ihre Bemerkung gar nicht mehr ein. Warum war der nur so entspannt? Trug er einen Fallschirm unter seinen Klamotten? Seine Frau verharrte immer noch stoisch in meditativer Starre.

Auf einmal brummte es infernal von unten. Als es dann auch noch laut rumste, zuckte Emilia vor Schreck zusammen.

»Ist nur das Fahrwerk. Die klappen die Räder ein, und die Tragflächen werden jetzt verkleinert«, erklärte der ältere Herr.

»Verkleinert? Aber dann hat das Flugzeug doch nicht mehr so viel Halt.« Wie konnte der Pilot dem Vogel nur freiwillig die Flügel stutzen?

»Im Gegenteil. Es fliegt dann schneller und besser«, erwiderte er.

»Das stimmt. Mein Bruder war erst Pilot beim Bund und dann bei der Lufthansa. Ich hab ihn mal genau das Gleiche gefragt«, mischte sich seine Frau nun mit ein. Aber beim Start erst so tun, als ob ihre letzte Stunde geschlagen hätte.

Emilia beruhigte das. Noch viel mehr allerdings, dass das höllische Brummen der Triebwerke merklich nachließ. Ihre bislang vor lauter Aufregung getrübte Wahrnehmung der Kabine, seiner Besatzung und der Mitreisenden klärte sich. Sie nahm die beiden daher genauer in Beschau. Näherte man sich im Alter etwa an? Gut, er war ein Mann und sie eine Frau, doch irgendwie sahen die beiden aus wie aus einem Holz geschnitzt. Gleiche rundliche Gesichtszüge und farblich aufeinander abgestimmte Freizeitklamotten mit hellblauen Oberteilen auf dunkelblauer Hose machten aus ihnen fast schon Zwillinge. Die Einheit wurde in Emilias Augen perfekt, als er nach ihrer Hand griff. Zwei Eheringe funkelten ihr entgegen.

»Norbert und Charlotte«, stellte er sich und seine Frau vor.

»Emilia, angenehm.« Dass sich ihr Puls wieder im grünen Bereich bewegte, schrieb sie auch der herzerwärmenden Ausstrahlung der beiden zu.

»Machen Sie Urlaub in Kalabrien?«, fragte Emilia. Etwas Small Talk konnte sicher nicht schaden, bis die Maschine die Flughöhe erreicht und die Schaukelei beim Pflügen des Wolkenfelds ein Ende hatte.

»Wir sind immer ein paar Wochen da unten. Haben uns vor fünf Jahren eine Wohnung mit Blick aufs Meer gekauft, am Stadtrand von Tropea. Erst meinte mein Mann, dass der Strand viel zu umständlich zu erreichen sei. Tropea liegt ja oben auf riesigen Felsen, aber mit dem Auto ist's ein Katzensprung, und offen gestanden hält Treppensteigen auch fit, nicht wahr, Norbert?« Sie lächelte verschmitzt, während sie ihm mit einer Hand über seinen Wohlstandsbauch strich. Die beiden waren richtig süß. Manche hatten einfach Glück in der Liebe. Allein diese kleine Geste von eben sprach Bände. Emilia hielt sich in diesem Moment erneut vor Augen, dass sie damals wohl die A-Karte gezogen hatte, genau wie ihre Freundin Sigi. Kaum wurden die Herren fünfzig, glaubten sie, dem Tod ein Schnippchen schlagen zu können, indem sie sich mit einer Jüngeren vergnügten. Ein gemeinsames Leben wurde mir nichts, dir nichts in die Tonne gehauen – hormongesteuerte Scheißkerle. Man tröstete sich darüber hinweg, weil es ein Klassiker war. Emilia erinnerte sich noch genau daran, wie viele ihrer Kundinnen das Gleiche erlebt hatten. Die Scheidungsquoten waren in den letzten Jahren sowieso dramatisch gestiegen. Da sagte man sich: »Ist doch normal, was regste dich auf.« Dass es auch anders ging und wie schön das sein musste, bewies das Paar neben ihr.

»Möchten Sie einen Schluck Wasser? Wir haben am Gate noch zwei Flaschen gekauft. Der Service dauert ja immer so lange«, fragte Charlotte sie mit besorgtem Blick.

»Danke. Ich hab noch gar keinen Durst.« Emilia versuchte, dabei zu lächeln.

»Und Sie? Das erste Mal? Machen Sie Urlaub?«, fragte der Mann.

»Ich besuche meine Tochter«, erwiderte Emilia knapp. Sie hatte keine Lust, auch noch auszubreiten, dass sie Julia so sehr vermisste und sich einsam fühlte, sah man mal vom wöchentlichen Tortentreff ab. Daher stellte sie ihm gleich eine Gegenfrage.

»Wie sind Sie denn eigentlich darauf gekommen, sich ausgerechnet in Tropea eine Wohnung zu kaufen?« Diese Frage interessierte sie auch im Allgemeinen, denn die meisten ihrer Kunden hatten sich, soweit sie sich erinnern konnte, für den Gardasee entschieden, weil man da relativ schnell auch mit dem Auto hinkam. Einige hatte es immerhin bis an die Adriaküste verschlagen. Die wenigsten machten Urlaub unten am Stiefel. Selbst Julia war eher zufällig aufgrund deutsch-italienischer Studienabkommen an die kalabrische Uni geraten.

»Wir sind im Urlaub hängen geblieben und haben uns sofort in Kalabrien verliebt. Es ist traumhaft. Wissen Sie, wir sind aus Karlsruhe. Die Stadt wird immer voller. Mein Mann und ich haben unser ganzes Leben lang hart gearbeitet. Handwerk hat zwar goldenen Boden, aber es war kein Zuckerlecken, und der Lebensabend in Deutschland ... Es ist halt nicht das Gleiche«, erklärte die Frau.

»Was hatten Sie denn für einen Betrieb?«

Ihr Sitznachbar streckte ihr die rechte Hand entgegen. Die Fingerkuppen des Zeige- und Mittelfingers fehlten. Weil er dabei grinste, wagte sie es nachzuhaken.

»Säge? Schreiner?«

Er nickte.

»Und ich saß den ganzen Tag im Büro«, jammerte seine Frau.

»Wir waren ein gutes Team. Hat sich doch gelohnt, oder?«, wandte er ein.

Emilias Lächeln fror prompt ein. Die beiden hatte nicht nur Amors Pfeil erwischt, sondern sie hatten auch noch beruflich Schwein gehabt. Viele Parallelen zu ihrem eigenen Leben, aber mit umgedrehten Vorzeichen. Emilia hatte nämlich auch den ganzen Tag im Büro gesessen, während er sich ein locker-luftiges Leben gemacht hatte. Dabei hatte doch eigentlich er das Versicherungsbüro seines Vaters übernommen.

»Wir haben uns fürs Alter gut mit einer Lebensversicherung abgesichert und hatten, wie Sie sehen, das Glück, die Rente noch zu erleben«, fuhr die Frau fort. Alles richtig gemacht. Wenigstens legitimierte das ihr jahrelanges Dasein als Versicherungskauffrau. Zu blöd aber auch, dass es keine Lebensversicherungen für Herzen gab. Die hätte Emilia sich auch gerne auszahlen lassen.

Julia kontrollierte mittlerweile bereits zum dritten Mal, ob im Gästeloft wirklich alles in Ordnung war. Seife, Duschgel, frische, strahlend weiße Hand- und Badetücher. Alles da. Der Handtuchstapel könnte es allerdings noch vertragen, ein klein wenig gerade gerückt zu werden. Passt. Julia betätigte sicherheitshalber die Klospülung. Noch nie hatten sie Wasserrauschen und Gluckern einer Toilette so beglückt. Die Unterkunft sah jetzt aus wie auf den Fotos ihrer Webseite: geschmackvoll eingerichtet und einladend. Und die frei stehende Badewanne mit Deko-Füßen auf graubraun melierten Fliesen war ein echter Hingucker. Die zusätzliche begehbare Dusche mit Milchglaswand könnte komfortabler nicht sein. Die Betten waren frisch bezogen. Ein Raumduftfläschchen mit ätherischen Ölen verströmte sanft Limettenduft und erfüllte den Raum mit angenehmer Frische. Ein Wunder, dass Francesco sich zu alldem hatte hinreißen lassen. Außen Öko und Back to Nature, innen Luxus – zumindest im Badezimmer.

Wenn die Gäste doch nur schon da wären! Um elf hätten sie eintreffen sollen. Obwohl alles wirklich perfekt aussah, wurde Julia das Gefühl nicht los, irgendetwas vergessen zu haben. Sie setzte sich auf einen der beiden Korbsessel neben der Anrichte und starrte in den Raum. Als Gast würde ihr ja ein Fernsehgerät fehlen, aber nein, das passte Francescos Ansicht nach nicht zu ihrer Klientel, die die Ruhe suchte, ein Kontrastprogramm zum Alltag. Die Kommode sah nackt aus, weil man es nun mal gewohnt war, dass dort ein Fernseher stand. Dem war aber nicht so, was ihr keine Ruhe ließ. Als die Tür aufging, verfolgte Julia diesen Gedanken nicht mehr weiter. Sie traute ihren Augen nicht. Ihr Müsli-Landei hatte sich doch glatt in Schale geworfen – jedenfalls für seine Verhältnisse. Weißes Hemd über der neuen Jeans, die sie ihm letzte Woche in einem Einkaufszentrum nahegelegt hatte. Zum Anbeißen!

»Bella. Sie müssten jeden Moment hier sein. Haben sich verfahren«, sagte er.

»Milch!«, schoss es aus ihr heraus.

Es wunderte Julia nicht, dass er sie fragend ansah.

»Wir haben vergessen, Kaffeemilch einzukaufen.« Das war es also.

»Dann trinken die Leute halt einen Americano und zur Not ... Wir haben doch noch Emma ...«

»Ziegenmilch?« Julia konnte sich beim besten Willen nicht vorstellen, dass die den Kaffee in irgendeiner Weise verfeinerte.

»Das merkt doch keiner«, sagte er mit der für ihn typischen unfassbaren Seelenruhe.

Julia kam gar nicht mehr dazu, die Augen zu verdrehen, denn das Geräusch eines sich nähernden Fahrzeugs war nicht zu überhören. Autoreifen knirschten im Kies vor der Scheune. Dass ausgerechnet Francesco nun an seinem Hemdkragen herumzupfte und sich dabei im Spiegel des Kleiderschranks betrachtete, belustigte Julia und nahm ihr augenblicklich einen Teil ihrer Nervosität. Er ging zu ihr und reichte ihr die Hand, um ihr aufzuhelfen.

»Was für ein schöner Moment. Unsere ersten Gäste«, sagte er nahezu entrückt, bevor er sie innig umarmte und küsste.

»Hallo? Niemand da?«, tönte es auch schon vom Hof. Die hatten es aber eilig.

Julia folgte Francesco nach draußen. Die Zielgruppe, also Ruhe suchende Städter, war gerade dabei, aus der Familienkutsche, einem weißen Renault, zu steigen.

Francesco eilte dem Familienoberhaupt, ein Mittdreißiger mit Wohlstandsbäuchlein namens Rudolf Hansen, entgegen. Francescos *Buongiorno* klang so herzlich, dass es einem warm ums Herz wurde.

»Ich freue mich so sehr. Sie sind unsere ersten Gäste. Herzlich willkommen in der Albergo Oliva. Ich bin Francesco, und das ist Julia«, fuhr er fort und reichte seinem Gegenüber die Hand, die der Familienvater eher gedankenverloren annahm. Sein Blick wanderte nämlich bereits über ihre »Albergo«. Seine etwa gleichaltrige frisch blondierte Frau, die ihrem Outfit und Schmuck nach zu urteilen normalerweise bestimmt in Fünfsterneschuppen abstieg, tat es ihm gleich. Ihre beiden Söhne, die Julia alterstechnisch auf Pubertät und noch nicht lange eingeschult schätzte, standen wie angewurzelt und mit leicht verstörtem Blick da.

»Ja, das ist doch mal was völlig anderes«, sagte der Herr Papa. Meinte er das jetzt abfällig oder positiv? Julia war sich nicht ganz sicher.

Der Blick der Blondine bestätigte Ersteres. Julia spürte Unbehagen in sich aufsteigen. Francescos guter Laune tat dies allerdings keinen Abbruch. Hoffentlich steckte sie auch ihre Gäste an.

»Weg von der Stadt. Die frische Luft und inmitten eines der schönsten Geschenke von Mutter Natur. Die Olivenbäume hat bereits mein Großvater gepflanzt. Und hinter dem Haus sind noch Obstbäume und ein Gemüsegarten. Nehmen Sie sich, was immer Sie möchten. Nichts ist gesünder als ein frisch gepflückter Apfel. An apple a day keeps the doctor away.« Francesco kam Julia mittlerweile so vor wie der abgefahrene junge Inder im Kinostreifen *The Best Exotic Marigold Hotel*, und ihre Gäste sahen mindestens so skeptisch drein wie die Gruppe alter Menschen, die sich in diesem indischen Hotel für den Ruhestand hatten einquartieren wollen.

»Was sagt der Mann, Mama? Apple heißt doch Apfel?«, wollte der anscheinend wissbegierige Pubertierende wissen.

Francesco nahm der Mutter die Arbeit ab. »Wenn man jeden Tag einen Apfel ist, dann muss man nie zum Onkel Doktor gehen«, erklärte er, nachdem er die beiden Jungs mit einem breiten Lächeln bedacht hatte.

»Ich mag keine Äpfel«, wandte der Kleinere ein.

»Gibt's hier einen Spielplatz?«, wollte Herr Hansen wissen.

»Hinter dem Haus ist eine Schaukel«, erklärte Francesco.

»Sonst nix?«, fragte der ältere der beiden Brüder. Allerdings richteten sich nun auch die fragenden Augenpaare der Eltern auf Francesco.

»Das alles hier ist euer Spielplatz. Hier könnt ihr euch so richtig austoben«, schritt Julia ein.

»Auch auf die Bäume klettern?«, fragte der Kleine.

»Kommt nicht infrage«, grätschte seine Mutter dazwischen.

»Gibt's hier einen Pool?«, fragte der Größere.

Julia und Francesco tauschten Blicke. Einen Pool wollte er nicht, weil der zu teuer war. Außerdem würde so ein Teil den Olivenhain zerstören und die Welt in ein ökologisches Desaster führen, weil dazu einige Bäume gefällt werden mussten.

»Leider nein«, sagte Julia.

»Braucht ihr auch nicht. Einfach mal entspannen. Lesen. Oder Mama liest euch Geschichten vor«, sagte der Vater der beiden zu Julias Erleichterung.

Und wie begeistert die Mama da dreinsah.

»Tja, dann laden wir mal die Koffer aus«, fuhr er fort. Francesco ging ihm dabei zur Hand.

Was wollte der größere Junge mit seinem Handy in der Hand?

»Mama. Hier ist kein Empfang«, nölte er.

»Das weiß ich. Deshalb sind wir auch hier«, sagte seine Mutter resolut und fast ein wenig sadistisch grinsend. Aha, der Urlaub hier war anscheinend eine Art Therapieaufenthalt. Bootcamp für die Jungs, um sie von der Handysucht zu befreien. Auch der kleine Bruder starrte nämlich schon enttäuscht auf sein Smartphone.

»So ein Scheiß, ey«, kommentierte der prompt.

»Eine Ziege. Mama, die haben eine Ziege«, sagte der kleinere der beiden Brüder mit wachsender Begeisterung. Emma war wohl auch neugierig auf die Gäste geworden und lugte aus dem Stall. Tiere eigneten sich hervorragend für therapeutische Zwecke. Emmas Fell statt das Display seines Handys zu streicheln, würde dem Jungen sicher guttun.

»Tja, dann zeige ich Ihnen mal Ihr Zimmer. Und wenn Sie irgendetwas brauchen. Wir sind rund um die Uhr für Sie da«, versicherte Julia Frau Hansen.

Francesco schnappte sich zwei große Koffer und ging schon einmal vor.

»Na ja. Schauen wir mal …«, sagte sie wenig begeistert und folgte Julia dann die wenigen Schritte zu ihrer Unterkunft. Julias Nackenhaare stellten sich auf, als alle vier hinter ihr herliefen. Hoffentlich gefiel es dieser Familie hier. Eine miese Bewertung bei *Tripadvisor*, und sie konnten die zwei Lofts gleich wieder zu einer Scheune machen.

Heil angekommen! Emilia bezog das nicht nur auf den Flug, der angesichts ihrer netten Sitznachbarn und deren praktischer Tipps für Kalabrien gefühlt nur die Hälfte der Reisezeit gedauert hatte.

Das galt auch für die gut zweistündige Busfahrt von Lamezia Terme nach Cosenza. Die Klimaanlage des rappelvollen Busses war nämlich ausgefallen. Da half es auch nichts, wenn malerische Küstenabschnitte und blühende Bergwelten an einem vorbeizogen. Man konnte sie im Inneren eines Backofens auf Rädern nicht genießen. Dass die Klimaanlage kurz vor Cosenza wieder angesprungen war, grenzte an ein Wunder, könnte aber auch daran gelegen haben, dass die Busgesellschaft schlicht und ergreifend Treibstoff sparen wollte – so lautete zumindest die Theorie ihres englischsprachigen jungen Sitznachbarn im Bus, der ebenfalls an der Uni ihrer Tochter studierte und für ein paar Tage seine Eltern in Neapel besucht hatte. Er könnte recht haben, denn Emilia wusste, wie viel ihr Wagen schluckte, wenn sie im Sommer die Hitze mit Gewalt aus dem Auto vertrieb. Wenigstens war es ihr nun vergönnt, das weitläufige Tal zwischen Hügel- und Bergketten, in das Cosenza eingebettet war, zu genießen. Ein Fluss mit saftig grünen Ufern und Spazierwegen, über den sich mehrere Brücken spannten, teilte die Stadt. Sie verliehen Cosenza den Charme von Florenz, auch wenn es hier weit weniger Prachtbauten gab und letztlich nur eine Brücke aus altem Gestein, die zur malerischen Altstadt passte.

Die Busstation lag mitten in einem Neubauviertel. Emilia gönnte sich in einem Café nahe dem Busbahnhof erst einmal einen Espresso. Ein leckeres Tortenstück wäre jetzt gerade recht, um sich zu stärken, doch in der gläsernen Vitrine neben der Theke lag nichts Ansprechendes herum, nur Muffins und ein wenig appetitanregender Sandkuchen, angeblich mit Limone. Fliegen tanzten darauf herum. Dann lieber gleich ganz darauf verzichten. Das nette Paar im Flugzeug hatte sie darüber aufgeklärt, dass es in Italien eine völlig andere Café-Kultur gab als in der Heimat. Bei Kaffee und Kuchen gemütlich am Nachmittag zusammensitzen? Gab's nicht. Jedenfalls so gut wie nie und im Süden Italiens erst recht nicht. Üblicherweise nahmen die Einheimischen frühmorgens einen Espresso zu sich und später am Vormittag einen Cappuccino mit irgendeinem Kleingebäck. Das war's. Cappuccino deshalb, weil die Milch darin satt machte. Nachmittags gab es dann als Muntermacher einen Espresso – wieder ohne Kuchen und am besten noch im Stehen, ruckzuck. Torten aß man nach dem Abendessen zum Nachtisch. Dabei gab es doch nichts Schöneres als ein Kaffeekränzchen am Nachmittag in einem wunderschönen Café. Also in dieser Hinsicht konnte man wahrlich nicht von Dolce Vita sprechen. Das magere Angebot in diesem Straßencafé war der Beweis dafür. Angeblich würde man hierzulande auch vergeblich nach Tortenspezialitäten suchen. »Alles irgendwie gleich, nur mit verschiedenem süßen Pappzeugs drin oder drauf.« Emilia hatte die Worte des Schreinermeisters noch im Ohr. Wie konnte man nur in so einem Land leben, in dem sich die Leute nicht einmal Zeit für ein Stück Torte nahmen? Kein Wunder, dass alle so gehetzt herumliefen.

Das galt im Übrigen auch für das riesige Unigelände in Renda, wie sich nach kurzer Taxifahrt durch die Randbezirke der Stadt herausgestellt hatte. Weitläufige moderne Gebäude mit Flachdach erstreckten sich, so weit das Auge reichte. Und dazwischen lag jede Menge Grün. Genauso hatte Julia ihr den Campus beschrieben. Angeblich war die hiesige Uni ja eine der modernsten und größten Universitäten Italiens mit unzähligen Fakultäten. Konzertsaal, Kino, Theater, Fitnessstudio, mehrere Mensen und Grünflächen zum Relaxen in den Pausen – alles vorhanden. Sogar solarbetrieben. Es war ein Privileg, hier studieren zu dürfen. Julia konnte von Glück sagen, dass ihr das sogenannte »Centro Residenziale« eine Bleibe ganz in der Nähe besorgt hatte. Ein Zimmer auf dem Campus war naturgemäß günstiger als eines in der

Stadt. Emilia kannte die Adresse. Nun war es an der Zeit, ihre in den letzten Tagen frisch hineingeprügelten Italienischkenntnisse auszupacken. »Scusi. Dov'è la casa per gli studenti?« Emilia achtete diesmal darauf, das »g« von »gli« wegzunuscheln, als sie die nächstbeste Passantin, eine junge Schönheit etwa im Alter ihrer Tochter, nach dem Weg fragte.

»Quale« war das Einzige, was Emilia verstand. Die junge Frau wusste also nicht »welches Haus für Studenten« Emilia meinte. »Aspetta ...« Emilia gab ihr zu verstehen, sich einen Moment zu gedulden. Julia hatte ihr doch ein Foto des Gebäudes geschickt. Flink scrollte sie durch ihren Fotobestand des Messengers. Da war es. Ein weißer Bau. Die Studentin erkannte ihn offenbar sofort. Weil Emilia nur die Hälfte von dem verstand, was sie sagte, fasste sie die ellenlange Wegbeschreibung, die wie eine Maschinengewehrsalve auf sie hereingeprasselt war, sicherheitshalber zusammen: erst »destra«, also rechts, dann »dritto«, ein gutes Stück geradeaus, und dann »sinistra«, also links. Das mit dem »guten Stück« hatte sich Emilia zurechtgelegt, weil die junge Frau nach der ersten Anweisung, rechts abzubiegen, unentwegt in nur eine Richtung gewinkt hatte.

»Mille grazie.« Die Studentin schenkte ihr daraufhin ein Lächeln und eilte hinüber zu den Treppen eines der modernen Gebäude.

Nett waren sie ja hier und äußerst hilfsbereit, aber auch ziemlich neugierig. Anscheinend verirrte sich hier nicht so oft eine ältere Touristin mit Koffer im Schlepptau. Emilia gab es auf, die unzähligen Augenpaare zu zählen, die sie auf ihrem Weg durch das Unigelände musterten. Das waren hier ja regelrechte Völkerwanderungen. Emilia fiel auch auf, dass auf diesem Campus ordentlich geflirtet wurde. Kein Wunder, sie war schließlich in Italien. Händchenhalten hier, ein frecher Kniff in den Po da, und es wurde geknutscht, was das Zeug hielt, vor allem während der Darbietung eines jungen Kerls mit Gitarre, der sich im Schatten eines Baums niedergelassen hatte, um das Publikum mit seinem Gesang zu erfreuen. Gab es in der Menschenmenge überhaupt ein einziges Paar, das nicht knutschte oder knuddelte? Was taten sie denen denn ins Essen? Emilia schob es dann doch auf diese wunderschöne Ballade, von der sie zwar kein Wort verstand, die aber doch irgendwie ans Herz ging. Sie musste sich förmlich losreißen, denn die »Dritto-Dritto-Phase« war länger als gedacht. Gute fünfzig Meter lagen noch vor ihr. Dann nach links, hatte es geheißen. Emilia zwängte sich durch die Menge und ging den Rest des Wegs mit diesem wunderschönen Lied im Ohr. Und da war es auch schon, das weiße, auf den ersten Blick sehr gepflegte Haus, in dem ihre Tochter residierte. Vierter Stock, Zimmer 403. Emilia machte sich keine großen Hoffnungen, Julia anzutreffen. Wahrscheinlich steckte sie gerade in einer Vorlesung oder machte sonst was. Hauptsache, sie konnte ihr eine Nachricht hinterlassen, sei es im Briefkasten oder indem sie einen Zettel unter der Tür durchschob. Das war sicherer, als nur eine Nachricht per Messenger zu versenden, denn Emilia erinnerte sich daran, wie lang es oft dauerte, bis aus den grauen doppelten Haken für »zugestellt« endlich zwei blaue für »gelesen« wurden. Vielleicht war sie ja doch auf ihrem Zimmer. Es wäre so schön zu sehen, wie sie sich freute, dass die Mama plötzlich vor der Tür stand, um abends mit ihr groß auszugehen. Daraus schien nichts zu werden, denn nach mehrmaligem Klingeln blieb das Summen am Türschloss aus. Stattdessen kamen drei junge Kerle heraus. Mit dem Koffer in der Hand sah sie wohl aus wie jemand, der hier einziehen wollte. Dementsprechend irritiert waren ihre Blicke. Sie hielten ihr trotzdem die Tür auf und stellten keine weiteren Fragen, nachdem sie »visitare figlia« von sich gegeben hatte. Sie wussten ja nun, dass sie ihre Tochter besuchen wollte. Die WhatsApp-Nachricht an Julia schrieb Emilia, während sie im Aufzug war, und beendete sie im Gang des vierten Stockwerks. »Lass uns groß ausgehen. Geburtstag feiern. Ja, deine Mama ist da! Überraschung!« Das Gleiche schrieb sie auf einen Zettel, allerdings ohne Emoji wie Herzchen- und Küsschen-Smiley. So gesehen war der Messenger praktischer. Emilia riss den Zettel von ihrem Notizblock mit dem süßen Tortenmotiv, den Julia ihr geschenkt hatte, und faltete ihn zusammen. Unten durchschieben ging nicht, da die Tür fugengenau mit dem Türrahmen abschloss. Ob der Zettel wohl zwischen Tür und Rahmen passte? Fehlanzeige. Mit bloßen Händen nicht machbar, aber mit der kleinen Nagelfeile, die sie immer dabeihatte, könnte es klappen. Emilia musste nicht lange danach kramen. Aber vorsichtig reinschieben, nicht, dass noch die Tür verkratzte. So ein Schaden ließe sich ihrer Haftpflichtversicherung nicht ohne Vorsatzvermutung erklären. Auf Höhe des Schlosses schien der Spalt etwas größer zu sein. Also gleich noch einmal probieren.

»Cosa stai facendo?« Die weibliche Stimme aus Richtung des Aufzugs war so laut und schneidend, dass Emilia zusammenzuckte und vor Schreck die Nagelfeile fallen ließ. Zwei junge Dinger im Alter ihrer Tochter, die von ihr wissen wollten, was sie da gerade machte, eilten im Stechschritt auf sie zu. Die mussten denken, dass sie versuchte einzubrechen.

»Figlia ... Sono Mama di Julia«, erklärte sie und war dabei so aufgeregt, dass sie diesmal glatt vergaß, das »g« zu verschlucken. Wenigstens hielt man sie dann sicher für eine Deutsche, was ihre Aussage glaubhaft machte.

»Julia ist nicht hier«, sagte eine der beiden jungen Frauen auf Englisch. Eine italienische Schönheit mit makelloser gebräunter Haut, langem mittelblond gesträhntem Haar und einer Traumfigur. Bei Letzterem machte ihre Begleiterin ihr aber Konkurrenz. Die hatte vielleicht Kurven.

»Ich wollte sie überraschen und eine Nachricht hinterlassen.« Emilia deutete dabei auf den Zettel, der mittlerweile in der Tür steckte, und hob ihre zu Boden gegangene Nagelfeile auf.

»Können Sie sich sparen. Sie ist nur noch selten hier, und wenn, dann nur donnerstags oder freitags.«

»Hat man hier so wenig Unterricht?«, fragte Emilia verdattert nach.

Die beiden tauschten Blicke.

»Ist alles in Ordnung mit Julia?«

Nun gab die Prallbusige einen bemerkenswert verächtlichen Laut von sich.

Das verwirrte Emilia nur noch mehr. »Wo ist sie denn?«, wollte sie wissen.

»Dille!«, sagte die Frau, die wohl kein Mann von der Bettkante stoßen würde. »Dille«? War das nicht der Imperativ von »sagen«?

»Sagen Sie es mir«, verlangte Emilia nun.

Die Englischsprechende schien für einen Moment zu überlegen.

»Sie wohnt in der Nähe von Pizzo. Aber das wissen Sie nicht von mir.«

»Pizzo? Wo ist Pizzo?« Emilia kannte nur Pizza und hatte noch nie etwas von diesem Ort gehört.

»Auf dem Weg nach Tropea.«

»Was macht sie denn in Pizzo?«

Die eine schwieg, die andere stieß erneut einen abfälligen Laut aus.

»Amore, tutto il giorno.« Weil sie mit dem Zeigefinger und dem Daumen einen Kreis bildete und den Mittelfinger der anderen Hand darin in schnellen Bewegungen rein und raus schob, sich dabei lasziv mit der Zunge über ihre Oberlippe fuhr, wurde Emilia augenblicklich schlecht. Ging ihre Tochter etwa in diesem Pizzo auf den Strich?

Das Busenwunder handelte sich daraufhin von ihrer Begleiterin einen ordentlichen Rüffel ein – eine maschinengewehrähnliche Verbalsalve. Um die zu verstehen, reichte vermutlich nicht einmal ein Magister in Italienisch. Dann stritten die beiden auch noch miteinander.

»Sie sind wirklich Ihre Mama?«, wollte die mit den Englischkenntnissen wissen.

»Ich hab meinen Ausweis dabei«, sagte Emilia, immer noch völlig von der Rolle, und begann schon, in ihrer Handtasche danach zu kramen.

»Sie hat sich verliebt. In Francesco. Hat hier studiert, und jetzt leben sie zusammen. In der Nähe von Pizzo.«

»Putta!« Warf die andere verächtlich ein. Was das hieß, wusste Emilia. Dass Julia sich in einen Italiener verliebt hatte, schien ja angesichts des Dauerknutschens hier auf dem Campus eher normal zu sein. Der Gedanke beruhigte sie aber nicht wirklich.

»Perché putta?«, wandte sie sich an die sprechende XXL-Oberweite.

»Ich habe ihn geliebt, Francesco, aber Ihre Tochter …«

Oh, die sprach ja doch Englisch. Und nun kämpfte sie auch noch tapfer mit ihren Tränendrüsen.

»Julia?« Emilia suchte nun Halt an der Wand. Kein Wort davon per WhatsApp. Kein Sterbenswort.

»Ich bin Cecilia, ihre Nachbarin. Sie schuldet mir noch fünfzig Euro. Hat sie sich geliehen, doch sie ist seit zwei Wochen nicht mehr aufgetaucht«, erklärte die Gesträhnte. Wahrscheinlich war das der Grund, weshalb sie so redselig gewesen war. Aber wieso musste Julia sich Geld leihen? Sie schickte ihrer Tochter doch jeden Monat per Dauerauftrag Geld, zusätzlich zur Kohle aus dem Ausbildungssparvertrag, der als Reserve gedacht war.

»Wissen Sie, wo genau sie steckt?«

Nun nickten beide.

»Sie haben doch einen Stift ...«, begann Cecilia.

Emilia zog ihren Tortenblock erneut aus der Tasche, riss einen Zettel ab und reichte ihn ihr zusammen mit ihrem Kugelschreiber. Cecilia kritzelte eine Adresse darauf.

»Ich weiß nicht, wie man in dieses Kaff kommt. Sie müssen sich durchfragen«, sagte Cecilia und reichte ihr den Zettel.

»Und grüßen Sie mir Francesco, von Alexandra«, sagte Francescos offenkundig Verflossene. Es klang eher wie »Verpassen Sie ihm eine Tracht Prügel!«. Julia hatte sicher auch eine Abreibung verdient.

Kapitel 3

Julia saß vor ihrem Laptop im kleinen Büro neben der Küche des Haupthauses und freute sich über ihre zweite Buchung. Diesmal ein kinderloses Ehepaar Mitte dreißig. Halleluja, denn, wie sie nun wusste, nicht alle Kinder standen so sehr auf Agriturismo. Vielleicht hätte Francesco besser einen Streichelzoo anlegen sollen. Emma, die Ziege, war nämlich das Einzige gewesen, was die Jungs für kurze Zeit hatte ruhigstellen können. Vor allem der Kleinere von beiden konnte sich für ihre Emma begeistern.

»Darf ich die mal streicheln?« Julia hatte ihn dazu ermutigt.

»Beißt die auch nicht?« Die Frage der Mutter amüsierte Julia noch immer. Ihre nächsten Gäste schienen auf den ersten Blick kompatibler zu Francescos Vorstellungen von Alternativurlaub zu sein. Der Link in der Signatur ihrer Buchung per E-Mail verwies auf einen Landgasthof inmitten unzähliger Obstbäume. Das war ja schon fast das Gleiche. Die fühlen sich hier bestimmt wie zu Hause, sagte sie sich und klickte zufrieden lächelnd und voller Zuversicht auf den »Send«-Button, um die Anfrage zu bestätigen. Schnell war die Buchung für immerhin drei Tage im Kalender eingetragen. Dort leuchtete nun ein einziges, rosa markiertes Feld einsam vor sich hin, neben dem in Grün, die Farbe für bereits angereiste Gäste. Vielleicht kamen ja auch mal Zeiten, in denen die ganze Woche grün markiert war. Wer erst seit zwei Wochen online, also überhaupt erst sichtbar war, sollte mit zwei Buchungen sowieso mehr als zufrieden sein, sagte sie sich. Angeblich ging in diesem Business ohnehin viel über Mundpropaganda. Fraglich war allerdings, ob ihnen die ersten Gäste eine positive Bewertung hinterließen.

Bing! Julias Kalenderprogramm erinnerte sie mit einem Signalton an den Geburtstag ihrer Mutter, aber dieses To-do war ja bereits erledigt. Julia hatte ihr sicherheitshalber vor drei Tagen eine total süße Geburtstagskarte geschickt. Aber was, wenn sie nicht rechtzeitig ankam? Doch noch einmal nach Pizzo fahren, um sie anzurufen oder zumindest einen Geburtstagsgruß per Messenger schicken zu können? Heute Morgen hatte sie einfach keine Zeit gehabt, mit der Ape in eine Gegend zu tuckern, in der ihr Handy mit dem Billiganbieter Empfang hatte. Man konnte hier schon froh sein, einen Internetanschluss zu bekommen. Ach, warum sich Sorgen machen? Die Post war ja bisher immer bei Mama angekommen.

Julia beschloss, sich gedanklich wieder ihren ersten Gästen zu widmen. Noch war die Gästefamilie unterwegs, angeblich wandern – sehr zur »Begeisterung« der Kinder, die bei Abfahrt unentwegt genölt hatten, ans Meer fahren zu wollen. In dem Moment fiel Julia siedend heiß ein, dass sie noch immer keine Milch hatten. Rein theoretisch könnte sie die im nahe gelegenen Dorf kaufen. Ohne Ape und daher mit dem Fahrrad würde es aber zu lange dauern. Die alte Knatterkiste hatte Francesco, um in der Nähe von Pizzo Gasflaschen für den Herd zu holen und den defekten Häcksler umzutauschen. Natürlich gab es dort auch Supermärkte, doch vorhin, als er losgefahren war, hatte sie nicht daran gedacht. Wenn nur das Handy hier ginge. Also doch Ziegenmilch. Einen Versuch war es wert. Julia klappte ihren Laptop zu und ging nach draußen, um sich an Emmas Zitzen zu bedienen. Sie erreichte gerade mal den Stall. Das Knattern der Ape war schon von Weitem zu hören, dennoch war es nicht Francesco, der als Erster den Hof erreichte, sondern der flüsterleise weiße Renault. Julia hoffte, dass Familie Hansen einen schönen Tag verbracht hatte und die Kinder vom Wandern so müde waren, dass sie gleich nach dem Abendessen wie Steine ins Bett fielen. Der liebe Gott schien ihr Gebet erhört zu haben, denn Herr Hansen hob den Kleinen aus dem Kindersitz und nahm ihn in die Arme. Der Junge schien so fertig zu sein, dass er davon nicht wach wurde. Der Große hingegen sprang wie von der Tarantel gestochen aus dem Wagen.

»Mama, den Schlüssel. Ich muss wirklich dringend«, sagte er und tänzelte mit zusammengekniffenen Beinen um seine Mutter herum.

Sofort kramte sie nach dem Zimmerschlüssel in ihrer Handtasche. Der Junge riss ihn ihr förmlich aus der Hand und spurtete hinüber zum Loft.

»Na, wie war Ihr Tag? Die Landschaft hier ist doch wirklich zum Verlieben«, sagte Julia, nachdem sie ihre Gäste begrüßt hatte.

»Anstrengend«, meinte der Vater.

»Dafür sind wir ja hier«, gab seine Frau mit bedeutsamem Blick zurück. Julia schloss daraus, dass es ihre Idee gewesen war, mal »Landurlaub« zu machen und ihre Kinder vom Handy zu entgiften. Als Retourkutsche für ihre zugegebenermaßen etwas spitze Bemerkung landete der Kleine in ihren Armen.

»Übernimm du mal. Ich muss auch ins Bad«, sagte Herr Hansen, machte auf dem Absatz kehrt und ging schnellen Schrittes zur umgebauten Scheune.

In Mamas Armen wurde der Junge sofort wach, rieb sich kurz die Augen, die augenblicklich groß wurden. Warum das so war, erkannte Julia, als sie seinem Blick folgte. Emma stand am Eingang des Stalls. Schon zappelte der Kleine sich frei.

»Darf ich zu ihr?«, quengelte er.

»Eine Ziege ist kein Spielzeug. Jetzt wird geduscht und dann gegessen. Es gibt doch Abendessen, oder?«, fragte Frau Hansen an Julia gerichtet.

»Um sieben, wenn Ihnen das recht ist«, erwiderte Julia.

Der Kleine riss sich von der Hand seiner Mutter los und lief zum Stall. Seine Mutter wirkte alarmiert.

»Ist schon okay. Ich pass auf ihn auf«, versicherte Julia.

So ganz schien sie ihr das nicht abzukaufen, denn sie folgte ihrem Sohn, der bereits damit anfing, Emma wie schon am Vormittag zu streicheln. Dabei war ja auch nichts passiert. Julia gesellte sich trotzdem zu ihm, rein sicherheitshalber.

»Am Hals mag sie es am liebsten«, instruierte Julia ihn.

Seine Mutter warf derweilen einen Blick in den Stall und entdeckte eines der Hühner, das darin auf Körnersuche spazieren ging.

»Was haben Sie denn noch alles da drin?«, fragte sie neugierig nach.

»Nur ein paar Hühner, und ab und zu verirrt sich eine Schwalbe unters Dach«, erwiderte Julia.

Ihr Gegenüber wagte einen Schritt hinein und sah sich neugierig um.

»Wir haben jeden Tag frische Eier. Selbstversorger. Ich war gerade dabei, welche zu holen, für die Carbonara«, erklärte Julia. Das mit der Ziegenmilch verschwieg sie ihr besser.

»Mama, darf ich ein Ei suchen?«, fragte der Kleine. Emma war augenblicklich abgeschrieben.

»Na gut.«

Schon war der Kleine im Stall verschwunden, und seine Mama tapste wie eine Glucke hinterher.

In dem Moment fuhr die Ape beladen mit Gasflaschen und einem neuen Häcksler vor. Francesco stieg aus und erspähte Julia am Stall.

»Alles klar?«, rief er ihr zu und deutete auf den weißen Wagen.

Julia legte einen Zeigefinger auf den Mund, um ihm damit zu signalisieren, dass jemand der Gäste im Stall war.

Ein spitzer Aufschrei ließ Julia erstarren. Er kam aus dem Stall.

»Er hat mich gebissen«, hörte sie den Kleinen kreischen.

Julia eilte sofort hinein.

Der Kleine schrie unentwegt. »Aua, aua.« Er stand wie versteinert mitten im Stall und hielt seinen Zeigefinger von sich gestreckt. Julia erkannte einen winzigen roten Punkt daran. Seine Mutter versuchte, den wild gewordenen Hahn zu verscheuchen, doch der scherte sich nicht darum und tänzelte erst recht aufgeplustert um die beiden herum.

»Geh weg!«, fuhr Frau Hansen ihn an.

Je mehr der Kleine schrie, desto mehr Spaß machte es dem Hahn, immer wieder gackernd auf die beiden loszugehen.

»Tun Sie doch was!« Frau Hansen trat hysterisch mit den Beinen um sich. Pogo im Hühnerstall. Kein Wunder, dass die Hennen auf den Stangen da unruhig wurden und auch noch zu gackern anfingen. Zwei flatterten vor Aufregung quer durch den Stall. Eine streifte dabei das Haar der Frau. Sie schrie auf und schlug um sich wie Tippi Hedren in *Die Vögel*.

Noch bevor Julia die Mistgabel in der Hand hatte, um ihren Hahn damit wirkungsvoll zu verscheuchen, rutschte ihr Gast aus und landete bäuchlings auf dem Boden, gleich neben dem Gestänge für die Legehennen. Das Stroh dämpfte den Fall. Sie lag dennoch mitten in der Hühnerkacke. Der Hahn krähte zufrieden, stolzierte siegreich um sein Opfer. Julias Drohung mit der Mistgabel verstand er allerdings. Unter Protest verzog er sich. Der Junge auch, jetzt, wo die Luft rein war. Er rannte Francesco, der mittlerweile zur Stelle war, am Eingang zum Stall fast um.

Julia reichte Frau Hansen die Hand, doch die rappelte sich von allein wieder auf. Ihr Blick sprach Bände. Sie rückte sich die befleckte Bluse zurecht.

»Tut mir leid. Manchmal hat er das ...«, versuchte Julia zu erklären.

»Die Getränke heute Abend gehen aufs Haus«, bot Francesco versöhnlich an, doch das besserte die Laune von Frau Hansen keineswegs.

»Agriturismo. Pah!«, entfuhr es ihr. Dann stapfte sie wütend hinaus und ging zu ihrem Sohn, um dessen ausgestreckten Aua-Finger zu begutachten. Hoffentlich drohte ihnen nun keine Klage auf Schmerzensgeld.

»Francesco!«, hörte sie Herrn Hansen brüllen. Julia zuckte genau wie Francesco zusammen, der sich sofort in Richtung Loft in Bewegung setzte. Sie folgte ihm zum Haus, auf das auch Frau Hansen mit ihrem Sohn im Schlepptau zueilte. Ihr Mann kam ihr in Begleitung seines größeren Sprosses völlig aufgelöst entgegen.

»Das Klo. Alles ist überschwemmt«, beschwerte er sich, als sie ihn erreichten. Dann musterte er irritiert seine Frau.

»Bin im Hühnerstall ausgerutscht, weil uns so ein gottverdammter Hahn angegriffen hat«, maulte sie.

»Der war richtig böse«, kommentierte der Nachwuchs.

»Ich war nur auf dem Klo, hab gespült, und dann kam immer mehr Wasser«, erklärte der größere Junge.

»Das Klo ist verstopft. Eine richtige Sauerei. Können Sie uns ein anderes Zimmer geben? Ich meine, das geht ja gar nicht«, beschwerte sich Herr Hansen.

Julia erinnerte sich noch an das Gespräch beim Einkauf mit Francesco. Sie hatte ja das feine Klopapier mit Eignung für einen Häcksler haben wollen, aber nein, Francesco ging in Sachen Öko über Leichen. Das doppellagige aus Altpapier würde die Umwelt weniger belasten. Was interessierte Francesco schon, ob es hart und dick wie Schmirgelpapier war. Jetzt hatten sie die Bescherung, und dem Wunsch des Gastes konnten sie nicht nachkommen. Julia versuchte, es ihnen schonend beizubringen.

»Ich fürchte, wir haben kein zweites Zimmer, also ein Zimmer schon, aber das Klo ...«, fing sie an.

Francesco erklärte es ihnen: »Der zweite Häcksler. Wir haben beide gestern eingebaut. Er wurde defekt geliefert«, sagte er.

Die beiden Gäste tauschten vielsagende Blicke.

»Aber die Dusche. Die geht doch, oder?«, fragte Frau Hansen angriffslustig in die Runde.

Julia und Francesco nickten beinahe synchron.

»Ich dusch mich jetzt, und dann fahren wir in ein vernünftiges Hotel«, sagte sie an ihren Mann gerichtet.

»Aber eines am Meer«, schob ihr Ältester nach.

»Au ja, ans Meer«, bekräftigte der Kleine, dem der Finger angesichts dieser goldenen Aussichten anscheinend nicht mehr wehtat, zumindest spreizte er ihn mittlerweile nicht mehr von sich ab.

Ihr Vater zuckte etwas ratlos mit den Schultern und nickte.

»Und das Geld für das Zimmer ...«, fing Frau Hansen an.

»Das kriegen Sie selbstverständlich zurück«, sicherte Francesco ihr zu.

Frau Hansen machte auf dem Absatz kehrt und stapfte in Richtung ihrer Unterkunft.

Ihr Mann nahm den Kleinen hoch und folgte ihr.

»Schade. Ich fand's doch irgendwie schön hier«, sagte der Größere, bevor er sich seinen Eltern anschloss.

Ein schwacher Trost.

Mit dem Bus in dieses Nest zu fahren, wo sich ihre Tochter verkrochen hatte, war fast schon eine Mission Impossible. Weil Emilia mit einem öffentlichen Verkehrsmittel wahrscheinlich erst nach Mitternacht dort angekommen wäre – und das auch nur »in der Nähe«, weil die Bushaltestelle laut Google Maps irgendwo in der Pampa lag –, hatte sie sich kurzerhand dafür entschieden, gleich einen Leihwagen zu nehmen. Natürlich einen mit eingebautem Navi. Emilia wusste aus Erfahrung, dass so ein Gerät Pampa-Adressen in der Regel nicht kannte. Nachdem der Mann von der Leihwagenfirma die Adresse gegoogelt und dann die Koordinaten manuell in das Navi des Wagens eingespeist hatte, dann aber doch. Als Ex-Versicherungsmaklerin überließ man nichts dem Zufall. Sicher ist sicher – Emilias Devise, mit der sie bisher nicht nur auf Straßen stets gut gefahren war. Die Anweisungen der dauerlabernden Navi-Stimme waren auf Italienisch und daher leichter zu verstehen als auf Deutsch, denn wenn ein Navi italienische Straßennamen auf Deutsch aussprach, drehte man durch. Einmal hatte sie sich trotzdem verfahren. Gut, das konnte passieren, wenn eine Straße, die direkt nach Pizzo ins Zentrum ging, wegen Straßenbauarbeiten gesperrt war. Zu gerne wäre Emilia am Meer entlanggefahren, doch die Umleitung führte über Bergserpentinen. Auf die kleinen Siedlungen entlang der Küste herabzusehen, hatte allerdings auch seinen Reiz: türkisfarbenes Funkeln in der Weite, blumenübersäte Felder und alte Steinhäuser, die sich zum Strand hin mit modernen Hotelanlagen vermischten. Die vielen knallroten Mohnblumen am Straßenrand gefielen Emilia aber am besten. Letztlich war sie froh, dass sie die Umleitung nicht durch Pizzo geführt hatte, denn dort herrschte laut Navi nun Stau. Man musste auf einer Landstraße auch nicht so höllisch aufpassen, falsch abzubiegen, denn so viele Straßen kreuzten sich nicht. Die nächste Ansage stimmte Emilia nun doch etwas nachdenklich, denn Straße konnte man diesen schmalen Weg, in den sie einbiegen sollte, kaum nennen. Hätte sie sich besser einen Jeep genommen. Die Schlaglöcher waren nämlich nicht ohne.

Die Strecke führte zunächst durch einen Mischwald, dessen Geäst über weite Strecken einen grünen Tunnel bildete, und schlängelte sich dann hinauf bis zu einer Hochebene, auf der etwas angebaut wurde, von dem Emilia auf den ersten Blick nicht wusste, was es war. In regelmäßigen Abständen ragten Grasbüschel aus den Feldern. Das konnte alles Mögliche sein. Die Frage klärte sich erst, als ihr ein Traktor mit breitem Anhänger entgegenkam, der aus just einem dieser Felder auf die Straße abgebogen war. Emilia musste ein wenig nach rechts auf den Acker ausscheren und die Fahrt auf Schrittgeschwindigkeit verlangsamen, damit er vorbeikam. Auf seiner Ladefläche lagen Berge roter Zwiebeln. Zu Zöpfen geflochten, hatte Emilia sie häufig an Verkaufsständen entlang der Landstraße gesehen. Dafür war Kalabrien bekannt. Fleischig und mild sollten sie sein, zumindest hatte Julia ihr das erzählt, als sie noch im Studentenwohnheim gewohnt hatte und online erreichbar gewesen war.

Emilia war immer noch fassungslos über die Eröffnungen ihrer Mitbewohnerinnen. Das Kind hatte sie in dem Glauben gelassen, fleißig und mit großer Freude zu studieren, und kassierte dafür jeden Monat vierhundert Euro. Dazu kamen noch die Rücklagen aus dem Sparvertrag. Die reichten für das gesamte Studium, ganz locker sogar, weil das Zimmer im Studentenwohnheim gerade mal zweihundertfünfzig kostete – inklusive aller Nebenkosten. Warum musste Julia sich dann Geld leihen? War sie am Ende krank? Wo war das Geld geblieben? Und dann noch der Unbekannte, mit dem sie angeblich jetzt zusammen war. Sofort hatte Emilia die eindeutige Fingerbewegung der Studentin und ihre Rundungen vor ihrem geistigen Auge. Wenn jemand auf so einen Typus Frau stand, wieso krallte er sich dann ihre Julia und verschleppte sie in einen einsamen kalabrischen Landstrich, der anscheinend nur noch von Insekten bevölkert war – die Scheibe war inzwischen voll davon.

Die Monotonie der an ihr vorbeiziehenden Felder öffnete Raum für immer größere Sorgen. Serpentine um Serpentine nur noch Sträucher. Die Zivilisation am Meer war mittlerweile in weite Ferne gerückt. Dunstschleier legten sich über die Landschaft. Bei Kurven mit Fernblick konnte man das Meer zwischen dem Horizont und dem Land nur noch erahnen. Hoffentlich erreichte sie Julias Bleibe noch, bevor die Sonne untergegangen war. In Sachen Zivilisation hatte sich Emilia aber getäuscht, denn wie aus dem Nichts tauchte nach der nächsten Biegung ein offenbar noch bewohntes, aber ziemlich marodes Steinhaus auf. Wäsche hing davor auf einer gespannten Leine, und als das Blätterdach der am Straßenrand wachsenden Laubbäume dem Himmel wich, tat sich ein Bergdorf vor ihr auf. Die Häuser erweckten den Eindruck, als hätte sie jemand an die Hügel getackert. Die Straße führte direkt darauf zu. Ein älterer Bauer mit grauem Vollbart kam ihr auf einem Esel entgegen und beäugte sie neugierig, als sie langsam an ihm vorbeifuhr. Ansonsten schien das Dorf nahezu ausgestorben zu sein. Da regte sich nichts auf der Straße, von der Emilia annahm, dass sie ins Zentrum führen würde. *Piccolo Leone* stand kaum noch leserlich auf dem Ortsschild, an dem sie vorbeifuhr. Emilia verlangsamte die Fahrt, um die ersten Eindrücke dieses Dorfs auf sich wirken zu lassen. Zwei Katzen lagen auf einer Mauer am Straßenrand. Sie ließen sich die letzten Sonnenstrahlen auf das Fell scheinen. Einige Gebäude schienen verlassen zu sein und sahen aus wie Ruinen. Andere waren wohl doch noch bewohnt. Drei alte Männer mit diesen typisch italienischen Schirmmützen auf ihren Köpfen saßen auf Plastikstühlen vor einem kleinen Lebensmittelladen. Einer von ihnen rauchte gemächlich seine Pfeife. Auch sie sahen ihr neugierig hinterher, wie sie im Rückspiegel beobachten konnte. Waren italienische Dorfplätze um diese Zeit normalerweise nicht belebt? Hinter dem Platz musste ein kleiner Park liegen, und von dort verzweigten sich unzählige Gässchen bergauf und bergab. Eine alte Frau zog einen Karren hinter sich her und wischte sich den Schweiß von der Stirn. Vermutlich klappten die Leute hier kurz nach Sonnenuntergang die Gehsteige hoch, sagte Emilia sich.

Gerne hätte sie hier etwas verweilt, denn das Dorf verströmte einen gewissen Charme, weil es so idyllisch gelegen war. Das Navi gönnte ihr jedoch keine Pause. Noch eine knappe Viertelstunde bis zur Ankunft, hieß es auf dem Display. Hoffentlich kam ihr niemand mehr entgegen, denn die Straße wurde immer enger. Emilias Mietwagen arbeitete sich eine Anhöhe hinauf, bis er eine weitere Hochebene, gespickt mit Olivenbäumen, erreichte. Was um alles in der Welt hatte Julia hier zu suchen? Das Navi war der Meinung, dass sie in gut hundert Metern rechts abbiegen sollte, nur sah Emilia keine Straße, die zu irgendeinem Gebäude führte. »Biegen Sie rechts ab«, hieß es trotzdem. Einen Blinker brauchte man hier nicht zu setzen. In dem Moment schoss ein weißer Renault aus einem Feldweg. Emilia atmete nach einer Schrecksekunde auf. Anscheinend wohnte doch jemand in dieser Richtung. Vielleicht führte der Weg zu einem Dorf. Das war allerdings noch nicht in Sicht. Am besten, sie fragte beim Fahrer des Renaults nach. Es waren Deutsche. Das sah sie am Kennzeichen. Der Fahrer, ein Mittdreißiger, ließ die Scheibe herunter, nachdem sie ihm freundlich zugewinkt hatte.

»Entschuldigung, ich habe nur ungenaue GPS-Daten in meinem Navi. Ich weiß nicht, ob ich hier richtig bin«, fing sie an.

»Wir haben diese Absteige zuerst auch nicht gefunden. Ich hoffe, Sie haben dort kein Zimmer gebucht«, sagte er. Ein abfälliger Laut folgte.

»Zimmer?« Emilia verstand nicht so recht, wovon er sprach.

»Also da hinten ist eine der übelsten Absteigen. Agriturismo nennt sich das heutzutage. Nichts funktioniert. Was anderes ist am Ende dieses Weges nicht«, erklärte er.

»Ist dort eine Julia?«, fragte Emilia nach.

»Sie kennen sie?«, fragte der Mann verblüfft nach.

»Sie ist meine Tochter.«

Daraufhin beugte sich seine Beifahrerin über ihn und musterte sie neugierig aus dem Fenster. Auch zwei Kindergesichter klebten nun an der Scheibe der Rückbank.

»Mit der sollten Sie mal ein ernstes Wörtchen reden. Im Internet einen auf dicke Hose machen und dann …«

Emilia verschlug es förmlich die Sprache.

»Lassen Sie uns durch? Wir möchten nicht mitten in der Nacht in Pizzo ankommen und müssen noch ein Hotel suchen«, sagte er.

Emilia nickte und legte den Rückwärtsgang ein, um mit ihrem Wagen so weit zurückzusetzen, dass der Renault um die enge Kurve kam.

»Danke«, rief er ihr zu und entschwand dann mit Karacho.

Agriturismo? Ihre einstige Partymaus? Und ausgerechnet hier? In einem Meer aus Olivenbäumen mitten in der Pampa! Warum um alles in der Welt sollte hier jemand Urlaub machen? Was ist nur in mein Kind gefahren? Emilia musste diese lähmenden Gedanken erst einmal abschütteln, bevor sie in den Feldweg abbog, der sie zu ihrer Tochter führen würde. Keine Minute später sah sie es. Jedenfalls einen Teil des Hauses. Den anderen verdeckten Olivenbäume mit ausladendem Geäst. So aus der Ferne sah der Ort einladend aus. Das Steinhaus wirkte wie ein landwirtschaftlich genutztes Anwesen. Es stand am Ende eines schier endlosen Olivenhains. Im Licht der untergehenden Sonne sah das Zusammenspiel aus dunklem Grün der Blätter und dem ockerfarbenen Boden aus wie gemalt. Das alte Steinhaus mit seinen zwei Etagen, einer riesigen Scheune und Stallungen passte perfekt in dieses Gemälde. Wie kam Julia denn von hier überhaupt zur Uni? Am Ende hatte sie das Studium hingeschmissen. Die Idylle konnte ihre Wirkung angesichts Emilias besorgter Gedanken nicht mehr entfalten. Kurz bevor Emilia das Ende des Weges erreichte, verließ Julia mit einem Putzeimer und Schrubber in der Hand die Scheune. Mit dem bunten Kopftuch sah sie aus wie eine hiesige Putzfrau. Neugierig lugte sie hinüber zu Emilias Wagen. Sie hielt sich die flache Hand über die Augen. Vermutlich blendete sie die tief stehende Sonne so sehr, dass sie noch nicht erkannt hatte, wer sie besuchen kam. Das änderte sich allerdings, als Emilia ausstieg.

»Mama?« Julias Ausruf klang eher wie ein entsetzter Aufschrei.

»Ja, die Mama«, erwiderte Emilia und ging zu ihr.

»Aber was … ich meine … Du …« Julia war völlig durch den Wind.

In dem Moment trottete ein langhaariger Mann aus der Scheune. Jesus neuerdings in Jeans? Das musste wohl dieser Francesco sein. Gut gebaut, Muckis an den Oberarmen und ein hübsches, männlich markantes Gesicht. Klar, dass der flachlegen konnte, wen er wollte, aber warum ausgerechnet ihre Tochter?

Francesco warf Julia einen fragenden Blick zu, denn die Anspannung, die nun in der Luft lag, hatte etwas vom Western-Klassiker *High Noon*, nur dass Julia und sie keinen Revolver trugen.

»Meine Mutter«, stellte Julia sie vor und löste sich aus ihrer Starre, genau wie Francesco, der im Gegensatz zu Julia nicht schleppenden Schrittes, sondern zügig und mit breitem Lächeln zu ihr kam.

»Emilia«, juchzte er, als ob sie seit Jahren die besten Freunde wären. Julia hatte ihm den Namen ihrer Mutter also nicht vorenthalten, so wie sie ihn der Mutter vorenthalten hatte.

»Oh Gott. Mama. Dein Geburtstag«, fiepte Julia, die sich jetzt erst einmal hintanstellen durfte, weil Francesco sie zuerst erreicht hatte. Francescos strahlte daraufhin gleich noch mehr.

»So eine Überraschung. Tanti Augiri. Alles Glück der Welt, Gesundheit im Übermaß und ein neues Lebensjahr voller Harmonie, Freude und allem, was Sie sich wünschen«, sagte er und reichte ihr die Hand. Francescos Wunsch kam spürbar von Herzen. Diese Wucht an Charme ließ wahrscheinlich Eisberge schmelzen. Und dann noch diese wunderschönen Augen. Das Licht der Sonne streifte sie und verpasste ihnen einen Glanz, der schier hypnotische Wirkung hatte.

»Danke …«, erwiderte sie knapp.

»Das müssen wir feiern. Endlich kann ich Sie kennenlernen. Die Mama von Julia«, schwelgte er.

Der konnte einen regelrecht dusslig reden. Wo war der Unmut geblieben und der Vorsatz, Julia ordentlich den Kopf zu waschen?

»Mama … Schön, dass du da bist«, rang sich Julia dann noch ab.

Ob sie sich da mal nicht täuschte, sagte Emilia sich.

Es hatte durchaus auch Vorteile, mit einem Labertäschchen liiert zu sein. Francesco hatte Mama in Beschlag genommen und darauf bestanden, ihr gleich das »Agriturismo-Anwesen« zu zeigen. Er gab sich dabei wie ein sizilianischer Großgrundbesitzer und blähte zugegebenermaßen ziemlich glaubhaft ihre bescheidene Pension so richtig auf. Dass Mama immer wieder dazu angesetzt hatte, auch finanzielle Dinge nachzufragen, und das verständliche Gespräch mit ihrer Tochter gesucht hatte, war in seiner Gegenwart wirkungslos verpufft. Das konnte Francesco, Leute ins Koma quatschen und mit seiner Begeisterung anstecken. In diesem Fall wohl eher weichkochen. Diese Strategie war prima, denn wenn Mama erst einmal sah, was sie gemeinsam mit ihm auf die Beine gestellt hatte, würde sie vielleicht ein Hühnchen weniger mit ihr zu rupfen haben. Zumindest hoffte Julia das, während sie in der Küche die leckerste Carbonara, die Mama je gegessen hatte, zubereitete. Das traumhaft zarte Rinderfilet wartete noch auf die Pfanne. Mama liebte Rinderfilet. Dazu noch Rosmarinkartoffeln. Alles wird gut! Gottlob war der Kühlschrank voll – eigentlich ja für ihre Gäste, doch Francesco hatte beschlossen, dass Emilia von nun an ihr Gast war, und ihr gleich das zweite Loft mit dem inzwischen eingebauten intakten Häcksler gegeben. Hoffentlich wurde sie kein Dauergast. Tiramisu hatte Francesco schon gestern gemacht. Die Nudeln waren schnell gekocht. Wo blieben die beiden nur?

Julia nutzte die Zeit, um die Zucchini fein zu raspeln, die hiesigen roten Zwiebeln zu schneiden und den Champagner aus dem Kühlschrank zu holen. Den hatte sie eigentlich gekauft, um auf die erfolgreiche Eröffnung ihrer Pension anzustoßen, doch angesichts des Desasters war er wohl viel besser zum Anstoßen auf Mamas Geburtstag geeignet. Kaum hatte Julia die Gläser auf den Tisch ihrer Landhausküche gestellt, ging auch schon die Tür auf. Mamas Mundwinkel hingen nicht mehr wie bei ihrer Ankunft à la Merkel. Schon mal ein gutes Zeichen, doch sie sah müde aus, abgespannt. Das war normal, wenn Francesco jemanden in die Mangel nahm. Sie trat ein und sah sich zunächst um.

»Schön habt ihr's hier«, merkte sie an, dann inhalierte sie genießerisch den Duft von frischen Kräutern, die über dem Herd ihrer Landhausküche an einem gespannten Drahtseil baumelten.

»Essen ist auch schon fertig. Aber jetzt stoßen wir erst einmal an«, schlug Julia vor und reichte Francesco die Champagnerflasche, um den Korken knallen zu lassen.

»Hast du meine Karte bekommen?«, fragte Julia.

»Nein …« Mamas Antwort kam Julia bedrohlich knapp vor. Es ploppte, und der Champagner ergoss sich kurz darauf in die bereitstehenden Gläser.

»Tja, dann auf dich, Mama. Sechzig. Sieht man dir nicht an. Schön, dass du da bist.« Julia hoffte, dass Letzteres glaubhaft klang.

Ihre Mutter stieß mit ihr und Francesco an, nahm aber nur einen zaghaften Schluck, bevor sie sichtlich erschöpft Platz nahm.

»Also, ich hab so einen Hunger. Bereit für die Vorspeise?«, fragte Julia in die Runde. In der Küche war sie vorerst in Sicherheit.

Francesco nickte euphorisch. Ihre Mutter eher verhalten. Immerhin lächelte sie milde. Der Zucchinisalat mit kalabrischen Zwiebeln mundete ihr bestimmt, doch nachdem sie ihn serviert hatte, fasste sie ihn nicht an.

»Mögen Sie keine Zwiebeln? Die von hier sind besonders gesund und gut verträglich. Sie geben einen feinen Beigeschmack, und es grummelt nach dem Verzehr nicht im Bauch. Schon mein Großvater …« Francescos Redeschwall geriet ins Stocken, weil Mutters Blick sich immer mehr eintrübte. Sie sah abwechselnd zu ihm, dann zu Julia, die sich ihrem Schicksal ergab und sich auf eine Standpauke gefasst machte. Schade um das gute Essen.

»Läuft es denn wenigstens?«, fragte ihre Mutter ganz direkt und blickte erneut sowohl zu Francesco als auch zu Julia.

»Wir hatten gerade die ersten Gäste und schon eine zweite Buchung«, schwärmte Francesco.

»Denen scheint es aber nicht so gut gefallen zu haben«, erwiderte Emilia.

Julia und Francesco tauschten Blicke.

»Ich bin ihnen vorhin noch begegnet. An der Einmündung zur Landstraße.« Mehr musste ihre Mutter gar nicht sagen.

»Anlaufschwierigkeiten. Das ist doch völlig normal. Jeder fängt mal klein an, aber ich bin mir sicher, schon in ein paar Wochen wird alles fertig sein, und wir können den Anbau ständig mit fünf Gästen belegen.« Francescos Charmeoffensive schien diesmal an Mama abzuprallen.

»Aber Julia studiert doch noch ... Oder willst du das jetzt hinschmeißen?« Julias Anflug von Appetit hatte Mama mit dieser Frage, auf die sie förmlich gewartet hatte, gekillt. Auch Francesco schwieg.

»Ich hab alle Scheine gemacht, aber ...« Julia druckste herum.

»Aber?«

»Ich hol noch etwas Wein aus dem Keller«, sagte Francesco, stand auf und verließ den Raum. Er schien ihre Gedanken gelesen zu haben, denn Julia hatte sich eben überlegt, besser mit Mama unter vier Augen zu sprechen.

»Ich wollte dich nicht aufregen ... Eigentlich weiß ich schon seit letztem Sommer, dass Lehramt nichts für mich ist.« Zeit für die Beichte.

»Und warum hast du mir das nicht einfach gesagt?«

»Du wärst aus allen Wolken gefallen. Wenn's nach dir ginge, hätte ich mich auch noch verbeamten lassen sollen. Hauptsache abgesichert«, sagte Julia. Der Hauch eines Vorwurfs schwang dabei mit.

»Was ist so schlimm daran?«

»Es hat mir keinen Spaß gemacht. Du glaubst ja gar nicht, was in der Schule los ist. Die Schüler haben keinen Bock, rebellieren, geben freche Antworten ... Nee, Mama ... nee!«

»Und das hier ist besser?«

»Es wird bestimmt mal sehr schön.« Julia merkte, dass ihre Antwort nicht besonders überzeugend klang, denn im Moment glaubte sie selbst noch nicht so recht daran, mit Francescos Idee »Zurück zur Natur« punkten und damit auch finanziell überleben zu können.

»Da dürft ihr aber noch ordentlich investieren. Habt ihr das eigentlich gepachtet oder gekauft?«

»Francesco hat es von seinem Großvater geerbt und den Olivenhain mit dazu.«

Mutter nickte daraufhin nachdenklich.

»Und er hat dich darauf gebracht?«

Julia blieb nichts anderes übrig, als zu nicken.

»Wenn du mich fragst ... Das liegt doch hier mitten in der Pampa, aber ich verstehe schon ... der Liebe wegen, hab ich recht?«

»Ich glaube fest daran.«

»An Francesco oder euer Agriturismo-Dings?«

Julia blieb ihrer Mutter eine Antwort schuldig, denn sie konnte sich die Frage selbst nicht hieb- und stichfest beantworten.

»Julia. Ich hab den gleichen Fehler gemacht. Das weißt du. Dein Vater hat das Versicherungsbüro von seinen Eltern übernommen. Ich bin eingestiegen und dann ... Alles ist an mir hängen geblieben und zur Krönung ... Ach, ich will noch nicht einmal mehr daran denken.«

»Das kannst du doch nicht miteinander vergleichen. Wir bauen das hier doch gemeinsam auf. Außerdem, ein Leben hier in dieser Idylle … Es ist traumhaft …«, entgegnete Julia.

Ihre Mutter schien darüber nachzudenken, doch es waren immer noch zu viele Falten auf ihrer Stirn.

»Kommt ihr denn wenigstens über die Runden?« Mamas Frage hatte nun wieder Verhörcharakter.

»Geht schon.«

»Wieso musstest du dir dann was leihen? Du hast doch genug.«

Julia zuckte förmlich zusammen.

»Leihen?« Julia mimte die Unschuld vom Lande.

»Ich war an der Uni. Wie hätte ich dich denn sonst finden sollen?«

Julia hatte sich das bereits gedacht, denn nur Cecilia wusste, wo sie sich aufhielt. Mama musste mit ihr gesprochen haben, schlussfolgerte Julia.

»Ist eh eine Schande, dass du es nicht einmal für nötig gehalten hast, mir zu sagen, wo du bist«, legte ihre Mutter nach.

»Hatte kein Bargeld zur Hand, für Bücher«, log Julia.

Ihre Mutter musterte sie misstrauisch. Im Lügen war Julia eine Niete.

»Ist denn noch was da vom Ausbildungsvertrag?«, fragte Emilia inquisitorisch.

Julia zögerte zu antworten, doch nachdem sie wusste, dass sie ihre Mutter sowieso nicht belügen konnte, entschied sie sich diesmal gleich für die Wahrheit.

»Steckt alles hier drin.«

»Wie bitte? Julia! Und was, wenn er nur auf dein Geld aus war? Hat er denn wenigstens auch was reingesteckt?«

»Seine Ersparnisse.« Das war nicht gelogen, auch wenn sein

Anteil verschwindend gering war. Immerhin brachte er ja Haus und Grund mit ein.

»Ich hoffe wirklich sehr, dass das gut geht. Aber er scheint ja ein netter Kerl zu sein, dieser Francesco.«

Das waren ja schon einmal appetitanregende versöhnlichere Töne.

»Hat er Familie hier?«

»Sein Vater ist der Bürgermeister.«

»Der kann euch dann doch ein bisschen unter die Arme greifen. Das beruhigt mich jetzt etwas.«

»Sie verstehen sich nicht sonderlich«, gab Julia unverhohlen zu.

»Also keine Hilfe?«

»Francesco sollte Jura studieren und dann in die Politik gehen, aber dafür hat er zu viel Charakter. Außerdem liebt er die Natur über alles und ist kein Typ, der mit Anzug herumläuft, um auf Wählerfang zu gehen. Aber sein Vater hat auf seinen Erbteil verzichtet, damit Francesco hier alles allein gehört.«

Ihre Mutter nickte nachdenklich und seufzte. Dann blickte sie für einen Moment schweigend auf ihren Vorspeisenteller. Julia konnte ihr ansehen, wie unglücklich sie über die aktuelle Situation war.

»Ich hatte gehofft, dass du wieder zurückkommst«, sagte ihre Mutter dann.

»Es ist mein Traum, Mama.«

»Nicht Francescos Traum? Er kann einen ganz schön um den Finger wickeln.«

»Ich weiß, was ich will.«

»Du wolltest auch mal Lehrerin werden«, gab ihre Mutter zu bedenken.

Ein wunder Punkt, denn es war natürlich zunächst Francescos

Traum gewesen, hier Alternativurlaub anzubieten. Jedes bisschen Komfort musste man ihm förmlich abringen, aber zu jeder guten Beziehung gehörten nun mal Kompromisse. Julia sagte sich, dass es ihm nur etwas an Geschäftssinn fehlte. Letztlich liebte sie ihn so, wie er war. Nun Lobeshymnen über Francesco vom Stapel zu lassen, auf all seine Vorzüge und seinen guten Charakter, seine liebenswerte Art hinzuweisen, würde ihre Mutter nur als Beleg dafür nehmen, dass er sie, die verliebte Göre, unter der Fuchtel hatte. Ihr zu sagen, dass sie bereits darüber nachgedacht hatten zu heiraten, wäre der Super-GAU.

Ihre Mutter setzte schon an, etwas zu sagen. Dass ihre Tochter in nachdenkliches Schweigen verfallen war, musste ihr aufgefallen sein, doch Francesco kam herein.

Er hielt ihrer Mutter zwei Weinflaschen vor die Nase.

»Weiß oder rot?«, fragte er.

Emilia starrte gedankenverloren auf die Flaschen. Was ihr durch den Kopf ging, war sicher nicht, nach welchem Wein ihr gerade war.

Francesco überging ihr betretenes Schweigen.

»Wir werden Sie hier nach Strich und Faden verwöhnen«, sagte er mit diesem unwiderstehlichen Lächeln und seinem süßen italienischen Akzent im Deutschen, den man wohl nur hatte, wenn zwar die Mutter eine Deutsche gewesen war, man selbst ihre Heimat aber nur aus Erzählungen und Filmen kannte. Emilia deutete schließlich auf den Weißen. Man konnte jetzt zwar nicht sagen, dass ihr Lächeln ausgelassen und fröhlich war, aber sie hatte es wiedergefunden. Zeit für ein gemütliches Geburtstagsessen.

Emilia saß auf dem Bett ihres Zimmers und wusste nicht so recht, was sie mit sich anfangen sollte. Zum Einschlafen lief daheim normalerweise immer der Fernseher. Der fehlte. Auf ein Landschaftsbild zu starren, das gegenüber ihrem zugegebenermaßen bequemen Bett hing, entspannte zwar, doch machte nicht müde, weil die Berieselung fehlte. Richtig irritierend war diese unglaubliche Stille. Man wagte es kaum, sich zu räuspern oder andere verräterische Geräusche von sich zu geben. Ansonsten alles top, jedenfalls von innen. – Nur was machte ein Tourist den ganzen Tag hier? Wenn sie wenigstens einen Pool hätten. Das wollten die Leute doch. Den ganzen Tag durch einen Olivenhain spazieren? Wie öde und bei dieser Hitze selbst bei eingefleischten Olivenfans ein nur kurzes Vergnügen. Emilia seufzte und legte sich hin. Der Magen war voll. Er grummelte ordentlich von so viel gesundem Essen. Zucchini, roh mit Zwiebeln, als Antipasti. Gut, dass sie das Zimmer für sich allein hatte. Carbonara mit Bio-Eiern – okay. Aber dazu Vollkornspaghetti? Ob das Gäste mochten? Sie hatte sie eigentlich nur gegessen, weil Francesco einen zu so gut wie allem überreden konnte. Wie toll man sich fühlte, wenn man gesund isst. Emilia hatte ihm das abgekauft und keine Nudel auf dem Teller gelassen, wohl auch als versöhnliche Geste, weil es als Hauptgang noch ein leckeres Steak gegeben hatte, natürlich vom Bio-Bauern. Francescos Energie und Fitness nach zu urteilen, konnte man seinen Ansichten zum Thema gesunde Ernährung sowieso nicht widersprechen.

Den Preis dafür zahlte sie jetzt. Sie fühlte sich wie aufgepumpt. Francesco zuliebe. Kein Wunder, dass Julia ihm verfallen war. Noch konnte Emilia den Kerl nicht so richtig einschätzen. Vielleicht war er ja so was wie ein Öko-Hallodri? Erst mit Tutti-Fruttis rummachen und sich dann an eine ahnungslose Deutsche schmeißen, die einen Ausbildungssparvertrag in der Tasche hatte. Das passte doch wie die Faust aufs Auge und war beängstigend, weil man sich gegen so viel Charme nicht wehren konnte. Selbst vor Jahren erlebt und dabei auf die Schnauze gefallen. Charmante, gut aussehende Männer waren brandgefährlich. Da musste sie nur an Julias Vater denken. Er hatte gewusst, wie man Menschen umgarnte. Nicht zuletzt deshalb war er für Julia »der beste Papa von Welt« gewesen. War sie am Ende deshalb auf Francesco angesprungen? Er hatte was von ihrem Vater, und das auch noch in Hochpotenz. Ob Julia wohl davon wusste, dass Francesco das Busenwunder für sie in den Wind geschossen hatte? Besser, sie sagte nichts. Vorerst! Jetzt war sie schließlich hier und konnte die Lage checken, diesem Francesco auf die Finger schauen. Genug Erfahrung mit diesem Typus Mann hatte sie ja. Und wenn er Julia nun doch aufrichtig liebte? Emilia seufzte. Die beiden hatten sich so viel Mühe gegeben, ihr den Abend zu versüßen. Sogar mit Pavarotti zum Tiramisu. Wie aufmerksam von Julia, schnell eine Playlist für sie herunterzuladen, damit sie ihren Sechzigsten so richtig genießen konnte. Vielleicht sollte sie ihre Bedenken beiseiteschieben und den beiden sogar eine Finanzspritze geben? Doch war das nicht wie Geld verbrennen? Emilia wälzte sich auf die Seite und schaute durch das offene Fenster auf den Olivenhain, dessen Blätter silbrig im Mondschein glänzten. Das hatte schon was, so ein ländliches Leben ... Aber dann rief sie sich wieder zur Ordnung: Wozu führten Träumereien? Ins Chaos. Oft genug beim Kundenstamm erlebt. Wenn der Laden hier nicht lief, dann stand Julia ohne abgeschlossenes Studium da. Immerhin nicht ganz alleine, sie hatte ja noch ihre Mutter. Doch konnte man Halt an jemandem finden, der selbst nach Halt suchte und mit dem eigenen Leben nicht so recht glücklich war? Alles, was Emilia noch hatte, war ihre Rente, etwas Geld vom Verkauf eines Kundenstamms, eine Tochter, die weit weg von zu Hause ihr Glück suchte, und ihre Torten. An Letzteren fand Emilia aus Gewohnheit Halt. Was würde sie wohl ihren Freundinnen als Nächstes kredenzen, wenn sie wieder zu Hause war? In ihrem Hirn fing es an zu rattern. Beste Zutaten für süße Träume. Das war besser als Fernsehen. Und die vielen Bilder in ihrem Kopf machten müde. Entsetzlich müde …

Kapitel 4

Julia war heute Morgen nicht deshalb so früh auf den Beinen, weil sie, wie sonst üblich, Francesco liebevoll geweckt hatte. Der notorische Frühaufsteher, der am liebsten mit den Hühnern schlafen ging und mit dem ersten Krähen des Hahns aufstand, lag vermutlich immer noch in den Federn. Kein Wunder, denn bei Mama hatte er sich selbst für seine Verhältnisse ziemlich verausgabt. Der süffige Rote hatte sein Übriges getan, bei Julia aber seine Wirkung verfehlt.

An Ausschlafen war nicht zu denken, wenn man ein schlechtes Gewissen hatte. Kein weiteres Wort der Kritik war mehr seitens ihrer Mutter gefallen, weil sie ihr Studium und somit ihre berufliche Karriere de facto abgeschrieben hatte. Keine Vorwürfe, keine Vorhaltungen und keine Belehrungen. Das war nicht Mama! Julia schnitt daher gleich noch zwei Rosen mehr vom Strauch, der hinter dem Haus an den Säulen ihrer Terrasse blühte, damit der Blumenstrauß für ihre Mutter sich sehen lassen konnte – nachträglich zum Geburtstag. Julia hatte ja kein anderes Geschenk parat. Um ein Haar hätte sie sich gleich nach dem Aufstehen die Ape geschnappt, um ins Dorf zu fahren, doch in Allerherrgottsfrüh hatten die meisten Läden noch geschlossen. Ein Rosenstrauß passte immer. Mama liebte sowieso eher kleinere Aufmerksamkeiten. Was hatte sie sich vor zwei Jahren über die witzigen Backformen gefreut, mit denen man Skulpturen aus Teig zaubern konnte, oder über den Notizblock mit Kuchenmotiven. Etwas Witziges dieser Art gab es vermutlich nicht einmal in Pizzo. Julia beschloss, dass der Strauß nun groß genug war. Sie konnte ihn ja kaum noch in den Händen halten. Zwei Finger hatte sie sich bereits blutig gestochen, und der Rosenstrauch sah nun recht ausgedünnt aus. Mit langen Gräsern zusammengebunden, wirkte der Strauß fast wie aus der Blumenhandlung. Ob Mama schon wach war? Vermutlich nicht, denn Francesco hatte dafür gesorgt, dass es spät geworden war. Mit vom Wein gelöster Zunge hatte Mama dann sogar noch einige Anekdoten aus Julias Kindheit zum Besten gegeben und es nicht versäumt zu erzählen, dass sie jeden Tag zu spät zur Schule gekommen wäre, wenn sie ihre Mutter nicht aus dem Bett gescheucht hätte – mit brutalsten Methoden. Bettdecke wegziehen, alle Lichter an, Fenster auf – und wenn das auch nicht half, kam der nasse Waschlappen zum Einsatz. Ziemlich rüde.

Das Fenster vom Loft war auf. Auch das war typisch Mama. Immer mit offenem Fenster schlafen. Sie musste gar nicht mehr hineinsehen, denn sie lugte neugierig hinaus.

»Sind die für mich?«

Mama stellte manchmal selten doofe Fragen.

»Nein. Nur Zimmerdeko«, witzelte Julia.

Mama lachte und eilte aus dem Zimmer.

Julia hätte es sich nie träumen lassen, eines Tages mit einem Rosenstrauß für ihre Mutter vor einer Scheune neben einer Olivenplantage zu stehen. Irgendwie skurril.

»Dass ich das noch erleben darf. Ein Rosenstrauß, für mich. Und was für ein schöner.« Mama versenkte ihre Nase in den Blüten, noch bevor Julia ihn ihr überreichen konnte.

»Die sind von deinem neuen Verehrer und mir …«, sagte Julia.

»Verehrer?« Da horchte Mama natürlich gleich auf. Soviel Julia wusste, hatte sie schon lange keinen mehr gehabt. Schleimende Kunden, damit sie deren Schadensfälle schnell abwickelte und bei deren Lügengeschichten ein Auge zudrückte, zählten nicht.

»Du meinst doch nicht etwa Francesco?« Ihre Mutter wandte ihren Blick nicht mehr von den Blumen ab.

»Beste Mama von Welt«, zitierte sie ihn.

»Nun ja ... wenn das so ist. Ist auch wirklich kein so übler Kerl«, konstatierte Emilia. Sie seufzte, bevor sie weitersprach. »Ich glaube, ich habe noch nie einen so schönen Strauß bekommen.«

»Bestimmt noch nie einen so frischen«, sagte Julia.

»Du hast doch nicht etwa meinetwegen den Rosenstrauch ...?«

»Ich hätte dir auch eingelegte Oliven schenken können.«

»Hast du eine Vase?«, fragte ihre Mutter.

»In der Küche.«

»Mir ist sowieso nach einem Kaffee, aber Americano«, gab Mama ihr zu verstehen.

»Hast du gut geschlafen?«, wollte Julia wissen. Um ein Haar hätte sie sie noch darum gebeten, eine Besprechung auf *Tripadvisor* zu hinterlassen. Natürlich nur Gutes.

»Die frische Luft ... die feste Matratze. Wo habt ihr die her? Italienische Matratzen sind doch meistens so weiche Dinger auf Springfedern.«

»Mama. Das war vielleicht mal so in den Sechzigern. Hotelfachbedarf aus Pizzo.«

»War sicher nicht billig.«

»Frag besser nicht«, sagte Julia, nicht, dass der verprasste Ausbildungssparvertrag noch mal zum Thema wurde.

»Hab mir über Nacht so meine Gedanken gemacht ... Ich meine wegen alldem hier«, sagte Emilia, blieb vor dem Eingang zum Haupthaus stehen und blickte sich um.

Julia wagte es nicht nachzufragen, welcher Art diese Gedanken waren.

»Ist ja schon etwas irre. Hier mitten in der Pampa, aber Francescos Begeisterungsfähigkeit scheint immerhin einiges wettmachen zu können. Allerdings nicht alles«, sagte ihre Mutter.

Worauf um Gottes willen wollte sie hinaus? Julias Handflächen wurden bereits feucht.

Emilia fuhr erst fort, als sie die Küche erreicht hatten.

»Kein Fernseher auf dem Zimmer, keine Klimaanlage. Das geht gar nicht. Im Hochsommer gehst du hier ein. Fliegengitter müssten her. Und ein Pool? Denkst du nicht, dass mehr Leute kommen würden, wenn alles ein bisschen mehr wie in einem normalen Hotel wäre? Schöne Möbel und eine geschmackvolle Einrichtung der Zimmer reichen nicht. Das ist zumindest meine Meinung.«

Julia traute ihren Ohren nicht. Das waren beinahe exakt ihre Worte, die bisher jedoch an Francesco abgeprallt waren.

»Ich könnte euch was leihen ...«, fuhr Mama fort.

Julia zögerte, den Knopf der Kaffeemaschine zu drücken, denn die machte einen Höllenlärm, wenn sie mal an war.

»Aber nur unter einer Bedingung ...«

Das war Mama, wie sie sie kannte. Julia fühlte sich augenblicklich an ihre Schulzeit erinnert. Kohle gab's nur für 'ne Eins, etwas weniger für 'ne Zwei in Problemfächern. Julia drückte nun doch den Knopf, um die Erinnerung daran mit dem Geräuschinferno der Kaffeemaschine zu verdrängen.

»Und die wäre?«, fragte Julia dennoch, als die erste Tasse gefüllt war.

»Für ein halbes Jahr, wenn dann der Laden immer noch nicht brummt, machst du dein Studium fertig. Du kannst ja immer noch Lehrerin werden. Und bis dahin weißt du auch, ob du hierbleiben möchtest.«

»Das weiß ich doch jetzt schon«, erwiderte Julia. Obwohl sie sich über das Angebot ihrer Mutter freute, konnte sie gar nicht anders, als sich gleichzeitig darüber aufzuregen. »Wie früher. Scheiß Leistungsprinzip.«

»Was sagst du?«, fragte Emilia.

»Ich kann dir das nicht versprechen«, erwiderte Julia und stellte ihr den Kaffee auf den Tisch.

»War ja auch nur ein Angebot.« Ihre Mutter klang etwas verschnupft. »Gibst du mir jetzt 'ne Vase?«, fragte sie dann.

Das Thema war damit offenbar vom Tisch. Für Julia aber noch nicht. Das Angebot ihrer Mutter beschäftigte sie. Julia nickte trotzdem und ging in den Abstellraum neben der Küche, in dem sie auch Vasen aufbewahrte. Von Mama Geld nehmen? Francesco würde es sofort annehmen, doch wäre das nicht zugleich ein Eingeständnis, dass sie es allein nicht schafften? Julia wurde das Gefühl nicht los, sich damit wieder abhängig zu machen, sich zu fühlen wie ein Kind, das ohne die Mama verloren war. Am meisten nervte sie aber, dass ihre Mutter immer nach einer Reißleine suchte, dabei gab es die im Leben nicht. Es konnte alles Mögliche passieren. Mit der gleichen Masche hatte sie versucht, Papa dazu zu bewegen, bei ihr zu bleiben. »Wenn du gehst, wirst du es bitter bereuen.« Entzug des sicheren Hafens. Und jetzt war sie trotzdem allein, und er war tot. Immer diese verdammte Sicherheitsnummer. Julia beschloss, ihren Traum nicht aufzugeben und das Thema fallen zu lassen.

Es gab Orte, die entfalteten erst auf den zweiten Blick ihren Zauber, der einen auf unerklärliche Weise berührte. Dafür bedurfte es keiner Prunkbauten oder überbordend verzierten Kathedralen.

Das Dorf war ein solcher Ort. Emilia fuhr diesmal entspannter hinein, ohne den Stress im Nacken, Julia ausfindig zu machen. Und allein, denn Julia und Francesco waren damit beschäftigt, das zweite Loft für die neuen Gäste herzurichten.

Ein freier Parkplatz direkt an der Hauptstraße, die ins Zentrum führte, lud zu einem Bummel durch das am Vorabend scheinbar halb ausgestorbene Dorf ein. Emilia stieg aus und blickte sich um. Das wuchtige Gebäude, vor dem sie geparkt hatte, war genau wie alle anderen in dieser Straße von Wind und Wetter gezeichnet, die Fassade moosbewachsen. Schmiedeeiserne Balkone rosteten vor sich hin, und die grüne Farbe der geschlossenen Fensterläden war nur noch zu erahnen. Im Erdgeschoss mussten früher Läden gewesen sein. Die Fenster und Türen waren nun mit Brettern vernagelt, und die Aufschrift mit dem Firmennamen war so verblasst, dass man nicht einmal mehr erahnen konnte, was hier einst gewesen war. Wer hier wohl gewohnt hatte? Sicher eine reiche Familie, denn das Gebäude verfügte über drei Etagen. Dahinter musste ein großer Garten liegen. Eine uralte riesige Pinie ragte hinter dem Hausdach hervor.

Emilia riss sich aus ihren Gedanken und ging ein paar Schritte weiter. Auf der gegenüberliegenden Straßenseite, die eine hüfthohe Mauer zum Tal hin begrenzte, bot sich ihr ein Blick auf das gesamte kalabrische Hinterland. Kakteen bevölkerten den Rand des Abhangs, der bis zur Talsohle mit Feigen- und Olivenbäumen bewachsen war. Sie erstreckten sich bis zu den Hügelketten am Horizont. Dazwischen schlängelte sich die Straße, auf der sie gestern gefahren war, wie ein Flusslauf hinunter ins Tal. Der Ort war in den steilen Hang gebaut. Seine Häuser wirkten wie ineinander verschachtelt, und ihre von Wind und Wetter ausgefleckten Dachziegel waren mit Moos bewachsen.

Nahezu ausgestorben wirkte das Dorf heute Morgen allerdings nicht, wie Emilia eben feststellte. Eine etwa gleichaltrige Frau kümmerte sich um die Blumen und Fächerpalmen auf ihrer Terrasse, die in den Abhang hineinragte. Es musste traumhaft sein, diese Aussicht jeden Tag genießen zu können. Weiter vorne in Richtung Dorfplatz lag der kleine Lebensmittelladen, den sie bereits bei ihrer ersten Fahrt durch das Dorf bemerkt hatte. Auch heute standen einfache Plastikstühle mitten auf dem Gehweg. Vielleicht gab es da drin ja ein klitzekleines Törtchen, um sich den Morgen zu versüßen. Julias Landpension, etwas anderes war es ja nicht, konnte mit so etwas Ungesundem natürlich nicht aufwarten. Tiramisu ohne reichlich Zucker. So etwas gab es nur bei Francesco.

Während Emilia auf den kleinen Lebensmittelladen zusteuerte, überlegte sie, warum Julia ihr Angebot einer Finanzspritze nicht weiter thematisiert hatte. Das hatte sicher nicht nur daran gelegen, dass Francesco zu ihnen gestoßen war, um sich mit einem Espresso zu stärken. War doch ein guter Deal. Probieren ging über Studieren, im wahrsten Sinne des Wortes. Und wenn sich das Ganze dann doch als Flop erwies, konnte Julia sich als Lehrerin immer noch eine sichere Existenz aufbauen. Dass aus dieser Pension nichts werden konnte, lag doch auf der Hand. Es verirrten sich zu wenige Leute in diese Gegend. Das sah man unter anderem daran, dass hier im Dorf Auswärtige angestarrt wurden, als wären sie von einem anderen Planeten. Die Blicke von drei älteren Männern mit typisch italienischen »berretti«, also Kappen für Senioren, lagen bereits auf ihr. Sie saßen nebeneinander auf einer sonnigen Bank. Hatte sie die nicht schon gestern gesehen? Anscheinend waren die hier angewachsen. Eine Frau, die Wäsche auf die gespannte Leine vor ihrem Fenster hängte, hatte sie ebenfalls im Visier. Emilia schenkte allen vieren ein unverbindliches Lächeln. Das kam anscheinend gut an, weil sie es erwiderten. Dann ging das Getuschel los.

Emilias Hoffnung auf einen kleinen Seelenaufmunterer aus Teig und Sahne schwand, als sie den kleinen Laden erreichte. Die Eisschilder an der Fassade waren bereits angerostet, einige Sorten mit einem Filzstift durchgestrichen. Wenn die nur noch vier oder fünf Sorten Eis hatten, dann brauchte sie nach leckerem Kuchen wahrscheinlich gar nicht mehr zu fragen. Sie ging trotzdem hinein. Eine ganz in Schwarz gekleidete ältere Frau, die ihr Haar streng nach hinten gekämmt in einem Dutt trug, begrüßte sie freundlich. Emilia hatte sofort den Tresen im Blick. Muffins! Auch noch in Plastik abgepackt.

»Avete tortas?«, fragte Emilia, nachdem sie der Frau ebenfalls ein warmes »Buongiorno« hatte zukommen lassen. »Si. Torta di mele«, sagte sie zu Emilias großer Überraschung, machte auf dem Absatz kehrt und verschwand in einem Nebenraum, den ein Perlenvorhang vor neugierigen Blicken schützte. Noch einmal klimperte es, als sie zurückkam, um ihr den auf einem Tortenhalter drapierten Apfelkuchen zu präsentieren. Jedoch tat sie das nicht, ohne einen verstohlenen Blick zum Eingang zu werfen, als ob sie sich vergewissern wollte, dass sonst niemand in der Nähe war. Das tat sie erneut, als sie ein Stück vom Kuchen abschnitt und auf einen Teller legte. Emilia kam sich so vor, als ob sie Drogen kaufen würde, die nur unter dem Ladentisch den Besitzer wechselten.

»Tedesca? Nelle vancanze? Urlaub?«, wollte sie wissen.

Emilia schüttelte den Kopf. »Figlia ... visitare«, stammelte sie, weil ihr das Wasser bereits im Mund zusammenlief.

Die Frau nickte nur, fragte aber nicht weiter nach.

»Fatto in casa ... ich gemacht«, sagte sie stattdessen.

»Dazu bitte einen Cappuccino«, bestellte Emilia gleich auf Deutsch. Das verstand sie sicher.

»Ich bringe raus …« Die Frau deutete in einer einladenden Geste auf die Plastikmöbel.

Emilia schnappte sich den Teller und eine Kuchengabel, ging nach draußen und probierte das erste Stück, noch bevor sie sich gesetzt hatte. Nicht einmal schlecht, aber letztlich war der Teig zu fest. Keine Raffinesse, doch absolut essbar. Anscheinend war der Kuchen nicht für jedermann gedacht. Wieso lag der denn nicht in der Auslage? Vielleicht gab es hier Wespen. Gesehen hatte sie im Laden allerdings keine.

Der Cappuccino stand keine zwei Minuten später auf ihrem Tisch. Erwartungsfroh starrte die Frau sie an, bis sie den nächsten Bissen intus hatte. Sie wollte sicher wissen, wie ihr der Apfelkuchen schmeckte.

»Buono.« Nun zeigte sich ein zufriedenes Lächeln bei der Frau. Es fror abrupt ein, als ein bulliger Mittfünfziger in Begleitung von zwei jüngeren Geschäftsleuten um die Ecke schoss. Er trug ein Jackett, einen Oberlippenbart und nach hinten gekämmtes Haar – damit hatte er etwas von Peppone, dem streitsüchtigen Bürgermeister aus den Don-Camillo-und-Peppone-Filmen – ein Umstand, der Emilia unwillkürlich schmunzeln ließ. Emilia wunderte sich schon gar nicht mehr darüber, dass er sie genau wie alle anderen anstarrte. Seine jüngeren Begleiter in feinen Anzügen, fesche Burschen, ignorierten sie dagegen. Täuschte sie sich, oder fixierte er gerade ihren Apfelkuchen? Dann nahm er die Besitzerin des Lebensmittelladens ins Visier.

»Turista«, sagte sie schulterzuckend. Es klang komischerweise wie eine Rechtfertigung.

Die drei gingen weiter. Die Alte murmelte etwas in ihren Damenbart hinein. Es klang wie eine Verwünschung. Auch die drei älteren Herren auf der Bank sahen dem Mann mit eher grimmigem Blick nach. Merkwürdiges Dorf!

Das Abflussrohr war wieder frei, das Bad picobello geputzt. Die neuen Gäste konnten kommen! Julia hatte Francesco trotzdem darum gebeten, noch einmal die Spülung zu überprüfen und sich zu vergewissern, dass alle Anschlüsse im Bad funktionierten. Sie befestigte in der Zwischenzeit ihren mehrsprachigen laminierten Hinweis, dass man in dieses Klo nichts anderes werfen durfte als das zur Verfügung gestellte Toilettenpapier. Francesco war in Anbetracht des Malheurs vom Vortag freiwillig noch schnell ins Dorf gefahren, um das dünne zu kaufen. Aus Schaden wurde anscheinend auch er klug. Dieser Häcksler war dem mehrlagigen Ökoklopapier nicht gewachsen, wie sich nach Demontage des Verbindungsstücks tatsächlich herausgestellt hatte, und erst recht nicht, wenn Gäste statt des Schmirgelpapiers auch noch poposchonende feuchte Tücher verwendeten. Der Junge der Hansens musste die halbe Packung im Klo versenkt haben. Eine Riesenarbeit, alles wieder sauber zu kriegen.

»Hoffentlich passiert das nicht noch mal. Ich weiß, warum ich kein Klempner werden wollte«, merkte Francesco an, obwohl Werkeln letztlich ganz sein Ding war. Er schloss den Spülkasten und trocknete sich die Hände ab.

»Unser Fehler. Wir hätten den Gästen das vorher klar und deutlich sagen sollen«, meinte Julia, während sie den letzten Klebestreifen an ihrem Warnhinweis über dem Spülkasten anbrachte.

»Deiner Mutter musste ich das gestern nicht sagen. Sie hat den Häcksler gesehen und wusste sofort, was Sache ist.«

»Mama? Eine Schnellcheckerin? Das ist mir neu …«, wunderte Julia sich.

»Also, ich finde, sie ist eine wunderbare Frau. Und sie hat die gleichen schönen ausdrucksstarken Augen wie du.«

Charmeur! Aber war das jetzt ein Kompliment? Eigentlich wollte Julia so wenig wie möglich von ihrer Mutter haben.

Er küsste sie mitten im Gästebad. Das stellte jeden weiteren Gedanken diesbezüglich ein.

»Und sie ist doch gar nicht so schlimm, wie du immer gesagt hast. Störrisch und militärisch organisiert … War doch locker gestern.«

Sein Kuss hatte besser geschmeckt als diese Beobachtung.

»Ich finde sie wirklich sehr nett«, setzte Francesco wohl deshalb nach, weil Julia ihn ungläubig angesehen hatte.

»Du findest alle Menschen nett. Du kennst sie doch noch gar nicht richtig. Außerdem bist du nicht bei ihr aufgewachsen.«

»Ich kann sie doch trotzdem nett finden.«

»Berechnend. Sie ist berechnend.«

»Warum das denn?«, fragte er, während sie das Bad verließen.

»Sie hat mir angeboten, eine kleine Finanzspritze zu geben«, erwiderte Julia.

Er blieb abrupt stehen. »Echt jetzt? Sie will uns helfen? Hat sie gesagt, wie viel sie uns gibt?«, hakte Francesco nach.

»Nein. Und ich habe mich auch noch nicht dazu geäußert. Eigentlich möchte ich das gar nicht.«

»Könnten wir doch gut gebrauchen, gerade jetzt«, Francesco verstand offenbar die Welt nicht mehr angesichts der unbezahlten Rechnungen, die sich bereits auf ihrem Schreibtisch türmten.

»Ich würde mir so vorkommen wie ein kleines Mädchen, das sich an den Rockzipfel von Mama hängt, wenn es Probleme gibt.«

»Es gibt Probleme.«

»Die sind aber lösbar. Bald läuft der Laden, wirst schon sehen«, sagte Julia. Es war eher ein Stoßgebet.

»Und wenn sie es uns nur leiht? Mir wäre auch lieber, es ihr zurückzuzahlen.«

Julia dachte für einen Augenblick darüber nach, schüttelte jedoch den Kopf.

Francesco ließ sich auf das Gästebett sinken, schnappte sich ihren Arm und zog sie an sich.

»Spring über deinen Schatten, Julia.«

»Sie hat Bedingungen an ihr Angebot geknüpft.«

»Welche?«

»Wenn der Laden innerhalb von sechs Monaten nicht läuft, muss ich zurück zur Uni.«

Francesco zuckte lapidar mit den Schultern. »Er wird laufen. Also kein Problem. Und wenn wir es zurückzahlen, sowieso nicht.«

»Sie glaubt, dass wir es etwas moderner einrichten müssten. Pool, Fernseher …«

»Kommt nicht infrage.« Dann beäugte er sie misstrauisch. »Du machst doch nicht etwa gemeinsame Sache mit ihr?«, fragte er beunruhigt.

»Nur weil ich in diesem Punkt ihrer Meinung bin?« In dem Moment machte sie sich klar, dass sie bereits redete und, was noch viel schlimmer war, dachte wie ihre Mutter, nämlich »vernünftig«.

»Mit einem Pool wären die doch geblieben. Allein schon wegen der Kinder. Die wollen alle einen Pool. Und in Sachen Klimaanlage hat sie doch auch recht.«

»Klimaanlage?« Francesco fiel aus allen Wolken.

»Das sind Leute aus kühleren Gefilden. Wir haben uns ja an die Hitze gewöhnt, aber …«

»Ungesund. Die Gäste werden krank. Außerdem verbrauchen die sehr viel Strom. Und die Kühlmittel belasten die Umwelt.«

»Und wenn wir Solarzellen auf das Scheunendach bauen? Da macht Mama sicher mit.«

»Das ist ja dann wie in einem Hotel hier«, sagte er missmutig.

»Was ist denn so schlecht daran?«, wandte Julia ein und hoffte, dass das Gespräch nicht in einen Streit ausartete, denn diese Diskussionen führten sie nicht zum ersten Mal.

»Unser Konzept … Ich glaube fest daran. In diesem Fall nehmen wir das Geld besser nicht.«

»Und wenn die nächsten Gäste wieder vorzeitig abhauen?« Julia saß diese Angst unentwegt im Nacken.

Noch bevor er etwas erwidern konnte, vernahm sie ein »Hallo« von draußen.

Francesco sprang sofort auf.

Julia hielt es auch nicht mehr auf dem Bett, und sie gesellte sich zu ihm ans Fenster. Zuerst sah sie Francescos Siegerlächeln, dann den Grund seiner Freude. Die neuen Gäste machten nicht nur im Internet einen äußerst umweltfreundlichen Eindruck. Sie waren mit zwei geländetauglichen Bikes unterwegs, allerdings nicht in neonbunten Sportklamotten wie die meisten Urlauber. Sie sahen eher aus wie zwei geflohene Geistliche aus einem kalabrischen Armenkloster. Unter dem Helm der jungen Frau quoll wie bei Rapunzel ellenlanges Haar hervor. Ein Wunder, dass es sich nicht beim Fahren in der Fahrradkette verfing. Ihr Begleiter machte einen auf Robin Hood. Grüner Kuttenlook. Statt Hightech-Rucksack hatten beide zusammengerollte Schaffelle auf dem Gepäckträger ihrer Bikes. Bingo! So langsam dämmerte auch Julia, dass sie diesmal wohl eine Spitzenbewertung bei *Tripadvisor* zu erwarten hatten.

Der Spaziergang durch das Dorf tat Emilia gut. Sie konnte sich durch die engen Gässchen treiben lassen und Läden entdecken, die so richtig urig waren. Hier gab es keine internationalen Markenlabel, sondern Geschäfte, die sich allem Anschein nach seit Jahrzehnten kaum verändert hatten. Wo gab es sonst noch einen

Schuster und einen Schneider, die ihr Handwerkszeug beherrschten, oder kleine Tante-Emma-Läden? Emilia überlegte, ob sie einen anderen Weg zurück zum zentralen Platz nehmen sollte, doch angesichts der mittlerweile sengenden Sonne erschien das von einer Steinmauer umgebene Grün am Ende der Gasse viel attraktiver. Keine zwanzig Meter weiter entpuppte sich der vermeintliche Park als Friedhof. Noch besser! Emilia liebte Friedhöfe, eigentlich schon seit ihrem Besuch auf dem Père Lachaise in Paris. Stunden hatte sie dort zugebracht, um nach den Gräbern von Jim Morrison und Oscar Wilde zu suchen. Dabei faszinierten sie besonders Marmorskulpturen und Grabhäuschen, die sich wie kleine Mausoleen ausnahmen. Manche Friedhöfe waren fast schon Open-Air-Museen. Emilia faszinierte auch, dass es Orte waren, die der Zeit trotzten. Hier war das Reich des Todes, die Endstation der Reise durchs Leben, und doch waren Friedhöfe meist umgeben von lebendiger Natur, mit der sich die sterblichen Überreste vereinigten. Ein ewiger Kreislauf. Diese Gedanken erfüllten Emilia stets mit Demut, der Dankbarkeit, gesund zu sein, aber auch einer gewissen Schwermut, weil sie die Frage aufwarfen, ob sie ihr Leben sinnvoll genutzt hatte. Zu Emilias großer Überraschung gab es hier, mitten in der Pampa, sogar sehr viele dieser Kunstwerke in Stein. Ein Eichhörnchen sprang ihr von einem Grabhäuschen entgegen, das mit Blumenornamenten versehen war. Zu Hause hätte sie Nüsse dabeigehabt. Abgesehen von dem Nager schien sich hier auf dem Weg unter den schattenspendenden alten Pinien niemand aufzuhalten. Es herrschte Totenstille – im wahrsten Sinne des Wortes, doch dann vernahm Emilia die Stimme eines Mannes. Er sagte irgendetwas auf Italienisch, was sie nicht verstand, und dann lachte er. Emilia lief ein Schauder über den Rücken. Was gab es im Reich der Toten zu lachen? Sie ging in die Richtung, aus der sie das Geräusch vernommen hatte, und dann entdeckte sie ihn. Ein drahtiger Mann mit rötlichem Haar und fahlem Gesicht. Sein weißes Hemd wirkte auch aus der Distanz ungebügelt, und seine Hose hing an ihm, als wäre sie eine Nummer zu groß. Und er hörte nicht auf, mit dem Grabstein zu reden. Wieso legte er nur eine der Blumen, die er dabeihatte, auf das Grab? Die anderen beiden, eine Rose und eine Lilie, hielt er noch in der Hand. Emilias Neugier war geweckt. Sie achtete darauf, dass sie sich ihm unbemerkt näherte, und versuchte, getrocknetes Geäst auf dem Gehweg zu umgehen, das verräterische Geräusche von sich gab, wenn man darauf trat. Gerade als sie nah genug gekommen war, um deutlicher zu vernehmen, was er sagte, machte er auf dem Absatz kehrt und ging zu einem anderen Grab ganz in der Nähe. Dort ging er in die Hocke und legte behutsam die orangefarbene Lilie ab. Erneut fing er an, mit den Toten zu sprechen. Der Ärmste, am Ende hatte er gleich mehrere Freunde auf einmal verloren. Vielleicht bei einem Busunglück. Man las ja immer wieder von solchen schrecklichen Dingen. Emilia erspähte einen Schleichweg zwischen zwei Grabhäuschen und beschloss, sich ihm noch ein Stück zu nähern. Es blieb bei dem Versuch, denn nun knackte es lautstark unter ihren Füßen. Mist! Diesen vertrockneten Ast hatte sie übersehen. Der Mann hatte sich offenbar genauso erschrocken und suchte mit Blicken die Umgebung ab. Sich weiterhin zu verstecken kam daher nicht mehr infrage. Emilia lächelte verlegen, als sie zwischen den Grabhäuschen hervortrat und den Hauptweg wieder erreichte. Sie spazierte einfach in die andere Richtung weiter und besah sich die Gräber. Es gehörte sich schließlich nicht, Leuten auf einem Friedhof hinterherzuspionieren. Die Frage, warum er mit den Toten sprach und drei unterschiedliche Blumen mit sich herumtrug, blieb also bis auf Weiteres ungeklärt.

»Warten Sie! Please wait!«, rief er ihr plötzlich zu. Dass »warten« wie »wachten« klang, ließ sie vermuten, dass der Mann aus

Holland stammte. Emilia fuhr herum und besah ihn sich näher. Aha, daher das rote Haar. Was um Himmels willen machte ein sommersprossiger Holländer auf dem Friedhof eines kleinen kalabrischen Dorfs?

Erst als er ihr ein warmes Lächeln schenkte, entschied sich Emilia um und ging zu ihm.

Er musterte sie und schien für einen Moment zu überlegen.

»Sie sind aus Deutschland? Schweiz? Österreich?«, fragte er.

»Man sieht mir das an? Woran?«, wollte sie wissen.

»Ich achte immer zuerst auf die Kleidung.«

»Ich laufe also wie eine typische Deutsche herum?«

»Keine Schuhe mit Absätzen, sondern bequeme. Kein elegantes Kostüm, keine Schminke, kein Hut ... adrett und praktisch.«

»Respekt. Sie haben eine gute Beobachtungsgabe«, sagte Emilia anerkennend, auch wenn sie seine Einschätzung nicht gerade als Kompliment ansah.

»Machen Sie Urlaub hier?«

»Ich besuche meine Tochter, Julia.«

»Julia? Ist sie nicht mit Francesco zusammen, dem Sohn des Bürgermeisters?«

Der Mann wusste ja gut Bescheid für einen Auswärtigen. Dass er von hier war, konnte sich Emilia nicht vorstellen. Sie nickte.

Dann reichte er ihr die freie Hand. In der anderen hielt er noch die Rose.

»Ich bin Arthur ... Aber die Leute hier nennen mich natürlich Arturo«, stellte er sich vor.

»Emilia. Ich denke, das spricht man auf Italienisch genauso aus«, sagte sie.

Nun nickte er. Sein Lächeln war so warmherzig, seine Augen so wach. Er schien sich zu freuen, ihre Bekanntschaft zu machen.

»Ich hab Sie gesehen, als Sie die Blumen hingelegt haben, und da habe ich mich gefragt, warum Sie das auf verschiedenen Gräbern tun«, sagte sie.

Er lachte. Warum, das erschloss sich Emilia nicht.

»Ich spreche gerne mit ihnen«, erklärte er.

»Mit den Toten? Aber ...«

»Doch, doch. Ich glaube schon, dass sie mich hören können. Ich weiß, das klingt ziemlich verrückt.«

Was sonst, außer verlegen zu schmunzeln, hätte Emilia daraufhin tun sollen? Ein durchgeknallter Holländer, der mit Toten sprach.

»Vermutlich eine Berufskrankheit«, fuhr er fort.

Das wurde ja immer obskurer. Nahm er sie auf den Arm? So wie er sich über ihren verwirrten Gesichtsausdruck amüsierte, lag dies auf der Hand.

»Ich bring sie unter die Erde.«

Emilia schluckte. Berufskiller, schoss ihr als Erstes durch den Kopf. Sie war in Kalabrien. Die Ecke Italiens war fest in der Hand der Mafia. In den Filmen lächelten die Auftragsmörder doch auch immer so charmant, aber Moment, ein holländischer Auftragsmörder mit Blumen in der Hand?

»Ich bin Totengräber. Leichenbestatter«, sagte er.

Der Mann machte Tote hübsch und buddelte sie dann ein? Wie konnte man da so warmherzig lächeln?

Doch dann seufzte er und ließ seinen Blick über die Grabreihen schweifen.

»Ein arbeitsloser Totengräber. Wenn meine finanziellen Reserven mal aufgebraucht sind, muss ich Sozialhilfe beantragen. Bürgergeld gibt's ja jetzt auch in Italien. Da muss ich nicht einmal mehr zurück in die alte Heimat«, sagte er in Gedanken.

Das leuchtete Emilia nicht so recht ein, denn die meisten Leute im Dorf, die ihr bisher begegnet waren, schienen nicht mehr auf der Überholspur des Lebens zu fahren. Standspur – bestenfalls. Da hatte er doch bestimmt genug zu tun.

»Zu wenige Tote?«, fragte sie.

»In den letzten sechs Monaten gerade mal zwei.«

»Ist das hier etwa so ein Dorf, in dem die Leute uralt werden? So wie dieses Dorf in Japan? Man hört ja immer wieder davon. Ist das Klima denn hier so gesund?«, wollte sie wissen. Am Ende war das der Grund, weshalb Francesco und Julia ausgerechnet hier Geschäfte machen wollten.

»Hier ist das Sterben verboten!«, sagte er.

»Verboten?«

»Die Leute sollen alle steinalt werden. Na ja, zumindest fünfundachtzig.«

»Wer sagt das?«

»Unser Bürgermeister.«

»Und wie kriegt er die Leute dazu? Ich meine, er kann doch nicht Schicksal spielen.«

»Das glaubt er mit Sicherheit, bei seinem Ego ... Aber im Ernst: Er verdonnert jeden zu regelmäßigen Gesundheitschecks und Sport. Wer nicht spurt, muss mehr Steuern zahlen. Die Leute hier haben nicht so viel Geld ... also tun sie, was er von ihnen verlangt. Das gesündeste Dorf Italiens soll es werden.«

»Da wird sich die staatliche Rentenkasse aber freuen«, sagte Emilia in Gedanken an die düsteren Aussichten für Rentner in der Heimat, sofern sie nicht privat vorgesorgt hatten wie sie selbst.

»Sie haben noch eine Blume übrig ...«, merkte Emilia an, in der Hoffnung zu erfahren, warum er hier mit drei unterschiedlichen Blumen unterwegs war.

Arturo besah sie sich und überlegte für einen Moment, bevor er ihr die Rose reichte.

»Für mich?«

»Eigentlich war sie für Giona. Aber sie wird wohl auch mal eine Woche ohne frische Blumen auskommen.«

Emilia nahm die Rose an sich und schnupperte daran. Was für ein betörender Duft. Er ging direkt ins Herz.

»War Giona Ihre Frau?«, fragte sie behutsam nach.

»Nein. Sie war Bäckerin im Ort. Vor zwei Jahren ist sie gestorben. Sie liebte Rosen und hat sie sich bei ihrer Beerdigung gewünscht.«

»Und für wen waren die anderen Blumen?«, wagte Emilia zu fragen. Angesichts seiner offenen Art bestimmt kein allzu großes Wagnis.

»Anna, die Frau meines Vorgängers, und ... Sofia ...« Emilia bemerkte, dass ihn die Erinnerung an diese Sofia tief berührte. Weil er im Gegensatz zu den anderen beiden nicht angab, wer sie war, beschloss Emilia, nachzuhaken.

»War sie Ihre Frau?«

Er schüttelte den Kopf.

Emilia wagte es nicht, weiter nachzufragen. Seine Augen waren so traurig.

»Wir standen uns nah«, sagte er dann doch.

»Tut mir leid«, sagte Emilia.

Arturo nickte dankbar. »So bleiben mir nur noch die Toten ... Aber gottlob verirrt sich ab und zu ein Lebender hierher«, sagte er augenzwinkernd.

Emilia war erleichtert, dass er sein Lächeln wiedergefunden hatte. »Wenn Ihnen nach Gesellschaft ist ... Hier gibt es doch bestimmt ein kleines Café«, schlug sie daraufhin vor, weil sie sich vorstellte, dass diesem Mann die Gesellschaft von Lebenden anscheinend etwas abging.

Nun lachte Arturo auf.

»Wir sind nicht in Rom, werte Emilia, aber mein Haus ist nicht weit von hier, und wenn Sie mir die Ehre eines Besuchs erweisen, bekommen Sie den besten Kaffee der Welt. Import aus Holland, versteht sich«, sagte er schmunzelnd.

Emilia lachte, denn Holland konnte sich ja eher des Käses rühmen. Sie nickte dann, ohne großartig darüber nachzudenken. Er strahlte, und da fiel Emilia ein, was Brigitte in ihrer Kuchenrunde vor Kurzem gesagt hatte: Die interessantesten Männer fand man ihrer Meinung nach nicht auf Kontaktportalen, sondern auf Friedhöfen. Um ein Haar hätte sich Sigi daraufhin einen Großpack Grablichter im Baumarkt gekauft. Und nun stand sie selbst plötzlich da, mit einer Rose von einem sympathischen Holländer in der Hand, der sie zu sich nach Hause einlud. Wenn er jetzt noch einen guten Kuchen hatte, wäre der Tag perfekt.

Kapitel 5

Julia und Francesco waren ein gutes Team, in fast allen Belangen des Lebens, sah man von der konzeptionellen Interpretation des Begriffs »Agriturismo« einmal ab. Manchmal führte dies zu Spannungen, heute jedoch zu Amüsement, aber auch zu Mehrarbeit, damit die Gäste zufrieden waren. Zunächst hatte Francesco ja noch triumphiert, weil Robin Hood und Rapunzel sich gleich voller Elan in den Olivenhain begeben hatten, um dort für einen Salat die Früchte dieser Bäume zu pflücken. Dummerweise hatte Francesco vergessen, einen alten Kanister mit Pestiziden wegzuräumen. Sein wunder Punkt. Julia hatte ihm zu Recht vorgehalten, dass Pflanzengift und Öko nicht so gut zusammenpassten, doch für den Erhalt des uralten Olivenhains seines Großvaters drückte Francesco ein Auge zu. Die damit vor zwei Jahren siegreich geführte Schlacht gegen die Olivenfliege *Dacus oleae*, die ihre Eier in die Frucht legte und deren Maden sich daran nährten, sorgte dafür, dass es heute keinen Salat mit Oliven gab, denn Rapunzel, also Nadine, war der Meinung, dass sich Giftstoffe dieser Art erst nach Jahren abbauen würden. Sie wolle ihren Körper nicht verunreinigen. Julia servierte den beiden stattdessen Zucchinisalat mit hiesigen roten Zwiebeln und Kräutern, alles aus eigenem Anbau.

»Die sind aber schon bio?«, wollte sich Nadine vergewissern, nachdem Julia sich zu ihren Gästen und Francesco auf die Terrasse gesellt hatte, um mit ihnen gemeinsam zu speisen. Auch eine von Francescos Ideen, um eine engere Bindung der Gäste ans Haus zu ermöglichen und somit sicherzustellen, dass aus Gästen Freunde wurden, die gerne wiederkamen.

»Aus dem eigenen Garten«, erklärte Julia mit der Salatschüssel in der Hand.

»Aber wenn es auf dem Olivenhain so viel Ungeziefer gibt, müssen Sie da nicht auch im Garten etwas nachhelfen?« Nadine schien das Misstrauen in Person zu sein. Doch da sprang Francesco ihr zur Seite.

»Wir verwenden nur Biodünger. Es gibt nichts Besseres als Ziegenmist«, erklärte er. Julia konnte ihm ansehen, dass er mittlerweile auch etwas angefressen war. Das lag sicher vor allem daran, dass sein Hardcore-Ökokonzept weniger gut angekommen war als gedacht. Wenn er in der Küche nicht während der Zubereitung einer Mahlzeit naschte und sich stattdessen etwas schweigsamer zeigte, sprach das schon Bände.

»Die eine Ziege?«, wunderte sich nun auch Nadines Mann.

»Sie glauben ja gar nicht, was die alles so rausböllert. Ziegen fressen ja den ganzen Tag. Wir sammeln es ein und können es prima für den Garten verwenden«, sagte Francesco so glaubwürdig, dass Julia es fast selbst glaubte, doch sie wusste es besser. Natürlich hatten sie das Beet vor Erstbepflanzung erst einmal mit Chemie plattgemacht. Unter Francescos Protest, doch wer Olivenfliegen skrupellos killte, der tat sich schwer, gemüsevertilgende Schädlinge in Schutz zu nehmen. Außerdem wuchs es ja auf heiliger Erde – der seines Großvaters.

Nadine atmete erleichtert auf.

»Der sieht aber auch total lecker aus«, schwärmte sie – für Julia das Signal, den Salat endlich auf den Tisch zu stellen.

Die beiden griffen daraufhin beherzt zu, und es schien ihnen zu munden, denn nach dem ersten Bissen gab Nadine einen wohlwollenden Laut von sich.

»Großartig. Und wie einfach man das machen kann. Rohe Zucchini. Noch alle Nährstoffe drin«, schwärmte auch der Mann in Grün. »Einfach« war allerdings relativ, denn es machte eine Heidenarbeit, die Zucchini ohne Raspel in so hauchdünne Scheiben zu schneiden. Hauptsache, es schmeckte ihnen.

»Und warten Sie erst einmal auf die knusprige Hähnchenbrust mit Zitronensoße und Lauchpüree«, schwärmte Francesco. Man konnte ihm ansehen, dass ihm gerade das Wasser im Mund zusammenlief.

»Hast du ihnen nicht gesagt, dass wir kein Fleisch essen?«, fragte Nadine ihren Mann mit vorwurfsvollem Blick.

Er hätte gar nicht betreten den Kopf schütteln müssen. All die Mühe also umsonst.

»Ist aber bio«, warf Julia gleich ein.

»Sie schlachten Ihre goldigen Hühner?« Nadine war entsetzt.

»Natürlich nicht«, sagte Francesco.

»Aber dann werden ja andere Hühner geschlachtet. Abgemetzelt, auf brutalste Wiese. Hühner haben eine Seele, genau wie wir«, redete sich Nadine in Fahrt. So schnell konnte Julia gar nicht schauen, wie sie ihr Smartphone in der Hand hielt und darauf etwas eintippte. Bitte keine Schlachtvideos, betete Julia im Stillen und verfluchte bereits jetzt den Moment, in dem sie den beiden ihr WLAN-Passwort gegeben hatte.

Nadine nutzte die Hülle ihres Smartphones als Ständer und stellte es mitten auf den Tisch. Gemetzel war noch untertrieben. Hunderte von flatternden Hühnern hingen kopfüber an einem Fließband, und dann rollten die Köpfe. Aus dem geplanten Hauptgang wurde nun ein vegetarisches Gericht. Lauchpüree ohne Hähnchenbrust, denn die bekam Julia nun nicht mehr herunter.

»Also, ich könnte nicht komplett ohne Fleisch«, sagte Francesco.

»Nur, weil man Sie so erzogen hat. Jüngste Studien belegen, dass der Mensch nur deshalb Fleisch auf seinem Speiseplan hinzugefügt hat, weil er aufgrund des damaligen Klimawandels zum Nomaden wurde und schlecht seine Felder mitnehmen konnte«, belehrte Nadines Mann sie.

»Und warum haben wir dann alle diese Vampirzähne, neben den eckigen Schneidezähnen?«, fragte Julia ketzerisch und fletschte ihr Gebiss.

Darauf wussten weder Robin Hood noch Rapunzel eine Antwort.

»Tja, das muss dann wohl jeder für sich entscheiden«, sagte Nadine.

»Etwas zu trinken? Was möchten Sie?«, fragte Francesco die beiden, wohl auch, um die spürbare Anspannung am Mittagstisch etwas aufzulockern und das Thema ad acta zu legen. Dem Himmel sei Dank, dass Nadine endlich dieses Splattervideo abstellte. Julia war bereits speiübel.

»Gerne. Eine Cola«, sagte Nadines Mann.

»Sicher eine Light«, mutmaßte Julia.

»Nein ... lieber eine normale«, erwiderte er. Was für eine herrliche Steilvorlage. Bald stand es in Sachen gesund leben eins zu eins, dessen war Julia sich sicher.

»Mit Zucker? Neueste Studien belegen, dass Zucker krebserregend ist, die Zellmembranen verklebt, sodass die Zellen sich nicht optimal reproduzieren können. Er macht dick und schwächt das Immunsystem.« Das sprudelte aus Julia heraus wie Öl.

Francesco warf ihr einen mahnenden Blick zu.

»Aber immer noch besser als eine Light«, gab Nadine zurück. Diese rechthaberische Person musste anscheinend immer das letzte Wort haben.

»Aber die hat doch keinen Zucker, Schatz?« Dass Robin Hood ihr in den Rücken fiel, passte Nadine gar nicht.

»Dafür Süßstoff, und das ist pures Nervengift. E 950, Aspartam, E 951, Cyclamat und E 952. Wir sollen alle krank werden, damit die Pharma genug an uns verdient«, klärte Nadine die Runde auf.

»Sind Sie Chemikerin?«, wagte Francesco zu fragen. Er wirkte sichtlich beeindruckt.

»Weiß ich aus der *Heilen Welt*. Das ist ein hochinformatives Portal für gesundes Leben«, ließ Nadine sie wissen. Für Julia klang das eher nach einem Hetzblatt für Verschwörungstheoretiker. Sie nickte dennoch, scheinbar dankbar für die Aufklärung.

»Bereit für den Lauch?«, fragte Julia.

»In feiner Butter von glücklichen Kühen zubereitet.« Francesco hatte sich offenbar wieder gefangen. Julia warf ihm einen vorwurfsvollen Blick zu, denn sie ahnte, was nun kommen würde.

»Ach ... lieber nicht ... Sie haben sich bestimmt so viel Mühe gemacht. Es ist ja unsere Schuld. Wir hätten Bescheid geben müssen, dass wir ...«

»Auch keine Butter?« Francesco konnte es kaum fassen.

»Tierisches Fett. Wenn der Körper erst einmal gereinigt ist, wissen Sie ...«, versuchte Nadine, ihm klarzumachen.

»Mir wird davon auch immer gleich schlecht«, ergänzte Robin Hood.

»Ich kann Ihnen auch etwas anderes kochen. Vielleicht Vollkorn-Spaghetti mit Tomatensoße?«, schlug Julia versöhnlich vor, die nächste *Tripadvisor*-Bewertung vor Augen, in der stand, dass man hier die Gäste mit Nervengift versorgte und somit vergiftete.

»Ach, lassen Sie nur, eventuell essen wir noch etwas in Pizzo. Da wollten wir doch sowieso hin, stimmt's?«, sagte Nadine an ihren Mann gerichtet.

»Die haben dort das beste Tartufo …« Weil Francesco ins Stocken geraten war, musste ihm wohl klar geworden sein, dass Tartufo ebenfalls aus Milchprodukten gefertigt wurde und vor Zucker nur so strotzte.

Die beiden ließen es unkommentiert.

»Aber der Salat war wirklich köstlich«, lobte Nadine und erhob sich.

Julia atmete auf, als sie gingen. Francesco hatte schon recht. Mit einer Landpension lernte man die interessantesten Menschen kennen, Leute, die einem den Appetit auf Fleisch für den Rest des Lebens verderben konnten und Francesco vermutlich auf den Gedanken gebracht hatten, auch noch mit veganer Ernährung zu werben. Dass er auch erleichtert aufatmete, als sich beide verzogen hatten, wertete Julia allerdings als gutes Zeichen.

Emilia starrte auf den wunderschönen Engel, einer von vielen in Arturos verwunschenem Garten, einem Biotop für Unkraut, was ihm aber einen besonderen Charme verlieh. Der Engel stand in der Mitte eines Springbrunnens, umgeben von Brachwasser. Das tat seiner Schönheit jedoch keinen Abbruch. Seine feinen Gesichtszüge waren eben, und seine geschwungenen Flügel umspannten den gesamten Brunnen. Ein wenig erinnerte sein Gesicht sie an Ernst, ihren verstorbenen Mann – jedenfalls in jungen Jahren. Anscheinend sammelte Arturo diese himmlischen Geschöpfe und nur solche der gleichen Machart. Putten, wie man sie in den meisten italienischen Kirchen vorfand, suchte man hier vergeblich. Die Engel hier hatten schlanke Körper, feine Gliedmaßen, und es waren Erwachsene, sofern man bei Engeln überhaupt davon reden konnte. Emilia fragte sich, woher er sie wohl hatte.

Von drinnen ratterte die Kaffeemaschine. Dass die noch ging, so alt, wie die war. Als Arturo sie vorhin kurz durch sein einstöckiges Häuschen mit gerade mal vier Zimmern geführt hatte, war ihr klar geworden, wie sehr er unter dem Alleinsein litt. Er ließ sich gehen. Wofür auch alles in Schuss halten, wenn man allein war und so gut wie nie Besuch empfing? Ihr war es ähnlich ergangen, nachdem Ernst sie verlassen hatte. Man hatte in schwierigen Lebensphasen auch kaum mehr Kraft für so nebensächliche Dinge wie Aufräumen, Putzen oder Bügeln. Das erklärte auch sein zerknittertes Hemd und das viele Geschirr, das in seiner Küche herumstand. Das Innenleben seines Heims passte wenigstens zum Garten, nur dass das Chaos dort einen gewissen morbiden Charme verströmte. Dass sie sich sofort in seinen Garten verliebt hatte, lag aber auch an einer riesigen meterlangen Sternjasminhecke entlang der Grundstücksmauer, deren Duft sogar den stinkenden Tümpel in Schach hielt, wenn man nicht direkt danebensaß.

»Mit Milch und Zucker?«, rief er nach draußen.

»Beides!«

Die Kekse standen schon auf dem Tisch. Eine Packung mit der Eigenmarke eines Supermarkts, aber essbar. Emilia nahm sich gleich noch einen und schüttelte in Gedanken an Arturos schier unglaubliche Geschichte den Kopf. Er hatte sie ihr auf dem kurzen Spazierweg zu seinem Haus, das in der Nähe des Friedhofs am Dorfrand lag, erzählt. Emilia hatte wissen wollen, wie man ausgerechnet Leichenbestatter wird. Nach einem Traumberuf klang das ja nicht gerade. Vom Kunststudenten zum Totengräber. Das war sein berufliches Leben in Kurzform. Er war als Student mit knapper Kasse hier hängen geblieben, hatte Geld für die Weiterreise gebraucht und es sich als Fahrer eines Leichenbestatters verdient. Solche Geschichten schrieb wohl nur das Leben.

Emilia überraschte, dass Arturo mit feinem Porzellan anrückte. Sie hatte mit einer einfacheren Tasse gerechnet. Das war nun der dritte Kaffee für heute. Wahrscheinlich stand sie nächtens senkrecht im Bett.

»Ich hoffe, ich habe Ihnen nicht zu viel versprochen«, sagte er.

Emilia konnte bereits riechen, dass er schmeckte, probierte einen Schluck und lächelte anerkennend.

Arturo setzte sich zu ihr und nahm sich ebenfalls von den Keksen.

»Was ich mich vorhin gefragt habe ... Warum sind Sie damals hiergeblieben? Hat Ihnen der Job denn so gut gefallen?«

Sein Lächeln schwächte sich etwas ab.

Emilia hoffte, dass sie ihn mit ihrer Fragerei nicht belästigte.

»Was verleitet Menschen dazu, ihren Verstand über Bord zu werfen?«, fragte er, nachdem er den Rest des Kekses mit einem Schluck Kaffee heruntergespült hatte.

»Der Liebe wegen?« Das lag nun auf der Hand.

Arturo nickte.

»Sofia?«, hakte sie neugierig nach.

»Ich konnte nicht weg von hier ... Nur ein Kuss ... Bei dem blieb es nicht, aber ... sie war schon verheiratet«, gestand er zögerlich.

»Sie haben also nicht aufgegeben und sind tatsächlich ihretwegen geblieben?«

»Ich musste ja von irgendwas leben. Ich hab ausgeholfen, das Handwerk ganz nebenbei erlernt ... Irgendwie hat es mich fasziniert ... Vielleicht, weil man nach einer gewissen Zeit den Tod nicht mehr so sehr fürchtet, wenn man ihm häufig begegnet. Nun ja, Peppe, das war Annas Mann, verstarb, und dann hat Anna mich gefragt, ob ich sein Geschäft übernehme ... Als sie dann auch noch ging, war ich eingearbeitet, und irgendjemand musste sich ja um die Toten kümmern«, erklärte er.

»Verrückte Geschichte ...«, sagte Emilia mehr zu sich selbst.

Arturo nickte.

»Und Sie? Sie haben mir ja noch kaum etwas von sich erzählt.«

»Dafür kenne ich jetzt den halben Friedhof ...«, scherzte sie, denn Arturo hatte über fast jedes Grab, an dem sie auf dem Weg zu seinem Haus entlangspaziert waren, eine kleine Geschichte zu erzählen gewusst.

Arturo kam nicht umhin zu lachen. Seine unbeschwerte Art machte es Emilia einfacher, von Ernst zu erzählen.

»Die Kurzversion lautet so: Mein Mann hat mich verlassen, kam nach einem Jahr wieder zurück, reumütig, und dann hat er mich noch ein zweites Mal verlassen. Erst mit 'ner Blondine durchgebrannt, und jetzt jagt er im Himmel vermutlich den Engeln hinterher.« Die Kurzform klang weniger dramatisch und ersparte Emilia, sich aufzuregen, was selbst nach so vielen Jahren immer wieder vorkam, wenn sie zu tief in ihrer Vergangenheit zu buddeln begann.

»Keine leichte Zeit für Sie, schätze ich mal«, sagte Arturo.

Emilias Lockerheit schwand, doch mit wem konnte man wohl besser über den Tod sprechen als mit einem, der beruflich damit zu tun hatte? Emilia fiel es trotzdem schwer fortzufahren.

»Es war sein Herz ... Wir haben noch zusammen gegessen. Ich dachte mir an diesem Abend, dass ich ihm vielleicht doch noch eines Tages verzeihen kann. Ich hasste ihn, ich liebte ihn. So ging das hin und her, aber letztlich überwog die Liebe. Wir wollten reden, bei einem Glas Wein. Ernst setzte sich auf die Couch und bekam plötzlich keine Luft mehr. Ich hab den Notarzt gerufen, doch dann fasste er sich an die Brust, fing an zu krampfen ...« Emilia schluckte, weil ihre Stimme zu brechen drohte.

»Sie müssen es mir nicht erzählen, Emilia«, sagte Arturo feinfühlig, doch Emilia wollte es, weil sie es sonst ja niemandem in dieser Offenheit hatte erzählen können, am wenigsten Julia. Sie hätte es nicht verkraftet. Für sie war er friedlich eingeschlafen.

»Als der Krampf nachließ ... Erst dachte ich, alles ist wieder gut, doch dann habe ich gesehen, dass sein Bauch sich nicht mehr hob und senkte. Er hat nicht mehr geatmet und ...« Der Schmerz fühlte sich augenblicklich so an wie damals.

»Ich wusste, dass er tot war, aber ich habe seine Hand gestreichelt und ... Ich habe mir das wirklich nicht eingebildet ... Er hat in dem Moment gelächelt, obwohl er doch schon tot war. Seine Mundwinkel erschlafften dann, also muss er vorher doch noch gespürt haben, dass ich seine Hand nahm. Tut mir leid. Ich ...« Tränen lösten sich aus ihren Augen.

»Emilia ... Es ist alles in Ordnung. Wirklich. Sie waren bei ihm, als er von dieser Welt ging. Er war glücklich, dass Sie für ihn da waren. Deshalb hat er gelächelt«, sagte Arturo. Was für ein tröstlicher Satz. Und das aus dem Mund eines ihr bis vor einer Stunde völlig Unbekannten. Also hatte sie sich das doch nicht nur eingeredet. Emilia ging es augenblicklich besser.

»Der Engel dort auf dem Brunnen. Ob Sie es glauben oder nicht. Er sieht ihm irgendwie ähnlich. Woher haben Sie den?«

»Selbst gemacht. Schon 'ne Weile her«, sagte er.

»Sie haben diesen Engel ...?« Emilia verschlug es die Sprache.

»Die Bildhauerei war mal meine große Leidenschaft. Mein Vater war schon Bildhauer«, sagte er und blickte auf sein Werk.

»Und warum haben Sie damit aufgehört?«

»Engel haben gar keine Flügel«, sagte er geheimnisvoll und blickte dabei immer noch auf die Statue. Erst dachte Emilia, dass er irgendeine schlimme Erinnerung mit dieser Skulptur verband, doch er schmunzelte. Einen Reim konnte sie sich aber nicht darauf machen. Emilia kam nicht mehr dazu nachzufragen, weil sich ihr Handy meldete. Den Piepton kannte sie.

»Mama. Wo steckst du?«, wollte Julia per Textnachricht wissen.

Arturo bemerkte, dass sie an ihrem Handy herumtippte, um Julia Bescheid zu geben, dass sie noch in der Stadt sei.

»Meine Tochter. Sie fragt sich, wo ich mich herumtreibe. Ich sollte mich mal besser auf den Weg machen«, sagte sie, weil Julia vorgeschlagen hatte, sich gegen eins am Dorfplatz zu treffen. Julia müsse sowieso noch ein paar Einkäufe erledigen. »O. k., bis gleich.« – Emilias Antwort erforderte es, sofort aufzubrechen.

»Wenn Sie möchten, begleite ich Sie zu Ihrem Wagen. Ich kenne eine Abkürzung«, schlug er vor.

»Gerne«, erwiderte sie, aber nicht nur der Abkürzung wegen. Irgendetwas umgab Arturo, was ihr guttat. Vielleicht lag es daran, dass jemand wie er stark genug war, mit dem umzugehen, wovor die meisten Menschen Angst hatten. Hatte sie es ihm deshalb erzählt? Nicht nur, denn Emilia musste sich zugleich eingestehen, dass er als Diener des Todes doch so viel Leben ausstrahlte und sie sein Lächeln gerne noch ein wenig länger genoss.

Verträumte und auf den ersten Blick verlassen wirkende Dörfer bargen überraschend viele Geheimnisse. Arturo kannte sie alle, was Emilia aber auch nicht wunderte, weil ein Leichenbestatter naturgemäß ganz nahe an die Menschen herankam, ihnen in den schwersten Stunden beistehen musste. Der Tod riss Arturos Meinung nach alle Vorhänge zur Seite. Es gab nichts mehr zu verbergen, und wer trauerte, hatte urplötzlich eine große Sehnsucht nach der nackten Wahrheit. Ganze Bücher könne er vollschreiben mit Affären, Betrügereien, beigelegten Familienfehden oder frisch entbrannten, wenn es ums Erbe ging. Der Tod reiße jedem die Maske vom Gesicht. Was er ihr auf dem kurzen Weg zurück in die Innenstadt alles erzählt hatte, klang nach großen Schicksalen einer Metropole. So viele Leute gab es hier doch gar nicht, aber da täuschte sie sich, denn nur wenige Häuser waren gänzlich unbewohnt. Sie sahen von außen nur nicht mehr so aus, wie sich ein Deutscher ein bewohntes Haus vorstellte. Die meisten Menschen, die hier noch lebten, waren alt. Einige Junge pflegten ihre Eltern oder arbeiteten in der Landwirtschaft.

»Und wo stecken die ganzen Leute?«, fragte Emilia, weil ihnen in den engen Gassen bisher nur ein einziger älterer Herr entgegengekommen war, der Schuster, wie Emilia nun wusste.

»Sehen Sie bei sich zu Hause so viele alte Menschen herumlaufen? Noch dazu bei der Hitze? Die bleiben viel lieber in ihren Häusern«, erklärte Arturo, was Emilia unmittelbar einleuchtete.

»Das da vorn. Ist das eine Schule?«, überlegte Emilia laut. Das Gebäude war dreistöckig und verfügte über ein breites Eingangsportal. An den Fenstern fehlten Vorhänge. Ihr war auch ein Verkehrsschild aufgefallen, ein rotes Warndreieck, mit zwei Strichmännchen, ein kleines und ein großes, allerdings hatte der Rost ihm bereits zugesetzt. Es musste alt sein.

»Die ist schon seit Jahren geschlossen«, erklärte Arturo.

Emilia stutzte, denn sie glaubte, eine weibliche Stimme aus dem Gebäude zu vernehmen.

»Uno, due, tre. Uno due tre. Respira!« Und was für ein Organ diese Frau hatte. Das klang beinahe nach militärischem Drill, oder war das eine Aerobic-Stunde? Das Zählen und die Aufforderung zu atmen deuteten darauf hin. Emilia vernahm nun Getrampel. Das Geräusch erinnerte sie an Schulsport in einer Turnhalle.

»Sandra«, sagte Arturo und schmunzelte.

Emilia sah ihn nur fragend an.

»Zuerst dachte ich, sie sei in geschäftlicher Hinsicht meine einzige Hoffnung, doch leider bewirkt sie das genaue Gegenteil«, sagte er nun mit einem breiten Grinsen.

Mittlerweile hörte Emilia Stöhnen, Keuchen und sogar einen Ausruf, der nach einem Fluch klang. Emilia packte die Neugier. Die Laute schienen aus einem der offenen Fenster zu kommen. Sie stieg die Stufen zum Eingangsportal hoch. Von dort konnte sie hineinsehen. Der Raum war voll mit älteren Herrschaften, in Leggings die Damen, in Jogginganzügen die Herren.

»Uno, due, tre«, gellte es von links.

Emilia reckte sich und erblickte eine wunderhübsche Frau, die man auf den ersten Blick für Angelina Jolie hätte halten können. Aha! Hand nach links, dann nach rechts ausstrecken und dann beide Hände nach oben. Die Alten hatten wohl schon mehrere Übungen hinter sich, denn ihre Sportshirts waren von Schweißflecken klatschnass.

»Wir nennen sie den General. Manche halten sie auch für eine Hexe, eine Gehilfin des Teufels«, sagte Arturo augenzwinkernd, der neben Emilia getreten war.

»Des Teufels?«

»Gaspare. Der Bürgermeister.«

»Ach ja, der will ja nicht, dass die Leute zu früh ins Gras beißen«, erinnerte sie sich.

»Einen kalten Arsch holt sich dabei jedenfalls keiner«, sagte Arturo und feixte.

Nun ging es auf den Boden. Bauchmuskeltraining. Mein Gott, waren diese Leute noch fit. Emilia geriet schon vom bloßen Zusehen ins Schwitzen.

»Wir haben hier eine Punktekarte. Wer sein Soll nicht erfüllt, der muss mehr Steuern zahlen«, erklärte er.

»Das sind vielleicht brachiale Methoden. Und, gehen Sie da auch hin?«

»Wer kein Einkommen hat, zahlt auch keine Steuern, allerdings muss ich alle drei Monate zum Arzt, sonst ist ein Bußgeld fällig.«

Emilia sah ihn entgeistert an.

»Gaspare will den Altersrekord eines anderen Dorfs brechen. Den von Selia auf der anderen Seite des Stiefels. Das bringt Presse und EU-Gelder. Die sollen in Projekte fließen, die allen zugutekommen. Ein Wanderpfad für Touristen, ein Park mit Grillplatz für die Leute, die an der Küste wohnen. Dann sollen sich noch Firmen hier ansiedeln, mit Steuervergünstigungen. Passiert ist in dieser Richtung aber noch nichts. Ohne Arbeit gehen die Jungen doch alle weg«, sagte Arturo.

Einer der Männer blieb erschöpft am Boden liegen. Er regte sich nicht mehr. Arturo hatte ihn sofort im Visier.

Emilia feixte. Bestimmt malte er sich gerade »Kundschaft« aus, doch nach einem Anpfiff vom General hoben sich die Beine des Opfers wieder. Arturo ließ die Schultern hängen und seufzte. So fit, wie die Alten hier waren, würde er wohl noch länger keine Steuern bezahlen.

Julia wusste, dass ihre Mutter es überhaupt nicht schätzte, wenn jemand unpünktlich war. Vielleicht gewöhnte Mama sich ja noch an das italienische Zeitgefühl und rückte ihr nicht gleich den Kopf zurecht, weil sie sich verspätete. Bei einer Verabredung mit jemandem von hier hätte Julia sich bestimmt nicht so abgehetzt. Offiziell war sie mit der Ape in die Stadt gefahren, um sich eine Gemüseraspel zu kaufen, weil der Zucchinisalat in feinen Scheiben so gut bei ihren Gästen angekommen war und Julia keine Lust mehr auf das Gefummel mit scharfen Messern hatte. Das hätte allerdings durchaus noch warten können.

Der wahre Grund lag woanders. Nach dem Fiasko mit Rapunzel und Robin Hood hatte sich Francesco heute Morgen nämlich etwas säuerlich in den Olivenhain verzogen, angeblich, um weitere Indizien für den Einsatz von Pestiziden aufzuspüren, damit sie nicht wieder Ärger bekamen. Er glaubte, sich zu erinnern, dass noch irgendwo am Rand der Plantage ein leeres altes Fass herumstand, das er für Abfälle nutzte. Nicht, dass ihre aktuellen Gäste, aber auch künftige das auch noch entdeckten und sie als Giftdeponie auf den einschlägigen Bewertungsportalen anschwärzten. Eine gänzlich sinnlose Aktion, denn Nadine und ihr Mann waren sowieso unterwegs und hatten die Erkundung des Olivenhains bereits hinter sich. Bisher waren auch keine weiteren Buchungsanfragen eingetrudelt, weder von Olivenhainliebhabern noch von Anti-Stress-Suchenden. Das war auch kein Wunder, denn ausgerechnet ihre ersten Gäste hatten Superbewerter-Status bei *Tripadvisor*. Wen sie verrissen, der kam so schnell nicht mehr auf die Beine. In Wirklichkeit wurmte es ihn sicher viel mehr, dass seine Vorstellungen von Agriturismo just bei Hardcore-Ökos nicht so gut angekommen waren. Sollte er doch in seinem geliebten Olivenfeld darüber nachdenken und sich bei der Feldarbeit abreagieren. Ihn darauf anzusprechen hätte unweigerlich zum Streit geführt. Dann doch lieber mit Mama ein wenig durchs Dorf bummeln und ihr zeigen, wie schön es hier in der Pampa war – sofern die Ape überhaupt noch ankam. Julia hatte das Gefährt förmlich über die Landstraße gejagt. Der Motor röhrte, und die Kabine vibrierte. Geblitzt wurde hier mangels Personals bei der Polizei zum Glück nicht. Also mit fünfzig durch die Dreißigerzone, die zum zentralen Platz führte. Mama musste dort sein, denn eben war die Ape an ihrem Leihwagen vorbeigerauscht. Julia traute ihren Augen nicht, als sie die leichte Linkskurve hinter sich gelassen und freie Sicht auf den Dorfplatz hatte. Wangenküsschen mit einem rothaarigen Mann? Moment, das war doch dieser Arturo. Wie kam sie denn an den? Der Eremit ließ sich doch nur alle Schaltjahre im Dorf blicken. Er ging. Wie schade, denn Julias Neugier war geweckt. Kaum hatte sie mit ihrer Knatterkiste den Dorfplatz erreicht, verschwand er auch schon in einer der Seitengassen.

Ihre Mutter winkte Julia so euphorisch zu, als würde sie mitten auf einem überfüllten Rockkonzert auf sich aufmerksam machen wollen. Dabei stand sie doch allein mitten auf dem Platz. An dessen Rand stellte Julia die Ape ab, auch wenn's verboten war. Wen kümmerte das hier schon. Strafzettel bekamen wenn, dann sowieso nur Touristen, weil die mehr Geld hatten.

»Das war doch gerade Arturo …« Julia konnte ihre Neugier kaum bremsen, als sie ihre Mutter erreicht hatte.

»Du kennst ihn?«

»Jeder kennt Arturo, aber hier kennt sowieso jeder jeden. Er hat Francescos Mutter unter die Erde gebracht. Ein sehr feinfühliger Mensch«, sagte sie und blickte dabei in die Gasse, in der er verschwunden war.

»Ja, das ist er«, bestätigte ihre Mutter mit verklärtem Blick.

»Wie habt ihr euch denn kennengelernt?«, wollte Julia wissen.

»Auf dem Friedhof«, sagte ihre Mutter mittlerweile beängstigend gedankenverloren.

»Geht's dir gut, Mama?«

»Warum sollte es mir denn nicht gut gehen? Es stimmt einen halt nachdenklich, wenn man Zeit auf einem Friedhof verbringt«, erklärte sie.

»Zieht einen runter«, sagte Julia.

»Arturo hat mir vom Leben einiger Leute aus dem Dorf erzählt, die er auf ihrer letzten Reise begleitete. Jeder hat so seine Geschichte, hat sein Leben gelebt. Und dann finito.«

Julia musterte ihre Mutter mit wachsender Sorge. Sie klang nämlich genau so, als hätte sie der Friedhofsbesuch doch runtergezogen.

»Du bist fit. Musst nicht mehr arbeiten. Denk an die vielen schönen Jahre, die du noch vor dir hast«, versuchte sie, ihre Mutter aufzumuntern.

»Schöne Jahre? Und was war mit den Jahren zuvor?«

»War doch nicht alles schlecht, oder?«, hakte Julia nach.

»Nein. Ach, ich weiß auch nicht. Komm mir grad vor wie auf dem Abstellgleis. Das kann doch noch nicht alles im Leben gewesen sein?«

»Fang doch mit irgendetwas Neuem an. Malen. Und du backst doch so gerne.«

»Weiß schon. Töpferkurs an der Volkshochschule ... Ich frag mich nur, was die ganzen alten Leute hier so treiben. Außer Aerobic.«

»Du weißt davon?«

»Wofür schinden die sich so?«

»Damit sie länger leben ...« Das tat man doch, wenn man sich fit hielt, überlegte Julia.

»Und wozu lebt man so lange?«

»Mama! Versprich mir, dass du nicht mehr auf diesen Friedhof gehst.«

Emilia seufzte.

»Begleitest du mich trotzdem in den Laden dort drüben?« Julia deutete auf ein Haushaltswarengeschäft, in dem man so ziemlich alles – von Batterien über Baumarktartikel und natürlich Küchenutensilien – bekam. Shopping brachte sie vielleicht auf andere Gedanken. Shopping hieß, mitten im Leben zu sein.

»Haben die auch Deko?«, fragte ihre Mutter. Jetzt klang sie wieder normal. Es wirkte.

»Was willst du denn damit? Dein Koffer ist doch jetzt schon voll.«

»Na, bei euch ist es ein bisschen karg ... Wenn ich schon bei euch wohne, dann könnte ich euch doch ein bisschen unter die Arme greifen ... Wenn wir was Schönes finden.«

Julia nickte etwas halbherzig zu Emilias Vorschlag, denn der Spruch mit dem kleinen Finger traf definitiv auf ihre Mutter zu. Erst ein Kissen, dann kam der Pool und schließlich der ganz große Streit mit Francesco. Wehret den Anfängen!

»Und die neuen Gäste? Du erzählst ja gar nichts. Die waren bestimmt begeistert«, sagte Mama, während sie den Dorfplatz überquerten. Wahrscheinlich wollte sie abchecken, ob sich eine Investition in ihre Pension überhaupt noch lohnte. Ihr nun die Wahrheit zu erzählen, würde sie in ihrer Annahme bestätigen, dass die volle Müsli-Nummer mit Basic-Ausstattung bei den Gästen nicht so gut ankam.

»Die haben sich erst im Olivenhain ausgetobt, und dann haben wir zusammen gegessen.« Das entsprach der Wahrheit.

»Also hat es ihnen gefallen«, hakte ihre Mutter nach. Sie kannte ihre Tochter gut genug, um ihr Ausweichmanöver zu durchschauen.

»Schon ...« Es war zu heiß, um ihr die volle Wahrheit zu offenbaren. Immerhin ihr Zucchinisalat war ja gut angekommen. Das linderte Julias schlechtes Gewissen.

»Na, dann ist ja alles gut. Hätte ich nicht gedacht, aber wahrscheinlich habt ihr recht, und die Leute suchen das Einfache, Unberührte ... Ist ja auch idyllisch bei euch«, sagte ihre Mutter.

Besser, sie ließ sie in dem Glauben. Und wenn sie ihr doch die Wahrheit sagte und mit ihr gemeinsame Sache gegen Francescos Pläne machte? So ein schöner Pool und mehr Komfort? Neue Loungemöbel zum Chillen, statt auf harten Holzstühlen zu sitzen? Kostete Kohle. Nein! Das kam nicht infrage. Das schafften sie auch allein. Julia versuchte, sich das einzureden. Dann sollte sie ihr halt eine Reibe aus Edelstahl spendieren. So als Kompromiss und nette Geste.

»Giona«, entfuhr es ihrer Mutter wie aus heiterem Himmel, noch bevor sie den Eckladen, der an den Dorfplatz grenzte, erreicht hatten. Was meinte Mama damit, und warum starrte sie so andächtig auf das verlassene Haus mit der alten Bäckerei, bei dem bereits die Fassade bröckelte?

»Wie bei Oma«, gab sie dann von sich.

Das musste die Hitze sein. Mama hatte schon wieder diesen Silberblick.

»Alles gut?«, fragte Julia sicherheitshalber nach. Daraufhin schien ihre Mutter sich zu fangen.

»Du kannst dich wahrscheinlich nicht mehr daran erinnern. Da warst du noch zu klein. Deine Großmutter hatte eine Konditorei. Es war die schönste in ganz Augsburg. Und die Leute haben Schlange gestanden, weil sie eine wahre Künstlerin war.«

»Von der hast du das also geerbt. Anscheinend ist bei mir da genetisch etwas schiefgelaufen.«

Mutter lachte. Ihr Blick verharrte trotzdem auf dem Gebäude. Wenn man sich die verdreckten Scheiben wegdachte, war es ein wunderschönes Steinhaus mit großen Schaufenstern im Erdgeschoss. Der Eigentümer hatte sich nicht einmal die Mühe gemacht, sie mit einem Bretterverschlag zu versehen. Die Fenster des Obergeschosses verfügten über einen ornamentierten Rahmen aus Blättern, die über dem Fenster zu einer Blüte zusammenliefen. Julia überlegte, dass früher hier bestimmt viele Leute eingekauft hatten. So eine Bäckerei war schließlich der Dreh- und

Angelpunkt in einem beschaulichen Dorf. Hier traf man sich morgens, ratschte und tratschte. Die alte Bäckerei befand sich noch dazu in bester Lage, gleich in der Nähe des Rathauses und der alten Dorfkirche. Nur zwei Läden, die an den Platz grenzten, hatten den Zahn der Zeit überdauert. Der eine, zu dem sie wollte, führte Haushaltswaren, der andere verkaufte Zeitungen und Zigaretten.

Ihre Mutter stand schon an der Scheibe, wischte sie mit einem Papiertaschentuch aus ihrer Handtasche sauber, sodass sie besser hineinsehen konnte.

»Schau mal ... Dieser wunderschöne Speckstein am Boden. Dahinter liegt die Backstube. Man kann den alten Ofen sehen. Und erst die Wände! Die muss mal jemand bemalt haben. Altrosa und ein Zierrahmen aus Efeu bis hinauf zur Stuckdecke.«

Julia gesellte sich zu ihr, woraufhin ihre Mutter ein zweites Guckloch schuf.

»Muss wirklich toll gewesen sein, früher«, bemerkte Julia.

»Und wieso lassen die das leer stehen? Überleg mal. Hier mitten auf dem Dorfplatz«, sagte Mutter.

»Zu wenig potenzielle Kundschaft? Die Leute kaufen ihr Zeug im Supermarkt. Ist ja auch billiger.«

»Oma hatte die gleichen Farben an der Wand, aber keine Ornamente, sondern einfache olivgrüne Rahmen«, erinnerte ihre Mutter sich gedankenverloren. Dann sah sie auf den Platz vor der Bäckerei. Wenn sie ihren Mund spitzte und Leben in ihre Augen kam, hektisch von links nach rechts blickte, dann ratterte es in ihr.

»Stell dir mal vor. Hier drei oder vier runde Tische mit Sonnenschirmen ... Ein paar Blumenkästen dazu ...«, schwärmte ihre Mutter mit verträumtem Blick.

»Mama. Auf den Gedanken sind bestimmt schon andere gekommen. Es wird schon seinen Grund haben, warum es leer steht.«

»Es muss mal einer Giona gehört haben«, sagte Mutter, womit Julia klar wurde, warum sie vorhin diesen Namen von sich gegeben hatte.

»Kann sein. Ich weiß von Francesco nur, dass die Bäckerin keine Kinder hatte, ihr Mann auch tot ist und der Erbe nichts damit anzufangen weiß. Das Ding steht angeblich seit Jahren leer.«

Mama nickte zögerlich. »Schade, wirklich so schade um dieses schöne Haus«, sagte sie.

»Um halb zwei macht der Laden zu, und ich brauch noch was für die Küche«, drängelte Julia. Das riss ihre Mutter aus ihren Träumereien. Sie folgte ihr, doch bis sie den Laden mit den Haushaltswaren erreicht hatten, drehte sie sich noch zweimal nach dem Gebäude um. Sie musste sich in dieses Teil wohl verliebt haben.

Ein Set bequemer leinenfarbener Sitzkissen, ein Smoothie-Mixer und zehn Weingläser aus aufwendig geschliffenem Glas. Das war eine ziemlich fette Ausbeute für ihre Tochter, aber die Geschenke kamen von Herzen, wenngleich die Sitzkissen nicht ganz so uneigennützig waren. Die Bank und die Stühle aus Holz auf der Terrasse vertrugen Polster. Öko hieß nicht zwingend spartanisch. Emilia hatte den Eindruck, dass Francesco sich genauso darüber freute wie Julia. Die Sachen konnten sie schließlich gut gebrauchen.

Nach dem Einkauf gemeinsam mit der Tochter in der Küche zu stehen und eine leckere Mahlzeit zuzubereiten, war zudem etwas Besonderes. Zuletzt erlebt, als Julia noch klein war und der Mama gern beim Kochen geholfen hatte. Anscheinend hatte sie nicht so viel von Mamas Kochkünsten behalten, denn Julia kochte zu Emilias Entsetzen glatt nach Rezepten aus einem Kochbuch. Wo blieb da die Kreativität? Wenn man mit Lebensmitteln umzugehen wusste, ihren Geschmack und deren Eigenschaften kannte, dann reichte das doch, um jeden Tag für ein neues kulinarisches Abenteuer zu sorgen. Beim Backen war das schließlich nicht anders.

Francesco schien auch gerne zu kochen, hatte es heute aber vorgezogen, den Stall auszumisten. Der Kerl war anscheinend immer in Bewegung. Hauptsache, sie saßen nun alle beim Abendessen zusammen. Und wie es Francesco schmeckte: Ihr Zucchiniauflauf mit Ingwer und rotem Pfeffer war der Renner. Die leckere Parmesankruste ließ er sich sichtlich auf der Zunge zergehen. Leider fehlte das Hackfleisch. Julia hatte zwar welches im Kühlschrank, doch wie Emilia inzwischen von Julia wusste, waren ihre aktuellen Gäste Vegetarier. Sie waren allerdings wie vom Erdboden verschluckt.

»Echt schade, dass sie nicht da sind. Ich hätte eure Zielgruppe gerne einmal persönlich kennengelernt. Ihr habt doch gesagt, dass sie Halbpension gebucht haben«, hakte Emilia daher nach.

Dass Julia und Francesco daraufhin Blicke tauschten, war Emilia nicht entgangen. Da stimmte doch etwas nicht. Francesco sah betreten drein.

»Die werden noch unterwegs sein und dann gleich auswärts essen«, sagte Julia.

»Das gute Hackfleisch. Jetzt haben wir extra vegetarisch gekocht«, bemerkte Emilia bedauernd.

»Vermutlich hätten wir auch noch auf den Parmesan verzichten müssen.« Julias Bemerkung klang etwas spitz.

»Wie? Noch nicht mal Käse? Ernähren die sich nur von Gemüse?«

»Aber nur ungespritzt. Am besten mit Garantiesiegel und eidesstattlicher Versicherung«, fuhr Julia im ironischen Tonfall fort.

»Die leben halt gesund«, meinte Francesco.

»Also wenn man auf so viele Dinge Rücksicht nehmen muss ... Dann doch lieber normale Touristen«, sagte Emilia freiheraus.

Julia zog die Augenbrauen hoch, während sie zu Francesco hinübersah. Gab das jetzt dicke Luft?

»Man kann es nun mal nicht jedem recht machen. Also macht euch nicht zu viele Gedanken. Es kommen bestimmt noch Gäste, denen euer Essen schmeckt«, sagte Emilia daher versöhnlich.

»Dein Wort in Gottes Ohr.« Julia streute gleich noch etwas vom frisch geriebenen Parmesan auf ihre Portion.

»Mein Vater sagt, dass wir bald mehr Zulauf im Dorf haben werden. Der neue Wanderweg mit botanischem Garten zieht Reisende an. Wird dann auf allen Italienurlaubsportalen beworben«, sagte Francesco voller Zuversicht.

»Die haben ja noch nicht einmal damit angefangen, ihn anzulegen«, warf Julia ein.

»Im Herbst fangen sie damit an. Wir haben jetzt schon viele Leute, die mal kurz haltmachen, um sich unser schönes Dorf anzusehen«, gab Francesco trotzig zurück.

»Kurz. Die Betonung liegt auf ›kurz‹«, stellte Julia fest.

»Was sollen sie denn machen? Wir haben kein Restaurant, nur Giuseppes kleine Osteria, die so versteckt liegt, dass sie kein Auswärtiger findet. Und Violas Lebensmittelladen. Noch nicht einmal ein Café. Vermutlich wäre das besser als ein Wanderweg, aber dafür gibt's keine EU-Mittel. Ich hab Vater schon hundertmal gesagt, dass er das Zentrum beleben muss.«

»Hier fahren wirklich so viele Leute durch?« Emilia wollte es nun genau wissen.

»In der Hauptsaison herrscht auf der Hauptstraße reger Verkehr.«

»Und wenn es tatsächlich ein Café gäbe? Mit leckerem Kuchen?«, platzte es aus Emilia heraus.

»Das wäre eine Goldgrube. Die Alten hätten dann endlich einen Ort, wo sie sich treffen können. Die Männer hocken doch eh nur den ganzen Tag auf Parkbänken herum, und die Frauen verkriechen sich in ihren Häusern. Das würde gehen, aber wer soll denn hier ein Café aufmachen?«

Emilia hatte ihren Mund noch nicht aufgemacht, da lag Julias fragender Blick auch schon auf ihr.

»Wir sind heute an der alten Bäckerei vorbeigelaufen. Liegt super zentral. Sieht man von der Hauptstraße aus«, sagte Emilia dann doch.

»Die müsste halt hergerichtet werden. Außerdem wüsste ich niemanden im Ort, der so gut backen könnte wie Sie«, sagte Francesco. Das Kompliment ging Emilia runter wie Öl. Und er wusste, wovon er sprach, weil er bereits vom Nachtisch, ihrem leckeren Zitronenkuchen mit Vanillefüllung, genascht hatte.

Julias Blick war jetzt fest auf sie gerichtet. Die Frage: *Mama, du denkst jetzt doch nicht etwa …?*, musste sie gar nicht stellen.

»Wenn deine Oma noch leben würde, die wäre bald so bekannt, dass selbst Leute aus Rom nur für ihre Torten hierherfahren würden«, sagte Emilia.

»Italiener essen Kuchen nur zum Nachtisch«, stellte Julia klar.

»Dumme Angewohnheit«, gab Emilia zurück.

»Ich glaub schon, dass die Leute das annehmen würden. In Kombi mit einer Eisdiele – das wäre genial. Und an der Tür ein Foto von hier. Werbung für unser Resort!«, träumte Francesco vor sich hin. Das war richtig ansteckend.

»Ja, das läuft dann genauso gut wie unsere Landpension«,

sagte Julia süffisant. Der Seitenhieb saß, denn Francesco schmollte. Aber Julia hatte recht. Ihre Bemerkung erstickte auch den vorhin aufgeblühten Gedanken, hier eine Konditorei mit Café aufzumachen.

»Ich hol mal den Wein«, sagte Julia, stand auf und ging in die Küche.

»Die könnte man bestimmt billig haben …«, wagte Francesco nur noch im Flüsterton zu sagen. Mit der Masche hatte er bestimmt auch Julia auf den obskuren Gedanken gebracht, hier mitten in der Pampa eine Pension zu eröffnen. Emilia zuckte ratlos mit den Schultern, doch so ganz konnte sie den Gedanken nicht beiseiteschieben. Arturo kannte den jetzigen Eigentümer. Fragen kostete ja nichts, rein interessehalber, versteht sich, denn es kam gar nicht infrage, auf ihre alten Tage nach Kalabrien zu ziehen. Verrückte Idee.

Kapitel 6

Wenn man die halbe Nacht am offenen Fenster saß und Olivenbäume zählte, um müde zu werden, dabei das halbe Leben an einem vorbeizog, und in den wenigen Stunden Schlaf auch noch von den besten Torten der eigenen Mutter träumte, hinterließ das natürlich Spuren. Witzigerweise hatte Emilia auch von Mutters Freundin Gerda geträumt, deren Eistorten im Sommer sehr beliebt gewesen waren. Im Traum war ihre Mutter auf die Idee gekommen, sämtliche Tortenklassiker als Eistorte auszuprobieren. Der Traum erzeugte immer noch einen solchen Sog, dass Emilia sich ihm selbst nach einer belebenden Dusche noch nicht entziehen konnte. Wie schön wäre es, in dieser Bäckerei ihre Kunstwerke zu servieren!

Emilia hatte Julia beim Frühstück kein Sterbenswort von ihren nächtlichen Grübeleien erzählt. Schon gar nicht, dass sie vorhatte, Arturo aufzusuchen und dazu zu bewegen, Kontakt mit dem Eigentümer aufzunehmen, um sich die alte Bäckerei von innen anzusehen. Dazu hatte sich auch gar keine Gelegenheit ergeben, weil Julia und Francesco damit beschäftigt gewesen waren, ihre zweiten Gäste zu umsorgen: »Biomarmelade vom Bauern« und »Der Honig ist von hier«, hatten sie ihnen auch im übertragenen Sinne aufs Brot geschmiert. Die Bienen kämen auch nicht in Kontakt mit Pestiziden. Wer's glaubt. Francescos Lobtiraden hatten wenigstens dafür gesorgt, dass diese zwei kratzbürstigen Müslisocken nicht mit leerem Magen aufgebrochen waren. Die wenigen Minuten, in denen Emilia zum Frühstück zu ihnen auf der Terrasse dazugestoßen war, hatten gereicht, um sich ein recht gutes Bild von den beiden zu machen. Solche Typen kannte Emilia. Die gab es auch in ihrem Kundenkreis. Rechthaberisch und nahezu besessen waren sie.

Arturo, dem sie während ihres Spaziergangs von seinem Haus in die Innenstadt brühwarm davon erzählt hatte, amüsierte sich immer noch darüber. »Du weißt, wie man einen Stier an den Hörnern packt.« Damit meinte er den Umstand, dafür gesorgt zu haben, dass die nächste Bewertung auf dem Ferienportal sicher besser ausfallen würde als die letzte.

»Tellergroß?« Arturo bezog sich auf die Augen von Julias Gästen, als Julia ihnen auf Anraten der Frau Mama ein Stück ihres Zitronenkuchens kredenzt hatte.

»Gut, ich habe ihnen erzählt, dass ich grundsätzlich nur mit Birkenzucker backe und den sogar aus Deutschland aus dem Reformhaus mitgebracht hätte. Das Problem war aber die Milch.«

»Warum das denn?«

»Milch belastet angeblich die Leber und hindert sie daran, den Körper zu entgiften. Nadine hat mich schon beim Frühstück gefragt, welches Säugetier schon die Milch von einem anderen trinkt. So ganz von der Hand zu weisen ist dieser Gedanke nicht. Deswegen trinkt sie ihren Kaffee auch nur mit Mandel- oder Reismilch, ohne Zucker, versteht sich.«

»Aber der Kuchen war doch schon fertig, bevor sie Ihnen das gesagt hat«, überlegte Arturo laut.

»Mit Mandelmilch kannste keinen Zitronenkuchen backen, aber das wissen die ja nicht. Natürlich war da Milch drin, immerhin laktosefrei.«

»Aber das schmeckt man doch, oder?«

»Nö, dafür sind die Zitronen zu kräftig. Dann entgiftet sie ihre Leber heute halt etwas weniger. Hauptsache, sie versucht nicht, das Rezept nachzubacken«, sagte Emilia brottrocken.

»Und die haben Ihnen das geglaubt?«

»Das war denen so was von egal. Francesco hat ja auch prima mitgespielt. Wie der mit der Gabel die Tortenspitze abgetrennt hat. Ein Akt purer Sinnlichkeit. Und dann hat er noch mit dem Finger die Vanillefüllung vom Teller geschleckt. Mit verdrehten Augen, versteht sich. Ob da auch noch Eier drin waren, wollten die schon gar nicht mehr wissen.«

Arturo schüttelte sich erneut vor Lachen. »Da wäre ich zu gerne dabei gewesen.«

Dann fing Arturo plötzlich an zu husten. Wahrscheinlich hatte er sich verschluckt. Emilia klopfte ihm gleich auf den Rücken.

»Geht schon«, keuchte er.

»Haben Sie das öfter?«

»Ich lache so selten. Anscheinend hat das eben meine Bronchien überfordert.«

Nun lachte Emilia. Ein Totengräber mit Humor, aber auch mit anderen Qualitäten. Zu denen gehörten Gastfreundschaft und Hilfsbereitschaft. In Unterhosen hatte er ihr heute Morgen verschlafen und zerknittert die Tür geöffnet. Das störte einen Holländer nicht, und eine einzige Bemerkung über die leer stehende Bäckerei hatte genügt, um seine Hilfe in Anspruch nehmen zu können. Der Bruder der verstorbenen Giona wohnte mittlerweile am Meer, wo er in einem Hotel als Kellner arbeitete. Arturo verwahrte den Schlüssel für Notfälle. Ein Kaufinteressent hatte Arturos Meinung nach fast den gleichen Stellenwert wie ein Notfall. Insofern hatten sie sich gleich nach einer Tasse seines holländischen Kaffeeimports auf den Weg in die Stadt gemacht. Dass Arturo ein begnadeter Künstler war, wusste Emilia bereits. Dass einige der Hausfassaden, an denen sie vorbeischlenderten, ebenfalls durch seine Hand verschönert worden waren, wurde ihr in einer kleinen Gasse bewusst. Sie kannte ja seinen besonderen Stil und hätte daher eigentlich gar nicht mehr nachfragen müssen, wer für die Figuren an den Portalen der alten Häuser verantwortlich war. Ein in Stein gehauenes Porträt der Jungfrau Maria mit Kind fesselte sie besonders.

»Die ist auch von Ihnen, oder?« Emilia wollte sich vergewissern, denn bisher hatte sie nur seine Engel zu Gesicht bekommen.

Arturo folgte ihrem Blick zu den Skulpturen und verharrte für einen Moment gedankenverloren.

»Ist schon Jahre her«, sagte er voller Melancholie.

»Engel, Sakrales. Machen Sie auch andere Sachen?«

»Wollte ich mal, bin aber nie dazu gekommen«, sagte er. Die traurige Färbung seiner Stimme war unüberhörbar.

»Aber im Moment haben Sie doch Zeit, jetzt, wo so gut wie niemand mehr die Flatter macht«, sagte Emilia in der Hoffnung, ihn dazu zu ermutigen. Er sagte nichts dazu, zuckte nur mit den Schultern und ging wortlos weiter. Es waren nur noch wenige Meter, bis sie den Dorfplatz erreicht hatten. Er kramte bereits den Schlüssel hervor. Emilia spürte, dass ihn irgendetwas belastete, und das musste mit der Bildhauerei zu tun haben. Er hatte das Zeug dazu, Großes zu erschaffen, doch er schien sich und seine Kunst aufgegeben zu haben.

»Die Jahre vergehen ... Vermutlich wird man im Alter träge, und man fragt sich, wozu jetzt noch mit etwas Neuem beginnen«, erklärte er dann doch.

»Geht mir genauso. Immer wenn ich Julia sehe, frage ich mich, wo die Zeit geblieben ist, aber bei mir hat das jetzt den ge-

genteiligen Effekt. Mich juckt es regelrecht in den Fingern. Ich hab keine Lust, träge und antriebslos zu werden.«

»Die Bäckerei ... Ich wünschte, ich hätte Ihren Elan.« Arturos Stimmlage klang nun wieder gefestigt.

»So träge kommen Sie mir aber gar nicht vor.«

»Nur in Ihrer Gegenwart.«

Emilia freute sich über das Kompliment und musterte ihn auf den letzten Metern vor ihrem Ziel. Träge und antriebslos war er bestimmt nicht, höchstens etwas melancholisch. Emilia kam nicht mehr dazu, sich weitere Gedanken darüber zu machen, weil sie eine Tür erreicht hatten, die anscheinend seitlich in die alte Bäckerei führte. Arturo schloss sie auf und gab ihr mit einer einladenden Geste zu verstehen, einzutreten.

»Ist alles eingestaubt da drinnen«, warnte er.

Emilia störte das nicht im Geringsten, denn sie hatte nur noch Augen für den Specksteinboden, auf dem sie am liebsten trotz der Staubschicht sofort barfuß gelaufen wäre, und für die Gerätschaften einer alten Backstube, die noch überall herumstanden. War in einem der Säcke am Ende sogar noch Mehl?

»Nach ihrem Tod hat hier niemand mehr etwas gemacht. Gionas Bruder wollte das einem Käufer überlassen. Er arbeitet im Hotel und hat keine Zeit, sich um das Haus zu kümmern«, erklärte Arturo.

»Und es hat sich bislang wirklich niemand dafür interessiert?«

»Soviel ich weiß, nein. Er hat das Haus nicht einmal mehr in der Zeitung inseriert. Wer will schon hierherziehen? Geld verdient man am Meer mit den Touristen, oder in den Städten. Außerdem wäre hier ja einiges zu sanieren«, sagte er mit Blick auf die alte Backstube, ein Raum mit hohen Decken und einem riesigen holzbefeuerten Ofen. Daneben stand ein elektrischer, der aber auch schon in die Jahre gekommen war.

Arturo erreichte eine schwere Holztür, öffnete sie und forderte Emilia auf einzutreten. Das war der Verkaufsraum, den sie durch die verschmierten Scheiben von außen gesehen hatte. Was für prächtige Stuckdecken. Die Vitrine stach ihr als Nächstes ins Auge. Kupferrahmen und große Glasflächen. Der Rahmen wirkte wie geflochten, und an seinen Enden thronten Blumenkelche, genau wie sie es bereits an der Fassade gesehen hatte. War das vielleicht schön. Es musste hier bereits ein Café gegeben haben. Drei runde Tische mit eingelassenen bunten Mosaiken und Eisenstühle, die übereinandergestapelt in einer Ecke standen, deuteten darauf hin. Obwohl sich Emilias Verstand mit aller Gewalt dagegenstemmte und sie sich sagte, dass dies nichts als ein Museumsbesuch war, begann der Raum, vor ihrem geistigen Auge ein Eigenleben zu entwickeln. Die Tische waren auf einmal blitzeblank. Die Stühle standen davor. Die Vitrine funkelte, und dahinter lagen ihre Torten. Sie warteten nur darauf, bis die Tür endlich aufging und die Menschen hereinströmten, wie früher in Mutters Konditorei. Emilia seufzte.

»Ist Ihnen nicht gut?«

»Ach, ich hab mir gerade vorgestellt, wie es wäre, wenn das alles hier wieder mit Leben erfüllt wäre«, sagte sie und fuhr mit einer Hand über die Wände. Dort, wo ihre Finger Spuren hinterließen, kam der alte Rosa-Ton wieder kräftiger zum Vorschein.

»Deswegen sind wir doch hier, oder?«

»Es ist nur so …« Emilia suchte nach Worten.

»Verrückt. Das wollten Sie doch sagen.«

Emilia nickte. »Könnten Sie sich vorstellen, dass Italiener Eistorten mögen? Also so Tortenklassiker, wie wir sie kennen, in Eisvariante? Italiener essen doch Eis, und das den ganzen Tag, oder? Dazu dann noch normale Torten und Kuchen.«

»Ich würde sagen: brillante Idee. Das gibt's bestimmt nicht so oft in Italien. Trauen Sie sich das zu?«

»Die Eistorten ja, aber ...« Emilia sah sich um. »Hier gibt's noch so viel zu tun, und wenn es schiefgeht, hab ich wohl meine Altersvorsorge in den Sand gesetzt.« Emilia hatte keine Hemmungen, ihre Gefühle mit Arturo zu teilen.

Arturo hievte zwei Stühle vom Stapel, stellte sie vor sich hin und zog dann ein Taschentuch aus seiner Hosentasche, mit dem er den Staub von den Sitzflächen wischte.

»Setzen Sie sich«, sagte er und rückte ihr einen der beiden Stühle zurecht. Emilia tat wie geheißen.

»Was denken Sie, wie lange Sie noch leben?«

»Wer weiß das schon«, erwiderte sie.

»Eben. Gehen wir mal davon aus, dass Engel und Harfen noch etwas länger auf Sie warten. Wie lange sind wir in unserem Alter noch fit? Und dass wir überhaupt noch ohne Gehhilfe unterwegs sind, ist bereits ein Segen. Ein Geschenk, wenn man so will. Geschenke sollte man nutzen. Man bekommt sie nicht umsonst.«

»Sie denken also wirklich, ich sollte ...?«

»Natürlich! Sie sagten doch, dass Sie etwas Geld zur Seite gelegt haben.«

»Und das soll ich jetzt auf einmal ausgeben. Einfach so?«

Arturo holte tief Luft und sah sie fast schon mitleidig an, was Emilia irritierte.

»Es ist doch Ihre Leidenschaft ... Sie finden es hier schön. Was wollen Sie denn noch mehr?«

Überraschenderweise beugte er sich vor und musterte sie.

»Ihre Augen. Sie funkeln wie bei einem jungen Ding, das sich frisch verliebt hat.«

Emilia musste unwillkürlich schmunzeln, denn so fühlte es sich tatsächlich an.

»Auf was warten Sie noch? Sie wollen gar nicht wissen, wie viele Menschen ich schon unter die Erde gebracht habe, die bitterlich bereut haben, ihr Leben nicht gelebt zu haben. Leben Sie Ihren Traum, solange Sie noch können«, legte er ihr eindringlich nahe. Seine Worte hallten nach. Die Wände schienen sie wie ein Echo zu wiederholen.

»Sie könnten ja mal fragen, was Gionas Bruder dafür haben will. Aber nur unverbindlich.« Emilia gab auf, sich zu zieren.

Arturo lächelte. Er schien sie zu durchschauen.

»Ich rufe ihn nach Feierabend an.«

»Gott, was mache ich da?«, stieß Emilia unwillkürlich aus, und doch fand sie an dem Gedanken, hier ein Café zu betreiben, immer mehr Gefallen.

»Glauben Sie mir. Wer täglich mit den Toten lebt, mit ihren Erinnerungen, der weiß, wie wichtig es ist zu leben.«

Der Mann war vom Fach, sagte sich Emilia. Er musste es daher wissen, doch letztlich wusste sie es nun auch. Es hatte geheißen, dass bald mehr Touristen kämen, und Durchreisende würden hier sicher gern halten. So eine Konditorei mit Café würde das Dorf wiederbeleben. Alles verdammt gute Argumente.

»Ich sehe schon. Sie freuen sich auf Ihren neuen Lebensabschnitt«, sagte Arturo.

»Lassen Sie es uns versuchen. Ja, rufen Sie ihn an, aber ich mache es nur, wenn Sie mir eines versprechen.«

Arturo schien diese Frage zu verblüffen.

»Sie müssen Ihren Traum dann auch wieder leben«, sagte sie so feinfühlig wie möglich, weil sie ja nicht wusste, warum er seinen begraben hatte. Die Trägheit des Alters, wie er ihr gesagt hatte, war es sicher nicht gewesen. Dagegen sprach die Vehemenz, mit der er sie eben bearbeitet hatte.

»Ich werde etwas fertigen, nur für Sie«, versprach er.

Emilia rührte sein Versprechen. Sie reichte ihm die Hand, um ihre Übereinkunft zu besiegeln. Er zögerte nicht, sie anzunehmen, und ohne den Blick von Emilia abzuwenden, fuhr er zärtlich mit seinem Daumen über ihren Handrücken. Dankbarkeit glaubte sie in seinen Augen zu lesen und tiefe Zuneigung. Was für ein schönes Gefühl.

Gut, dass Mama gerade unterwegs war. Wahrscheinlich steckte sie in dem kleinen Haushaltswarengeschäft oder war nach Pizzo gefahren, um der Landpension mit stilvollen Accessoires das ihrer Meinung nach richtige Flair zu verleihen. Geschmack hatte sie ja, und die Polster auf den Terrassenmöbeln waren Gold wert. Man saß darauf sogar bequemer als auf ihrem ergonomischen Schreibtischstuhl. Deshalb hatte Julia ihr Büro heute nach draußen verlegt. An der frischen Luft erholte man sich schneller von düsteren Gedanken. Sie hatten immer noch keine weiteren Buchungen, noch nicht einmal eine Anfrage oder eine Bitte um nähere Auskünfte. Francesco wusste noch nichts davon, denn der war damit beschäftigt, die Holzverkleidung des Anbaus zum dritten Mal zu streichen. Biofarbe deckte halt nicht so gut wie wetterfeste. Wer nicht hören will, musste eben in der Hitze dreimal streichen.

Julia war schon dabei, den Laptop zuzuklappen, als eine Bewertung von *Tripadvisor* in ihr Mail-Programm flatterte. Ihr wurde leicht flau im Magen. Von wem die stammte, konnte Julia sich ja denken. Drei magere Sterne und der Hinweis, dass hier doch nicht alles öko sei, aber für eine Nacht »nicht schlecht«. Julia klappte das Notebook wütend zu. Da riss man sich den Arsch auf, damit alles passte, holte sich einen vermutlich lebenslangen Ekel vor Geflügel und bekam dann nur drei lausige Sterne, die sie Mamas Zitronenkuchen zu verdanken hatten. Das war das Aus! Julia überlegte, das frische Leid gleich mit Francesco zu teilen, doch sie hatte nicht einmal mehr die Kraft, sich zu erheben, um zu ihm zu gehen. Besser so, denn Mamas Wagen tauchte hinter der Biegung auf, die zur Landstraße führte. Die Geschenke für die Pension konnte sie gleich wieder umtauschen. Vielleicht musste sie sich doch mit dem Lehramt anfreunden. Ja, besser sich wieder mit durchgeknallten Schülern herumärgern, als sich von Gästen demütigen zu lassen. Ersteren konnte man wenigstens einen Verweis geben oder eine Sechs reindrücken. Aber allein zurück nach Deutschland zu gehen, kam auch nicht infrage. Das wurde ihr einmal mehr bewusst, als Francesco in seinem weißen Maleranzug gerade um die Ecke tänzelte und nach weiteren kleinen Macken im Anstrich Ausschau hielt. Er gab sich so viel Mühe, bei jedem Detail, aber das war nicht das Entscheidende. Sie liebte ihn, da biss die Maus keinen Faden ab. Selbst ihre Mutter, die gerade aus dem Wagen stieg, hatte er mit seinem Charme bereits im Griff. Nanu? Sie holte nichts vom Beifahrersitz und auch nicht aus dem Kofferraum? Keine weiteren Zuwendungen mehr? Weihnachten war anscheinend vorbei. Und wieso lächelte sie so seltsam?

»Wo warst du denn? In Pizzo?«, rief Julia ihr zu.

Ihre Mutter kam zur Bank und setzte sich neben sie.

»Im Dorf.«

»Was hast du denn da so lange gemacht?«, wollte Julia wissen.

»Ich hab mich mit Arturo getroffen«, erwiderte ihre Mutter. Dabei lächelte sie verlegen.

»Wart ihr etwa wieder auf dem Friedhof? Du magst ihn, hab ich recht?«, mutmaßte Julia.

»Wusstest du, dass er ein begnadeter Bildhauer ist? Die schönen Skulpturen in der Altstadt. Sind alle von ihm.«

Das verblüffte Julia. Francesco hatte ihr gar nichts davon erzählt.

»Seit wann interessierst du dich für Bildhauerei?« Julia erinnerte sich noch genau an Museumsbesuche, bei denen ihre Mutter eher desinteressiert an Meisterwerken der Antike vorbeigeschlendert war.

»Seine Werke scheinen irgendwie zu leben. Aber jetzt, wo du das sagst. Ich wundere mich selbst darüber«, erwiderte Emilia mit einem verträumten Lächeln.

»Hat er ein Atelier? Etwa beim Friedhof?«

»Er macht nichts mehr. Frag mich nicht, warum. Seine Träume hat er wohl begraben ... genau wie ich meine jahrelang ...« Ihre Mutter sprach nicht weiter.

»Wie? Deine Träume? Du hast doch alles erreicht, was du wolltest. Die Firma lief gut. Du hast schließlich Tag und Nacht dafür geschuftet.« Julia versuchte, es nicht als Vorwurf rüberkommen zu lassen. Letztlich war es nämlich einer, doch dieses Fass ließ sie besser zu. Der *Tripadvisor*-Ärger reichte schon für heute.

»Ja ... Wofür eigentlich? Ach, Julia. Ich mach es kurz. Arturo hat den Schlüssel für die Bäckerei. Ich hab sie mir heute angesehen.«

Julia beäugte ihre Mutter misstrauisch.

In diesem Moment gesellte sich Francesco zu ihnen. Gut gelaunt wie immer bedachte er die beiden mit einem herzerfrischenden Lächeln. Dass Julia etwas angespannt dasaß und ihre Mutter betreten dreinsah, entging ihm natürlich nicht. Sein Lächeln wich einem fragenden Blick.

»Mama will im Dorf tatsächlich eine Konditorei aufmachen«, sagte Julia. »Das ist doch der Grund, weshalb du dir die Räume angesehen hast, oder?«, fuhr sie nun an ihre Mutter gerichtet fort.

Emilia nickte nur schulterzuckend.

»Du weißt aber schon, dass es in Italien nicht üblich ist, in einem Café zusammenzusitzen, um Torten zu essen. Eis ja, mal zwischendurch, aber keine Torten.«

»Ich könnte doch Eistorten machen.« Die Art, wie ihre Mutter das sagte, war fast schon trotzig.

»Eistorten?« Hatte Mama den Verstand verloren.

»Es ist heiß. Eis geht immer«, sagte Francesco anerkennend.

»Stell dir vor: Tortenklassiker wie 'ne Schwarzwälder als Eistorte, natürlich nur zusätzlich. Arturo meinte, dass es so etwas in Italien nicht so oft gibt, wenn überhaupt. Das wäre was Besonderes.«

»Rate mal, warum es das nicht gibt, Mama.«

»Vielleicht weil noch niemand auf diese Geschäftsidee gekommen ist?«, gab ihre Mutter zurück.

»Das glaub ich jetzt nicht. Mir einreden, ich solle doch vernünftig sein, und dann selbst völlig am Rad drehen? Du hast mich doch für verrückt erklärt, weil wir hier unseren Traum leben wollen. Und wenn's nicht läuft, zurück zur Uni«, redete Julia sich in Fahrt.

»Also, ich war eigentlich nur sauer, weil du mir nichts davon erzählt hast«, versuchte ihre Mutter, sich herauszureden.

Francesco setzte sich zu ihnen. Interessanterweise neben ihre Mutter.

»Also, ich finde das ganz und gar nicht verrückt.«

Na toll. Jetzt fiel er ihr auch noch in den Rücken.

»Ich muss ja erst einmal in Erfahrung bringen, was Gionas Bruder dafür haben will.«

»Gut, dass ich auf dein Angebot, uns auszuhelfen, nicht eingegangen bin. Das Geld brauchste ja jetzt für was anderes«, entfuhr es Julia schnippisch, denn ein Haus direkt am Dorfplatz bekam man sicher nicht hinterhergeschmissen.

»Ich finde, jeder sollte seinen Traum leben. Man lebt nur einmal«, sagte Francesco.

»Das hat Arturo auch gesagt. Und wenn jemand das weiß, dann er.«

»Dann sag Mama aber auch, warum du dir nicht von ihr helfen lassen wolltest. Von wegen kein Pool und so …«, warf sie Francesco vor. Julia fühlte sich augenblicklich schlecht dabei und haderte mit sich selbst, weil ihr das eben so herausgerutscht war. Aber es stimmte doch. Er wollte es nicht, und jetzt steckte Mutter das Geld in ein sanierungsbedürftiges altes Haus. Drehten hier jetzt alle durch?

»Bist du etwa sauer auf mich?«, fragte er.

Julia schüttelte den Kopf, aber eher, weil sie sich im Moment selbst nicht ausstehen konnte. Und das lag nicht an Mamas Idee, sondern weil ihr Traum vom blühenden Agriturismo nicht in greifbare Nähe rückte.

»Vielleicht bleibt noch was übrig von dem, was ich für meinen Kundenstamm bekommen habe«, sagte Emilia versöhnlich.

»Ein paar Sitzkissen mehr machen das Kraut auch nicht fett«, sagte Julia, und sie hasste sich dafür, dass sie immer wütender wurde.

Francesco und ihre Mutter schwiegen. Beide kannten sie gut genug, um zu wissen, dass jedes weitere Wort nun das falsche sein konnte. Julia hingegen war zum Reden zumute.

»Ich versteh das einfach nicht. Du verkaufst Papas Betrieb …«

»Meinen Betrieb! Du weißt genau, dass die ganze Arbeit an mir hängen geblieben ist«, unterbrach ihre Mutter sie.

Sie hätte das familiäre Fass doch besser zulassen sollen. Keine Mehrfrontenkriege, sagte Julia sich. Da fiel ihr noch ein schlagkräftiges Argument ein. Das musste einfach auf den Tisch.

»Du hattest doch keine Lust mehr auf den ganzen Stress und die Schufterei, und jetzt, in deinem Alter, willst du dir ein neues Geschäft ans Bein binden?«

»In meinem Alter. Ich bin noch keine Mumie und hab auch nicht vor, so schnell die Radieschen von unten zu zählen. Das hat doch nichts mit dem Alter zu tun«, empörte ihre Mutter sich.

»Finde ich auch«, sagte Francesco. Der übliche Wortschwall, um das Vorhaben ihrer Mutter in den siebten Himmel zu loben, blieb diesmal gottlob aus. Er hätte Julia damit noch zur Weißglut getrieben.

»Jetzt wartet doch einfach mal ab. Noch ist nichts entschieden«, sagte ihre Mutter, doch wie Julia sie kannte, gab es daran nichts mehr zu rütteln. Was Mama sich vornahm, zog sie durch, und wenn es darum ging, ihre Torten unters Volk zu bringen, würde sie vor nichts zurückschrecken.

Wie vertrieb man sich den Nachmittag in brütender Hitze mitten in der Pampa und ohne Klimaanlage, um dicker Luft zu entkommen? Ihre Tochter hielt sie für durchgeknallt, Francesco für couragiert, und Emilia selbst bewegte sich irgendwo dazwischen. Das lag aber auch daran, weil sie ein zunehmend schlechtes Gewissen bekam. Der schattige Platz unter einem Olivenbaum, wo sie mit ihrem iPad in der Hand italienische Vokabeln paukte, verfehlte das Ziel, sich abzulenken. Sie dachte unentwegt daran, dass sie ihrer Tochter, sollte es zu einem Kauf der alten Bäckerei kommen, nur noch wenig zuschustern konnte. Francesco würde angesichts der ersten mageren Bewertungen auf dem Hotelportal sicher irgendwann einlenken und modernisieren. Und dann steckte das dafür benötigte Geld in einer Konditorei. Julia hatte sich aus lauter Frust gleich aufs Ohr gelegt. Also weiter Vokabeln pauken. »Soldi« kam als Nächstes. Das Tablet spielte Schicksal, denn »soldi« hieß auf Deutsch »Geld«. Diese Vokabel brauchte sie bestimmt nicht mehrfach zu wiederholen. Wie wohl dieser Edoardo, Gionas Bruder, so war? Wie sie von Arturo wusste, arbeitete er als Oberkellner in einem Hotel in Tropea. Daher konnten sie sich auch erst nach seiner Schicht treffen, sprich gegen achtzehn Uhr. Emilia blickte auf die Uhr ihres Tablets. Halb sechs. Sie musste also vorhin beim Vokabellernen eingenickt sein. Eine Tarantel brauchte sie gar nicht zu stechen, so schnell war sie nun auf den Beinen, um sich in ihrem Loft frisch zu machen und sich eines ihrer schönen Kleider anzuziehen. Es ging ja um Geschäftliches.

»Soll ich mitfahren?«, rief Francesco ihr von oben zu. Der stand auf einer Leiter und tupfte mit einem Pinsel an der Fassade des Anbaus herum.

Na, wenigstens einer dachte an ihren Termin. Emilia freute sich über sein Angebot, lehnte es aber kopfschüttelnd ab.

»Ich schaff das schon.« Julia würde es ihr übel nehmen, wenn Francesco sie begleitete. Hatte es überhaupt einen Sinn, sich noch umzuziehen? Bis sie in der Stadt war, würde sie sowieso wieder durchgeschwitzt sein. Emilia zog sich trotzdem eines ihrer schönen Outfits an. Etwas Parfüm konnte zudem nicht schaden. Emilia betrachtete sich im Spiegel, zupfte ihr Haar und die Perlenkette zurecht, ein Erbstück ihrer Mutter. Damit sah man immer gut aus, stellte sie fest. Vielleicht brachte sie ihr ja Glück. Emilia schnappte sich ihre Handtasche und eilte hinaus. Auf dem Weg zum Auto bemerkte sie Julia, die von der Terrasse herunterkam und sich streckte.

»Ich muss los«, erklärte Emilia.

»Du machst also ernst«, gab Julia schlaftrunken von sich.

Emilia nickte. Jetzt war keine Zeit mehr zum Reden.

»Na dann. Viel Glück, Mama!«

Emilia stutzte. So richtig glücklich sah das Kind nicht gerade aus, doch sie spürte zugleich, dass der Wunsch von Herzen kam.

Diesen Edoardo hatte sich Emilia irgendwie anders vorgestellt.

Waren Ober nicht schneidige Typen, supergepflegt und auf Zack? Der Edoardo, der in Begleitung von Arturo vor dem Seiteneingang zur alten Bäckerei auf sie wartete, war so ziemlich das genaue Gegenteil. Er sah eher aus wie einer dieser schmierigen Mafiosi, wie man sie aus alten Hollywoodfilmen kannte. Pomade im grau melierten Haar, das Hemd komplett durchgeschwitzt. Es hing aus der schwarzen Hose, seiner Arbeitskluft, vermutete Emilia. Er nahm sie sofort ins Visier. Na, von so was möchte man sich nicht bedienen lassen. Man sollte aber nie einen Menschen nach seinem Äußeren beurteilen, denn Edoardos »piacere« entpuppte sich als herzlich, genau wie sein Lächeln, auch wenn Arturos natürlich noch herzerfrischender war.

»Ausgerechnet eine Deutsche will Gionas Bäckerei kaufen«, amüsierte er sich.

Emilia war erleichtert, dass er deutsch sprach. Vermutlich war das bei italienischen Oberkellnern, die in touristischen Orten arbeiteten, nicht unüblich. Viele, die in Tropea Urlaub machten, kamen ja aus ihrer Heimat.

»Na ja, wir leben doch jetzt in Europa …«, merkte Emilia an.

»Auf dem Papier, verehrte Emilia. Auf dem Papier.«

Nun, da hatte er auch wieder recht. Emilia war froh, dass die beiden Herren gleich nach drinnen gingen, um der Nachmittagshitze auf dem Dorfplatz zu entfliehen. Lieber Gott, mach, dass das alles klappt. Ihr Stoßgebet richtete sie in Richtung der kleinen Dorfkapelle auf der anderen Seite des Platzes. Dann folgte sie den beiden.

»Arturo hat Ihnen also bereits von meinem Vorhaben berichtet?«, wollte sie sich vergewissern.

»Eine schöne Idee … Aber trauen Sie sich das zu? Ganz allein?« Edoardo musterte sie eingehend.

»Ich bin nicht allein. Meine Tochter ist hier. Sie führt eine Pension. Agriturismo, zusammen mit dem Sohn des Bürgermeisters.«

Edoardo horchte auf. Das wusste er anscheinend noch nicht. »Und das läuft gut? Viele Gäste?«, fragte er erstaunt nach.

»Es läuft gerade erst an«, erwiderte Emilia. Die volle Wahrheit wäre im Moment nicht so passend gewesen.

Arturo warf ihr ein aufmunterndes Lächeln zu, während er einen dritten Stuhl holte und diesen wie die anderen beiden am Vortag ebenfalls mit seinem Taschentuch reinigte. Ihre Spuren auf dem staubigen Boden fielen auch Edoardo auf.

»Sie haben schon alles gesehen? Ist noch gut in Schuss«, sagte er daraufhin.

»Du meinst für eine Ruine«, mischte sich Arturo ein, der sich erst setzte, nachdem Emilia Platz genommen hatte.

»Lässt sich bestimmt nett herrichten«, sagte Emilia, was ihr, kurz nachdem sie es ausgeplappert hatte, als Fehler erschien, denn erst jetzt kapierte sie, dass Arturo natürlich versuchte, den Preis zu drücken. Zu dumm, wenn man sich in etwas verliebt hatte und der Zauber dieser Räumlichkeiten einem förmlich den Verstand raubte. Wenigstens hatte sie die Wahrheit, dass sie das Haus als traumhaft empfand, für sich behalten.

»Was willst du haben? Du hast mir versprochen, dass du Emilia einen guten Preis machst«, sagte Arturo.

»Die Sache ist nicht so einfach …«

»Warum? Gibt es Probleme?«, hakte Arturo nach.

Edoardo kämpfte sichtlich mit sich, bevor er ihnen Rede und Antwort stand. »Nein, aber andere Interessenten«, sagte er. Aha. Das übliche Spiel. Ein anderer Interessent hieß, dass er den Preis nach oben treiben wollte.

»Und wer soll das sein?«

»Darüber darf ich nicht sprechen«, meinte Edoardo, doch dem strengen Blick von Arturo hielt er letztlich nicht stand.

»Investoren ... Leute aus Roma. Sie wollen hier ein zentrales Büro errichten. Produkte aus Olivenöl vermarkten. Unser Ort liegt zentral, und überall haben wir Olivenbäume.«

»Jetzt übertreib mal nicht. Wir sind hier nicht auf Sizilien. Und warum hier?«

»Das weiß ich nicht, aber sie haben dreihunderttausend geboten.«

»Was?« Emilia fiel aus allen Wolken.

»Das hättest du mir doch auch schon am Telefon sagen können«, warf Arturo ihm vor.

»Ich wollte der Signora eine Chance geben.«

»Also, so viel kann ich beim besten Willen nicht aufbringen«, stellte Emilia niedergeschlagen fest.

»Du wirst mir doch nicht erzählen, dass irgendein Trottel aus Rom so viel dafür auf den Tisch legt?« Arturos Blicke bohrten sich förmlich in Edoardo hinein. Der wand sich wie ein Wurm, doch dann zuckte er nur unschuldig mit den Schultern.

»Gaspare kennt diese Leute. Es würde Arbeitsplätze schaffen, sagt er, und bringt Steuereinnahmen. Das ist eine große Firma«, versuchte Edoardo, sich zu rechtfertigen.

»Gaspare.« So abfällig, wie Arturo den Namen aussprach, durfte auch Edoardo mitbekommen haben, dass Arturo ihn nicht mochte.

»Also meine Torten sorgen auch für Steuereinnahmen und viele Touristen, die den Ort wiederbeleben. Das ist doch sicher auch nicht uninteressant«, sagte Emilia.

Edoardo sah sie etwas mitleidig an. Einen Versuch war der Bluff ja wert gewesen.

»Ich könnte ein Hypothekendarlehen aufnehmen, auf meine

Eigentumswohnung«, stellte sie in Aussicht. Bei den aktuell niedrigen Zinsen wohl kein Problem.

»Edoardo. Du weißt doch ganz genau, wie sehr Giona an dieser Bäckerei hing. Sie war ihr Leben. Die Bäckerei war das Herz dieses Ortes. Jeden Morgen haben sich hier die Menschen getroffen. Sie war Anlaufpunkt für Kummer und Sorgen. Giona hätte es so gewollt.«

Arturos Standpauke schien erste Wirkung zu zeigen, denn Edoardo litt sichtlich.

»Sie war deine Schwester, und du hast sie geliebt. Das kannst du Giona doch nicht antun. Ein Büro, für irgendeine Firma aus dem verhassten Rom. Die passen nicht in unser Dorf.«

Edoardo japste nach Luft und knöpfte sich das Hemd noch weiter auf. »Aber wenn ich zusage ... Signora Bäumle braucht doch eine Genehmigung, versteht ihr? Eine Bäckerei ist ein Gewerbe. Sie muss es anmelden, und wenn Gaspare das nicht will ...«

»Warum soll er es nicht wollen? Er tönt doch immer herum, dass er den Ort beleben will«, sagte Arturo.

»Ja, da hast du schon recht ... aber ... da kommt noch etwas erschwerend hinzu«, meinte Edoardo.

»Was meinen Sie damit?«, wollte Emilia wissen.

»Sie verkaufen Torten ... Zucker ... Kalorien ... Ist das denn gesund?« Edoardo sah erst bedeutsam zu Emilia und dann zu Arturo. Er wusste also auch von Gaspares ambitioniertem Vorhaben in Sachen Volksgesundheit der Alten.

»Gesund ist, was glücklich macht. Und meine Torten machen glücklich. Dann ist es halt nicht der gesündeste, sondern der glücklichste Ort Kalabriens. Ach, was rede ich. Der glücklichste Ort in ganz Bella Italia.« Emilia ertappte sich bei dem Gedanken, dass sie bereits redete wie Francesco. Seine maßlos übertriebenen Ergüsse hatten sich wohl schon auf sie übertragen.

»Ich weiß nicht, was ich machen soll«, jammerte Edoardo.

In dem Moment rumste es. Edoardo zuckte zusammen, weil eine Tür knallte. Zugluft hatte für einen heftigen Windstoß gesorgt. Emilia überraschte das nicht, denn Arturo hatte alle Fenster geöffnet und die Türen zur Backstube offen gelassen. Das darauf folgende Klirren konnte Emilia sich aber nicht erklären. Nun sah sie das Malheur. Eines der kleinen gerahmten Fotos aus der Ahnengalerie der Bäckerei, die die Wand neben der Tür zierte, war zu Boden gegangen. Emilia sprang auf und ging zur Tür, um sie zu schließen. Bei der Gelegenheit hob sie das gerahmte Foto auf. Der Windstoß hatte es mitsamt einem viel zu dünnen Nagel heruntergerissen. Auf dem Foto war eine wunderschöne Frau zu sehen, mit lockigem Haar. Emilia ging zu den beiden und hielt ihnen das Foto hin.

»Giona?«, fragte sie in die Herrenrunde.

Edoardo nickte traurig.

»Siehst du, Edoardo, ein Zeichen. Giona will nicht, dass du an diese habgierigen Römer verkaufst.«

Edoardo nahm das Foto an sich und fuhr in einer zärtlichen Geste darüber, um es vom Staub der letzten Jahre zu befreien.

»Ach, Giona ... Du fehlst mir immer noch so sehr«, sagte er.

Arturo blinzelte Emilia daraufhin konspirativ zu. Die Bäckerei gehörte ihr, so gut wie, dessen war Emilia sich nun sicher.

Kapitel 7

Es war schon immer Emilias Art gewesen, Nägel mit Köpfen zu machen. Was nützte ein gutes Angebot, wenn keine Aussicht auf die Genehmigung ihres Gewerbes bestand? Da hatte Edoardo in jedem Fall recht. Es verstand sich daher von selbst, sich gleich am nächsten Morgen nach dem Frühstück darum zu kümmern.

Dass Julia und Francesco sie nicht in die Stadt zum Rathaus begleiteten, lag nicht am gestrigen Abend, der nach einem gemeinsamen Abendessen und Gesprächen über ihr Vorhaben mit einem schlechten Gewissen geendet hatte, denn wenn sie die alte Bäckerei bekam, würde nicht mehr viel für Julia und Francesco übrig bleiben. Emilia hatte auch das Gefühl, ungewollt einen Keil zwischen die beiden zu treiben, denn Francesco blieb bei seiner Haltung, dass es eine gute Idee sei, die alte Bäckerei zu kaufen, wohingegen Julia mit seiner Euphorie zu kämpfen hatte. Emilia beschlich der Verdacht, dass ihre Tochter mittlerweile starke Zweifel am Gelingen ihres eigenen Vorhabens plagten und sie sich eingestehen musste, dass sie ohne die Liebe zu Francesco nie auf den Gedanken gekommen wäre, eine Landpension in Kalabrien aufzumachen. Dabei war die Idee aus Emilias Sicht nicht schlecht, nur an der Umsetzung haperte es, und dafür gab Julia ihm unterschwellig die Schuld, weil er so stur war und sich gegen etwas Luxus stemmte. Eine verzwickte Situation. Francesco hatte ihr heute

Morgen sogar angeboten, sie zum Rathaus zu begleiten, jedoch nicht, ohne dabei einen schuldbewussten Blick zu Julia zu werfen. Emilia brauchte ihn aber nicht, denn Arturo hatte sich bereits als Übersetzer angeboten. Die Erleichterung darüber war Francesco anzumerken gewesen. Es passte Julia nicht in den Kram, dass Francesco sie moralisch unterstützte und ihr Mut zusprach. Das tat Julia zwar auch, aber halbherzig und wohl eher aus ihrem inneren Zwiespalt heraus, weil sie einerseits eine Finanzspritze gut gebrauchen konnte, andererseits aber dem Glück ihrer Mutter nicht im Weg stehen wollte. Vermutlich stand sie ihrem eigenen im Weg. Selbst schuld. Sie hatte das Geld ihrer Mutter ja nicht haben wollen. Emilia schob diese quälenden Gedanken beiseite, denn nun waren die Dinge bereits ins Rollen gekommen, und um die Bäckerei zu kriegen, musste sie auf dem Bürgermeisteramt punkten, also voll bei der Sache sein. Selbstzweifel oder gar Schuldgefühle, für die es eigentlich keinen Grund gab, waren da fehl am Platz.

Als Emilia mit ihrem Wagen die Hauptstraße erreichte, die zum Rathaus am Marktplatz führte, musste sie in Gedanken an Arturos Verhandlungsgeschick unwillkürlich schmunzeln. Edoardo hatte ihr am Ende ihres Gesprächs in der Bäckerei zugesichert, mit dem Kaufpreis herunterzugehen, sofern sie die Aussicht auf eine Genehmigung vom Rathaus bekam. Ansonsten, und das lag auf der Hand, bekämen die Römer das Haus. Emilia konnte ihm das nicht verübeln, denn von der Rente eines Kellners konnte niemand gut leben, auch nicht hier im Süden, wo die Preise moderater waren als in einer der italienischen Metropolen im Norden. Und seine Schulden, wie zutage gekommen war, wurde er dann auch endlich los. Alles stand und fiel mit einer Genehmigung. Die Stadtverwaltung davon zu überzeugen, dass sie die Richtige war, um ganz im Sinne des Bürgermeisters den Ort wiederzubeleben, das traute sie sich zu, natürlich mit Arturos Unterstützung, denn was nützten die besten Argumente und jede Menge Elan, wenn man gerade ein paar Anfängerlektionen im Italienischen intus hatte. Emilia war bewusst etwas früher als notwendig ins Dorf gefahren, um einfach noch einmal zu erfühlen, ob sie nicht nur Amors Pfeil getroffen hatte und sie alle anderen Aspekte eines Lebens hier ausblendete. Sie stellte ihren Wagen in der Nähe des Dorfplatzes ab und schlenderte diesmal durch eine der Gassen, die sie noch nicht kannte. Eine ältere Frau, die Blumen auf ihrem Sims goss, grüßte sie herzlich. Emilia erwiderte den Gruß. Ein paar Schritte weiter war der Friseur. Im Schaufenster entdeckte sie verblichene Fotos von Frisuren, wie man sie seit Langem nicht mehr trug. Am Eingang hing eine rotweiß-blau gestreifte Barbiersäule – ebenfalls ein Relikt aus alten Zeiten. Emilia warf einen neugierigen Blick nach drinnen. Weder der Friseur, etwa in ihrem Alter, noch seine Kundin bemerkten sie. Er ließ eine Haube auf ihre frisch eingedrehte Dauerwelle herabsinken. Das massive Teil aus Metall sah aus wie aus den Sechzigern des vergangenen Jahrhunderts. Links war wohl der Bereich für Frauen, rechts der für Männer. Man sah es an den massiven Stühlen, die sich nach hinten kippen ließen, um die Männer zu rasieren. Emilia stellte sich vor, dass sie eines Tages vielleicht selbst unter einer dieser Hauben sitzen würde. All das fühlte sich fremd an, doch gerade darin lag der Reiz. Das galt auch für einen Zeitschriftenladen, der allerlei Bürobedarf verkaufte, sowie für einen Gemüseladen, dessen außen angebrachten Stände mit kunterbunten Stiegen, prall mit Früchten und Obst aus der Region gefüllt, Emilia sofort in Beschlag nahmen. Hier schien man beinahe alles fußläufig zu bekommen. Was würde sie denn aufgeben? Was verlieren? Ihren Witwentreff! Und sonst? Julia war hier. Sie würde sie nicht mehr unentwegt vermissen. Auch das arbeitete in ihr. Emilia musste sich in dem Moment eingestehen, dass Amors Pfeil schon viel zu tief in ihrem Herzen steckte. Das machte sich besonders stark bemerkbar, als sie ihren Rundgang beendet hatte und am Ende der Gasse die Bäckerei in Sichtweite kam. Ihr Herz schlug augenblicklich höher. Es fühlte sich einfach richtig an. Noch bevor sie den Dorfplatz erreichte, lud der Duft, der vom kleinen Blumenladen am Ende der Gasse ausging, zum Träumen ein. Schon sah Emilia auf jedem ihrer Tische vor dem Café einen frischen Blumenstrauß stehen. Und was die für prächtige Rosen hatten. Emilia zog eine etwas heraus, um an ihrer besonders großen Blüte zu schnuppern. Der Laden schien einer Mittdreißigerin zu gehören. Sie band für eine ältere Dame, die vor ihr am Tresen stand, gerade einen bunten Strauß. Eine Vespa knatterte an ihr vorbei. Darauf saß ein junger Kerl, der mit Karacho durch die Gasse fegte. So ganz ausgestorben schien das Dorf also doch nicht zu sein, sagte Emilia sich, während sie ihm hinterhersah. Wie doch der erste Eindruck trügen konnte.

»Scusi«, kam es plötzlich von hinten. Emilia drehte sich um und erkannte den Mann, der ihr bei ihrem ersten Abstecher ins Dorf auf der Straße in Begleitung zweier Geschäftsleute begegnet war, als sie sich den Apfelkuchen einverleibt hatte. Er wollte offenbar auch zu den Rosen, und sie stand ihm im Weg. Weil er freundlich lächelte, wagte Emilia es, ihre Italienischkenntnisse für einen kleinen Plausch auszupacken.

»Le rose sono belle«, merkte sie an, während sie die Rose mit der prächtigsten Blüte wieder zurücksteckte.

»Sie sind aus Deutschland?«, fragte er und musterte sie.

Emilia nickte. An ihrer Aussprache musste sie wohl noch arbeiten.

»Machen Sie Ferien?«, fragte er.

»Ich bin auf Besuch. Meine Tochter lebt hier.«

Er wirkte erstaunt, und prompt kam die Nachfrage.

»Auch eine Deutsche?«

Emilia nickte.

»Sie sind doch nicht etwa die Mutter von Julia?«

»Es gibt sonst wohl keine weiteren Deutschen hier am Ort?«, fragte Emilia.

»So ist es«, sagte er amüsiert, dann musterte er sie mit den Augen eines Mannes, der eine Frau nicht unattraktiv fand.

Emilia fühlte sich geschmeichelt.

»Ich hätte es mir denken können. Sie haben die gleichen wunderschönen Augen. Von irgendwoher muss Julia sie ja haben.« Ihr dämmerte, dass sie Francescos Vater vor sich hatte. Nun wusste Emilia auch, von wem Francesco das Charme-Gen geerbt hatte.

Dann zupfte er eine der Rosen aus dem Bund. Ein Mann, der eine einzelne Rose kaufte, hatte sicher vor, damit das Herz einer Dame zu erobern oder es zu besänftigen. Ernst hatte das ja früher auch gemacht.

Du hast den Bürgermeister vor dir stehen. Die Gelegenheit, sagte Emilia sich.

»Die Stadtverwaltung ist auf dem Dorfplatz?«

»Ja, müssen Sie dort hin?«

»Die Abteilung für Gewerbebetriebe. Wo kann ich die denn finden?«

»Zweiter Stock, Zimmer 203. Warum? Möchten Sie hier ein Gewerbe betreiben? Etwa auch einen Hotelbetrieb?«, fragte er verdutzt.

Emilia jubilierte innerlich. Das lief ja alles wie am Schnürchen.

»Ich möchte die alte Bäckerei kaufen und sie wiedereröffnen«, sagte sie freiheraus.

Sein charmantes Lächeln verlor sich augenblicklich. Gesichtsentgleisung war noch untertrieben. Dann stach er sich auch noch an einer Dorne und fluchte.

»Ist die nicht schon verkauft?«, fragte er, nachdem er seinen Daumen wieder aus dem Mund gezogen hatte. Er blutete immer noch.

Emilia zog ein Papiertaschentuch aus ihrer Handtasche und reichte es ihm. »Soviel ich weiß, nein«, sagte sie dann.

Das ließ ihn interessiert aufhorchen.

»Haben Sie denn schon mit dem Eigentümer gesprochen?«

»Natürlich. Er ist begeistert von der Idee. Ich möchte ein Café mit Konditorei eröffnen und alles wieder so schön herrichten, wie es sicher früher einmal war. Francesco hat mir erzählt, dass Sie den Ort wiederbeleben wollen, Tourismus, Gäste aus aller Welt. Hier ist doch so viel Durchgangsverkehr, und wenn die Leute das Café sehen, dann legen sie sicher eine Rast ein.«

Er sah sie völlig entgeistert an. Merkwürdig. Emilia hatte damit gerechnet, dass er sich freuen würde.

»Eine Konditorei? Süßes Zeug? Buttrige Torten?«, sprudelte es empört aus ihm heraus.

Na bravo. Jetzt wusste Emilia auch, woher Francesco seinen Gesundheits- und Ökotick hatte. Emilia fühlte sich wie eine Sünderin vor dem Herrn und brachte keinen Ton mehr heraus.

»Die Leute hier. Sie leben gesund. So eine Konditorei ... Wie soll ich sagen ... Sie passt nicht hierher, verstehen Sie?«

Emilia verstand es nicht.

»Dann eben nur für die Touristen. Und glauben Sie mir, meine Torten sind gesund!«, widersprach Emilia mit Vehemenz. Damit hatte er offenbar nicht gerechnet. Seine Augen verengten sich zu schmalen Schlitzen. Wahrscheinlich überlegte er sich bereits Punktabzüge auf dieser komischen Karte für jeden Bewohner, der es wagte, ihre Konditorei auch nur zu betreten.

»Nun ja. Sie können ja einen Antrag stellen«, sagte er dann.

»Das werde ich«, gab Emilia zurück.

»Dann wünsche ich Ihnen noch einen schönen und vor allem erfolgreichen Tag«, sagte er mit Betonung auf »erfolgreichen« und ging hinein zum Tresen, wo er Geld aus seinem Portemonnaie kramte, um die Rose zu bezahlen. Emilia machte sich in dem Moment bewusst, dass sie sich eben mit dem Bürgermeister angelegt hatte, auch noch mit Francescos Vater. Dumm gelaufen, sogar sehr dumm, doch die Zeiten von Mussolini waren vorbei und dieses Dorf nicht sein Reich, indem er tun und lassen konnte, was er wollte. Schließlich gab es hier bestimmt auch so etwas wie einen Ortschafts- oder Kommunalrat. Es konnte ja nicht jeder so ein Gesundheitsfanatiker wie dieser Peppone-Verschnitt sein. Und wenn sie den dafür Verantwortlichen erst einmal vorrechnete, wie positiv sich ihr Café auf den ganzen Ort auswirken würde, dann hatte sie gewonnen. Den Antrag stellte sie so oder so, ob es ihm passte oder nicht.

Emilia hatte keine Lust gehabt, gemeinsam mit dem Bürgermeister den Platz hinüber zum Rathaus zu überqueren, denn sie war sich sicher, dass sie dann einen saftigen Streit vom Zaun brechen würde. Von wegen, ihre Torten seien »ungesund«. Aber selbst rauchen. Die Kippe hatte er sich nämlich gleich angezündet, nachdem er den Laden verlassen und vergeblich nach ihr Ausschau gehalten hatte. Von ihrem Versteck aus, dem Obst- und Gemüseladen, hatte sie ihn gut im Blick. Und die hatten hier alles, was das Herz begehrte, um die leckersten Obsttorten zu zaubern. Doch das musste warten. Emilia warf eine Bananenschale in einen Abfallkorb und ging dann resolut zum Rathaus. Arturo wartete bereits auf sie. Pünktlich auf die Minute. Er war ja auch kein Italiener. Von Weitem winkte er ihr schon zu. In diesem Moment ging die massive Holztür des Rathauses von innen auf. Ihrem schlohweißen Haar nach zu urteilen, war die Frau, die herauskam, bestimmt schon ein älteres Semester. Die beiden kannten sich offenbar, denn Arturo begrüßte sie herzlich. Die alte Dame schien sich über irgendetwas aufzuregen. Wie sonst ließ es sich deuten, wenn eine Frau ihres Alters die Arme nach oben riss und ihren Blick dabei lautstark fluchend gen Himmel richtete. War der Stinkefinger am Ende auch schon in die italienische Zeichensprache eingezogen? Den richtete die Frau unmissverständlich Richtung Rathaus. Dann zog sie einen Zettel aus ihrer Handtasche, doch Arturos Aufmerksamkeit galt zunächst Emilia.

Sein herzlicher Gruß sorgte dafür, dass sich die bis eben noch verhärmten Gesichtszüge der Alten glätteten.

»Alberta. Ich habe ihren Mann vor zwei Jahren beerdigt«, stellte er die Frau vor.

»Emilia, che bel nome. Mia sorella era anche chiamata Emilia«, sagte die Alte. Sie strahlte, weil ihre Schwester wohl genauso geheißen hatte, zumindest glaubte Emilia, das so verstanden zu haben. Dann zog sie eine blaue Karte hervor. Emilia bemerkte, dass sie teilweise abgestempelt war.

»Die Punktekarte?«, fragte Emilia.

Arturo nickte betreten. Dann hielt die Alte sie ihnen hin und fing an zu wettern wie ein Rohrspatz. Emilia verstand lediglich die Wörter »merda« und »figlio di puttana«. Auch »piccolo Mussolini« schnappte Emilia auf.

»Quarenta euro ... aber nix mache Sport ... pagare, zahlen«, sagte sie und zerriss die Punktekarte vor ihren Augen. Die Schnipsel segelten auf den Boden.

»Sie zahlt lieber, als dass sie sich weiter von ihm schikanieren lässt«, erklärte Arturo.

»Und Gaspare ist der figlio di puttana?« Emilia amüsierte sich über den Zorn der Frau. So beliebt schien dieser aufgeblasene Peppone am Ort wirklich nicht zu sein.

Arturo nickte. Alberta auch. Ihr Zeigefinger deutete auf ein Fenster, hinter dem Francescos Vater wohl sein Büro hatte. Noch eine Hasstirade schleuderte Alberta ihm entgegen.

»Bald gibt es hier auch noch Rationsmarken für Wein und für Zigaretten«, übersetzte Arturo. Die Schimpfwörter ließ er aus.

Alberta hatte den Dampf wohl abgelassen und holte erst einmal tief Luft. Als sich ihre Blicke erneut kreuzten, floss wieder Wärme in ihre Augen. Von dem, was sie sagte, als sie sie musterte, verstand Emilia leider kein Wort.

»Sie haben so schöne Augen wie ihre Schwester. Da hat sie übrigens recht, denn ich kannte sie«, erläuterte Arturo. Dann sprach er mit Alberta, die aufmerksam zuhörte. Ihre Miene erhellte sich dabei zusehends.

»Bellissimo. Grazie al Signore«, juchzte sie und blickte hinüber zur kleinen Dorfkirche, wobei sie sich gleich bekreuzigte. Was danach kam, klang erfreut. Dass das Wort »torta« dabei war, wertete Emilia als gutes Zeichen.

»Ich habe ihr erklärt, was Sie vorhaben. Sie wird Ihre erste Kundin sein.«

Nun war Emilia es, die »Grazie, mille grazie« von sich gab – aus tiefstem Herzen. Schon griff die Alte nach ihrer Hand. Emilia verstand nur ein Wort: »Angelo«. Kamen jetzt auch noch Engel mit ins Spiel?

»Sie glaubt, dass ein Engel Sie geschickt hat«, sagte Arturo.

Dann verabschiedete sich Alberta.

»Das gibt mir wieder Mut«, sagte Emilia und sah den blauen Schnipseln nach, die eine leichte Brise, die über den Dorfplatz wehte, davontrug.

»Warum? Hat Sie denn der Mut verlassen?«

»Für einen Moment ...«, sagte Emilia mehr zu sich, denn wer das Volk auf seiner Seite hatte, der hatte gewonnen.

Während Julia in der Küche einen Salat zubereitete, kreisten ihre Gedanken um das Vorhaben ihrer Mutter. Sie bereute es, dass sie ihr nicht vorgeschlagen hatte, sie zum Rathaus zu begleiten, auch wenn Julia wusste, dass sie in Gesellschaft von Arturo in den besten Händen war. Die Neugier, ob ihre Mutter eine Genehmigung bekam, fraß sie fast auf. Die neue Gemüseraspel, die sie ihnen spendiert hatte, erinnerte Julia zudem daran, dass dieses Teil zusammen mit den Sitzkissen für die Terrassenmöbel wohl das Einzige bleiben würde, was sie ihnen künftig noch zukommen lassen konnte.

»Die haben die Telefongebühren erhöht. Zwei Euro mehr pro Monat«, rief ihr Francesco von der Terrasse aus zu. Dort saß er nun schon seit einer Stunde und sortierte angelaufene Rechnungen nach Fälligkeit.

»Die machen das Kraut auch nicht mehr fett«, rief sie ihm durch das geöffnete Küchenfenster zu.

»Kraut?« Francescos Deutsch war zwar ausgezeichnet, aber Redewendungen dieser Art kannte er nicht.

»Auch schon wurscht«, erklärte Julia ihm. Kraut mit Wurscht zu erklären, denn diesen Ausdruck kannte er, rang ihr sogar ein Lächeln ab, obwohl sie ihm diese Erklärung im Tonfall etwas genervt nach draußen zugerufen hatte. Sie widmete sich wieder den Karotten, die sich nun zu Zwiebeln und Zucchini gesellten. Wie schnell das doch ging, wenn man das richtige Werkzeug hatte. Das geraspelte Gemüse war kaum in der Schüssel, da hörte sie schon Schritte hinter sich. Julia kam nicht einmal mehr dazu, sich die Hände zu waschen, denn Francesco schmiegte sich ganz eng an sie und nahm sie fest in den Arm.

»Was hast du, Bella? Nur weil deine Mutter die Bäckerei kaufen will?«, fragte er feinfühlig und küsste sie in den Nacken. Es wirkte, wie immer. Julia entspannte sich, doch gute Laune oder das übliche Prickeln wie sonst wollte sich einfach nicht einstellen.

»Das ist es nicht allein«, gestand sie ihm. Julia löste sich sanft aus seiner Umarmung, drehte sich um und sah ihm direkt in die Augen.

»Sie wird dann hier sein. Am Ort. Bei uns.«

»Was ist so schlecht daran? Mein Vater wohnt schließlich auch im Dorf«, sagte Francesco mit gerunzelter Stirn.

»Was glaubst du, weshalb ich gleich nach dem Abi ausgezogen bin?«

»Habt ihr euch denn nicht gut verstanden?«

»Ich wollte einfach weg ... Die Kindheit hinter mir lassen. Mal was wagen. Sie hatte alles und jeden im Griff. Perfekte Organisation. Im Büro wie zu Hause. Du hast doch mitbekommen, wie sie sich in alles einmischt«, sagte sie und deutete auf die Gemüsereibe.

»War doch nur gut gemeint.«

Das wusste Julia, und genau das schürte ihre innere Zerrissenheit.

»Sie meint es immer gut.«

»Wo ist dann das Problem?«

Julia war nicht in der Stimmung, die ganze Problemkette vor ihm auszubreiten, also beließ sie es bei einem Schulterzucken und drückte ihm stattdessen eine Karaffe mit kühlem Wasser in die Hand, um sie nach draußen zu tragen. Sie stellte die Salatschüssel auf das Tablett und legte noch Besteck dazu.

»Du machst dir zu viele Sorgen«, sagte er sanft und setzte dazu an, sie zu küssen. Julia war nicht in der Stimmung und sogar froh darüber, ein verräterisches Geräusch von draußen zu vernehmen.

Gäste hatten sie keine, also konnte es nur ihre Mutter sein. Wie sie sie kannte, hatte sie die Genehmigung bereits in der Tasche.

»Ich wünsche ihr, dass es geklappt hat. Du möchtest doch auch, dass es deiner Mama gut geht«, sagte Francesco.

Dann knallte eine Autotür. Wenn Mama das machte, war sie nicht gerade in Bestlaune. Francesco kannte ihre Eigenheiten nicht, war aber trotzdem zusammengezuckt.

Julia lugte aus dem Fenster und sah sie wütend anstapfen. Francesco fraß die Neugier vermutlich auch schon auf, denn um ein Haar wären sie in der Küchentür, die nach draußen führte, kollidiert.

»Eine einzige Mafia«, wetterte ihre Mutter los, noch bevor sie einen Fuß auf die Terrasse gesetzt hatte.

»Was ist denn passiert?«, fragte Francesco, während er die Karaffe auf den Tisch stellte.

Emilia gesellte sich zu ihnen, gab einen missmutigen Laut von sich und schenkte sich erst einmal ein Glas Wasser ein.

»Einen sauberen Vater haben Sie«, hielt sie Francesco vor.

»Das weiß ich«, erwiderte er schuldbewusst.

»Heißt das, dass es nicht …?« Julia ahnte Ungutes.

»Vorerst Julia … vorerst.«

»Was war denn los? Nun sag schon«, verlangte Julia.

Ihre Mutter setzte sich und trank noch einen Schluck, bevor sie weitersprach.

»Salvatore Gambani. Kennen Sie den?«, fragte Emilia an Francesco gerichtet.

»Den Namen hab ich schon mal gehört. Mein Vater und er … nun ja … sie sind – glaube ich – befreundet. Gingen früher gemeinsam auf die Jagd.«

»Ha! Natürlich. Alles klar …«

»Hat er den Antrag etwa abgelehnt?«, fragte Julia.

»Der war Feuer und Flamme. Tolle Idee, meinte er. Hat mich gleich gefragt, welche Torten ich am liebsten backe. Kein Wunder. Der war früher mal Gastarbeiter in Deutschland. Und er weiß, was die Deutschen kuchentechnisch draufhaben. Nur eine Formsache, hieß es. Er fragte telefonisch in einer anderen Abteilung die Grundbucheinträge an, um sie zu prüfen. Keine Minute später klingelte das Telefon. Wer dran war, wollte er uns nicht sagen, aber dann hieß es auf einmal, dass es wohl einige Zeit in Anspruch nehmen würde, bis der Antrag geprüft sei. Arturo hat ihn in die Enge getrieben und nachgehakt, denn plötzlich konnte er kein Deutsch mehr.«

»Mein Vater?«

»Wer denn sonst? Ich bin ihm am Blumenladen im Dorf begegnet. Dort kauft er vermutlich immer Rosen für seine Geliebten.«

»Rosen?« Francesco wirkte sichtlich irritiert.

»Er will nicht, dass ich alle hier im Dorf mit meinen Torten vergifte. Zuckerfreie Zone, versteht ihr? Man kann es auch übertreiben mit diesem ganzen Gesundheitsscheiß«, entrüstete Emilia sich.

»Er möchte, dass die Leute gesund bleiben«, sagte Francesco kleinlaut. Davon war Julia bisher auch ausgegangen.

»Gesund, gesund. Was heißt schon gesund? Das halbe Dorf scheint ihn zu hassen, und dann diese dämlichen Punktekarten. Das heißen Sie doch nicht etwa gut?«, fragte Emilia an Francesco gerichtet.

»Nein. Definitiv nein.«

Jede andere Antwort hätte Julia überrascht. »Und was machst du jetzt?«, wollte sie von ihrer Mutter wissen.

»Den Antrag stellen. Und Arturo redet noch einmal mit Edoardo. Zeit schinden. Der hat ja schon Käufer. Leute aus Rom. Nicht, dass Edoardo es sich noch anders überlegt.«

»Aus Rom? Was wollen die denn hier?«

»Oliven vertreiben.«

»So ein Quatsch. Ausgerechnet hier«, sagte Francesco kopfschüttelnd.

»Arturo hat von Edoardo erfahren, dass die Interessenten sich das Haus heute erneut ansehen wollen. Er will es mir nur verkaufen, wenn ich das Gewerbe genehmigt bekomme. Offen gestanden kann ich es Edoardo nicht einmal verübeln, dass er sich die zweite Tür offen halten möchte. Angeblich bekäme er für die Bäckerei dreihunderttausend«, sagte Mutter niedergeschlagen.

»Von den Typen aus Rom?«, fragte Francesco.

Emilia nickte.

»Also, wenn ihr mich fragt, das stinkt doch zum Himmel. Wer aus Rom bitte schön will im Zentrum eines kleinen kalabrischen Dorfs eine Firma gründen?«, überlegte Julia laut.

»Mein Vater hat da gewisse Kontakte ...«, deutete Francesco an.

»Welche Kontakte?«, hakte Julia gleich nach.

Der Blick ihrer Mutter war ebenfalls auf ihn gerichtet.

»Ich weiß nur, dass er immer wieder mal in Rom war. Kontakte pflegen. Italienische Politik halt ... Leute warmhalten. Die Regierung vergibt Gelder für die ärmeren Regionen«, erklärte Francesco.

»Du meinst, er hat das eingefädelt, um hier die Wirtschaft anzukurbeln?« Julia konnte sich das kaum vorstellen.

Francesco zuckte mit den Schultern.

»Hat er gesagt, wann die kommen?«, wollte er dann wissen.

»Am frühen Abend«, sagte ihre Mutter.

»Arturo hat doch einen Schlüssel, oder?«, fragte Francesco.

Mutter nickte und sah ihn etwas ratlos an.

»Was hast du vor?«, fragte Julia.

»Herausfinden, was da läuft. Dreihunderttausend für ein Büro in der Pampa, um Oliven von hier aus zu vertreiben? Da möchte man Mäuschen spielen«, deutete Francesco an.

Emilias Miene hellte sich erst auf, nachdem bei ihr der Groschen gefallen war.

»Ich rufe Arturo sofort an«, sagte sie.

Julia wusste, dass Francesco nicht sonderlich gut auf seinen Vater zu sprechen war. Dass er sich auf die Seite ihrer Mutter schlug, sprach Bände. Ihr ging es nun nicht anders, und dieser Umstand erinnerte Julia an früher. Zwar war kein Tag in ihrer Jugend vergangen, an dem sie sich mit ihrer Mutter nicht über irgendeine Kleinigkeit gestritten hatte, aber wenn es darum ging, dass einem irgendjemand ans Leder wollte, dann hielt man zusammen, koste es, was es wolle.

Francesco griff unvermittelt zu seinem Handy, weil es sich mit dem Signalton für eine eingegangene Nachricht gemeldet hatte. Er las sie kopfschüttelnd, doch er schmunzelte dann amüsiert.

»Ach nee ...«, sagte er nur.

»Gute Nachrichten?«, wollte Julia gleich wissen. Anders konnte sie sich seine Reaktion nicht erklären.

»Papa. Er lädt uns zum Essen ein. Heute um halb neun. Und wir sollen unseren Gast mitbringen«, sagte er.

Emilia schluckte.

»Anscheinend haben Sie einen nachhaltigen Eindruck bei ihm hinterlassen«, sagte Francesco.

»Der will mich doch nur aushorchen, wegen der Bäckerei«, gab Emilia trocken zurück.

»Naheliegend. Wann waren wir das letzte Mal bei ihm zum Essen? Bestimmt schon zwei Monate her«, erinnerte Julia sich mit Schaudern. Francesco durfte sich wahrscheinlich wieder vorhalten lassen, dass es besser für ihn gewesen wäre, Jura in Rom zu studieren, und warum er nicht wie ein richtiger Mann einen Anzug trug. Horror! Lediglich auf Francescos Großmutter Camilla freute sie sich. Die hatte wenigstens Humor und ein Herz für ihren Enkelsohn.

»Das ist doch wunderbar. Dann können wir ihm gleich auf den Zahn fühlen«, stellte Emilia fest.

»Oder ihm einen ziehen. In Sachen Bäckerei«, sagte Francesco.

Julia nickte, aber mit wenig Zuversicht, denn ob da in Sachen Bäckerei irgendetwas an der Wurzel faul war, mussten sie erst noch in Erfahrung bringen.

So klug Francescos Plan auch war, so schwierig gestaltete er sich in seiner Umsetzung. Dass Arturo ihnen einen Zugang zur Bäckerei gewähren würde, damit war allerdings zu rechnen gewesen. Er teilte ja Francescos Ansicht, dass es den römischen Investoren sicher nicht um Oliven ging. Die gab es hier in der Gegend zwar auch, doch die Hauptanbaugebiete lagen in Ligurien, Umbrien, in der Toskana, Apulien und natürlich auf Sizilien. War es dann nicht naheliegend, dort ein Distributionszentrum zu eröffnen? Francesco hätte natürlich auch bei seinem Vater vorbeischauen und unbedarft nach der Bäckerei fragen können, doch der hätte sofort Lunte gerochen, zumal er nun wusste, dass Emilia bei ihm und Julia wohnte. Aus diesem Grund spielten sie nun »Mäuschen« in der Bäckerei und versuchten, sich ein Versteck zu schaffen, das es ermöglichte, die beiden Investoren zu belauschen. Der Verkaufsraum kam dafür selbstredend nicht infrage, denn dort würden Edoardo und die Kaufinteressenten sich sicherlich treffen. Hinter der Theke war kein Platz für vier Leute, Francesco, Arturo, Julia und sie selbst. Die Nebenräume waren zu eingedreckt und standen voll mit Gerümpel. Das wiederum gereichte ihnen nun zum Vorteil, denn es blieb ja noch die alte Backstube. Hinter dem gemauerten Ofen konnten sie sich verschanzen und zugleich einen Teil des Verkaufsraums beobachten. Das allein genügte aber nicht, um jedes Wort mitzubekommen. Die Durchreiche von der Backstube zum Verkaufsraum musste ebenso offen stehen. Francesco war auf den Gedanken gekommen, nachdem Emilia und Arturo im toten Winkel des Nebenraums testweise miteinander gesprochen hatten und man dabei in der Backstube nicht jedes Wort vernehmen konnte.

»Das Ding klemmt«, stellte Francesco fest.

»Lass mich mal. Da braucht man Feingefühl«, meinte Julia und trat zu ihm. Dass sie unbedingt dabei sein wollte und so viel Elan zeigte, wunderte Emilia noch immer. Was hier vor sich ging, interessierte sie sicher auch, weil Francescos Vater seine Finger mit im Spiel hatte, doch davon hätten sie ihr auch nach ihrem großen Lauschangriff berichten können. Am Ende hatte sie eingesehen, dass ein Café in der Stadt durchaus auch für ihr Vorhaben nützlich sein konnte. Emilia beobachtete Julia dabei, wie sie am Schiebemechanismus der Durchreiche friemelte. Sie kam Emilia vor wie ein Meisterdieb, der versuchte, einen Safe zu knacken. Und es gelang. Die Schiebetür glitt schließlich nach oben, doch kaum ließ Julia sie los, fiel sie wie eine Guillotine mit Getöse wieder nach unten. Francesco zog seine Finger gerade noch rechtzeitig weg, sonst würde er nun wohl das Schicksal des Schreinermeisters teilen, den Emilia im Flieger kennengelernt hatte.

»Hat jemand Taschentücher dabei?«, fragte Francesco in die Runde.

Emilia reichte ihm gleich zwei. Die riss er in feine Stücke und stopfte sie zwischen die Gleitschienen. Beim nächsten Versuch blieb die Schiebetür in der gewünschten Position stecken. Die nun gut zehn Zentimeter breite Öffnung reichte, um auch die Mitte des Verkaufsraums nicht nur diskret beobachten zu können, sondern auch zu hören, was darin gesprochen wurde. Emilia atmete auf.

»Muss noch mal jemand raus? Aufs Klo?«, fragte Arturo. Seine Frage war durchaus berechtigt, denn was hieß schon »am frühen Abend«? Einmal verschanzt, gab es kein Zurück mehr. Einhelliges Kopfschütteln war das Startsignal für Arturo. Er stand bereits mit dem alten Mehlsack in den Händen am Eingang zur Backstube. Ihre Fußspuren ließen sich mit dem feinen Mehlstaub wieder bedecken. Edoardo würden sie sonst garantiert auffallen. Zu guter Letzt, und das war Francescos Aufgabe, mussten sie das Gerümpel aus Stühlen, Tischen und alten Backutensilien wieder so ineinander verkeilen, dass es so aussah wie vorher und ein Betreten dieses Raums ohne größere Aktion unmöglich war.

»Würde mich nicht wundern, wenn diese Typen aus Rom der ehrenwerten Gesellschaft angehören«, sagte Arturo unvermittelt.

»Bestimmt hat jeder Bürgermeister entsprechende Kontakte. Gerade hier unten im Süden. Und mein Vater? Der ist sicher keine Ausnahme«, meinte Francesco.

»Ehrenwerte Gesellschaft?« Emilia verstand momentan gar nichts.

»Sie wissen schon ...«, sagte Francesco.

»Die Mafia?«

»Ist das in Deutschland etwa anders? Da heißt sie halt nicht so«, behauptete Francesco.

Emilia schluckte, weil sie sich gerade vorstellte, dass sie vielleicht doch erwischt wurden und man sie hier im Nebenraum leicht abknallen konnte.

»Witzigerweise war die Kriminalitätsrate früher geringer. Gut, man zahlte Schutzgelder, aber dafür musste man noch nicht einmal seinen Laden zusperren. Es wurde nichts gestohlen. Sogar den Wagen konnte man offen stehen lassen«, erläuterte Arturo.

»Jetzt malen Sie mal nicht den Teufel an die Wand. Es kann auch eine ganz logische Erklärung für alles geben«, sagte Julia.

Emilia hoffte, dass sie recht behalten würde, doch wenn man den Teufel rief, dann ließ der anscheinend nicht lange auf sich warten. An der Tür regte sich etwas. Das Knarzen der seitlichen Eingangstür kannte sie. Und schon vernahm sie Edoardos Stimme. Sie glaubte zu hören, dass er jemanden hereinbat. Zwei ihr unbekannte sonore Männerstimmen gesellten sich dazu. Die vierte kannte Emilia auch. Es war die Stimme des Bürgermeisters. Kein Wunder, dass Francesco augenblicklich versteifte.

Emilia hielt ihre Hand ans rechte Ohr. Das wirkte wie ein Trichter. In der Regel konnte sie dann besser hören. Diesmal nutzte es aber herzlich wenig, denn sie sprachen natürlich italienisch. Dank ihres mittlerweile laut Lernprogramm auf dreihundertzweiundfünfzig Wörter angewachsenen Wortschatzes bekam sie dennoch einiges mit. »Eine Deutsche«, fiel in der Konversation. Damit konnte wohl nur sie gemeint sein. Julia bestätigte ihre Annahme, weil sie mit dem Finger auf sie deutete. »Quattrocentomila.« Das waren doch vierhunderttausend. Wo kam denn urplötzlich diese Summe her? Bisher war doch immer von dreihunderttausend die Rede gewesen. Francesco flüsterte es ihr ins Ohr: »Mein Vater schlägt vor, dass sie mehr bieten sollen.«

Emilia verstand die Welt nicht mehr. Hatte Edoardo sich denn nicht erweichen lassen und zugestimmt, ihr die Bäckerei für weniger zu verkaufen? Und wieso wollte jetzt ausgerechnet Gaspare auf einmal den Preis hochtreiben? Es waren doch seine Kontakte. Dann fiel man diesen Leuten doch nicht in den Rücken. Julia bekam jedenfalls auch große Augen. Francesco zückte sein Handy, und sofern sie sich nicht täuschte, nahm er das Gespräch auf.

Keine schlechte Idee, denn ihr jetzt alles zu übersetzen, war auch im Flüsterton ein bisschen zu riskant.

»Was?«, entfuhr es Francesco nach wenigen weiteren Worten, die Edoardo, Gaspare und die Leute aus Rom wechselten.

Julia und Francesco tauschten daraufhin ängstliche Blicke.

»Dieses Schwein«, konnte sich Arturo nicht verkneifen. Hoffentlich hatte das niemand gehört, denn er hatte sich nicht an das Flüstergebot gehalten.

Emilia warf Julia und Francesco fragende Blicke zu. Da musste ja etwas ganz Furchtbares vonstattengehen. Da im Verkaufsraum immer wieder das Wort »soldi« vernehmbar war, drehte sich wohl alles ums liebe Geld. Emilia gab es schließlich auf, mehr verstehen zu wollen. Dafür reichte ihr Wortschatz einfach nicht aus. Sie versuchte stattdessen, anhand von Francescos und Julias Mienen abzulesen, was da gerade vor sich ging. Beide sahen recht finster drein. Edoardo fiepte mittlerweile so leise, dass selbst ihr Ohrentrichter nicht mehr weiterhalf. Hoffentlich war das Mikrofon von Francescos Handy besser, denn was es aufnahm, schien tatsächlich eine gewisse Brisanz zu haben.

Rums!

Emilia zuckte zusammen. Da war jemand sicher gegen einen der Stühle gestoßen. Sie vor Schreck auch gegen den Kessel, neben den sie sich gepfercht hatte. Leider hörbar. Schon näherten sich Schritte. Auch wenn sie niemand hinter dem alten Ofen sehen konnte, bekam Emilia mit, dass alle sich etwas duckten. Man konnte sogar den schweren Atem eines der Männer hören. Er musste direkt an der Tür zur Backstube stehen.

»Topi« und »ratti«, vernahm Emilia. Wieder ein neues Wort gelernt. Ersteres hieß wohl »Mäuse«. Über das eben erlernte Vokabular konnte sie sich aber erst freuen, als sich die Schritte wieder entfernten. Puh! Glück gehabt.

»Basta!«, kam es dann resolut vom Bürgermeister.

Francescos Hand zitterte bereits, entweder vor Aufregung, weil er jedes Wort verstand, oder weil ihm langsam der Arm schmerzte. Es strengte schließlich an, ein Handy in der Hocke für so lange Zeit nach oben zu halten.

»Er wird es ihnen verkaufen«, flüsterte Julia fassungslos.

Francesco wirkte angespannt und richtig sauer. Vermutlich auf seinen Vater.

Erst als Emilia das verräterische Knarzen der seitlichen Eingangstür vernahm, fiel die Anspannung von ihr ab.

»Der kann was erleben!«, sagte Francesco, dann erhob er sich und sah durch die offene Tür in den Verkaufsraum.

»Die Luft ist rein.«

Emilia brannte darauf zu erfahren, was da vor sich gegangen war.

»Es ist unfassbar«, stammelte Francesco.

»Nun sagt schon«, drängelte Emilia.

»Gaspare hat versucht, die Käufer gegen dich auszuspielen, Mama«, klärte Julia sie auf.

»Ach, deshalb die vierhunderttausend«, schlussfolgerte Emilia.

Julia nickte.

»Edoardo muss Schulden bei der Gemeinde haben. Gaspare will sie ihm teilweise erlassen, wenn er den beiden zusagt. Aber Geschäftsleute sind das nicht, und mit Oliven haben die so wenig am Hut wie ich mit der Taufe von Neugeborenen«, sagte Arturo.

»Geldwäsche«, brachte sich nun auch Francesco wieder mit ein, der mittlerweile weiß wie die Wand war.

»Das habe ich mir fast gedacht. Von wegen Oliven. Die wollen hier 'ne Scheinfirma gründen, und dein Vater kassiert dafür Provision. Das habe ich doch richtig verstanden?«, wollte Julia sich bei Francesco vergewissern.

Er nickte nur, immer noch sichtlich schockiert.

Es begann, in Emilia zu arbeiten, und das Ergebnis ihrer Überlegungen war unterm Strich bestens.

»Das ist doch großartig«, brach es aus ihr heraus. Wieso sahen sie die anderen so betreten an?

»Du hast das doch alles hier drauf …« Emilia deutete auf Francescos Handy.

»Er kommt ins Gefängnis, wenn wir das der Polizei geben«, sagte Francesco niedergeschlagen.

Emilia konnte ihm ansehen, wie sehr er sich für seinen Vater schämte.

»Polizei? Aber nein. Sie spielen mir das einfach auf mein Handy, und ich statte Ihrem Vater einen Besuch ab. Was wollen wir wetten, dass hier kein Olivendingsda entsteht?« Emilia juchzte.

Auf Arturos Gesicht zeigte sich ein breites Lächeln.

Francesco öffnete die Audiodatei seines Sprachrekorders. Es rauschte und rauschte, und obwohl er den Pegel auf maximale Lautstärke drehte, war nur sphärisches Gebrummel zu hören.

»Scheiße«, kommentierte Julia.

»Billighandy«, kam es von Francesco.

Emilias Zuversicht war aber noch nicht gänzlich dahin.

»Aber wir sind doch zu viert. Vier Zeugen.«

»Da hat sie auch wieder recht«, sagte Arturo.

»Du würdest dich mit ihm anlegen?«, fragte Francesco sogleich nach.

»Da kannst du Gift drauf nehmen«, erwiderte Arturo.

»Du wohl nicht?«, wandte Julia sich daraufhin an Francesco.

»Natürlich«, erwiderte er – jedoch für Emilias Geschmack etwas zu zögerlich.

»Dann passt doch alles. Wir werden ihn heute Abend damit konfrontieren«, sagte Emilia.

Der arme Francesco. Völlig durch den Wind, aber das war auch kein Wunder, wenn man so einen Vater hatte.

Kapitel 8

Gott im Himmel! Mehr Klischee ging schon gar nicht mehr. Klar, dass ein Bürgermeister vom Kaliber eines Gaspare sein Haus auf einem Hügel stehen hatte: Traumlage, Traumhaus, Traumpool – und mit Aussicht auf seine Untertanen, versteht sich. So ein Bürgermeisterdasein hatte was, überlegte Emilia, nachdem sie einen Blick über den Zaun seines Grundstücks riskiert hatte. Julia gesellte sich zu ihr, während Francesco den Wagen näher an der Steinmauer parkte, damit er den Durchgangsverkehr nicht blockierte.

»Der ist doch auf legalem Weg sowieso nicht zu so einem Haus gekommen«, merkte Emilia an.

»Schwer zu sagen. Seine Eltern hatten hier mal sehr viel Grund.«

»Leben sie noch?«

»Seine Mutter. Sie ist bestimmt schon über achtzig. Sie heißt Camilla und ist recht eigen, aber du wirst sie mögen.«

»Du magst sie also auch?«

Julia nickte. Schade, dass sie ihre Großeltern nur im zarten Kindesalter kennengelernt hatte. Zu früh gestorben. So eine Oma im Rücken hätte die Situation zu Hause möglicherweise entspannt und Julia ein Schlüsselkind-Dasein erspart, überlegte Emilia.

»Auf in den Kampf!« Francescos Worte klangen aber alles andere als nach einer Kampfansage. Er klingelte an der Tür, und als sie summend aufsprang, wurde aus Francesco ein anderer. Aus dem gut gelaunten, energiegeladenen jungen Mann wurde ein Sohn mit hängenden Schultern. Und wie schwerfällig er sich die Treppen hinauf zur Terrasse seines Vaters schleppte. Dort stand Gaspare bereits parat. Der konnte aber ein ziemlich überzeugendes Lächeln aufsetzen. Er strahlte geradezu. Vermutlich lernte man so etwas als Politiker. Gerade seinem Sohn gegenüber konnte man sicherlich nur von »aufgesetzt« sprechen, denn wenn es nach ihm gegangen wäre, hätte Francesco in Rom Karriere machen sollen, erinnerte sich Emilia. Immerhin legte er Francesco und Julia keine Steine in den Weg und hatte auf seinen Anteil des großväterlichen Erbes verzichtet. Toller Verzicht, überlegte Emilia. Selbst in Saus und Braus leben und den Sohn auf einer Olivenplantage vergammeln lassen.

»Was für eine Freude«, begrüßte er sie und reichte Emilia die Hand.

»Ganz meinerseits.« Emilia stellte in diesem Moment ihre Eignung für eine Karriere in der Politik fest. »Ich hätte offen gestanden nicht gedacht, dass wir uns so schnell wiedersehen«, fügte sie allerdings noch hinzu. Wenigstens das war nicht gelogen.

»Ich muss doch die Mama von Julia kennenlernen«, schmeichelte er ihr. So ein Heuchler!

»Na, Francesco, alles klar?« Fehlte nur noch, dass er seinem Sohn kameradschaftlich auf die Schulter klopfte.

Francesco fehlte eine G7-Eignung, denn sein »Ja« hätte gleichgültiger nicht klingen können.

»Julia?«

»Logisch!« Julia wurde nicht einmal rot dabei.

»Ist das nicht ein wunderbarer Abend, um auf der Terrasse zu speisen?«, fuhr er fort und bedeutete ihnen, ihm zu folgen. In Sachen »wunderbarer Abend« hatte er sich wohl geschnitten. Julia tauschte mit Francesco bereits Blicke.

»Oma!« Es kam wieder Leben in Francesco. Das musste Camilla sein, und die war für ihr Alter noch ganz schön flott auf den Beinen. So schnell konnte Emilia gar nicht schauen, wie sie vor ihrem Enkel stand, um ihm die Wangen zu tätscheln. Sie musterte ihn dann ausgiebig.

»Mein Junge ... Abgemagert siehst du aus. Gibt dir Julia etwa nicht genug zu essen?«, sagte sie augenzwinkernd. Man konnte ihr nicht böse sein. Selbst Julia hatte daraufhin ihr ehrliches Lächeln wiedergefunden.

»Sie sind also Julias Mama. Emilia«, begrüßte Camilla sie.

Emilia überlegte, wie eine so herzliche Frau nur so einen üblen Sohn haben konnte.

»Sie sprechen Deutsch?« Emilia erstaunte das.

»Was bleibt einem anderes übrig, wenn der Sohn eine Deutsche ehelicht. Wir lebten ja unter einem Dach«, erklärte Camilla.

Das erklärte, warum Julia als Deutsche allem Anschein nach gern in dieser Familie gesehen wurde. Zumindest hatte sie ihr gegenüber bisher nicht verlauten lassen, dass Gaspare etwas gegen sie hätte. So, wie sie ihn einschätzte, wäre ihm eine Frau von hier an der Seite seines Sohnes wahrscheinlich doch lieber – am besten die Schwester eines seiner »Kontakte« aus Rom.

»Ein Aperitif vielleicht? Einen Spritz?«, fragte Gaspare in die Runde und bat sie zu Tisch. Zumindest dafür erntete er von allen Zustimmung. Seiner Mutter rückte Gaspare als Erstes einen Stuhl zurecht, den Platz am Tischende. Die Mama war in Italien für einen Mann ja das Allerheiligste. Auch dafür liebte Emilia Bella Italia. Das Familienoberhaupt saß meist am Tischende, überlegte Emilia, doch Camilla lehnte den Platz kopfschüttelnd ab.

»Nur von hier aus kann man das ganze Tal überblicken. Nun setzen Sie sich schon, liebe Emilia«, forderte Camilla sie auf.

Emilia tat wie geheißen, und Camilla hatte recht. Von ihrem Platz aus bot sich ein traumhafter Ausblick über das Dorf, aber auch die bewaldeten Hügel in der Ferne lagen vor ihr. Besser ging's nicht. Dazu kamen noch das Zirpen der Zikaden und der laue Abendwind. Jetzt fehlte nur noch der Aperol Spritz. Schade, dass die Erinnerung an den Anlass ihres Besuchs die gerade einsetzende Entspannung gleich wieder zunichtemachte. Gaspare ahnte natürlich noch nichts von seinem Glück. Bei dem hatte man regelrecht den Eindruck, als sei er auf Flirtkurs.

»Auch ein bisschen mehr Aperol in den Spritz für Sie?« Ein Oberkellner in einem Dreisternerestaurant konnte nicht serviler sein. Mit der Masche angelte er sich bestimmt die eine oder andere Dame, der er dann Rosen schenkte. Über den Tod seiner Frau schien er wohl hinweg zu sein. Camillas Gastfreundschaft hingegen kam spürbar von Herzen. Sie zupfte an der Tischdeko herum, bog die Lilien in der Vase noch in Form und vergewisserte sich, dass das Besteck perfekt neben den Tellern lag, bevor sie Platz nahm.

»Wie gefällt Ihnen unser kleines Dorf?«, wollte Gaspare von Emilia wissen, während er drei weitere Spritz für sich, Julia und Francesco zubereitete. Camilla hatte er bereits den ersten hingestellt, allerdings mit weniger Hochprozentigem versehen.

»Es ist sehr romantisch, etwas verträumt, aber mir scheint, es leben nicht mehr so viele Menschen hier«, sagte Emilia, um sich an den eigentlichen Zweck ihres Besuchs schon einmal heranzutasten.

»Was gefällt Ihnen am besten?«

Emilia wollte schon die alte Bäckerei erwähnen, doch Camilla schnitt ihr sozusagen den roten Faden ab.

»Gaspare. Warum fragst du die Leute immer aus? Das muss wohl dieses unselige Bürgermeisteramt mit sich bringen. Lass unsere Gäste doch erst einmal in Ruhe essen.« Camillas Einwurf amüsierte nicht nur Emilia. Auch Francesco und Julia mussten schmunzeln.

»Und jetzt wird angestoßen«, sagte Camilla. Diese Frau strahlte eine natürliche Autorität aus, büßte dabei aber nichts von ihrer Herzlichkeit ein.

»Julia. Hilfst du mir, die Suppenschüssel zu tragen?« Julia sprang sofort auf. Fehlte nur noch, dass sie strammstand und salutierte. In der Heimat vom Töchterlein nie erlebt.

»Meine Mutter ist eine sehr gute Köchin. Ich glaube, das hält sie fit«, erklärte Gaspare. Wahrscheinlich hielt das auch seine Kasse fit, denn eine Haushälterin war in Italien sicherlich nicht viel günstiger als in Deutschland.

Wenn Gaspare Leute nicht ausfragen konnte, ging ihm anscheinend der Gesprächsstoff aus, denn von nun an herrschte Schweigen. Er überbrückte die Zeit, bis Julia in Begleitung seiner Mutter die Suppe hereinbrachte, indem er genüsslich mit den Eiswürfeln in seinem Spritz klimperte und dann daran nippte. Ihm war die Erleichterung anzusehen, nicht mehr allein mit seinem Sohn und Emilia am Tisch zu sein. Francesco übrigens auch, denn der hatte ebenfalls mit seinem Glas gespielt.

»Minestrone. Gut gewürzt. Mein Mann mochte sie, wenn sie pikant gewürzt war. Das ist zwar nicht typisch für eine italienische Minestrone, aber man darf beim Kochen doch auch ein bisschen kreativ sein«, erklärte Camilla. Damit eroberte sie Emilias Herz im Sturm. Der Eklat konnte warten. Dass bis zum Verzehr des Hauptgerichts, in hauchdünne Scheiben geschnittene Schweineschnitzel mit Knoblauchsoße und leckeren Rosmarinkartoffeln, noch kein Wort über die Bäckerei gefallen war, konnte sich einzig und allein Camilla auf ihr Punktekonto schreiben. Ihre Erzählungen von früher, als das Dorf noch belebt gewesen war, ließ die Zeit wie im Flug vergehen. Emilia überraschte, dass sich vor vielen Jahren das »Bella Vita« in Italien nicht nur im heutzutage reichen Norden abgespielt hatte, wenngleich Camilla glaubte, dass der Süden schon immer ärmer gewesen war, jedenfalls so lange, bis mit Fischfang und der Landwirtschaft nicht mehr so viel zu verdienen gewesen war. Goldene Zeiten auch in den unzähligen kleinen Orten, von denen heute einige im wahrsten Sinne des Wortes auszusterben drohten. Die Dorfgemeinschaft sei intakt gewesen. Man hätte genug zu essen gehabt, und da zu dieser Zeit keiner mit einem Fernseher oder dem Internet ausgestattet gewesen war, habe man abends zusammengesessen und sich Geschichten erzählt. An der ganzen Landflucht sei nur die Regierung schuld, weil alles Geld vor allem in die Metropolen geflossen sei.

»Wir sind ja dabei, daran etwas zu ändern.« Gaspares Einwurf war bereits die zweite Steilvorlage, wie auch Julias bedeutsamer Seitenblick signalisierte, doch erneut war es Camilla, die Emilia das Wasser abgrub.

»An so einem schönen Abend sollten wir nicht über Politik reden. Ich kenne dich. Du wirst uns gleich stundenlang von deinen Plänen erzählen und unsere Gäste damit sicher langweilen. Ach, es ist ja meine Schuld. Ich hätte das Thema gar nicht erst anschneiden sollen«, sagte sie und erhob ihr Glas zu einem Toast.

»Auf unsere Gäste und Emilia, die sich hoffentlich in dieses Dorf genauso verlieben wird wie ich vor vielen Jahren«, sagte sie. Niemand wagte es, Camilla zu widersprechen, am wenigsten wohl ihr Sohn, denn der hatte das Weinglas zuerst in der Hand. Emilia stieß mit an. Wäre da nicht dieses Hühnchen, das sie mit Francescos Vater zu rupfen hätten, könnte man den bisherigen Verlauf des Abends als äußerst gelungen bezeichnen.

»Dann hole ich mal den Nachtisch«, kündigte Camilla an. Julia bot sich wie schon vor dem Hauptgang an, ihr beim Einsammeln des benutzten Geschirrs zu helfen, auch wenn Camilla diesmal versuchte, sie daran zu hindern, schließlich seien sie ihre Gäste.

»Das schaffe ich schon«, war zwar heroisch, aber etwas übertrieben, denn so viel Kraft hatte Camilla nicht mehr. Die Teller übereinandergestapelt hochzuheben strengte sie sichtlich an.

»Ich hoffe, ihr seid bereit für den Nachtisch«, sagte sie, bevor sie sich mit Julia nach drinnen verzog.

»Julia ist wirklich auf Zack«, merkte Gaspare anerkennend an.

»Ja. Was wäre ich ohne sie?« Francesco hatte seine Stimme wiedergefunden. Während des Hauptgangs war sie ihm nahezu gänzlich abhandengekommen.

Gaspare lächelte mehrdeutig. Vermutlich lag ihm »ein geschäftstüchtiger Anwalt in Rom« auf der Zunge. Diese Bemerkung schluckte er herunter, sichtlich darum bemüht, keine Missstimmung aufkommen zu lassen.

»Läuft es denn gut an? Hattet ihr schon die ersten Gäste?«, fragte Gaspare stattdessen.

»Ja. Läuft ...« Normalerweise würde Francesco einen exzessiven Wortschwall aus Schwärmereien und seinen großartigen Plänen vom Stapel lassen. Sein Vater schien ihm förmlich den Hahn zuzudrehen.

»Na, dann ist ja alles bestens«, kommentierte Gaspare.

»Tiramisuuuuuu«, frohlockte Julia noch nicht einmal gespielt. Das musste dem Umstand geschuldet sein, dass sie sich mit Camilla offensichtlich gut verstand. Sie hatte eine Riesenschüssel in der Hand und stellte sie auf dem Tisch ab. Camilla folgte ihr mit dem Besteck für den Nachtisch.

Gaspares Blicke klebten nun auch auf diesem verführerischen, mit Kakaopulver überzogenen kulinarischen italienischen Herzensbrecher.

»Passt das zu der Diät, die Sie propagieren?« Emilia konnte sich diese Bemerkung einfach nicht verkneifen.

Gaspare sah Emilia begriffsstutzig an.

»Zucker ist doch so ungesund.« Emilia half ihm mit Wonne auf die Sprünge.

»Na und? Ohne Zucker schmeckt sie nicht. Sind Sie Diabetikerin?«, wollte Camilla wissen, die sich zu ihnen gesellt hatte.

»Mama. Du weißt doch, wie ungesund Zucker ist. Pures Gift«, sagte Gaspare, jedoch weniger vehement als bei Emilias erster Begegnung mit ihm vor dem Blumenladen.

»Interessiert mich nicht, und interessiert das überhaupt jemanden hier außer dir?« Camillas Tonfall war ungewohnt scharf. Anscheinend führten sie nicht das erste Gespräch darüber.

Die Gäste hatte Camilla natürlich auf ihrer Seite, allen voran Emilia.

»Ich kann es kaum erwarten«, sagte sie fast schon lüstern, was nicht gespielt war, um Gaspare ein deutliches Signal zu senden. Es kam von Herzen, oder vielmehr von darunter. Ihr Magen schrie förmlich danach, sich diesen ungesunden Nachtisch einzuverleiben.

»Also für mich bitte nur ein klitzekleines Stück und auch nur dir zuliebe, Mama.«

Emilia beschloss, sich jeden Löffel davon mit wollüstig verdrehten Augen einzuverleiben.

»Du kriegst auch nicht mehr«, sagte Camilla trocken.

»Und für dich bitte auch nicht so viel. Denk an deine Gesundheit.« Sein Appell prallte an Camilla ab.

»Wie alt soll ich denn noch werden? Ich hab doch dein Soll schon erreicht. Fünfundachtzig. Du willst doch den Rekord aus

Selia brechen. Ich habe ihn schon gebrochen und an sich überhaupt keine Lust, deinen Vater noch ewig auf mich warten zu lassen«, sagte sie bockig und klatschte sich demonstrativ eine extragroße Portion auf den Teller – sehr zu Gaspares Unmut, doch den äußerte er nicht. Stattdessen schabte er ein gerade einmal Quadratzentimeter großes Stück der überirdisch leckeren Köstlichkeit auf sein Löffelchen. Er aß es auch noch gespielt widerwillig. Emilia hingegen hatte keine Scheu, ihre Show abzuziehen. Den multiplen Gaumenorgasmus sollte er sich ansehen und anhören.

»Mmmmmhhh ... ist das köstlich. Himmlisch. Jaaaaa ... Camilla. Dafür lohnt es sich zu sterben«, sagte Emilia augenzwinkernd.

Julia hatte Mühe, sich das Lachen zu verbeißen. Francesco musterte seinen Vater, bei dem diese Provokation Wirkung zeigte. Demonstrativ legte er die Kuchengabel zurück auf den Tisch. Camilla hingegen verstand Emilias Humor, denn sie lachte hemmungslos, noch dazu mit vollem Mund.

»Also von mir hat mein Sohn den Müßiggang nicht. Wer sagt denn eigentlich, dass man uralt werden muss?«, stellte Camilla fest.

»Eben.« Francesco pflichtete ihr bei und schlemmte ebenfalls.

»Ich sitz doch hier nur dumm herum, verstecke mich vor der Hitze und vermisse deinen Vater jeden Tag. Denen im Dorf geht es auch nicht anders, jedenfalls den meisten«, gab Camilla ihrem Sohn zu verstehen.

»Zucker macht auch depressiv. Kein Wunder, wenn einem dann der Elan fehlt – und dann will man mehr und mehr und wird süchtig«, dozierte Gaspare.

»Also, ich bin nicht depressiv«, warf Emilia ein. Dafür erntete sie ein wohlwollendes Lächeln von Camilla, ein eingefrorenes hingegen von ihrem Gastgeber.

Den Rest des Tiramisus verzehrten sie daraufhin schweigend. Camilla durchbrach die angespannte Stille als Erste. »Wer möchte noch einen Kaffee? Einen Espresso?« Einhelliges Nicken folgte. Julia stand schon einmal auf, um Camilla in die Küche zu begleiten.

»Ihre Mutter ist wirklich noch sehr rüstig, auch ohne extreme Achtsamkeit auf gesunde Ernährung.« Jetzt oder nie, bevor Camilla wieder zurückkam.

»Und Nonna macht auch kein Zwangsaerobic. Ich frag mich eh, wann in einer dieser Stunden jemand den Löffel abgibt«, stichelte Francesco.

»Das ist nur zu ihrem Besten«, sagte Gaspare.

»Und was spräche gegen meine Idee, den Ort mit einem Café wiederzubeleben? Das wollen Sie doch auch?«, fragte Emilia.

»Wiederbeleben. Sie meinen wohl, unter die Erde bringen, und zwar frühzeitig«, konterte er.

»Papa. Das ist Unsinn.«

»Neueste Studien …«

»Wetten, dass sich auch andere Studien finden lassen? Wussten Sie eigentlich, dass Menschen länger leben, wenn sie glücklich sind, und dass ein erfülltes Leben der beste Garant für Gesundheit ist?« Emilia war ihm gleich ins Wort gefallen, weil sie wusste, was er ihr entgegenhalten würde.

Gaspare blieb ihnen eine Antwort schuldig. Er sah sie nur verstimmt an.

»Papa. Emilias Idee ist großartig. Da kommen mehr Leute ins Dorf, wirst sehen. Dann bringen wir halt nur Durchreisende frühzeitig unter die Erde«, sagte Francesco.

»Ich trage Verantwortung für meine Gemeinde. Ich kann nicht zulassen, dass …«

»Aber dass römische Investoren hier Geld waschen, das kannst du zulassen?« Francescos Stimme klang schneidend.

Die Gesichtszüge seines Vaters entgleisten.

»Was redest du da?«, sagte er, mittlerweile so bleich wie das Tischtuch.

»Wir haben alles mit angehört.« Emilia blickte verschwörerisch zu Julia, die wieder am Tisch Platz genommen hatte.

»Wir waren in der Bäckerei, wollten sie uns noch einmal ansehen. Arturo, Emilia, Julia und ich, und als wir hörten, dass jemand kam, haben wir uns in der Backstube versteckt.« Francesco hatte ihm wohlweislich nur die halbe Wahrheit erzählt. Doch das reichte.

Gaspare stand bereits der Schweiß auf der Stirn. Er musterte erst Julia, dann Francesco, als ob er sich vergewissern wollte, dass Emilia die Wahrheit sagte. Dann machte er einen tiefen Atemzug und setzte sich kerzengerade hin. Wahrscheinlich log es sich in aufrechter Position besser, dachte Emilia sich. Und den Beweis dafür trat er sogleich an.

»Die Firma aus Rom schafft Arbeitsplätze ... Geldwäsche ... So ein Unsinn.« Und wie er ins Schleudern kam, der gute Gaspare.

»Und eine fette Provision ... für den Bürgermeister«, fügte Emilia mit hinzu. Sie war sich sicher, dass reichlich Geld fließen würde.

»Das muss ich mir von Gästen meines Hauses nicht anhören.« Seine vehemente Reaktion kam einem Schuldeingeständnis gleich.

»Verhört habe ich mich nicht, Papa. Offen gestanden schäme ich mich dafür, dein Sohn zu sein.«

Das saß. Gaspare schluckte, zumal Francesco sichtlich agitiert vor ihm saß.

»Ihr müsst das alles falsch verstanden haben. Wir sind hier nicht auf Sizilien«, versuchte Gaspare sich herauszureden.

»Aber nicht nur geografisch gesehen nahe dran«, erwiderte Francesco.

Emilia überlegte für einen Moment, nun mit den Tonmitschnitten zu bluffen, doch nach Pokern war ihr gerade nicht zumute.

»Rein theoretisch könnten wir uns auch verhört haben, denn es wäre gar nicht auszudenken, wenn jemand Wind davon bekäme. Genauso gut könnten Sie sich bei der Ablehnung meines Gewerbeantrags auch geirrt haben«, gab sich Emilia selbstbewusst, auch wenn sie innerlich vor Aufregung bebte. Zu verlieren hatte sie ohnehin nichts.

»So ist das also. Erpressung. Wisst ihr was? Mir ist es egal, was ihr gehört habt oder nicht. Wen kümmert das schon? Geht zur Polizei ... oder noch besser, gleich nach Rom ... Die Regierung hat bestimmt nichts Besseres zu tun, als sich um ein kleines kalabrisches Dorf zu kümmern«, gab Gaspare sich siegessicher.

»Das werden wir«, stimmte Emilia zu, wobei sie sich in dem Moment klarmachte, dass er und diese Römer alles abstreiten konnten und damit wahrscheinlich auch noch durchkamen.

»Ihre Torten ... Die können Sie gerne für Francescos lukrative Landpension backen. Eine Konditorei hier am Ort? Nur über meine Leiche!«

»Torten?«, tönte es vom Ausgang der Terrasse. Camilla trat mit einem Tablett heraus, auf dem gefüllte Espressotassen standen.

»Sie backen Torten?«, fragte sie an Emilia gewandt.

Emilia nickte lediglich, weil ihr Mund ganz ausgetrocknet war und sie sich erst wieder beruhigen musste.

»Sofia konnte so gut backen. Meine Schwiegertochter. Gott hab sie selig. Das ist eines der wenigen Dinge, die die Deutschen wirklich beherrschen, und natürlich die Österreicher. Ich war einmal im *Sacher* in Wien. Unvergesslich. Also, wenn Sie mal eine backen, dann vergessen Sie bitte nicht, Francescos Oma ein klitzekleines Stückchen übrig zu lassen. Das müssen Sie mir versprechen.«

»Mein Ehrenwort«, sagte Emilia, blickte dann zum völlig entgeisterten Gaspare. Er hatte verstanden, dass sie ihm eben den Krieg erklärt hatte.

Am nächsten Morgen war es Emilias Empfinden nach auf Julias und Francescos Terrasse besonders heiß und die Erdanziehungskraft stärker als sonst. Sie zog Schultern und Gesichter nach unten. Wunden lecken war angesagt, und das eigentlich schon, seitdem sie gestern nach Hause gefahren waren. Was hatte das Kraft gekostet, um Camillas willen noch ein bisschen Small Talk zu betreiben, damit sie von der Auseinandersetzung und den Verwicklungen ihres Gaspare nichts mitbekam. Die Nacht war kurz gewesen, mitunter auch, weil sie Arturo noch per WhatsApp informiert hatten und ihm nach sofortiger Rückmeldung dann per Videokonferenz den Verlauf des ruhmreichen Abends hatten erzählen müssen. Doppelt aufgewühlt hielt länger und sorgte nicht gerade für süße Träume. Wenn Francesco den Morgen ohne sein berühmtes Dauerlächeln begann und Julia, sonst ein Murmeltier, genau wie ihre Mutter die halbe Nacht wach gelegen hatte, selbst die zweite Tasse Kaffee nicht mehr half, um wach zu werden, dann fing der Tag ja schon gut an.

»Also einfach das Café vergessen? Sich deinem Vater ausliefern? Diesem Verbrecher!« Emilia zog ein niederschmetterndes Resümee nach ihrem Gespräch über die Möglichkeiten, Gaspare doch noch ordentlich Druck zu machen.

Francesco ließ sich mit seiner Antwort länger Zeit, als von ihm zu erwarten war.

»Auf keinen Fall.«

»Ich hab heut Nacht auch schon darüber nachgedacht, das hier aufzugeben. Wer weiß, am Ende legt er uns auch noch Steine in den Weg«, sagte Julia, die ebenfalls nicht gerade bester Laune war.

»Also das eine hat doch mit dem anderen nichts zu tun«, versuchte Francesco, sie zu beruhigen.

»Man muss sich gelegentlich eingestehen, dass das Leben nun mal kein Wunschkonzert ist. Unsere Träume ... Ja, klappt wahrscheinlich nicht. Wir hatten seit gestern nur zwei Klicks auf unserer Website. Vielleicht hat das alles so kommen sollen ... «, sagte Julia niedergeschlagen.

»Julia. Du übertreibst jetzt wirklich.« Francesco sprach aus, was Emilia dachte.

»Aber du hast doch deinen Vater gestern reden hören. Ich weiß gar nicht, was mich mehr aufgeregt, dass er korrupt ist wie Al Capone oder dass er dich immer wieder spüren lässt, dass du ihn enttäuschst.«

»Er hat mir Grund und Boden gegeben, und ich wollte auch gar kein Geld, weil wir das allein schaffen«, sagte Francesco.

Julia verdrehte nur die Augen.

»Du wolltest ja auch nicht, dass ich euch aushelfe«, hielt Emilia ihrer Tochter in diesem Zusammenhang unter die Nase.

»Dann frag Francesco, warum. Ein Wunder, dass er die Sitzkissen nicht gleich verbrannt hat«, pampte Julia. Aha. Daher also hatte sie sich zunächst so geziert.

»Weil ich an unseren Traum glaube«, sagte Francesco.

»Dein Traum. Anfangs war es doch deiner.« Julia bestätigte, was Emilia sich die ganze Zeit bereits gedacht hatte.

»Aber du wolltest das doch auch«, erwiderte Francesco sichtlich enttäuscht.

»Kinder, jetzt fangt nicht auch noch an zu streiten«, versuchte Emilia zu vermitteln. Bei Julia schien ihr Appell zu fruchten.

»Okay, ist ja auch unser gemeinsamer Traum. Jetzt schau nicht so beleidigt. Aber ich möchte halt mehr Gäste haben. Das war es doch, was wir wollten. Leute aus aller Welt, interessante Menschen kennenlernen. Aber es läuft nicht. Und wie soll das denn weitergehen mit einem Bürgermeister, der nur eigene Interessen verfolgt. Und dann noch dieser scheiß Gesundheitswahn. Mama hat doch recht. So ein Café könnte Gäste anlocken, auch für uns, aber nein ...«

Oha, ganz neue Töne von Julia. Ihre Idee, Besucher mit Torten und einem Café anzulocken, schien nun auch bei ihrer Tochter auf fruchtbaren Boden zu fallen.

»Wie es im Moment aussieht, kann ich genauso gut auch hier etwas investieren. Muss ja kein Pool sein«, sagte sie an Francesco gerichtet.

»Nein. Wir leben unseren Traum, und Sie leben Ihren.«

Der Mann war vielleicht stur.

»Ich frag mich nur, wie«, sagte Emilia.

»Wir sollten damit an die Presse gehen oder ihn doch anzeigen«, schlug Julia vor.

»Und was soll das bringen? Die Leute, die er kennt, haben genug Einfluss, um eine Anzeige im Sande verlaufen zu lassen oder zumindest so lange zu verzögern, bis uns die Puste ausgeht. Und sofern es überhaupt zu einem Prozess wegen Korruption kommt, steht Aussage gegen Aussage. Und die Presse? Kannste vergessen ohne Beweise«, rief Emilia in Erinnerung.

»Und wenn ich mich mit ihm anlege, erteilt er nicht nur Ihnen keine Genehmigung, sondern entzieht uns auch noch unsere«, erklärte Francesco.

Ein sehr überzeugendes Argument, wenn nicht gar das stichhaltigste.

»Also doch einfach so sang- und klanglos aufgeben? Unsere Träume begraben?« Emilia konnte es kaum fassen.

»Schicksal. Der Leichenwagen ist ja schon im Anmarsch«, sagte Julia.

Emilia folgte ihrem Blick. Ein schwarzer Mercedes-Kombi näherte sich. Den Wagen hatte sie bei Arturo vor dem Haus stehen sehen. Er fuhr vor und hielt vor der Terrasse. Als Arturo ausstieg, wunderte sich Emilia über seine sichtlich gute Laune. Am Ende war jemand über den Jordan gegangen, und er hatte wieder einen Auftrag, doch warum zog er beim Aussteigen ein eingerissenes Plakat heraus?

Auch Julia und Francesco tauschten fragende Blicke.

»Ihr macht ja Gesichter wie auf einer Beerdigung«, sagte Arturo. Na, der hatte Humor. Nur verfing der im Moment bei Emilia nicht.

»Wir haben ihn ... oder vielmehr ... wir kriegen ihn«, frohlockte Arturo und kämpfte mit dem Kleister, der auf der Rückseite des Plakats klebte. Arturo schaffte es dann doch, das Ding umzudrehen. Darauf zu sehen war das Konterfei von Gaspare.

Worauf wollte er hinaus?

»Sie haben heute Morgen mit dem Plakatieren angefangen. Im ganzen Dorf«, sagte er.

»Die Bürgermeisterwahl?«, fragte Francesco.

»Bürgermeister haben es so an sich, dass sie wiedergewählt werden wollen«, deutete Arturo an.

»Das wird er doch so oder so. Es gibt keinen Gegenkandidaten«, sagte Francesco.

»Wer sagt das?«

»Und wer soll das sein?«, wollte nun Julia wissen.

»Tataaaaah!« Arturo deutete auf sich selbst.

»Sie meinen ... Sie wollen gegen Gaspare antreten?« Emilia konnte das kaum glauben. Machte er das etwa ihretwegen?

»Bitte ein bisschen mehr Begeisterung«, forderte Arturo sie auf.

Emilia hätte ihm diesen Wunsch gerne erfüllt, doch noch wusste sie nicht so recht, warum sie sich darüber so freuen sollte.

»Abschaffung der Punktekarten ... Was glaubt ihr, wer mehr Stimmen bekommt?«

»Tolle Idee ... Mein Vater wird toben. Damit kriegen wir ihn.« Wenigstens Francesco hatte sein Lächeln wiedergefunden, auch wenn es fast schon ein fieses Grinsen war.

»Ich brauche allerdings Wahlhelfer. Und zwar Sie, Emilia.«

Emilia verstand nun gar nichts mehr.

»Übermorgen ist Markt. Er kann Ihnen zwar eine Gewerbegenehmigung verwehren, nicht aber, dass Sie auf dem Markt Ihre Torten verkaufen.«

Emilia dämmerte, worauf er hinauswollte.

»Er wird mir Eigeninteresse vorwerfen. Torten auf einer Wahlveranstaltung, damit alle schneller in die Kiste hüpfen. Das weiß ich jetzt schon«, meinte Arturo trocken.

Emilia prustete darauf los. Hoffentlich segnete niemand nach Verzehr ihrer Kuchen das Zeitliche, sonst würde Gaspare ihr am Ende noch Beihilfe zum Mord anhängen.

Kapitel 9

Gut, dass Julias Landpension über einen modernen Backofen verfügte, der sich für einen Tortenangriff auf Gaspare eignete. Allerdings war sein Einsatz bei Außentemperaturen, die sich langsam, aber sicher auf die Dreißig-Grad-Marke zubewegten, keine Wonne. Man kam ja schon beim Kneten und Anrühren des Teigs ins Schwitzen. Mittlerweile herrschten in der Küche Saunatemperaturen – und das bereits nach dem Vorheizen. Aus diesem Grund hatte Emilia gemeinsam mit ihrer Tochter das Obst für die Torten gleich nach dem Einkauf im Dorf auf der schattigen Terrasse geschnitten. Im Wesentlichen Erdbeeren, Birnen und Kirschen. Das Entkernen von Letzteren war ohne entsprechende Küchengerätschaften eine richtige Fummelarbeit gewesen. Nüsse mit einem wenig potenten Multimixer zu mahlen eine Geduldsprobe.

Doch jetzt war der erste Tortenboden fertig und wartete darauf, von Emilia belegt zu werden. Obstkuchen jeder Art ging bei diesen Temperaturen immer am besten. Hoffentlich bekam Francesco im Baumarkt Kühlboxen, die groß genug waren, um eine Torte darin liegend aufzubewahren. Trotz der Gluthölle in Julias Küche, die nur noch mit zwei Ventilatoren und weit aufgerissenen Fenstern zu ertragen war, entstand die erste von sieben Kreationen, die bis zum Abend alle fertig sein mussten, denn der Markt begann schon um sieben Uhr am nächsten Morgen. Emilia schlug eifrig die Sahne mit Zucker, damit daraus eine steife Masse wurde. Julia verrührte den Quark und Frischkäse, bis die Substanz glatt war. Dann reichte sie Emilia die Plastikschüssel, denn deren Inhalt musste nun mit der Sahne vermengt werden. Optimales Teamwork. Wieso hatte das eigentlich zu Hause nie geklappt?

»Perfekt angerührt.« Emilia wunderte es nicht, dass sich Julia über dieses Kompliment sichtlich freute, denn so viel Lob hatte sie, wie Emilia sich eingestehen musste, daheim eher selten gehört.

»Gaspare wird kochen«, sagte Julia, nachdem sie von der Füllung genascht hatte. Sie schleckte den Löffel so lange ab, bis er wieder glänzte.

»Ich hoffe es«, erwiderte Emilia, während sie die Sahnemischung auf den erkalteten Biskuitboden strich. Schmiedeten gemeinsame Interessen so schnell zusammen? So viel Harmonie an Julias Seite war ungewohnt. Warum lag ihr plötzlich so viel daran, ihre Mutter nun zu unterstützen?

»Er hat eine Lektion verdient. Allein schon, wie er Francesco behandelt, anstatt dass er stolz auf seinen Sohn ist. Der ist doch nur aufs Geld scharf. Einerseits dieser ganze Gesundheitswahn, damit niemand vor fünfundachtzig einen Zettel am Zeh hat, andererseits will er das Dorf beleben, aber er unterstützt weder dich noch Francesco und mich. Das alles passt überhaupt nicht zusammen«, wetterte Julia, was wohl Emilias Frage beantwortete, weshalb sie gerade ausnahmsweise mal an einem Strang zogen, anstatt sich wegen jeder Kleinigkeit zu kabbeln.

»Warum eigentlich ausgerechnet fünfundachtzig?«, wunderte Emilia sich dann.

»Weil der Bürgermeister von Selia die Messlatte auf achtzig gesetzt hat. Gaspare will besser sein«, klärte Julia sie auf.

»Will der ins *Guinnessbuch der Rekorde*? Gegen dieses eine Dorf in Japan kommt doch sowieso niemand an. Die werden dort alle über hundert«, glaubte Emilia, sich zu erinnern.

»Staatliche Fördergelder. Daran wird's wohl liegen. Selia hat davon profitiert.«

»Es geht doch immer nur ums Geld. Du meinst also, dass ihm gar nichts daran liegt, dass die Leute hier gesund leben? Der ganze Aufwand nur als Vorzeigeprojekt für die Presse, um Geld einzustreichen?«, überlegte Emilia laut.

»Ich trau ihm das jedenfalls zu.«

Emilia ihm auch. Sie nickte und legte die letzten Birnenstücke in den fast fertigen gelben Kreis, dessen noch freie Mitte nun die Erdbeeren abbekam. Wie farbenprächtig das aussah. Nun fehlte nur noch der Tortenguss, und den machte Emilia selbstverständlich nicht mit dem Saft aus der Birnendose. Fünf Esslöffel eines Birnensaftkonzentrats mit der verdünnten Packungsmischung für den Guss sorgten für besonders intensiven Geschmack. Die kleinen Tricks eben.

»Magst du?«, fragte sie Julia, weil sie sich daran erinnerte, dass ihre Tochter als Kind gerne den Guss auf den Torten verteilt hatte. Es war auch wirklich faszinierend, mit anzusehen, wie sich die leckeren Fruchtstücke darunter versteckten.

Julia tat es auch diesmal mit Hingabe. Jetzt musste der Guss nur noch kalt und somit fest werden. Die Sacher kam als Nächstes dran, schon allein, um Camilla eine Freude zu bereiten. Emilia rechnete damit, dass sie kommen konnte, weil es morgens ja noch angenehm kühl war und es daher keinen Grund gab, sich in Gaspares Haus zu verkriechen, um der Hitze des Tages zu entkommen. Die Nussecken und natürlich ihre legendäre Schwarzwälder standen noch auf dem Programm. Julia musste das Kuchenbackfieber inzwischen auch gepackt haben.

»Ich mahl lieber noch eine zweite Ladung Nüsse«, sagte sie,

nur weil Emilia vorhin angedeutet hatte, dass sie vielleicht nicht genug vorbereitet hatten. Bei dem Eifer, den sie an den Tag legte, konnte man glauben, der Markt wäre schon heute Abend. Gerade weil sie sich im Moment so gut mit ihrer Tochter verstand, musste die Eröffnung der Konditorei klappen – koste es, was es wolle.

Natürlich hätte Julia eine der schönen knallroten Tischdecken aus einem Deko-Laden in Pizzo schon heute Morgen auf Francescos Einkaufsliste setzen können. Sie hatte das bewusst »vergessen«, um einen glaubwürdigen Anlass zu haben, allein in die Stadt fahren zu können. Dabei setzte Julia darauf, dass Francesco sich zwar nicht davor scheute, ihr Dinge für den Pensionsbetrieb einzukaufen, wohl aber, wenn es darum ging, in Deko-Läden herumzustreunen. Es langweilte ihn meist und so auch heute. Der Arzttermin war um vier. Die Tortenbackorgie mit ihrer Mutter war zwar noch nicht zu Ende, doch bei der Endfertigung der Sacher brauchte ihre Mutter keine fremde Hilfe. Die Strecke nach Pizzo in der Ape eignete sich perfekt dazu, über ihr Leben und die merkwürdigen Veränderungen, die sich jüngst vollzogen hatten, nachzudenken. Ihre Mutter hatte ihren Schrecken verloren, und das nicht, weil Julia verdrängte, was alles in den letzten Jahren schiefgelaufen war, sondern einfach so. Mit dieser Feststellung gab sich Julia aber nicht zufrieden. Lag es vielleicht nur daran, dass Mamas Konditorei am Ort und ihr eigener Pensionsbetrieb ein gutes Tandem abgeben würden? Eine rein geschäftliche Überlegung? Das allein war es aber nicht. Julias ausgeprägter Gerechtigkeitssinn sorgte dafür, dass sie sich immer auf die Seite eines Menschen stellte, dem Unrecht widerfuhr. Und Mama hatte da eine volle Breitseite abbekommen. War es das? Julia lauschte weiter in sich hinein, noch eine Schicht tiefer. Francesco? Endlich mal seinem Vater eine Lektion verpassen? Julia wusste, wie sehr Francesco darunter litt, in den Augen seines Vaters als Versager dazustehen. Dies erklärte auch seine Obsession, sich von niemandem helfen zu lassen und es allen beweisen zu wollen.

Noch tiefer graben! Und bei diesem Gedanken wurde ihr heiß. Die innere Hitze schien sogar die in der unklimatisierten Ape noch zu übertreffen. Es war das merkwürdige Gefühl der Nähe, das sie neuerdings in Mamas Gegenwart empfand. Es irritierte sie. Wusste das Unterbewusstsein es etwa besser, weil da Dinge waren, die der Verstand beiseiteschob? Das tat er im Moment erneut. Julia sagte sich nämlich, dass es ein Fehlalarm sein musste. Das Haltbarkeitsdatum des Schwangerschaftsstreifens war abgelaufen gewesen. Schnelltests waren nicht fehlerfrei. Sie hatte, ihrer Erinnerung nach, nicht an den Tagen mit Francesco geschlafen, die für eine Empfängnis optimal waren. Alles schön und gut, doch plötzlich hing sie an Mama wie eine Klette und fühlte sich auch noch pudelwohl in ihrer Gesellschaft, wie früher, als sie noch klein gewesen war. Sei ehrlich zu dir, Julia, ermahnte sie sich. Falls sie tatsächlich schwanger war, dann wäre ihre Mutter vor Ort die ideale Hilfe, wenn nicht sogar die einzige Möglichkeit, um überhaupt hierzubleiben. Eine Oma war Gold wert, wenn man selbst genug um die Ohren hatte. Es war aber nicht der zweifelsohne praktische Nebeneffekt, der die Nähe zu ihrer Mutter erzeugte. Du wirst selbst Mama! Sie hat das Gleiche erlebt, mit dir im Bauch. Julia musste unwillkürlich schmunzeln. Wann hatte sie das zuletzt getan, als sie an ihre Mutter gedacht hatte? Julia spürte eine ganz neue Art und vor allem Qualität der Verbindung. Aus diesem Gefühl wurde innere Gewissheit, und die erleichterte Julia. Praktische Erwägungen machten ihr jedoch zugleich Angst. Wie um Himmels willen sollte das alles gehen? Der ganze Stress in der Anfangsphase ihrer Pension, und jetzt auch noch schwanger? So wie Julia Francesco einschätzte, würde er seinen Traum sogar für sie aufgeben, nur um sicherzustellen, dass er die Familie ernähren konnte. Er würde sonst wo jobben, und sie müssten von hier weggehen. Ein furchtbarer Gedanke. Ruhe bewahren! Ohne Bluttest brauchte sie sich nicht verrückt zu machen und Francesco schon gar nicht. Ihm nach all der gestrigen Aufregung mitten in der Nacht auch noch den eingefärbten Schwangerschaftsstreifen zu zeigen, wäre sowieso der denkbar ungünstigste Zeitpunkt gewesen. Mach dir nichts vor! Du bist schwanger, sagte sich Julia, noch bevor sie die Arztpraxis an der Hauptstraße von Pizzo erreichte. Wozu sich dann überhaupt noch Blut abnehmen lassen? Freust du dich denn wenigstens auf das Kind? Noch so eine kniffflige Frage, doch die Antwort darauf fiel ihr leichter als angenommen. Sie lautete eindeutig Ja, auch wenn die Umstände derzeit wohl dagegensprachen.

Obwohl Emilia kaum noch gegen die bleierne Müdigkeit ankämpfen konnte und sie überreif für ein Nickerchen in der Hängematte war, die Francesco ihr extra für diesen Zweck zwischen zwei Olivenbäume gespannt hatte, hielten sie die Vorbereitungen für den morgigen Tag auf den Beinen. Die Torten und Kuchen waren fertig und nahmen mittlerweile fast den gesamten Platz im Kühlschrank ein. Darin lagen nun auch die Nussecken, andernfalls würden sie sich innerhalb kürzester Zeit von ihren Schokoladenenden befreien. Hier schmolz ja alles schneller, als man schauen konnte. Emilia ging gedanklich noch einmal durch, ob sie wirklich alles hatten, was sie für einen Stand am Markt brauchten, denn die Geschäfte schlossen bald. Francesco schien bei seinem Einkauf in Pizzo nichts vergessen zu haben. Plastikgabeln – und nicht die billigen, die schon abbrachen, wenn man sie in ein Sahnehäubchen steckte –, griffsichere Teller, die das Gewicht einer reichhaltigen Sacher wegsteckten, und wunderschöne Servietten.

Es verstand sich von selbst, dass die Einnahmen aus dem Verkauf ihrer Torten an die Pension gingen, denn Julia und Francesco hatten sich wirklich ins Zeug gelegt. Julia war extra noch in die Stadt gefahren, um eine rote Tischdecke zu besorgen, die sich auf den langen Biertischen sicherlich besonders gut machte und einem schon von Weitem ins Auge sprang. Francesco bastelte noch immer an einem Sonnensegel, sprich an vier Pfosten, über die er ein Tuch spannen wollte, klappbar und gleichzeitig stabil, sodass sie es morgen leicht transportieren und windfest am Stand aufstellen konnten. Vielleicht noch für ein Viertelstündchen die Füße hochlegen? Die Hängematte lachte sie an, doch das ging nicht, denn die beiden hatten sich ein leckeres Abendessen verdient. Das machte sich nicht von allein. Emilia beschloss, ein paar Putenstreifen anzubraten und dazu frischen Salat mit Kräutern aus dem Garten zu servieren. Aber erst wollte sie sich die Tischdecke anschauen. Wie Emilia nämlich aus dem Küchenfenster sehen konnte, tuckerte die Ape gerade den Feldweg entlang, der zu ihrer Pension führte. Emilia legte den Kopfsalat wieder zur Seite und ging hinaus, um Julia zu begrüßen. Francesco stand auch schon bereit.

Julia musste der Tag so geschafft haben, dass sie sich förmlich aus der Ape herausquälte. Sie sah mitgenommen aus. Kein Kuss für Francesco, jedenfalls kein aktiver. Er hatte ihn sich holen müssen. Als Emilia die beiden erreichte, zog Julia den zu einem Ballen gerollten Stoff von der Ladefläche und befreite ihn von der Papierummantelung.

»Der ist ja toll«, schwärmte Emilia und schnappte sich gleich das Stoffende, um die Qualität zu erfühlen.

»Dieses Rot zieht die Leute an wie die Motten das Licht. Ich sehe schon Emilias Kuchen darauf stehen, wahre Kunstwerke, die auch nichts anderes verdient haben als königliches Rot.« Francescos Begeisterung war wieder einmal ansteckend. Dieses Talent hatte er zweifellos, nur versagte es diesmal bei Julia. Sie starrte aus leeren Augen auf das Stück Stoff, das Emilia gespannt hielt.

»Was ist mit dir, Bella? So müde?«, fragte Francesco einfühlsam. Er fuhr ihr durchs Haar und hob sanft ihr Kinn an, damit sie nicht mehr den Boden anstarrte.

Julia nickte.

Emilia sah ihr an, dass sie etwas belastete. »Warte, ich nehm dir das mal ab«, schlug sie deshalb vor.

»Die Überdachung ist auch fertig. Die Leute können dann in Ruhe im Schatten essen. Und wir nehmen noch ein paar Klappstühle und Tische mit.« Julia folgte nicht einmal mehr seinem Blick, dabei war Francesco offenkundig stolz auf seine Arbeit.

»Vielleicht sollte ich mich kalt duschen. War wohl etwas zu viel heute«, sagte sie dann.

»Ich mach uns einen Salat. Ist in 'ner Viertelstunde fertig«, kündigte Emilia an.

Julia nickte ohne weiteren Kommentar. Die Sonne schien ihr nun direkt ins Gesicht. Emilia bemerkte, dass ihre Augen gerötet waren. Von der Klimaanlage in diesem Deko-Laden? Sie wurde doch nicht etwa krank?

Francesco musterte sie auch schon mit sorgenvoller Miene, doch dann kreuzten sich die Blicke der beiden und verharrten für einen Moment aufeinander. Julia schmiss sich förmlich an ihn und vergrub sich in seinem muskelbepackten Körper. Während Francesco seine Julia fest in die Arme schloss, warf er Emilia einen fragenden Blick zu. Dem Kind wurde wahrscheinlich alles zu viel. Dass sie an Francesco im wahrsten Sinne des Wortes Halt fand, beruhigte Emilia dann aber doch.

Kurz nach Einbruch der Dunkelheit auf einen Friedhof zu fahren, hatte etwas Makabres. Unter normalen Umständen wäre Emilia das nicht im Traum eingefallen, doch Arturo hatte sich per Messenger gemeldet, um nachzufragen, wie es denn mit der Kuchenorgie voranging. An sich hatte Emilia nicht mehr vorgehabt, wegzufahren, doch auf magische Weise verflüchtigte sich die Müdigkeit, wenn sich die Temperaturen auf kreislauffreundlichere Werte stabilisierten. Julia hatte sich hingelegt, und Francesco saß im Büro. Daneben sitzen und dümmlich schauen oder bereits um halb neun in die Falle gehen, nein, das wollte sie nicht. Da war es doch allemal besser, auf ein Gläschen Wein, wie Arturo ihr versprochen hatte, bei ihm vorbeizuschauen. Mit dem Wagen war sie schnell dort. Sie parkte ihn in der Straße neben der Friedhofsmauer. Von dort war es nicht mehr weit bis zu seinem verwunschenen Haus. Mit den vielen Statuen sah sein Garten nachts im Licht des nahezu vollen Mondes bestimmt »spooky« aus, überlegte sie sich, während sie dem Trampelpfad durch das Unkrautparadies folgte. Eigentlich hatte sie Arturo ja angekündigt, gegen neun da zu sein, doch wenn einmal die Küche aufgeräumt war, gab es in Julias und Francescos Pension nichts mehr zu tun. Es machte wohl nichts, etwas früher bei ihm aufzuschlagen, sagte sie sich. Da bemerkte Emilia einen Lichtschein, der vom Friedhof aus gen Himmel zuckte. Sie stutzte und stieg auf einen Stein, der am Wegrand direkt an der Mauer stand, um einen Blick auf das Friedhofsgelände werfen zu können. Erneut sah sie ein Licht zwischen den Grabreihen aufblitzen. Es sah so aus, als ob dort jemand mit einer Taschenlampe unterwegs war. Etwa ein Grabschänder? Doch nicht hier … oder etwa doch? Sie erinnerte sich daran, dass auf dem Weg zu seinem Haus ein zweiter Ausgang zum Friedhof lag, den allerdings niemand benutzte. Daher war er, wie Arturo ihr erzählt hatte, stets geschlossen. Von dort aus konnte man gut auf den Hauptweg sehen. Als sie das vergitterte

Eisentor erreichte, sah sie den Lichtschein erneut. Zweifelsohne lief da jemand durch die Grabreihen. Ihre Nackenhaare stellten sich augenblicklich auf, und zu ihrem Schrecken stellte Emilia auch noch fest, dass das Tor einen Spalt offen stand. Für einen Moment überlegte sie, erst zu Arturos Haus zu gehen, um ihm Bescheid zu geben. Er war zwar nicht der Friedhofswärter, aber sicherlich auch nicht daran interessiert, dass sich jemand an den Verstorbenen zu schaffen machte. Die Idee verwarf sie in dem Moment, als eine dunkle Gestalt zwischen zwei Grabhäuschen heraustrat und etwas Leuchtendes in der Hand hielt. Es war Arturo! Emilia fasste sich ein Herz und öffnete die Tür. Das rostige Scharnier quietschte so laut, dass Arturo darauf aufmerksam wurde und vor Schreck zusammenzuckte.

»Emilia«, rief er ihr mit gedämpfter Stimme zu.

So ganz geheuer war es ihr nicht, auf den dunklen Wegen zwischen Gräbern herumzulaufen.

»Kommen Sie … Sie fliegen heute wieder. Ganz viele«, frohlockte er.

Was meinte er damit? Insekten? Glühwürmchen? Das musste sie sich ansehen, doch als sie ihn erreichte, sah sie nichts, was flog. Das Licht seines Smartphones fiel auf die Erde, das Gras und streifte Grabsteine.

»Wo soll denn da was fliegen?«, fragte Emilia freiheraus.

Arturo deutete auf das Display seines Smartphones. Er nahm offenbar etwas auf, denn das rote Lämpchen der Kamera blinkte. Dann sah sie es. Mein Gott! Da huschten Lichtpunkte durchs Bild. Emilia löste ihren Blick vom Bildschirm und sah in die Richtung, die die Linse eben erfasst hatte. Nichts!

»Es sind Engelsgestalten. Lichtwesen, und manchmal nur die Energie von Engeln«, flüsterte er.

Emilia wurde ganz anders. Hatte er sie noch alle? Andererseits konnte man diese Lichtpunkte auf dem Bildschirm seines Handys tatsächlich sehen.

»Man nennt sie auch Orbs. Einige behaupten, das sei alles nur Einbildung und käme von dem Kunstlicht, das sich irgendwo reflektiert. Das ist Unsinn. Schauen Sie nur, wie sie fliegen.«

Emilia riskierte einen zweiten Blick auf das Smartphone. Ganze Lichterreihen schwirrten wie der Effekt einer Discokugel über die Gräber. Emilia konnte sich nicht davon lösen. Ein besonders fetter Brummer dieser Art schoss durchs Bild, woraufhin Arturo die Videoaufnahme beendete.

»Ich zeige Ihnen was.«

Frame um Frame bewegte er die Videoaufnahme zurück, bis der dicke Lichtpunkt zu sehen war. Emilia konnte kaum glauben, was sie da sah. Es war ein Gesicht, und zwar ohne Wenn und Aber.

»Man ist hier nie allein«, sagte Arturo und blickte sich bedeutsam um.

»Aber warum sind die hier?«, wollte Emilia wissen.

»Sie erzählen es mir nur manchmal.«

»Und was sagen sie so?« Emilia merkte, dass ihre Stimme gerade kippte.

»Ich empfange keine Worte, aber Bilder und Gefühle, die sich in meinem Kopf dann zu etwas Konkretem zusammensetzen. Manchmal habe ich dann aus dem Nichts irgendeinen Gedanken oder weiß etwas, was ich eigentlich gar nicht wissen kann.«

»Und wer spricht da mit Ihnen?«

»Es sind meist Seelen von kürzlich Verstorbenen. Sie richten mir etwas für ihre Angehörigen aus. Jetzt halten Sie mich sicher für verrückt.«

Emilia war zugegebenermaßen nahe dran.

»Und ... diese Engel, von denen Sie vorhin gesprochen haben. Sind diese Engel denn nur auf Friedhöfen?«

»Nein. Probieren Sie es doch aus, wenn Sie wieder bei Francesco sind. Handy an. Scheinwerfer an, und dann laufen Sie damit durch das Haus.«

»Was? Die sind auch im Haus?«, fragte Emilia erschrocken.

»Ja, aber Sie müssen keine Angst vor ihnen haben. Mir hilft es jedenfalls bei meiner Arbeit.«

»Diese Leuchtengel?«

»Ja, weil ich seither sicher weiß, dass es ein Leben nach dem Tod gibt. Das hilft mir, die Angehörigen zu trösten und offen gestanden auch mich selbst, denn so manches Schicksal war tragisch. Der Tod hat sogar etwas sehr Schönes an sich«, erklärte Arturo nachdenklich.

»Um Gottes willen. Was soll denn daran schön sein?«

»Er bringt uns Klarheit.«

»Wie meinen Sie das?«

»Wer sich stets den Tod als Teil des Lebens vor Augen hält, der führt ein glücklicheres Leben, weil all das, wonach die meisten hinter diesen Mauern streben, auf einen Schlag bedeutungslos wird. Machtstreben, Habgier, Neid ... Alles, was einem das Leben manchmal zur Hölle macht, verschwindet, je näher wir der einzigen Gewissheit unserer Existenz kommen.«

Emilia berührten seine Worte. Er hatte damit sicher recht. Der Tod als weiser Lebensbegleiter.

»Und diese Lichtpunkte sind Ihre Freunde?«

»Ich hab ja sonst keine«, gab er schmunzelnd zurück.

»Na, jetzt übertreiben Sie aber«, sagte Emilia.

»Ich höre erst damit auf zu jammern, wenn wir uns ab jetzt duzen. Es fühlt sich sonst so falsch an, weil ...«

»Weil was?«

»Na ja ... irgendwie ... Sie wissen schon ...«

Natürlich wusste Emilia das, denn ihr ging es ganz genauso.

Kapitel 10

Schade, dass man diese Leuchtengelchen tagsüber nicht sehen konnte. Die tänzelten bestimmt gerade vor Freude um das fast fertig aufgebaute Kuchen- und Tortenbüfett. Arturo hatte recht behalten, denn auch auf der Terrasse der Pension waren sie gestern Nacht im Licht ihres Smartphones umhergeschwirrt. Emilia hatte sogar von ihnen geträumt. Dabei eine der runden Lichterscheinungen mit den Gesichtszügen ihrer Mutter zu sehen, wertete Emilia als gutes Zeichen. Sie stand bestimmt als Schutzengel hinter ihr. Arturo, der ihnen beim Aufbau ihres Marktstandes half, war ihr mittlerweile eine ebenso große Stütze. Was war es nur, was sie so sehr an ihm faszinierte?, überlegte sie, während er die Nussecken im Schatten des Sonnensegels liebevoll auf einen riesengroßen Kuchenteller drapierte. Sein Humor? Seine einfühlsame Art? Dass er sie gestern in das Reich der Engel entführt hatte? Emilia wusste es nicht. Einfach alles an ihm schien ihr zu gefallen, und wenn er sie anlächelte, dann floss ein wohliger Strom durch sie. Seine Hilfe war zudem höchst willkommen. Bei der Gelegenheit konnte er direkt am Stand seine Bürgermeisterkandidatur kundtun. Eine halbe Stunde vor Eröffnung ließ sich das Volk allerdings noch nicht blicken. Ein gutes Dutzend der hiesigen Dorfbewohner, die sowohl Francesco als auch Arturo kannten und sie überschwänglich begrüßt hatten, baute ebenfalls

Stände auf, und zwar halbkreisförmig um den halben Dorfplatz herum. Hier war wirklich für jeden etwas dabei. Der Gemüsestand bekam langsam Farbe. Zu den vielen roten Punkten der Erdbeeren und Tomaten gesellten sich Orangen, Zitronen und das satte Grün der Salatköpfe. Zwei Kunden waren ihr schon sicher: Angela, die Gemüsehändlerin, bei der sie die Früchte für ihre Torten gekauft hatte, und Giuseppe vom Getränkestand. Am liebsten hätte er sich gleich eine der Nussecken aus den Dosen gemopst. Sein Interesse war selbstredend auch geschäftlicher Natur, denn Kaffee passte gut zu ihrem eigenen Angebot. Im Prinzip war jeder kleine Laden aus dem Dorf vertreten, und natürlich die Flohmarktabteilung. Die wenigen jungen Leute, die hier noch lebten, mussten wohl den halben Speicher ihrer Eltern leer geräumt haben. Wahre Kunstschätze waren darunter. Einen der barock anmutenden Spiegel hatte Emilia gleich ins Visier genommen und ihn sich zurücklegen lassen. Vom Stand nebenan flatterten T-Shirts und Sommerkleider wie Fahnen von den Stangen. Die leichte Brise sorgte für angenehme Temperaturen, und weil Francesco und Julia gerade das zweite Leinensegel vor dem Stand befestigt hatten, konnte die Sonne weder ihren Leckereien noch den Gästen etwas anhaben. Und die fanden sich langsam mit den ersten Klängen aus der Stereoanlage des Getränkestands ein. Italienische Evergreens wie »Marina« sorgten für Volksfeststimmung, nur dass es dazu auch ein »Volk« brauchte. Die nächsten Dorfbewohner kamen aus den Gassen. Ein bekanntes Gesicht war dabei. Es gehörte Alberta, die vor dem Rathaus ihre blaue Punktekarte zerrissen hatte. Emilia musste ihr nicht einmal zuwinken. Sie steuerte schnurstracks auf ihren Stand zu.

Arturo begrüßte sie als Erster: »Alberta. Wie geht es dir?«

Albertas daraufhin folgender Redeschwall klang diesmal nicht nach Flüchen. Sie strahlte, streckte sich und fasste sich dabei mit beiden Händen an den Rücken.

»Ihre Rückenschmerzen sind weg. Sandra wollte ihr ja nicht glauben, dass sie die nur von ihren absurden Verrenkungen hatte«, übersetzte Arturo.

»Uno, due, tre. Non sono una palla di gomma«, fuhr Alberta fort, was auch Emilia ein Lächeln entlockte, nachdem Alberto ihr erklärt hatte, dass sie sich nicht für einen Gummiball hielt.

»Ein Stück der Fruchttorte vielleicht? Torta di frutta?« Emilias Frage war rein rhetorisch, weil Albertas Blicke bereits daran klebten.

»Con il più grande piacere.« Auch Emilia war es ein großes Vergnügen, Alberta zu verköstigen.

»Un caffè?«, Francesco erwies sich als ausgezeichneter Verkaufsassistent.

Alberta nickte – mit der Folge, dass Francesco sich gleich auf den Weg zum Getränkestand machte.

Julia rückte Alberta einen ihrer klappbaren Gartenstühle zurecht, natürlich im Schatten des gespannten Segeltuchs, damit sich ihr erster Gast pudelwohl fühlte. Das tat sie auch sichtlich, und der Moment, als sich Albertas Gabel der gelben Birnentortenspitze näherte, sah aus wie Ballett mit Finger, Gabel und Torte. Sie stach nicht einfach profan hinein, sondern schien die Torte zunächst mit der Gabel zu liebkosen. Alberta kostete erst ein wenig von der Glasur, bevor sie das erste Stück abtrennte und es sich einverleibte. Emilia war sichtlich zufrieden, als der erste Bissen einen Zustand himmlischer Verzückung hervorrief. Der genussvolle Laut, den Alberta von sich gab, und die beim zweiten Bissen geschlossenen Augen sprachen Bände. Fast wie zu Hause in der Tortenrunde. Der Kaffee, den Francesco kurz darauf in einer kleinen Espressotasse daneben auf Albertas Tisch stellte, schien zur

Nebensache zu werden. Von Alberta ging eine Aura des Genusses und der Ruhe aus, die auf magische Weise Besitz von anderen Marktbesuchern ergriff. Man bemerkte die Dame in Schwarz vor rot gedecktem Tisch und unter einem sanft im Wind flatternden Segeltuch. Die ersten Marktbesucher schlenderten neugierig näher. Arturo begrüßte sie. Das mussten alles Leute von hier sein. Es kamen immer mehr. Emilia fühlte sich an den Rattenfänger von Hameln erinnert. Die Köstlichkeiten an ihrem Stand schienen die Dorfbewohner aus allen Löchern zu holen. Gut, dass sie drei helfende Hände hatte, denn die Leute von hier wollten nur noch eins: ihren Kuchen!

Julia konnte kaum fassen, dass sich mittlerweile gut die Hälfte aller Marktbesucher vor ihrem Stand versammelt hatte und die Menschen sich sogar zu fünft an die kleinen Tische zwängten, obwohl so ein Bistro-Klapptisch eigentlich nur für drei Leute geeignet war. Doch das störte hier niemanden. Und wenn die Nussecke nicht mehr auf einen Teller passte, dann verzehrte man sie halt gleich aus der Hand. Julia war bereits auf den ketzerischen Gedanken gekommen, Francesco darauf anzusprechen, aus ihrer Öko-Pension »Emilias Tortenparadies« zu machen. Anscheinend hatte man damit mehr Erfolg als mit Müßiggang, den Francesco gerne propagierte.

»Eine Todsünde, aber dafür komme ich gerne in die Hölle«, sagte eine ältere Dame, die Mama wohl schon ein paar Tage zuvor kennengelernt hatte. Es war die Frau aus dem kleinen Lebensmittelladen unweit des Dorfplatzes.

»Sagen Sie das nicht zu laut, Teuerste«, vernahm Julia, während sie dem nächsten Kunden ein Stück Sacher abschnitt. Sie musste unwillkürlich schmunzeln, denn die Stimme gehörte Pater Antonio, dem Dorfpfarrer. Ganz in Schwarz und bis zum Hals zugeknöpft, wie sich das für einen ordentlichen Priester gehörte – und das trotz dieser Hitze. Alte Schule. Der müsste doch auch schon längst im Ruhestand sein, doch wer sollte hier dann die Schafe auf Kurs des Herrn halten?

Die Frau vom Lebensmittelladen ließ sich ihren Appetit davon jedoch nicht verderben. Dass sich Mama den Pfaffen selbst vorknöpfte, wunderte Julia nicht.

»Una torta, Signore?«, fragte Mama mit übertriebenem Akzent.

Pater Antonio ließ seinen Blick über das Tortenbüfett schweifen. Die Qual der Wahl stand ihm ins Gesicht geschrieben.

»Nun zieren Sie sich nicht so«, forderte Arturo ihn auf.

Die Blicke einiger Gäste an den Tischen und vom Stand richteten sich augenblicklich auf ihn. Die unausgesprochene Frage, ob der Herr Pfarrer »sündigen« würde, stand im Raum, denn nichts anderes war ein Stück Kuchen in diesem Dorf, das zum Gesundheitswahn verurteilt war.

Antonio deutete ganz verstohlen mit dem Zeigefinger auf die Sacher. Wenn schon Sünde, dann aber fett. Mama atmete daraufhin erleichtert auf.

»Francesco. Un caffè per il padre«, wies sie ihn an. Er setzte sich sofort in Bewegung. Anscheinend hatte Francesco sich bereits an seine neue Tätigkeit als Oberkellner von Mamas mobilem Café gewöhnt.

Pater Antonio aß die Sacher im Stehen, den Rücken zu seinen Schafen gewandt. Dass er jeden Bissen genoss, sollte wohl nicht gleich jeder sehen. Mama freute sich sichtlich, und ihr Spruch von vorhin: »Profiterole und Tiramisu können sie, aber Torten …«, hatte sich bewahrheitet. Ihre Mutter trat eben zudem den Beweis dafür an, dass man sie zu jeder Tageszeit verspeisen konnte, und nicht nur zum Nachtisch nach dem Abendessen wie hierzulande üblich. Wo blieb denn der Kaffee für den Priester? Julia ließ ihren Blick über den Dorfplatz wandern und sah Francesco mit einer Schönheit parlieren.

»Wer ist das?«, fragte sie Arturo, der ja Gott und die Welt kannte.

»Die schindet doch die Alten«, sagte Mama. Kannte sie die etwa auch?

»Sandra. Sie gibt die Seniorensportkurse. Gaspare hat sie angeheuert«, sagte Arturo. Das erklärte, warum Francesco sie offensichtlich kannte. Aus seinen Gesten schloss Julia, dass er dem Priester nun endlich seinen Kaffee bringen wollte. Wenn die ihn weiter so in Beschlag nahm, wurde der noch kalt. Ein Küsschen auf seine Wange konnte sich Sandra dennoch nicht verkneifen. Na ja, das machte man in Italien nun mal, und Francesco war fast schon wehrlos, weil er sicher nicht vorhatte, den Espresso für den Pfarrer zu verschütten, und deshalb stillhalten musste. Sandra ging dann schnellen Schrittes zum Gemüsestand und schnappte sich ein paar Nektarinen. Dass sie bei ihrer Figur nichts von Emilia aß, wunderte Julia nicht. Oder lag es am Ende daran, dass sie ein Vorbild für die Alten im Dorf sein wollte? Wie sah das denn aus, wenn man die Alten hier schindete und selbst dem Genuss frönte?

»Die stirbt lieber«, kommentierte ihre Mutter trocken. Sie hatte sich anscheinend das Gleiche gedacht, denn die neugierigen Blicke, die Sandra ihnen zugeworfen hatte, waren Mama bestimmt auch nicht entgangen. Julia wollte wetten, dass die auch irgendwann Gast in Mamas Café sein würde. Die Leute würden kommen, dessen war Julia sich nun sicher. Allein schon die Andeutung, dass hier am Platz bald die alte Bäckerei wiedereröffnen würde, mit Emilias Torten, war auf reges Interesse gestoßen. Fast jeder wollte wissen, wann es so weit war. Wenn man Dinge dieser

Art streute, verdichteten sie sich irgendwann zu Tatsachen. Mama glaubte jedenfalls fest daran. Nanu? Waren alle auf einmal satt? Warum stellten die ersten Gäste so hastig ihre Teller auf dem Beistelltisch ab, der für das gebrauchte Geschirr gedacht war?

»Was haben die denn alle?« Mama wunderte sich offenkundig auch darüber.

Nahezu fluchtartig verließen die ersten ihren Platz. Sie legten Geldscheine auf den Tisch, standen auf und eilten zur nächsten Gasse. Ein älteres Paar, das sich eben erst in der Warteschlange eingereiht hatte, schlenderte weiter. Die Wand aus Menschen vor dem Stand dünnte sich aus. Dadurch war der Blick frei. Gaspare war im Anmarsch, in Begleitung seiner Mutter. Der kam doch sicher nur, um sich über Arturos Wahlkampf zu informieren.

Julia sah, dass ihre Mutter erst einmal tief durchatmete. Es kostete bestimmt Kraft, sich ein Lächeln abzuringen. Sie schaffte es, als die beiden ihren Stand erreicht hatten.

»Es ist mir eine große Ehre«, sagte Emilia mit Engelszungen. Dabei hatte sie Camilla im Visier, andernfalls wäre es ihr wohl nicht möglich gewesen, so viel Freude auszustrahlen. Dass Arturo daraufhin Mühe hatte, sich das Lachen zu verbeißen, wunderte Julia nicht. Ihr ging es ähnlich.

»Ich habe sie extra für Sie gebacken«, sagte Emilia an Camilla gewandt, die ohnehin schon die Sacher im Blick hatte.

»Ach, Emilia. Dass ich das noch einmal erleben darf. Eine Sacher!«

»Mama, du bringst dich damit um. Insulin spritzen und Sacher essen. Das passt nicht zusammen«, stänkerte Gaspare.

»Dann spritz ich mir halt nachher die doppelte Dosis«, gab Camilla keck zurück.

»Ungesundes Zuckerzeug. Und ohne Genehmigung, vermute ich mal«, sagte Gaspare, während Julia ein Stück von der Sacher abschnitt und auf den Kuchenteller drapierte. Camilla griff beherzt zu.

»Du weißt genau, dass man für den Markt keine braucht. Nur die Gebühr für das Ordnungsamt, und die hat Emilia entrichtet«, mischte sich Arturo ein. Dass sich die beiden nicht sonderlich grün waren, konnte man fast körperlich spüren.

»Göttlich!« Camilla hatte schon das erste Stück im Mund.

Gaspare stieß einen abfälligen Laut aus und drehte sich um, als ob er seine Untertanen im Auge behalten wollte. Der letzte Gast, ein älterer Herr, stand auf, als sich sein Blick mit dem von Gaspare kreuzte. Gaspares Anwesenheit fegte einen Umkreis von gut zehn Metern förmlich leer. Solange der hier war, würde keiner mehr etwas essen.

»Vielleicht doch ein kleines Nusseckchen? Wenig Zucker. Oder vom Obstkuchen? So frisch, und die Birnen und Erdbeeren sind von hier«, versuchte Emilia, ihn zu verführen, und hielt Gaspare den Kuchen unter die Nase. Dem stand doch schon eine Pfütze im Mund.

»Iss jetzt. Das gebietet der Anstand. Emilia ist unser Gast hier im Dorf«, wies Camilla ihn eindringlich an, während sie weiteraß.

»Die Früchte sind wirklich von hier?«, fragte Gaspare zaghaft nach. »Na gut, aber nur ein halbes«, zierte er sich weiter.

»Schneiden Sie ihm ein ganzes runter. Was er nicht isst, das esse ich«, verlangte Camilla.

Klar, dass Julia da gleich zum Messer griff.

Gaspare nahm den Kuchen eher widerwillig an. Nun ruhten die Blicke der Dorfbewohner, die er noch nicht gänzlich verscheucht hatte, auf ihm.

»Iss!« Camillas Stimme war schneidend.

»Aber nur dir zuliebe«, sagte Gaspare.

Und wie schwer es ihm fiel, sich nicht anmerken zu lassen, wie sehr es ihm schmeckte. Eine grimmige Miene zu verziehen, während der Gaumen einen Höhepunkt nach dem anderen erlebte, das könnte höchstens ein Kaliber wie Meryl Streep spielen. Gaspares Performance hingegen war jämmerlich.

»Na ja, Obstkuchen hat ja nicht so viel Zucker«, meinte er.

Julia beließ ihn in dem Glauben.

Schon näherten sich zwei der Leute, die er vorhin noch mit seinen Blicken aus der Schlange vertrieben hatte.

»Ich möchte gerne das, was auch unser Herr Bürgermeister hat«, fiepte eine ältere Dame.

»Nehmen Sie gleich die Sacher. Da ist mehr dran«, riet Camilla ihr.

Gaspare litt sichtlich. Emilia hingegen triumphierte.

»Ein Bürgermeister, der volksnah ist ... Bestimmt wirst du wiedergewählt, Gaspare«, sagte Arturo lächelnd, auch wenn es eine Drohung war, die Julias Mutter mit einem süffisanten Grinsen noch unterstrich.

Gaspare aß sein Stück, doch der letzte Brocken blieb ihm urplötzlich fast im Halse stecken. Julia folgte seinem Blick, der in Richtung eines schnittigen Cabrios ging. Es stand im Halteverbot direkt am Rand des Dorfplatzes. Die dazugehörigen zwei jungen Touristen, die gerade auf sie zusteuerten, trugen legere Freizeitkleidung, Markenlabel, und dazu Turnschuhe. Julia tippte auf Amis auf Kalabrientour.

»Hey, look at those cakes«, schwärmte der junge trainierte Kerl, der in seinen weißen Klamotten irgendwie wie ein Tennisstar aussah.

»Wow«, kam es von seiner Begleiterin. Jennifer Aniston hätte ihre Schwester sein können.

Schon standen sie neben Gaspare am Stand.

»Can I have a piece of cake and a chocolate cookie, please?«

»Nussecken«, erklärte ihre Mutter, und der Amerikaner versuchte, das Wort zu wiederholen. Sein Akzent war mindestens so süß wie der Kuchen, den er bestellte.

Julia musterte ihre Mutter. So wie ihre Augen nun strahlten, aalte sie sich in purem Glück.

Gaspare hingegen verfolgte das Ganze mit sichtlich wachsendem Unbehagen.

»Which one would you like?«, fragte der Mann seine Begleiterin, die daraufhin vortrat und Mutters Kuchen in Augenschein nahm. Sie wirkte etwas unentschlossen.

»Take this one. Best cake I ate in my whole fuckin' life«, schwärmte Camilla. Sie empfahl die Sacher, was sonst.

Arturo prustete los.

Gaspare erstarrte.

Julia überließ es diesmal ihrer Mutter, die Tortenstücke abzuschneiden.

»Coffee?« Francesco stand schon vor den beiden Amis.

»Yeah, but Italian style. Espresso«, wies diese Jennifer Aniston ihn an, woraufhin die beiden an einem der freien Tische Platz nahmen.

Emilia servierte ihr das erste Stück der Sacher. Gaspare musste genau wie Julia den Triumph in Mamas Augen spüren. Seine hingegen waren stumpf geworden.

»Noch eine!«, sagte Camilla schmunzelnd. Ihr Blick war dabei provokant auf ihren Sohn gerichtet. Das gab Gaspare den Rest.

»Aber mit dem größten Vergnügen«, jubilierte Emilia, und Julia freute sich sichtlich mit ihr.

Ob ihre Augen wohl auch so leuchteten, wenn sie erfuhr, dass sie bald Oma wurde? Julia seufzte, denn die Beantwortung dieser Frage musste noch etwas warten, auch wenn sie nun sicher wusste, dass sie schwanger war. Alles zu seiner Zeit.

Kapitel 11

Während Julia, Francesco und Arturo die letzten Klappstühle in den kleinen Schuppen hinter dem Stall brachten, machte Emilia in der Küche Inventur. Drei Nussecken waren ihnen geblieben. Der Rest – ausverkauft. Sie sagte sich, dass sie locker das Doppelte hätte umsetzen können. Allein die Amis hatten sich gleich je zwei ihrer Leckereien einverleibt. Sie selbst hatte ein großes Opfer gebracht. Kein einziges Stück hatte Emilia sich gegönnt, damit den Leuten aus dem Dorf mehr blieb. Das galt auch für ihre Tochter, Francesco und Arturo. Schon lag ihr Blick auf einer der Nussecken. Diese lachte sie so was von an. Nein! Die hatten sich ihre drei Helfer verdient, zum Nachtisch. Der Vormittag am Markt war so anstrengend gewesen, dass es jetzt Zeit für ein Mittagessen war. Emilia packte die Reste vom Kuchenfest in Alufolie und legte sie in den Kühlschrank, nicht ohne dabei wehleidig zu seufzen. Sie sagte sich, dass sie schließlich neue backen konnte, möglicherweise schon heute Abend, wenn die Hitze des Ofens schneller nach draußen weichen konnte.

»Besuch!«, hörte sie Julia rufen. »Mama? Bist du in der Küche?«

Emilia lugte aus dem Fenster. Ein Fiat Panda näherte sich dem Haus. Am Ende Gaspare? Das konnte nicht sein. Der fuhr doch sicher einen Bonzenwagen. Vielleicht unverhoffte Gäste? Die waren aber kein »Besuch«. Das Mittagessen konnte warten. Emilia ging hinaus und gesellte sich zu Julia auf die Terrasse, die sich gerade etwas zu trinken aus der Wasserkaraffe einschenkte.

»Das Kennzeichen ist von hier«, sagte Julia nur.

Erst als der Fiat nah genug war und die Sonne sich nicht mehr so stark in der Frontscheibe spiegelte, war der Fahrer zu erkennen. Es war Edoardo. Er fuhr vor und stieg aus dem Wagen.

Julia warf ihr einen fragenden Blick zu.

Emilia konnte sich nur einen Grund für seinen Besuch denken. Er war wohl hier, um ihnen seine Entscheidung bezüglich des Hausverkaufs persönlich mitzuteilen. Seine eher bedrückte Miene versprach leider nichts Gutes. Immerhin rang er sich zur Begrüßung ein Lächeln ab. Emilia hatte schon schweißnasse Hände.

»Möchten Sie vielleicht ein Wasser oder einen Schluck Wein?«, bot Julia an, nachdem er sich zu ihnen auf die Terrasse gesetzt hatte.

»Wasser. Mein Kopf schwirrt. Es wird mir guttun«, sagte er.

»Haben Sie sich entschieden?«, fragte Emilia zögerlich. Zu freundlichem Small Talk fehlte ihr vor Aufregung die Kraft.

Edoardo nickte.

»Ich bin ruiniert«, sagte er. Das beantwortete aber nicht ihre Frage. Emilia wurde gleich noch nervöser. Julia ging es nicht anders, denn sie schüttete mehr Wasser ins Glas, als überhaupt hineinpasste. Es quoll über, und es bildete sich eine große Pfütze auf dem Tisch.

»Was ist denn passiert?«, fragte Emilia besorgt nach.

»Ich habe mich für Sie entschieden«, sagte Edoardo kopfschüttelnd.

Edoardo wirkte so niedergeschlagen, dass Emilia sich im Moment gar nicht so recht darüber freuen konnte.

»Mama kriegt die Bäckerei?« Julia konnte es anscheinend auch kaum glauben.

Edoardo nickte.

»Aber ich kaufe es doch, und Sie bekommen das Geld schnell, und wir einigen uns bestimmt auf einen vernünftigen Preis.«

»Aber keine vierhundert«, sagte Edoardo.

»Das geht leider nicht, aber das wissen Sie ja«, erwiderte Emilia.

»Ich kann es Giona einfach nicht antun, und na ja, ich bin nicht blöd. Thema ›Geldwäsche‹. Ich hätte gleich stutzig werden sollen. Das bringt Unglück, und am Ende bin ich noch wegen Beihilfe dran. Aber das schöne Geld …«, sinnierte Edoardo. Er bemerkte Arturo, der in Begleitung von Francesco hinter dem Haus hervortrat. »Da ist er ja, der Übeltäter. Hat mich so was von ins Gebet genommen.« Er hatte es so laut von sich gegeben, dass Arturo es hören musste.

»Du verkaufst an Emilia? Das ist ja großartig. Damit machst du Giona glücklich«, sagte Arturo und setzte sich genau wie Francesco zu ihnen.

»Dreihundert müssten es aber schon sein«, meinte Edoardo.

»Edoardo. Jetzt bleib mal auf dem Teppich. Die Bude steht seit Jahren leer. Sie muss dringend renoviert werden. Wer soll sie dir denn abkaufen außer jemand, der hier Geld waschen will?«

»Das weiß ich«, sagte Edoardo zähneknirschend.

»Zweihundert maximal«, schlug Arturo vor. Er sah zu Emilia, um sich bei seinem Angebot rückzuversichern.

Sie nickte.

»Dann bleibt mir zu wenig, um die Schulden zu bezahlen. Er hat Giona mal Geld geliehen.«

»Mein Vater hat ihr Geld geliehen?«, fragte Francesco überrascht.

»Das war in der Zeit, als die Bäckerei nicht mehr lief. Sie konnte nicht einmal mehr die Steuern zahlen. Er hat seinerzeit auch veranlasst, dass sie ihr gestundet werden«, erklärte Edoardo.

»Damals war er anscheinend noch großzügiger«, merkte Julia an Francesco gewandt an.

»Zweihundertfünfzig. Reicht das?« Emilia hatte überschlagen, was sie aus dem Verkauf ihres Kundenstammes noch an Geld hatte, und war sich sicher, dass sie den Rest zwischenfinanzieren konnte. Früher oder später würde sie ihre Wohnung verkaufen und könnte den Kredit zurückzahlen.

Edoardo wand sich.

»Wenn ich nicht zustimme, werde ich vermutlich gelyncht«, sagte er.

»Also zu so drastischen Maßnahmen würde ich nun auch wieder nicht greifen«, erwiderte Emilia augenzwinkernd.

»Sie nicht. Aber Sie glauben gar nicht, was Sie im Dorf angerichtet haben. Jeder weiß doch jetzt, was Sie vorhaben und wer der Eigentümer der Bäckerei ist, wissen sie auch. Alberta hat angerufen, Giuseppe, der Schuster, Viola vom Gemüseladen. Was haben Sie nur in Ihren Kuchen getan? Die haben auf mich eingeredet, als ginge es um ihr Leben«, erklärte Edoardo.

»Julia. Im Kühlschrank sind noch drei Nussecken«, wies Emilia ihre Tochter an.

»Sie trinken doch noch einen Kaffee mit uns?«, fragte Francesco, der flink wieder in die Rolle des Oberkellners schlüpfte.

»Sie wollen mich also auch unter Drogen setzen?«, fragte Edoardo verschmitzt.

»Natürlich, aber Sie können auch vorher einschlagen.« Emilia reichte ihm die Hand.

»Zweihundertfünfzig«, sagte Edoardo fast schon feierlich, als er ihre Hand ergriff. Die Nussecken hatte er sich verdient.

Julia war bereits auf der Fahrt nach Pizzo aufgefallen, dass Francesco sich äußerst wortkarg zeigte. Dabei hatte er nicht einmal auf den Verkehr achten müssen, weil sie in Mamas Leihwagen mitgefahren waren, mit Arturo als lebendem Navigationsgerät. Er wusste, wo das Notariat war. Freute sich denn Francesco nicht für ihre Mutter? Er war es doch gewesen, der sie förmlich dazu animiert hatte, ihren Traum zu verwirklichen. Und nun, da Mama, dank Arturos hervorragender Kontakte, spontan einen Beratungstermin beim Notar bekommen hatte, um sich über alle wichtigen Kaufbelange vorab zu informieren, keine Spur mehr von seiner sprichwörtlichen Begeisterungsfähigkeit. Lag es vielleicht an der jüngsten Buchungsanfrage, die kurz vor Abfahrt noch hereingekommen war? Irgendetwas nagte an ihm, denn Francesco stand mit verschränkten Armen vor Mamas Wagen und starrte nun schon seit gut einer Minute Löcher in die Luft. Die Zeit, bis Mama und Arturo wieder aus dem Notariat kamen, gedachte Julia für ein klärendes Gespräch zu nutzen.

»Ist was mit dir?«

»Was soll denn sein?«, kam es zurück, zwar nicht gereizt, aber mit seltsamer Monotonie in der Stimme. Auch das kannte sie nicht an ihm.

»Du hast doch was.«

Nun tat er auch noch so, als würde er sich neuerdings für vorbeifahrende Autos interessieren, und ließ seinen Blick einem schnittigen BMW Cabrio folgen.

»Ist es wegen der Leute aus Karlsruhe?«

»Die finden schon ein Hotel, das ihnen passt«, gab er nun doch etwas entnervt zurück.

»Ich kann ja auch nix dafür, dass sie nach einem Pool gefragt haben.« Das Reizthema war wieder auf dem Tisch.

»Soll ich den Olivenhain verkaufen? Vielleicht kriegen wir irgendwas hier an der Küste. Für zwei Apartments mit Blick aufs Meer wird das Geld schon reichen, und dann vermieten wir ein Zimmer. *Airbnb*. Davon kann man zwar in der Hochsaison gut leben, aber ...«

»Also nach der momentanen Lage würden wir damit wahrscheinlich sogar mehr verdienen«, stellte Julia ganz sachlich fest. Ein Fuffi pro Tag wäre da ihres Wissens nämlich mindestens drin. Und dreißig Fuffis waren ja auch fünfzehnhundert, und das auch noch so ganz nebenbei.

»Mensch, Julia. Wir kriegen das doch hin. Warum vertraust du mir nicht?«

Was war das denn jetzt? Erst mit dem Apartment am Meer kommen, und jetzt ging's um Vertrauen in ihr gemeinsames Projekt.

»Also hör mal. Wenn ich dir nicht vertrauen würde, dann hätte ich meinen Sparvertrag bestimmt nicht in den Ausbau der Scheune gesteckt, weil dein Vater ja so geizig ist, dass es schon zum Himmel stinkt.«

»Bereust du es?«

»Nein. Wie kommst du denn jetzt darauf?«

»So wie du jetzt auf einmal Feuer und Flamme bist für das Café deiner Mutter. Erst meckern, dass sie hier ist, und dann ... Ich hab dich vor meinem geistigen Auge schon als Verkäuferin in der Konditorei stehen sehen.«

»Du hast aber auch einen guten Kellner abgegeben«, konterte sie.

Julia stellte sich gerade als Vollzeitkraft in Mamas Laden vor, am besten noch mit Schürzchen und Haube, wie in guten alten Zeiten, und ihn in schwarzer Hose mit weißem Hemd. So amüsant der Gedanke auch war, seine Depri-Stimmung ließ das

Schmunzeln auf ihren Lippen gefrieren. Er hatte nicht einmal eine Miene verzogen.

»Du bist doch nicht etwa eifersüchtig auf Mama?«, fragte sie.

»Blödsinn. Aber ich sehe doch, wie du dich dafür begeisterst. Aber wenn es um uns geht ... Ich hab halt das Gefühl, dass du schon aufgegeben hast.«

»Wenn Mama hierbleibt und das Café läuft, kommt uns das doch auch zugute.« Das mit dem Hierbleiben hatte natürlich noch einen ganz anderen Hintergrund, doch den behielt Julia im Moment noch für sich. Nicht hier und jetzt, und schon gar nicht, wenn er in so mieser Stimmung war.

»Du meinst ein Werbeplakat im Café?«

»Zum Beispiel. Du hast doch gesehen, wie gut die Torten bei den Touris ankommen. Die waren nur auf der Durchreise und sind auf den Markt aufmerksam geworden. Je mehr ein Ort zu bieten hat, desto interessanter wird er. Außerdem hängt sich Mama richtig rein. Ihr Kampfgeist ist bewundernswert. Und uns will sie auch noch unter die Arme greifen von dem, was halt noch bleibt. Ich wünschte, dein Vater ...«

»Ja, schon klar.«

»Du fragst ihn aber auch nicht, ob er uns hilft.«

»Hast du deine Mutter auch nicht.«

»Ja wie denn, wenn du ihre Hilfe gar nicht willst? Immerhin ist dein Vater der Bürgermeister. Wenn er schon kein Geld rausrückt, könnte er doch zumindest mal PR-technisch seinen Arsch bewegen. Wir könnten schon längst auf dem Portal des Tourist-Office von Pizzo sein. Der kennt doch jeden.«

Francesco nickte widerwillig.

»Aber dafür biste ja zu stolz«, musste sie ihm dennoch reindrücken.

»Wundert dich das? Der wartet doch nur darauf, dass wir scheitern.«

Francesco war wirklich alles andere als gut drauf. Wenn er jetzt noch erfuhr, dass sie ein Kind von ihm erwartete, gab er die Pension sicher auf, allein schon des Kindes wegen. So gut kannte sie Francesco.

Julia trat an ihn heran und stellte sich demonstrativ in sein Sichtfeld, damit er nicht mehr mit vorbeifahrenden Autos sprach. Dann fuhr ihre Hand an sein Kinn und drehte seinen Kopf so, dass er ihr wieder in die Augen sehen musste.

»Und? Seh ich so aus, als ob ich aufgebe?«

Francesco brummelte nur. Das reichte Julia nicht. Ohne zu zögern, kniff sie ihn in den Po.

»Autsch …« Die Aktion wirkte, weil er nun doch wieder schmunzelte.

»Wir schaffen das trotzdem, hörst du?« Julia appellierte zugleich an sich selbst.

Dann fuhr er ihr in einer zärtlichen Geste durchs Haar und setzte dazu an, sie zu küssen.

»Na, ihr zwei Süßen.« Emilia war eben gemeinsam mit Arturo aus dem Büro des Notars gekommen.

»Alles klar mit dem Kauf?«, fragte Francesco, der sich anscheinend wieder einigermaßen gefangen hatte.

»Ich brauch nur die schriftliche Zusage meiner Bank. Dann kann der Notar alles für Edoardo vorbereiten.«

»Großartig.«

»Na, dann sollten wir gleich zum Baumarkt fahren. Die haben doch grad Sonderangebote für Gartenmöbel. Kriegen wir die Bistrotische denn alle in den Wagen? Und gibt es hier in der Nähe eigentlich auch ein schönes Möbelgeschäft? Ich kann ja nicht ewig euer zweites großes Zimmer blockieren, und im ersten Stock der

Bäckerei könnte ich mir fürs Erste ein Bett und einen Schrank reinstellen«, fragte ihre Mutter voller Elan.

Francesco nickte zuversichtlich.

»Zur Not fahr ich mit dem Bus zurück«, schlug Arturo vor.

Mama hatte sich noch nie Sonderangebote entgehen lassen und die Stühle in einem Prospekt entdeckt, den Francesco bei seinem letzten Einkauf mitgenommen hatte. Geschäftstüchtig war sie ja. Die Gewerbegenehmigung war angesichts der jüngsten Entwicklungen so gut wie in der Tasche, und sicher würde ihr Café besser gehen als die Pension. Julia bemerkte, dass Francesco schon wieder diesen nachdenklichen Blick draufhatte. Manchmal stand er sich selbst im Weg. Julia musste in dem Moment an ihren Vater denken. Er hatte es auch nicht verkraftet, dass Mama ein Typ war, der das Heft in die Hand nahm und mehr Geschäftsabschlüsse getätigt hatte als er, und das, obwohl er für die Akquise ständig unterwegs gewesen war und in Sachen Charme ihrem Francesco in nichts nachstand. Olle Kamellen. Über die denkste jetzt nicht auch noch nach, sagte Julia sich, sonst wäre ihr Elan auch bald verflogen.

Kapitel 12

In der heutigen Zeit war es überhaupt kein Problem, ein günstiges Darlehen zu bekommen, wenn man Sicherheiten nachweisen konnte. Ein Ende der Niedrigzinsphase war nicht in Sicht. Eigenkapital, in Emilias Fall das Geld aus dem Verkauf ihres Kundenstamms, sinnvoll zu investieren, war zudem eine Möglichkeit, drohenden Negativzinsen zu entkommen. Es lohnte sich also, auf Pump zu leben, insofern hatte Emilia nicht die geringsten Bedenken, sich mit einhunderttausend zu verschulden. Ihre Eigentumswohnung in Deutschland deckelte das allemal, wenn sie sie eines Tages verkaufen sollte. Das hing natürlich davon ab, wie sich die Dinge hier entwickelten. Immerhin standen schon ein Bett und eine Kommode im einzigen Raum des ersten Stocks, in dem lediglich die Decke einen frischen weißen Anstrich gebrauchen konnte. Emilia saß auf der Bettkante, sah sich in ihrem neuen Schlafzimmer um und konnte noch gar nicht fassen, dass sie dabei war, ihren Traum zu leben.

Was hatte sie sich doch alles für den Ruhestand vorgenommen? Eine Weltreise auf 'nem Dampfer. Schaukelte zu sehr, und allein machte das sowieso keinen Spaß. Städtereisen? Das war allein gleich noch schlimmer. Einmal gemacht. Nie wieder! Es gab wahrscheinlich nichts Übleres als das Gefühl maßloser Einsamkeit, das sich zwangsläufig bei solchen Gelegenheiten einstellte, weil die meisten Städtereisenden eben nicht allein unterwegs waren und abends gesellig beim Dinner zusammensaßen, während man selbst auf den leeren Platz gegenüber starrte. Also fortan tatsächlich in Bella Italia leben? Von »Ruhestand« konnte dann aber keine Rede mehr sein. Na und? Wer rastet, der rostet, und was könnte schöner sein, als wenn um einen herum das Leben pulsierte und Julia an ihrer Seite war. Da strengten die Malerarbeiten gleich viel weniger an. Drei Wochen »Kernsanierung« lagen nun hinter ihnen. Neue Wasserrohre, neue Elektroleitungen, um den neuesten EU-Richtlinien zu entsprechen, ein neues Bad, drei neue Backöfen und entspiegelte Glaseinsätze für die wunderschöne Vitrine aus Kupfer. Allein die Entrümpelung hatte Tage gedauert. Zum Glück waren Handwerksarbeiten hier günstiger als in der alten Heimat. Bis auf Elektro alles ohne Rechnung, versteht sich. Das war insofern risikolos, weil Francesco wusste, dass sein Vater sich sein Haus auch auf diese Weise hatte herrichten lassen. Wenn jeder Dreck am Stecken hatte, bewarf man sich nicht gegenseitig mit Schlamm. Arturo war bei der Restaurierung der Wände und des Stucks Gold wert gewesen. Er hatte als handwerklich begabter Bildhauer naturgemäß ein Händchen dafür. Alles sah mittlerweile aus wie neu. Sämtliche Dellen im Putz und Stuck waren nahezu spurlos verschwunden, und der riesige Holzschrank, den Arturo ihr spendiert hatte, war wie für das Café gemacht, denn die Glasflächen dieses edlen Möbelstücks wurden genau wie bei der Vitrine ebenfalls von Kupferfassungen gehalten. Passende Lampen gab's im Baumarkt – natürlich auch kupferfarben. Dort hatte Emilia mittlerweile eine Kundenkarte mit so vielen Punkten, dass sie für die Blumenkästen und Außenbestuhlung nur noch die Hälfte hatte bezahlen müssen. Am schwierigsten war es gewesen, sich zu entscheiden, was sie mit den Wänden machen sollte. Die Motive an den Wänden mit frischer Farbe zu übermalen, wäre möglich gewesen, wenngleich eine Sisyphusarbeit. Ihr maroder Charme sah zudem viel schöner aus, weil aus der einst kräftigen Farbe ein sanfter, aber dennoch sichtbarer Pastellton geworden war, deshalb ließ sie alles so. Auch im Verkaufsraum musste die Decke frisch gestrichen werden, und das war bei sommerlichen Temperaturen kein Vergnügen, denn sie war gut drei Meter hoch. Eine Stange stundenlang über Kopf zu halten, war schweißtreibend, weil die drei modernen Backöfen, die seit heute im Einsatz waren, die Hitze nicht nur im ganzen Erdgeschoss verteilten, sondern sie Naturgesetz-bedingt bevorzugt nach oben abgaben. Francesco hatte sich jedoch kein einziges Mal beschwert. So viel war in den letzten Wochen passiert. Mehr als zusammengerechnet in einem Jahr ihres alten Lebens, das sie dabei war, gänzlich von sich abzustreifen. Sie kam kaum noch damit nach, all das gedanklich zu verarbeiten.

Auch wenn Emilia die kurze Verschnaufpause guttat und sie es genoss, in ihrem einzigen, inzwischen hergerichteten Raum, der zudem angenehm kühl war, zu verweilen, versuchte sie, all diese Gedanken von sich abzuschütteln, denn unten wartete noch jede Menge Arbeit auf sie.

Francesco war damit beschäftigt, die abgeklebten Stellen vorsichtig von den Klebestreifen zu befreien. Julia putzte die Fensterscheiben. Um sich ebenso nützlich zu machen, schnappte Emilia sich gleich den Glasreiniger und legte damit letzte Hand an die Vitrine. Die ganzen zusammengeklebten Zeitungen am Boden, um ihn vor Farbspritzern zu schützen, mussten heute auch noch weg. Es war genug zu tun.

Der nächste Ofen piepte. Der Teig für die Tartufo-Eistorte war fertig. Ein bisschen Lokalkolorit konnte nicht schaden. Zehn verschiedene Torten, darunter drei Eisvarianten deutscher Klassiker, und jede Menge Kleingebäck mussten bis morgen fertig sein. Ein

Teil davon stand bereits in den riesigen amerikanischen Kühlschränken, ebenfalls vom Baumarkt und um dreißig Prozent reduziert. Die Kaffeemaschine funktionierte. Julia hatte sich damit auch vertraut gemacht, denn für die erste Zeit brauchte Emilia Hilfe. Alberta hatte ihre bereits angeboten. Sie kam Emilia mittlerweile vor wie eine Suffragette, die allerdings nicht für die Rechte der Frauen, sondern in diesem Fall für die Rechte der Dorfbewohner eintrat, also letztlich für ein selbstbestimmtes Leben ohne Punktekarten und Schikane. Wahrscheinlich ging es Alberta aber auch darum, am Tresen etwas zu naschen. Das Café sollte Albertas Ansicht nach Altentreff und zugleich zu einer Art Nest des Widerstands gegen Gaspare werden. Es verstand sich von selbst, dass sein Wahlplakat nun nicht mehr allein an der Hausmauer prangte. Gleich daneben zierte das Konterfei von Arturo die Fassade des Cafés. Ein Profifotograf hatte aus Gevatter Tod in Schwarz eine passable Erscheinung gemacht. Da reichte es bereits, wenn er einen blauen Anzug und eine bunte Krawatte dazu trug. Richtig attraktiv war der Mann, und das auch, wenn er gerade in schmuddeligen Jeans und einem verschlissenen T-Shirt steckte. Zum Streichen der Decken in den Nebenräumen war er damit passend gekleidet.

Neben dem inzwischen wieder auf Hochglanz polierten Schaukasten an der Außenmauer, der eine Karte mit Emilias Kuchensortiment und Preisangaben für alles, was der Laden verkaufte, zeigte – auch Erfrischungsgetränke für Durchreisende waren dabei –, war noch Platz für ein zweites Plakat. Julia hatte es gestern aus der Druckerei geholt und auf eine Sperrholzplatte ziehen lassen. Es sollte permanent dort hängen, denn es warb für ihre Agriturismo-Pension. Auf tolles Design verstand Julia sich. Leider sah die Realität immer noch nicht viel besser aus, wenngleich es Grund zur Hoffnung gab. Die dritten Gäste, ein junges

Paar auf der Durchreise, hatten sie letzte Woche immerhin mit vier Sternen bedacht, was allerdings insbesondere bei Francesco kein Grund zu besonderer Freude gewesen war, denn der Kommentar: »Es lohnt sich in erster Linie wegen des genialen Frühstücks, der Kuchen und Torten, dort eine Nacht zu verbringen«, nagte natürlich an seinem Selbstwertgefühl. Sturer Bock! Doch in diese Thematik mischte sich Emilia besser nicht mehr ein. Der Tochter Mut zu machen war aber kein Einmischen, und im Moment sah es ganz so aus, als ob Julia ein bisschen Zuspruch gebrauchen konnte. Anstatt sich über ihre tolle Werbetafel zu freuen, stand sie wie angewurzelt davor und starrte darauf. Emilia steckte die ersten vom Boden aufgelesenen Zeitungen in einen Müllsack und trug ihn hinaus, zu den anderen bereits randvoll gefüllten, die vor dem Haus standen.

»Sieht toll aus. Da kommen bestimmt mehr Leute, wirst sehen. Und ich bin ja auch noch da ...«

»Francesco schlug gestern Abend doch glatt vor, unsere Pension als *Schlemmerparadies für Kuchen- und Tortenliebhaber* zu vermarkten ...«

»Der soll sich nicht so anstellen. Vier Sterne. Mensch, es geht doch in die richtige Richtung.«

»Hab ich Francesco auch gesagt, aber wir brauchen Gäste, die länger bleiben. Von gelegentlichen Stopps für nur eine Nacht, von Leuten auf der Durchreise können wir nicht leben.«

»Nirgends wird so viel geratscht wie beim Friseur oder in einem Café. Hier fährt mir keiner weg, ohne dass er von eurer Pension weiß«, sicherte Emilia ihr zu.

Julia nickte zwar dankbar, doch ein zuversichtliches Lächeln blieb aus. Sie starrte immer noch auf das Plakat.

»Was ist los? Alles wird gut. Wirst sehen.«

Julia holte tief Luft und richtete ihren Blick dann auf Emilia.

»Alles, was du anpackst, wird was. Ich komm wohl eher nach Papa«, sagte Julia resigniert, was Emilia tief berührte, denn oft genug hatte sie über ihren Vater geschimpft.

»Er ging halt anders an die Dinge heran.« Toten sagte man nichts Schlechtes nach. Das brachte Unglück. Außerdem wusste Emilia genau, wie sehr Julia an ihm gehangen hatte. Kein Wunder. Mama saß im Büro, während Papa Zeit für Ausflüge hatte – Kundenbesuche, die er mit einem Abstecher in den Zoo oder zum Rummelplatz verbunden hatte. Emilia atmete tief durch, um diese Erinnerungen zu verdrängen.

»Ist schon komisch. Francesco hat ein bisschen was von ihm, findest du nicht auch?«, stellte Julia fest.

»Na, so viel gequasselt hat dein Vater aber nicht.«

Julias Schmunzeln war halbherzig. Sie schien ihren Vater auch heute noch sehr zu vermissen. Emilia musste sich eingestehen, dass sie manches an ihm gelegentlich auch vermisste.

»Vielleicht ist das nicht einmal so schlecht …«, sprudelte es aus Emilia gedankenverloren heraus.

»Das Quasseln?«

»Nein … Wenn man wie dein Vater einfach nur lebt und tut, was einem gefällt.« Emilia wunderte sich in dem Moment darüber, dass sie diesen Aspekt noch nie zuvor bedacht hatte.

»Das machste ja jetzt auch, aber im Gegensatz zu Papa perfekt organisiert. Und ich wette mit dir, dass dein Café im Gegensatz zu unserer Pension eine Zukunft hat.«

»Unsinn. Natürlich habt ihr eine Zukunft. Du musst Geduld haben.« Emilia hoffte, dass das glaubwürdig genug geklungen hatte. Julia nickte jedenfalls dankbar für so viel Zuspruch, und diesmal mit heitererer Miene als bei Emilias vorherigen Versuchen, ihre Tochter aufzumuntern.

»Du musst Francesco auch ein bisschen Mut machen. Ich krieg

das doch mit, dass er sehr darunter leidet, so wenige Gäste zu haben. Und du nörgelst ziemlich viel an ihm herum, wenn ich mir die Bemerkung erlauben darf.«

»Es kann ja nicht so weitergehen. Was soll ich denn machen, wenn unser Traum doch eines Tages platzt? Wirklich zurück an die Uni? Das müsste ich dann gleich nächstes Jahr machen. Mehr Geduld, und ich kann künftig von Sozialhilfe leben ...«

»Du könntest ja hier in der Bäckerei ...«, schlug Emilia vor.

»Das ist wie Sozialhilfe. Ich möchte auch mal wieder ausgehen. Mir was leisten können. Ich hock mit 'ner Ziege und umgeben von Hunderten von Olivenbäumen mitten in der Pampa.«

»Aber das wolltest du doch?«, fragte Emilia besorgt, denn sie wusste allzu gut, warum sie als Versicherungsmaklerin ihr halbes Leben in einem Versicherungsbüro, umgeben von Aktenordnern, gefristet hatte. Seinetwegen!

»Ich hab's mir halt anders vorgestellt. Mehr Kontakte zu interessanten Gästen. Dass die Welt zu uns kommt. In der Theorie klingt das so schön ... aber so viel Welt war noch nicht da.«

»Jetzt wart doch einfach noch die paar Monate ab. Exmatrikuliert haste dich schließlich noch nicht. Und zur Not machste dein Studium eben doch noch fertig.«

»Dann hätte ich wenigstens einen sicheren Job und könnte irgendwann ...« Julia geriet ins Stocken.

»Was könntest du?«

Julia zuckte ratlos mit den Schultern. Dass sie auf einmal an »Sicherheit« im Leben dachte, verblüffte Emilia. Erneut starrte Julia auf das Plakat. Emilia hätte gern noch weitergebohrt, um rauszufinden, was ihre Tochter bewegte, musste aber wieder nach drinnen gehen, sonst verbrannte der Teig.

Zugegebenermaßen erinnerten die Luftballons, die an einem gespannten dünnen Seil über der Bäckerei hingen, an einen Kindergeburtstag, doch die Farbgestaltung war es, die das Ganze zu etwas Besonderem machte. Es war nicht einfach gewesen, grüne, weiße und rote Luftballons zu bekommen. In einem Spielwarenladen war Julia schließlich fündig geworden. Nun hingen je drei Ballons in den Nationalfarben Italiens über Mamas neuem Café. Die Deko anlässlich der Caféeröffnung war Francescos Idee gewesen, aber nicht, weil er auf solche Dinge stand, sondern weil er glaubte, dass alle anderen auf so etwas standen. Auf einmal dachte er daran, wie man Gäste glücklich machte und sie richtig ansprach. Bei ihren Gästen hatte er das offenbar nicht getan. Julia hatte sich gestern Abend verkniffen, ihm das unter die Nase zu reiben, als sie im Bett über Mamas Caféeröffnung gesprochen hatten. Sie wollte nicht riskieren, dass er wieder in eine leicht depressive Stimmung glitt. Francesco wäre ohnehin zu müde dafür gewesen und war nach der Dusche schon mit den Augen auf halbmast zu Bett gegangen. Erneut ein denkbar ungünstiger Zeitpunkt, um ihm zu offenbaren, dass sie bald Nachwuchs bekommen würden. Ein Gespräch über die Konsequenzen für ihr künftiges Leben hätte sie die ganze Nacht wach gehalten. Das Kribbeln unmittelbar vor Eröffnung des Cafés und vor allem Mamas Nervosität, die regelrecht ansteckend war, verdrängten jedoch ihre Zukunftssorgen. Schließlich ging es gerade um Mamas Laden.

Normalerweise fanden sich an Sonntagen die Leute gegen zehn vor der Kirche ein. Francesco kannte sich da aus, weil ihn sein Vater jeden Sonntag zur Kirche geschleppt hatte, als er noch ein kleiner Junge gewesen war. Gegen elf strömten dann alle aus der Kirche. Da war es ja naheliegend, die Eröffnung direkt nach dem Gottesdienst anzusetzen. Weil bereits einige Passanten auf dem Weg zur Kirche an Mamas in italienischem Stil dekorierten Café vorbeigeschlendert waren und versucht hatten, einen neugierigen Blick hineinzuwerfen, rechnete Julia fest damit, dass sie in gut zehn Minuten jede Menge zu tun hatten. Noch waren die gelben Rollos unten. Niemand sollte ihre Kunstwerke vor der Eröffnung sehen. Julia lugte erneut durch den Spalt zwischen dem Rollo und dem Türrahmen nach draußen. Niemand zu sehen.

»Hoffentlich schmilzt das Eis nicht so schnell«, sagte ihre Mutter, während sie ihre Hommage an Kalabrien, die Tartufo-Eistorte, aus dem mit drei Kühlschränken bestückten Nebenraum hereintrug.

»Die schmilzt nicht«, versicherte Francesco ihr. Er hatte unzählige Eiswürfel auf einem Tablett verstreut und so platziert, dass die Torte darauf plan stehen konnte. Ein Teil der Vitrine war sowieso gekühlt. Emilia hatte ein Aggregat wie an einer Metzgertheke einbauen lassen.

»Außerdem ist die Tartufo eh in zehn Minuten weg«, vermutete Julia.

»Und mach bitte ganz viele Fotos.« Emilia wollte sie gleich ihren Freundinnen schicken, um zumindest aus der Ferne den großen Moment mit ihnen zu teilen. Sie war sich sicher, dass sie aus allen Wolken fallen würden, denn von ihrem Vorhaben hatte sie ihnen bisher noch nichts erzählt. Die Fotos waren natürlich auch für die Website des Cafés gedacht. Drei Tage Arbeit steckte darin. Retro-Design, die ganzen Torten so abfotografieren, dass einem das Wasser im Mund zusammenlief, und dann so anordnen, dass es ästhetisch gut aussah. Im Gegensatz zur Website ihrer Agriturismo-Pension entsprach die angebotene Leistung allerdings tatsächlich den Gegebenheiten. Mamas Torten musste man nicht mit Photoshop von Makeln befreien. Sie standen für sich, leuchteten in allen Farben, und bereits beim bloßen Ansehen eines Fotos war es schwer, diesen Kunstwerken zu widerstehen.

»Ich bin so aufgeregt«, gestand ihre Mutter. Sie verharrte

stocksteif hinter dem Tresen und blickte auf die geschlossene Tür, als ob jeden Moment etwas Schlimmes passieren würde. Julia beschlich aus unerklärbaren Gründen ebenfalls ein komisches Gefühl, was angesichts des erfreulichen Testlaufs am Markt alles andere als berechtigt war. Eine Minute vor elf. Es wurde Zeit, die Jalousien hochzuziehen, damit Mamas Konditorei ihren vollen Glanz entfalten konnte.

»Es ist so weit.« Julias Bemerkung setzte auch Francesco in Bewegung. Er zog am Seil der beiden Schaufensterjalousien, Julia an denen der Eingangstür.

»Nichts! Da tut sich nichts«, stellte Julia fest.

»Der Gottesdienst geht normalerweise bis kurz vor elf. Die Leute können sich ja nicht rüberbeamen«, erwiderte Francesco.

Dann tat sich doch etwas, wie Julia feststellte, nachdem sie die Tür geöffnet hatte und nach draußen lugte. Die ersten Passanten waren in Sichtweite, wobei die Betonung auf »Weite« lag. Zwar warfen sie verstohlen einen Blick zur Konditorei, spazierten aber daran vorbei. Emilia stand schon neben ihr und wirkte ebenso irritiert. Eine ältere Frau, die Julia vom Sehen kannte, kam zu ihnen und grüßte sie, indem sie etwas verlegen nickte. Wo blieb die hiesige sprichwörtliche Herzlichkeit? Kein »Buongiorno«? Das war doch der Normalfall, wenn man sich hier begegnete. Die Frau hatte dennoch die Auslage mit den himmlischen Torten im Visier. Julia konnte ihr ansehen, dass sie mit sich kämpfte. Hochwasser im Mund, doch sie ging trotzdem weiter. Noch ein älteres Paar schritt zwischen den aufgestellten Stühlen und der Auslage vorbei. Die blanke Lust auf Mamas Kuchen stand der Frau ins Gesicht geschrieben. Ihr Mann zog sie einfach weg.

»Das ist doch albern, Fabrizio«, hörte Julia sie zu ihrem Mann sagen.

»Lass uns nach Pizzo fahren. Da muss man für kleine Sünden

nicht blechen und für Völlerei nicht büßen«, vernahm sie von ihrem Ehemann.

Die nächsten Passanten machten gar einen auffällig großen Bogen um die Konditorei. Das wirkte fast schon so, als würde man sich hier eine ansteckende Krankheit zuziehen.

»Da stimmt doch was nicht.« Francesco sprach aus, was Julia dachte.

Sie trat ins Freie und blickte hinüber zum Kirchenportal, aus dem die Teilnehmer der Messe gemächlich strömten. Dann entdeckte sie ihn.

»Gaspare«, sagte sie eigentlich mehr zu sich, doch dann hatte ihre Mutter, die neben sie getreten war, ihn auch entdeckt.

Er stand am Kirchenportal, aber etwas abseits der Treppen, paffte gemütlich an einer Zigarre und hatte sie im Visier, auch wenn er dem einen oder anderen Dorfbewohner gelegentlich grüßend zunickte.

Die Einzige, die es wagte, sich zu nähern, und das nahezu im Stechschritt, war Alberta. Sie hielt einen kleinen Wurfzettel in der Hand und wirkte aufgebracht.

»Das muss man sich mal vorstellen«, fing sie an zu wettern und drückte Emilia den Zettel in die Hand, mit dem diese natürlich nichts anzufangen wusste. Julia las ihn, und schon nach wenigen Zeilen wurde ihr klar, worauf das Ganze hinauslief.

»Was steht denn drin?«, fragte ihre Mutter schon ganz hibbelig.

»Nix esse Kuchen. Peccato ... Noch mehr zahle«, ereiferte Alberta sich. Trotz ihrer bescheidenen Deutschkenntnisse traf es das wenige bereits auf den Punkt. Julia übertrug das Ganze dann doch in vollständige deutsche Sätze.

»Das ist ein Hinweis der Stadtverwaltung. Sie prangern uns an, gegen die Volksgesundheit zu arbeiten und sämtliche Bemühungen, das gesündeste Dorf Italiens zu sein, zunichtezumachen. Dann noch ein Hinweis, was Zucker alles im menschlichen Körper anrichtet. Wer dabei erwischt wird, bekommt Punktabzüge. Und der Pfarrer hält es für eine Sünde, für die man in die Hölle kommt.«

»Ich nix mehr habe Punktekarte. Lieber zahle«, warf Alberta triumphierend ein.

»Das ist ja wohl die Höhe! Den knöpf ich mir vor«, ereiferte sich Emilia.

»Das glaub ich jetzt nicht.« Francesco zeigte sich ebenso fassungslos, als er Julia über die Schulter blickte und den Text las. Dieses Flugblatt schien nachhaltig zu wirken. Kein einziger Gast kam auch nur in die Nähe eines unsichtbaren Bannkreises vor dem Café, den sicher Gaspare zu verantworten hatte, doch der wandte seinen Blick nun ab und kramte, wie Julia aufmerksam verfolgte, ein Handy hervor. Auch aus der Distanz war zu erkennen, dass ihn der Anruf sichtlich irritierte. Julia täuschte sich nicht, denn Gaspare eilte seitlich die Treppen hinunter und verschwand im Stechschritt in einer der Seitengassen, die in die Altstadt führten. Die Menschen auf dem Platz schienen das auch wahrzunehmen. Es wurde getuschelt. Einige sahen ihm hinterher. Schon bildeten sich die ersten Menschentrauben. Die in der Mitte des Marktplatzes war besonders groß geworden, und genau von dort lösten sich dann die Ersten, um geradewegs zur Konditorei zu gehen.

»Wo kein Kläger ist«, rief der ältere Herr mit berretto auf dem Haupt aus.

»Er kann uns mal«, stimmte ihm ein etwa Gleichaltriger in seinem Schlepptau zu. Das fühlte sich an wie eine Szene aus dem Musical *Les Misérables*. Hier probte der Mob den Aufstand. Emilia atmete augenblicklich auf.

Alberta applaudierte und rief »Bravo! Bravo!« in die Menge, die sich im Nu an den Tischen verteilte.

Das war das Startsignal. Julia schnappte sich gleich einen ganzen Stapel Cafékarten und verteilte sie auf den Tischen. Ihre Mutter eilte zum Tresen. Und wie herzlich nun das morgendliche »Buongiorno« aus vielen Kehlen erklang. Der Verkaufsraum füllte sich. Francesco und sein Freund Alberto eilten Emilia zu Hilfe, schnappten sich die Kuchenmesser und einen Kuchenteller nach dem anderen. Die Schlange erreichte die Tür.

»Bitte einpacken«, hieß es.

Julia bemerkte, dass zwei ihrer Kunden, während sie in der Schlange warteten, immer wieder zurück zur Tür gingen und in Richtung Kirche blickten. Aha. Daher also wollten die meisten den Kuchen »to go«. Gaspare könnte ja zurückkommen.

Wo blieb eigentlich Arturo? Julia hätte auch darauf gewettet, dass Camilla sich zur Eröffnung blicken lassen würde. Während sie sich draußen die ersten Bestellungen der wagemutigeren Gäste notierte, die Platz genommen hatten, und sich an Komplimenten erfreute, wie toll das Café doch jetzt sei, spähte sie auch immer wieder hinüber zur Kirche. Arturo und Camilla kamen nicht aus dem Portal, sondern aus der Gasse neben dem Pfarrhaus heraus. Camilla schüttelte sich förmlich vor Lachen. Das irritierte Julia so sehr, dass sie sich rückversichern musste, ob sie die Bestellung richtig notiert hatte. Was um Himmels willen gab es da zu lachen?

Ein voller Erfolg! Anders konnte Emilia es wohl kaum bezeichnen, wenn nach einer guten halben Stunde nur noch wenige Reste ihrer Torten in der Auslage standen. Die Leute vom Dorf hatten sie ihr förmlich aus den Händen gerissen, und es waren wenige dabei gewesen, die sich nur ein Stück hatten einpacken lassen. »Kann man die auch einfrieren?«, hatte Viola, die Frau vom Gemüseladen, wissen wollen. Am schnellsten hatte sich die Tartufo-Eistorte in Luft aufgelöst, doch auch die mit Milcheis gefüllte Buttercreme fand reißenden Absatz. Emilia hatte sie mit Basilikumessig als Garnitur besprenkelt, somit optisch, aber auch geschmacklich verfeinert. Das mundete exotisch, doch harmonierte, und die Leute sparten nicht mit Lob, wie Julia draußen im Bedienbereich aufgeschnappt und ihr mitgeteilt hatte. Emilia hätte gerne selbst ein Stück davon probiert. Eines war ja noch übrig geblieben, aber auch nur, weil sie es für Arturo reserviert hatte. Er teilte es sich mit Camilla. Beide hatten drinnen Platz genommen, weil draußen immer noch alles belegt war. Lediglich der Andrang am Tresen war abgeebbt. Das Flugblatt wirkte. Ihre Wut auf Gaspare war auf dem Siedepunkt. Er musste, wie sie von Arturo erfahren hatte, doch glatt auch noch den Pfarrer auf seine Seite gezogen haben, der der Gemeinde während der Messe die Leviten gelesen hatte. Und diesmal gab es sogar eine Audioaufnahme des Spektakels. Sie hatten bisher nur noch keine Gelegenheit gehabt, sie sich anzuhören. Emilia setzte sich für einen Moment zu ihnen, weil inzwischen alle Gäste versorgt waren und niemand mehr am Tresen anstand.

»Das ist ja wie im Mittelalter. Der Klerus und die Regierenden. Eine unheilvolle Einheit«, sagte Emilia in die Runde. Sie ließ sich trotz all der Aufregung jeden Bissen vom letzten Stück ihrer Schwarzwälder Eistorte auf der Zunge zergehen.

»Von Spenden allein kann die Pfarrei ja nicht leben«, deutete Arturo an, bevor er sich über den zweiten Gang, die Obsttorte, hermachte.

»Gut, dass wir ihm einen Strich durch die Rechnung gemacht haben. Glaubt, mit so billigen Tricks davonzukommen«, amüsierte Camilla sich.

»Unserer war aber auch eher billig, wenngleich effektiv«, sagte Arturo und lachte. Mit gutem Grund, wie Emilia inzwischen wusste, denn er war es gewesen, der mit verstellter Stimme und unterdrückter Handynummer bei Gaspare angerufen hatte, um ihm mitzuteilen, dass der Traktor vom Bauern des Nachbardorfs frontal in seinen Luxusschlitten gefahren sei.

»Der wird sicher bald hier ankommen«, mutmaßte Arturo. Emilia teilte seine Meinung, denn vom großen Parkplatz am Ende der Hauptstraße, wo die meisten parkten, wenn im Zentrum viel los war, brauchte man gerade mal zehn Minuten. Die anstrengende Steigung bei der Hitze mit eingerechnet, könnte er bald wieder zurück sein.

»Der soll sich bei mir heute nicht mehr blicken lassen. Ich hab ihm die Leviten gelesen. Schon heute Morgen. So eine alberne Idee, das mit den Flugblättern«, echauffierte sich Camilla. Das erklärte, warum sie nicht gemeinsam mit ihrem Sohn aus der Kirche gekommen und sich mit Arturo abgeseilt hatte, um ihren »billigen Trick« anzuwenden.

»Was hat denn nun der Priester gesagt?«, bedrängte Emilia die beiden, die daraufhin feixten.

Arturo zog sein Handy heraus und drückte auf die Playtaste des Programms für Sprachmemos.

Emilia vernahm nur eine klagende sakrale Stimme. Der Pfaffe schaukelte sich regelrecht hoch und schien seine Schäfchen zu beschwören. Den Inhalt verstand sie jedoch nicht.

»Seid nicht unter den Säufern und Schlemmern; denn die Säufer und Schlemmer, die sich süßen Gelüsten hingeben, verarmen … Das mit den süßen Gelüsten steht übrigens nicht in der Bibel. Hat er frei erfunden«, erklärte Arturo, nachdem er kurz die Pause-Taste gedrückt hatte. Dann fuhr er wie bei einem Voiceover in einer Fernsehreportage fort, die Rede des Pfarrers zu übersetzen. »Wer aber der Schlemmer-Geselle ist, macht dem Vater Schande.«

»Da haben wir aber viele Gesellen, die dem Herrn Schande machen«, warf Emilia ein und feixte nun selbst.

»Der hat sich da richtig hineingesteigert. Angeblich sei im Appetit auf so ein Teufelswerk wie Torten eine Analogie zu unserer mangelnden Selbstkontrolle in anderen Bereichen zu sehen. Wenn wir schon unseren Essensgelüsten ungehemmt nachgeben, dann vermutlich auch anderen Todsünden wie zum Beispiel der Wollust«, führte Arturo aus.

»Gutes Essen und guter Sex ... Na ja, da sehe ich auch eine gewisse Analogie«, warf Francesco amüsiert ein, der ihr Gespräch von der Kaffeemaschine hinter dem Tresen aus mitverfolgt hatte.

»Wir dürfen uns nicht von unseren Gelüsten auf Süßes leiten lassen, hat er noch gesagt«, ergänzte Camilla.

»Gott wolle, dass wir unseren Appetit kontrollieren, anstatt dass wir uns von unserem Appetit kontrollieren lassen. Und dass Selbstkontrolle eine Frucht des Geistes und allen Gläubigen bekannt sei«, sagte Arturo.

»Wie kommt der denn auf so einen Blödsinn?«, fragte Emilia, die sich inzwischen an einem ihrer Kassenschlager, der Nussecke mit Amarettogeschmack, gütlich tat.

»Zusammengeklaubt aus den Petrus-, Timotheus- und Korintherbriefen«, erläuterte Arturo.

»Und das Letzte war Galater 5,22. Das hab ich mir gemerkt«, fügte Camilla noch hinzu.

»Und? Sind dann einige gleich zum Beichtstuhl gerannt? Nur noch Fisch und trockenes Brot?« Emilia grinste erneut.

»Kann denn Kuchen Sünde sein? Hölle, ich komme«, sagte Emilia theatralisch und nahm daraufhin einen extragroßen Bissen von ihrer Nussecke.

Arturo und Camilla lachten ungehemmt drauflos, doch das Lachen blieb Camilla dann doch im Halse stecken, weil Gaspare urplötzlich und mit hochrotem Kopf in der Tür stand. Den Pfarrer hatte er gleich zur Verstärkung mit dabei. Der blökte irgendetwas in Richtung der Gäste, die noch an den Tischen saßen. Es hörte sich an wie »golosità«. Emilia kannte das Wort nicht. Camilla übersetzte es dankenswerterweise.

»Völlerei.«

Einige der Gäste richteten ihren Blick beschämt zu Boden. Andere griffen erst recht zur Kuchengabel und schoben sich ein extragroßes Stück hinein. Dabei blickten sie aber zu Gaspare, der das Schauspiel sichtlich bebend vor Zorn verfolgte.

Camilla tauschte amüsierte Blicke mit Arturo.

»Das kommt euch teuer zu stehen!«, drohte Gaspare den Gästen.

Alberta, die sich zu zwei etwa gleichaltrigen Damen gesellt hatte, zeigte ihm offen den Stinkefinger.

»Das ist eine Revolte! Ich mache Sie persönlich dafür verantwortlich«, bellte er Emilia an.

»Gaspare. Halt den Mund, und verdirb uns nicht die gute Stimmung. Iss einen Kuchen, und alles wird gut«, forderte Camilla ihn mit mütterlicher Strenge auf.

»Was tun Sie den Leuten da rein? Sie tun doch was rein? Drogen?« Gaspare stand der Schweiß auf der Stirn.

»Und wie viel Kohle haben Sie dem Herrn Pfarrer versprochen, damit er diese hanebüchene Predigt hält?«, fragte Emilia, die ihm nun direkt entgegentrat.

»Ich lasse das Café schließen.«

»Geht nicht. Ich habe die Genehmigung.«

Gaspare schäumte vor Zorn.

»Du willst doch wiedergewählt werden, oder etwa nicht?«, warf Arturo ein.

»Das ... das ...«

»Kommt uns alle teuer zu stehen.« Camilla führte seinen Satz amüsiert fort.

Gaspares gehetzter Blick wanderte von Emilia zu seiner Mutter, zu Arturo, Francesco an der Kaffeemaschine und zu Julia, die gerade mit abgeräumtem Geschirr hereinkam. Alle Augenpaare der Anwesenden waren nun auf ihn gerichtet – auch die der Gäste draußen. Emilia glaubte, darin zu lesen, dass er sich endlich vom Acker machen sollte.

Er schnaubte, machte auf dem Absatz kehrt und stapfte zurück in Richtung Kirche. Der Pfaffe bekreuzigte sich und dackelte seinem Herrchen hinterher.

»Un altro schiaccianoci per favore«, kam es von draußen. Was das hieß, wusste Emilia mittlerweile auch ohne ihren Onlinesprachkurs. Eine weitere Nussecke für den Herrn an Tisch eins. Und weil die Gäste draußen so tapfer ausgeharrt hatten, gingen alle weiteren Bestellungen aufs Haus.

Julia lag wie ein geprellter Frosch im Bett. Die Kraft hatte gerade noch zum Duschen gereicht. Jeden Tag so einen Stress zu haben, war nahezu unvorstellbar. Das Gastrogewerbe war nichts für sie, das wusste sie nun sicher. Aber eine Landpension aufmachen wollen! Noch konnte man dabei aber nun wirklich nicht von Stress reden, doch was, wenn hier mal tatsächlich alle Zimmer belegt waren? Und wenn schon. Sie hatten ja nur vier. Wie beruhigend. Ihre Mutter lag schon seit zwei Stunden in der Falle. Eigentlich hatten sie noch feiern wollen, doch nach nur einem Glas Wein zu Pasta und Pizza – Vollkorn, versteht sich, weil Francesco sie zubereitet hatte – war sie gleich zu Bett gegangen. Allerdings glückselig. Das halbe Dorf musste zur Eröffnung da gewesen sein. Um Mama brauchte man sich jedenfalls keine Sorgen mehr zu machen. In ihren Laptop mit E-Mails hatte Julia heute gar nicht mehr gesehen. Selbst wenn sich jemand auf ihre Website verirrt hätte. So what? Heute war Sonntag und sie zu müde.

»Hast du dein Trinkgeld schon gezählt?«, rief Francesco aus dem angrenzenden Badezimmer. Er musste mit dem Duschen fertig sein, weil sie das Wasser nicht mehr plätschern hörte.

»Einundvierzig dreißig«, rief sie ihm zu.

»Wow!«, kam es zurück, und keine halbe Minute später tänzelte er mit einem Handtuch um die Hüfte gewickelt herein. Julia hatte in der Zwischenzeit überlegt, ob sie ihn noch danach fragen sollte, warum er das wissen wollte, sich aber nicht mehr dazu aufraffen können. Ihren ursprünglichen Plan, die gute Stimmung des Tages zu nutzen, um ihm von ihrer Schwangerschaft zu berichten, hatte sie aufgrund der bleiernen Müdigkeit erneut aufgegeben. Komm jetzt ins Bett, Francesco! Dann Licht aus und Schlussklappe für heute, dachte sie. Danach sah es im Moment jedoch nicht aus, denn Francesco verließ das Schlafzimmer. Julia wiederholte ihr Stoßgebet, dass es hier bald zappenduster war und sie das Geräusch der Zikaden von draußen endlich in den Schlaf wiegen würde. Vergeblich, denn er kam mit einem Lederetui, das sie extra zum Kassieren gekauft hatten, herein und leerte seinen Inhalt auf der Kommode aus. Sein Trinkgeld. Das Geklimper war infernal. Und nun begann er auch noch zu zählen.

»Muss das jetzt sein?«

»Ich will es einfach wissen«, sagte er und bildete einen Münzstapel nach dem anderen, als ob er einen Zaun daraus errichten wollte. Der war beeindruckend lang geworden, wie Julia aus ihren Augen auf halbmast gerade noch mitbekam.

»Dreiundfünfzig vierzig.«

»Du warst ja auch viel öfter draußen als ich«, sagte sie.

Darauf ging er gar nicht ein. Stattdessen brabbelte er mit angestrengtem Blick vor sich hin. Aha. Er war vermutlich am Kopfrechnen, und eben drückte er wohl in seinem Gehirn auf die Enter-Taste.

»Vierundneunzig siebzig«, sagte er bedeutungsschwanger.

»Nicht schlecht«, kommentierte Julia.

»Nicht schlecht? Das ist mehr, als wir bisher hier für eine Nacht eingenommen haben«, erwiderte er kopfschüttelnd.

»Das war ja nur heute, zur Eröffnung.«

»Dann lass es zusammen fünfzig pro Tag sein. Ist immer noch mehr, als wir bisher eingenommen haben. Netto zumindest. Und das alles quasi steuerfrei. Jetzt rechne dir noch ein Gehalt als Kellner dazu …«

Julias Müdigkeit war wie weggeblasen, weil sie spürte, wie es in ihm rumorte. »Willst du jetzt kellnern, oder was? In Pizzo vielleicht?«, fragte sie.

»Von irgendwas müssen wir ja leben.« Seine Bemerkung bekräftigte Julia in der Annahme, dass sie ihm mit der Schwangerschaft jetzt nicht zu kommen brauchte.

»Wir haben doch die Pension«, versuchte sie, ihn aufzumuntern. So ganz hatte Julia die Hoffnung noch nicht aufgegeben, was sicherlich auch an Mamas Zuspruch lag. Hoffentlich sprang dieser kleine Funken noch über. Er tat es nicht, denn seine kräftigen Schultern verloren an Spannung. Der Kopf hing.

»Hat heute jemand gebucht oder zumindest angefragt?«, wollte er wissen.

»Hab nicht nachgesehen.«

»Ja. Bringt ja eh nix.« Es klang wie ein Vorwurf.

»Nein. Ich war nur zu müde, und heute ist Sonntag.«

»Gib's zu. Du glaubst doch auch nicht mehr daran.« Konnte der vielleicht in Selbstmitleid baden.

»Wir hätten ja nur Mamas Angebot annehmen müssen.« Das Wort »Pool« nahm sie nicht in den Mund, geschweige denn solche Todsünden wie umweltschädliche Klimaanlagen oder hier und da mehr Luxus.

Er brummelte nur missmutig.

»Jetzt komm ins Bett. Ich will davon nichts mehr hören. Morgen sieht die Welt wieder anders aus.«

Francesco nickte widerwillig, gab sich aber einen Ruck und legte sich neben sie. Für eine Weile sah er sie nur an.

»Meine Julia«, hauchte er ihr zu. Schon spürte sie seine Hände an ihrem Bauch entlangfahren. Normalerweise war diese Stelle ein Knopf, der sie ziemlich schnell zum Glühen brachte. Da glühte aber gerade nix. Tausend Gedanken schossen ihr durch den Kopf. Hatte sie nicht einmal im Internet gelesen, dass man in der Zeit nach der Empfängnis keinen Sex haben sollte? Jedenfalls keinen, wie sie ihn gewohnt war? Wer wusste schon, was er mit seinem XXL anrichtete. Am Ende traf er noch das Kind oder vielmehr das kleine Etwas, das es im Moment noch war. Oh Gott. Allein schon die Vorstellung legte einen unsichtbaren Keuschheitsgürtel aus Stahl um ihren Unterleib. Nein! Entspann dich! Es gab nämlich auch genügend Artikel, die von schwangeren Frauen berichteten, die ihre Sexualität in vollen Zügen genossen, und das bis kurz vor der Geburt. Da passierte schon nix. So richtig beruhigend war der Gedanke trotzdem nicht. Der Zweifel blieb, auch als er dazu ansetzte, sie zu küssen.

»Was hast du?« Dass sie mittlerweile steif wie ein Brett neben ihm lag und sein Mund nicht mehr den Sog eines Magneten hatte, war ihm nicht entgangen.

»Nur müde.«

Wenig glaubhaft vorgetragen. Dementsprechend kraftlos ließ er sich auf die Seite rollen. Sein Blick war gegen die Decke gerichtet.

»Versteh schon«, sagte er.

»Was?«

»Nix.«

»Ach, ciccino«, versuchte sie, ihn zu trösten. Was musste er nun denken. Vermutlich, dass sie ihren »Schatz« für einen Loser hielt und daher nicht mehr attraktiv fand. Guter Sex würde ihn jetzt wieder aufbauen, sein Selbstwertgefühl stärken, doch Julia hatte das sichere Gefühl, dass sie den unsichtbaren Keuschheitsgürtel gerade nicht abbekam.

Kapitel 13

Auch drei Tage nach Eröffnung des Cafés riss die Nachfrage nach Emilias Tortenkreationen nicht ab. Der Ort schien sich immer mehr zu einem Dreh- und Angelpunkt des Dorflebens zu entwickeln, und weil sich bereits mehrere Touristen dorthin verirrt hatten, lag ein Gästebuch aus – Julias Idee. Sie war brillant, wenn es ums Vermarkten einer guten Idee ging, und ihr Einsatz für das Café war so engagiert, dass man glauben könnte, es wäre ihr eigenes. Auf diese Weise standen bereits fünf Einträge von Gästen aus aller Welt darin. Einer war sogar auf Japanisch – Emilias ganzer Stolz. Die durchfahrenden Gäste blieben hier hängen, weil die Landstraße, die touristisch bekannte Urlaubsorte zwischen Kalabrien und Apulien miteinander verband, in einer recht steilen Kurve direkt am Dorfplatz vorbeiführte. Bei Schrittgeschwindigkeit und weil wohl jeder Italienreisende gerne einen Blick auf malerische Plätze mit Kirchen und alten Gebäuden warf, fiel die Farbenpracht ihres Cafés mit all den Blumen, die aus den Kästen um die Bestuhlung herum sprossen, natürlich ins Auge. Eine Parkmöglichkeit im Halteverbot fand sich an der Straße eigentlich immer. Strafzettel gab es hier sowieso keine. Und für Ängstliche und besonders Pflichtbewusste gab es die Seitenstraßen oder den großen Parkplatz hinter dem Zentrum. Im virtuellen Gästebuch, der *Tripadvisor*-Seite, hatten sich ebenfalls schon zwei Gäste verewigt.

Ein noch recht junger Engländer aus Selby hatte den Spleen, all die Speisen, die er in Bella Italia zu sich nahm, ästhetisch unübertroffen mit seinem Smartphone einzufangen. Seine Freundin nervte das, doch Emilia profitierte davon, weil sich ihre Kunst auf diese Weise auf der ganzen Welt verbreitete. »You must stop in Piccola Leone for Emilias Cakes.« Wenn das mal kein Kompliment war. Ihr Café war dabei, sich nicht nur aufgrund der Durchreisenden zum Geheimtipp zu entwickeln – zumindest schien Emilias Hoffnung darauf berechtigt zu sein. Fast jeder der Dorfbewohner hatte Verwandtschaft. Die Kinder oder Enkelkinder arbeiteten schließlich nicht alle in Rom oder Mailand, sondern meist in den umliegenden Touristenhochburgen. Auch sie kamen, und der eine oder andere Kellner aus Tropea oder Pizzo empfahl das Café zudem gerne an seine Gäste. So lief das Geschäft in Italien nun mal, und in ihrem Fall auch noch besonders gut, weil die Leute von hier Gaspare damit ein Schnäppchen schlagen konnten. Das war aber nicht der einzige Grund, wie die Eigentümerin des kleinen Lebensmittelladens Emilia in ihrer Mittagspause klarmachte. Bisher hatten sie ihre Enkelkinder und Neffen nur sehr selten besucht. Keine Zeit, hatte es immer geheißen. Nun hatten sie auf einmal Zeit.

»Nicht komme wegen mir … Torta di Emilia«, hatte sie ihr gestanden. Ihr legendärer Apfelkuchen, den sie seit Gaspares Gesundheitswahn unter der Theke hatte verkaufen müssen, hatte dies nicht geschafft, was sie ein wenig frustrierte, doch gegen Frust half dem neuen Stammgast Emilias gratis Kuchenleckereien, denn im Gegenzug brachte sie ihr Italienisch bei. Das war auch dringend notwendig, aber nicht für den Verkauf an sich. Die paar Wörter und die Zahlen für das Wechselgeld hatte man ja schnell drauf, doch Emilia hatte mitbekommen, dass man sich gerne mit ihr unterhielt, den Kontakt suchte. Gerade den Älteren hier fehlte es an Zuwendung, einem offenen Ohr. Auf diese Weise erhöhte sich der aktive Wortschatz von ganz allein. Zu diesem Zweck lag immer ein kleiner Notizblock neben der Kasse, auf dem Emilia sich das ein oder andere Wort oder eine Redewendung notierte.

Dass ihr Café Leben in den Ort brachte und zu einer Art Kommunikationszentrale wurde, lag bestimmt auch an der neuen Pinnwand – ebenfalls Julias Idee. Darauf hingen bereits zwei Gesuche. Eines war für Babysitting, aufgegeben vom vermutlich einzigen jüngeren Paar, sah man von Julia und Francesco ab, das hier noch lebte und sich in der Landwirtschaft betätigte. Solche Leute wollten schließlich auch einmal ausgehen. Emilia war sich sicher, dass sie bald die passende Omi für ihren Nachwuchs gefunden hatten. Auf einer Liste des zweiten Zettels, der für eine organisierte Seniorenreise nach Florenz warb, hatten sich schon fünf ältere Herrschaften eingetragen. Um ein Haar hätte sie ihren Namen auch darunter geschrieben. Ein Gast hatte das angeregt, doch das war im Moment undenkbar. Florenz lief ihr nicht davon, und kein Urlaub der Welt könnte im Moment schöner sein als die Welle des Glücks, die sie jeden Tag mit dem Elan einer Achtzehnjährigen um fünf Uhr morgens aus dem Bett und hinein in einen erfüllten Arbeitstag spülte. Dazu gehörte zugegebenermaßen natürlich auch Arturo. Zog er sich ihretwegen seit der Eröffnung des Cafés lebensbejahendere Klamotten an? Das Schwarz brauchte er mangels Auftragslage sowieso nicht mehr. Emilia ertappte sich dabei, immer wieder auf die große Uhr an der Wand neben der Vitrine zu schauen. Die letzten Tage war er kurz nach zehn bei ihr aufgeschlagen, zum Frühstück, wie er sie hatte glauben machen wollen. War ihm heute am Ende etwas dazwischengekommen? Es war schon halb zwölf. Julia hatte sich früher als die letzten Tage in die Mittagspause zur Pension verzogen, weil es um die Zeit etwas ruhiger wurde und Emilia den Laden auch allein schmeißen konnte.

Na endlich! Emilia musste sich eingestehen, dass sie Arturo bereits vermisst hatte, gepaart mit einem Gefühl der Sorge, ob es ihm gut ging. Das hatte man normalerweise nur bei Menschen, die einem besonders nahestanden. Das tat er zweifelsohne. Apropos Sorgen. Wieso sah er so bleich aus? Schweiß stand ihm auf der Stirn. Dabei war es doch heute gar nicht so heiß wie sonst. Emilia legte ihr Tuch, mit dem sie eigentlich den Tresen wischen wollte, zur Seite und ging zu ihm.

»Arturo. Ist alles in Ordnung?«

Er nickte. So hatte er auch nach dem Streichen der Backstube ausgesehen. Richtig fertig. Er stützte sich auf eine Stuhllehne, um zu verschnaufen.

»Warst du etwa auch bei dieser Sandra? Du bist ja ganz durchgeschwitzt«, stellte Emilia mit Blick auf sein Hemd fest.

»Apropos Sandra. Ich bin vorhin an der alten Schule vorbeigelaufen. Nur noch halb so viele Teilnehmer. Sie hat mich am Fenster gesehen und mir einen bösen Blick zugeworfen«, sagte er, immer noch etwas außer Atem.

»Sie boykottiert eisern die Konditorei. Vermutlich ist ihr eine bella figura das Wichtigste im Leben.«

»Aber auch nur, weil sie für Gaspare arbeitet. Wer Eis essen kann, der kann auch Kuchen essen«, sagte Arturo.

»Sie isst Eis?«

»Wir sind uns zufällig in Pizzo begegnet. Die Tartufokugel, die sie aß, hatte die Größe einer Faust«, erzählte er. Dann wischte er sich mit der Handfläche den Schweiß von der Stirn.

»Draußen wartet eine Überraschung auf dich«, fuhr er fort.

»Für mich?«

Arturo bedeutete ihr, ihm zu folgen, und hielt ihr die Tür auf.

Emilia sah sie sofort, die beiden Engel aus Stein, die aus zwei vor der Tür abgestellten IKEA-Tüten ragten. Arturo hob den geflügelten Jüngling heraus, der statt einer Harfe eine Blume in der Hand hielt, und stellte ihn auf dem Mauervorsprung des Schaufensters ab. Der Sockel der Skulptur schien wie dafür gemacht zu sein. Emilia staunte, wie perfekt er dorthin passte. Dass seine Kreationen etwas anders waren als Putten in einer Kirche, hatte sie bereits bei ihm zu Hause und in den Dorfgassen an den Häuserfassaden gesehen. Der aus der zweiten Tüte schoss jedoch den Vogel ab. Er präsentierte einen Kuchenteller mit einem Stück Torte. Emilia lachte auf. War der süß.

»Der zweite war noch unvollendet. Ich dachte, dass die beiden sehr gut hierher passen«, sagte Arturo.

»Und wie die passen!« Der Arme musste die beiden von der Hauptstraße, wo Emilia seinen Wagen entdeckte, bis hierher geschleppt haben. Das erklärte, warum er so verschwitzt war. Emilia fiel ihm vor Freude um den Hals.

»Die Überraschung ist also gelungen?«, fragte er, nachdem er sich von seiner erholt hatte, denn mit Emilias schier endlos langen und von Herzen kommenden Umarmung hatte er sicher nicht gerechnet.

»Mehr als das.«

Emilia ließ von ihm ab und blickte erneut auf die beiden Engel. In dem Moment machte sie sich klar, dass sie sich über eine Sache fast noch mehr freute. Er hatte wieder mit der Bildhauerei angefangen – vermutlich ihr zuliebe. Gab es im Leben denn etwas Schöneres, als eine sinnvolle Aufgabe für sich gefunden zu haben und sein Talent leben zu können? Das traf im Moment nicht nur auf sie, sondern zweifelsohne auch auf Arturo zu.

Kapitel 14

Das war ja wohl das Allerletzte! Noch nicht einmal eine Briefmarke war sie Gaspare wert. Klar, die Bäckerei lag dem Rathaus gegenüber. Da sparte man sich das Porto. Ohne den Aufruf zur Altkleidersammlung, der frühmorgens aus ihrem Briefkasten gelugt hatte, hätte der Tag wohl harmonischer begonnen. Vor elf sah sie ja nie nach Post. Das Amtsschreiben hatte es Julias Übersetzung nach, die per WhatsApp vorhin hereingekommen war, in sich. Emilia saß immer noch fassungslos auf einem der über Nacht angeketteten Bistrostühle, die sie eben hatte befreien wollen, auch wenn ihre Konditorei erst in einer Stunde öffnete – den Wisch mit dem Wappen des Rathauses in der einen Hand, die Übersetzung auf dem Bildschirm ihres Handys in der anderen. Auf diese Weise lernte man auch Italienisch. Das Wort »canale« hatte sie auch ohne Julias Hilfe verstanden und dabei an die stinkenden Kanäle Venedigs gedacht. Die beiden Begleiter vom »canale« waren es, die das Schreiben so unheilvoll machten. »Canale di scarico« hieß Abwasserkanal, und den gedachte dieser ausgebuffte Gaspare ausgerechnet ab nächster Woche restaurieren zu lassen. Dazu musste alles aufgerissen werden. Das hieß, nicht nur die schönen neuen Stühle und Tische wegzuräumen, sondern auch noch genau vor ihrem Laden Bretter über eine Baugrube zu legen. Plastikplanen würden ihre Vitrine verdecken, der ganze

Staub alles eindrecken. Kein vorbeifahrender Tourist würde mehr anhalten, weil ihr Café dann faktisch nicht mehr zu sehen war. Das hatte er sich ja fein ausgedacht, doch nicht mit ihr. Eigentlich hatte Emilia sich vorgenommen, noch das restliche Geschirr in die Geschirrspülmaschine zu räumen. Das musste jetzt warten. Die Klärung dieses offensichtlichen Affronts jedoch nicht. Bis zum Rathaus brauchte sie nur den Dorfplatz zu überqueren.

Ein herzliches »Buongiorno, Emilia« aus den Kehlen gleich mehrerer Dorfbewohner, die ihr auf dem kurzen Weg dorthin entgegengekommen waren, und die Nachfrage, ob es heute wieder Tartufo-Eistorte gab, bekräftigten sie darin, sich Gaspare vorzuknöpfen. Danach hatte sie immer noch Zeit, in der Backstube für Nachschub zu sorgen, und bis Julia gegen zehn kam, war sie sicher wieder zurück. Emilia wunderte sich über ihre Entschlossenheit, denn noch vor wenigen Tagen hätte sie es nicht gewagt, einfach so und ohne Arturo an ihrer Seite auf ein italienisches Rathaus zu gehen, um sich zu beschweren. Dazu reichten ihre Italienischkenntnisse nicht. Doch mittlerweile war ihr das egal. Es genügte sicherlich, den Bescheid vorzuzeigen. Emilia fackelte gar nicht lange und legte ihn dem Pförtner vor. »Voglio lamentarmi«, sagte sie selbstsicher und bestimmt, natürlich ohne das »g« auszusprechen. »Gaspare«, fügte sie noch hinzu. Dass sie sich beschweren wollte, hatte er wohl verstanden. Der Bescheid selbst schien den Mittfünfziger an der Pforte gar nicht zu interessieren. Er sah sie nur verträumt an und seufzte.

»La torta di frutta ... semplicemente deliziosa.« Mit guten Torten ließ sich anscheinend die Welt erobern. Sesam, öffne dich! Im dritten Stock war er, wenn sie den Pförtner richtig verstanden hatte. Obwohl er auf den Aufzug gedeutet hatte, ging Emilia lieber zu Fuß. Treppensteigen baute Aggressionen ab. Nicht, dass sie ihm gleich direkt an die Gurgel sprang. Dummerweise war man nach einer solchen Treppenaktion außer Atem, was das Stimmvolumen für einen ordentlichen Anschiss reduzierte. Ihre Reststimme reichte jedoch noch, um Gaspares in die Jahre gekommene »Tutti-Frutti«-Sekretärin unter Zuhilfenahme des Bescheids nebst wildem Gefuchtel klarzumachen, dass sie Gaspare sehen wollte. Und zwar sofort. »Subito!« Zeichensprache verstanden Italiener sowieso am besten, je theatralischer, desto besser. Es wirkte, denn die Sekretärin nahm den Hörer des Haustelefons von der Schalteinheit mit vielen Knöpfen an sich und drückte einen davon. Wieso ging sie denn nicht einfach ins Nebenzimmer? Dort saß er doch. Mehr als »Hmm, hmm, hmm« gab die Frau nicht zum Besten. Emilia verstand beim Folgenden nur »occupato«. Aha, zu beschäftigt war er also. Morgens um kurz nach acht schon so »occupato«? Wie konnte ein Bürgermeister dieses Kaffs überhaupt »occupato« sein? Vermutlich mit Drohschreiben an Deutsche, um ihnen mit Kanalisationsarbeiten das Geschäft zu versauen oder sich neue fiese Punktekarten auszudenken. Emilia fackelte gar nicht lange, machte auf dem Absatz kehrt und schritt geradewegs zu seiner Tür. Dass die Sekretärin ihr »no, no, no« und noch irgendetwas anderes hinterherrief, war ihr egal. Bis sie sich von ihrem Schreibtisch erhoben hatte, war Emilia längst drinnen. Anstandshalber klopfte sie dennoch an. Seine Sekretärin tippelte hinterher – in kleinen Schritten, weil ihr Rock ums Knie herum so eng geschnitten war und sie in den Stöckelschuhen kaum gerade gehen konnte.

Schon war die Tür auf.

»Was erlauben Sie sich?«, blaffte Gaspare sie an.

Emilia ergötzte sich für einen Moment an seinem verdutzten Gesichtsausdruck. Wahrscheinlich hatte es noch nie zuvor jemand gewagt, einfach so in sein Büro zu platzen.

Emilia hielt den Wisch vom Amt noch in der Hand und legte ihm den sogleich auf den Schreibtisch.

»Was soll ich damit?«, fragte er rotzfrech.

»Zurücknehmen.«

»Der ist von der Planungsabteilung.«

Der log doch wie gedruckt.

»Hier gibt's ja auch so viel zu planen. Vielleicht haben die einen Fehler gemacht. Wäre doch möglich?«

»Es wird schon seinen Grund haben, warum der Kanal saniert werden muss«, sagte Gaspare desinteressiert und tat so, als würde er sich weiter einer vor ihm ausgebreiteten Akte widmen.

»Woher wissen Sie das? Sie haben den Bescheid noch gar nicht gelesen.«

»Wir wollen im ganzen Dorf die marode Kanalisation sanieren.«

»Verstehe. Und da fängt man ausgerechnet bei mir an.«

Gaspare zuckte unschuldig mit den Schultern und lächelte süffisant. Es war bezeichnend, dass er ihr nicht einmal anbot, sich zu setzen.

»Und wer entschädigt mich für den entgangenen Umsatz?«

»Entschädigung? So etwas gibt's hier nicht. Da müssten Sie Ihre Giftstube schon in Ihrer Heimat aufmachen«, riet er ihr.

»Verstehe. Zucker ist also Gift. Und was ist mit Alkohol und Zigaretten? Wieso wird das hier im Dorf überhaupt noch verkauft? Die Leute sollen doch über achtzig werden.«

»Mindestens fünfundachtzig, und ich garantiere Ihnen, dass wir das schaffen.«

»Wenn sich die Leute nicht schon vorher aufhängen, aus Frust. Man wird depressiv, wenn man nichts mehr genießen kann, und Menschen mit Depressionen neigen dazu, Fehlentscheidungen zu treffen. Zum Beispiel ein falsches Kreuz bei der Bürgermeisterwahl zu setzen. So was geht schneller, als man denkt«, drohte sie ihm unverhohlen.

Immerhin fror nun sein überhebliches Grinsen ein.

»Arturo ...« Abfälliger konnte man den Namen gar nicht aussprechen. Gaspare nahm seine Kandidatur anscheinend nicht besonders ernst. »Ein Künstler ... Sie sehen in den Särgen immer aus wie eine Wachsfigur von Madame Tussaud. Darauf versteht er sich, aber Politik ist etwas ganz anderes«, meinte Gaspare.

»Den Menschen das Lebensglück verbieten? Ist das für Sie etwa Politik?«

»Geht Sie nichts an. Sie sind nicht von hier, oder liegt Ihnen etwa etwas daran, dass Arturo bald wieder mehr zu tun hat?«, fragte er so, als würde er es sich auf der Zunge zergehen lassen.

»Sie mögen sich anscheinend nicht besonders«, entgegnete sie spitz.

»Sie ihn wohl umso mehr, was man so hört.«

»Hört man das?«

Gaspare nickte fast schon eine Spur amüsiert.

»Er ist ein großartiger Künstler, ein Mann mit Herz und Verstand.«

»Oh ... verstehe.« Es klang so, als würde er ihr ein Verhältnis mit Arturo unterstellen.

»Veranlassen Sie bitte, dass dieser Bescheid zurückgenommen wird«, verlangte Emilia.

»Ich denke nicht daran, mich in Angelegenheiten der Planungsabteilung einzumischen.«

»Wenn ich das recht sehe, dann werden Sie sich in knapp einer Woche sowieso in nichts mehr einmischen können«, sagte Emilia.

Gaspare erwiderte nichts mehr darauf. Jemanden zu ignorieren fand Emilia das Allerletzte.

»Wer meine Vitrine auch nur berührt ... den ...« Emilia suchte nach Worten.

Gaspare fand sie.

»Wenn Sie mich nun bitte entschuldigen würden.«

Das war zweifellos ein Rauswurf. So ein Mist. Nichts erreicht!

Julia saß vor ihrem Laptop im Büro und besah sich noch ein letztes Mal die Petition, an der sie bis eben geschrieben hatte. Wenn Francesco und sein Vater normal miteinander umgehen würden, hätte Julia sich die Arbeit ersparen können, dieses Protestschreiben zu verfassen, um die angeblich dringend notwendige Kanalsanierung zu verhindern. Es hatte sich nämlich auf Nachfrage in der Nachbarschaft herausgestellt, dass es überhaupt keine Probleme mit der Kanalisation gab. Modernisieren konnte man zwar immer, doch wie sich aus alten Plänen ersehen ließ, lag der Verteiler, die Stelle, an der mehrere Rohre zusammenliefen, noch nicht einmal in der Nähe der Bäckerei, und wenn es bei Starkregen zu Überschwemmungen kam, dann sowieso weiter unten im Dorf. Alles reine Schikane, doch die musste man nicht hinnehmen. Direkte Demokratie nannte sich das: Zettel auf einem Tisch vor Mamas Café auslegen. Informationsblätter dazu – daneben Gratisgebäck, als kleines Dankeschön für die mit einer Unterschrift erbrachte Solidarität. Julia befand die Petition für in Ordnung, legte dann gelbes Papier in den Drucker, der nach Knopfdruck die erste Petition auswarf.

»Kannst du dir das noch einmal anschauen? Sicherheitshalber?«, rief Julia in die Küche. Dort schlürfte Francesco immer noch an seinem Kaffee, was um diese Zeit, spät am Vormittag, ungewöhnlich war. Normalerweise stand er bereits mit den Hühnern auf, sprang gleich unter die Dusche und ging an die Arbeit, wobei die ihm langsam, aber sicher auszugehen drohte, denn an den Unterkünften gab es nicht mehr viel herumzuwerkeln oder zu streichen. Er ließ sich gehen. Noch nicht einmal rasiert hatte er sich heute Morgen. Francesco erhob sich trotzdem und kam zu ihr, um den Text zu überprüfen. Juristische Formulierungen lernte man nicht an der Uni und auch nicht, wenn man hier lebte. Besser, der Text war fehlerfrei.

»Sieht schön aus, fällt sofort ins Auge«, kommentierte er, nachdem sie ihm den Ausdruck gereicht hatte. Dann las er sich die Petition durch.

Julia war erleichtert, dass ihm ihr Design gefiel. Selbst eine Petition musste ihrer Meinung nach farblich ansprechend und gut leserlich sein.

»Perfekt. Wie alles, was du in die Hand nimmst. Das hast du von deiner Mutter«, sagte er kurz darauf. Es klang aber nicht nach einem Kompliment.

»Meinst du, wir können damit genug Druck aufbauen?«, fragte Julia.

»Ist ja Bürgermeisterwahl ... Schätze mal schon.«

»Komm her.« Julia schnappte sich seine Hand und signalisierte ihm, dass er sich einen Kuss abholen sollte. Er hatte sich Tausende verdient, denn ohne seine tatkräftige Hilfe wäre Mamas Café wahrscheinlich bis heute nicht eröffnet. Francesco ließ sich das nicht zweimal sagen. Sein Stoppelbart kratzte ordentlich, als sich ihre Lippen berührten. Ein wenig zu kurz für Julias Geschmack, doch für mehr war sowieso keine Zeit, denn vormittags half sie bei ihrer Mutter aus, bis sie sich eine Verkäuferin leisten konnte.

»Ich druck das schnell aus und fahr dann rüber. Du brauchst die Ape doch nicht, oder?«

»Fahr nur«, sagte er, dann folgte ein abfälliger Laut. »Wir arbeiten ja eh nur noch für deine Mutter«, fuhr er fort.

»Ist ja nur vorübergehend«, sagte Julia, während sie erneut den Drucker aktivierte.

»Immerhin besser, als hier nur dumm herumzusitzen«, stellte Francesco fest.

»Bist du sauer, dass ich ihr helfe?«

Francesco schüttelte den Kopf.

»Ich möchte, dass sie glücklich ist. Sie ist wie ausgewechselt, und irgendwie tut es mir auch gut, dass wir uns wieder verstehen«, versuchte sie, ihm zu erklären.

»Und unser Glück? Bleibt grad ein bisschen auf der Strecke«, sagte er, nachdem er sich auf einen Hocker zu ihr gesetzt hatte.

»Kannst du dich denn nicht mit ihr freuen?«

»Natürlich freu ich mich. Immerhin haben wir ja schon zwei Interessenten für den Herbst. Dank deiner Mutter.«

»War doch 'ne tolle Idee, im Café Werbung für uns zu machen.«

»Mit 'ner Wellnessoase. So sieht das auf den Flyern ja aus«, sagte er vorwurfsvoll.

»Hätte ich auf dem Flyer Olivenbäume abbilden sollen und den Hühnerstall? Mit dem Slogan: ›Hier holen Sie sich Ihre Frühstückseier selbst‹? Die Leute wollen es halt auch schick und stylish. Es funktioniert.«

»Das ist nicht das, was wir wollten.«

Jetzt fing das schon wieder an.

»Manchmal bist du so was von stur. Hast du das von deinem Vater?«, sprudelte es aus Julia leicht genervt heraus.

»Lass den aus dem Spiel.«

»Sorry, war nicht böse gemeint. Ich kann nur nicht verstehen, warum etwas Luxus und Öko für dich ein Widerspruch sind. Dann verpflanz halt die zwei Baumreihen, und wir hätten Platz für einen Pool.« Julia hatte sich eigentlich vorgenommen, dieses »Unwort«

nicht mehr in den Mund zu nehmen. Was soll's. Er war ihr schließlich auch mit der alten Leier gekommen.

»Pool. Pool. Ich krieg schon Ausschlag, wenn ich das nur höre. Als ob der was ändern würde.«

»Wetten? Ich möchte auch, dass der Laden hier läuft. Das Konzept muss stimmen. Das sieht man ja an Mamas Laden. Und wenn's mal läuft, dann könnten wir auch mal wieder ausgehen. Raus. Mal ans Meer, unter Leute. Fun. Abfeiern in Tropea«, schlug Julia spontan vor, um seine Lebensgeister zu wecken. In diesem Moment machte sie sich erst bewusst, wie sehr ihr das fehlte.

»Verstehe«, erwiderte Francesco leicht geknickt.

»Was ist denn jetzt schon wieder?«

»Das Leben hier ... Vielleicht ist das ja nicht das Richtige für dich ... Wenn du hier unglücklich bist ...«

»Jetzt hör endlich mit diesem Blödsinn auf. Ich bin glücklich. Ich möchte nicht in der Stadt leben, und ich möchte mit dir diesen Laden hier zum Laufen bringen, aber das schließt doch nicht aus, auch mal wieder wie früher an der Uni Spaß zu haben. Täte uns gut«, erwiderte sie mit Nachdruck. Vielleicht schaffte sie es doch noch, ihn aus seiner Lethargie, die sich langsam zur Lebenskrise entwickelte, zu befreien.

Francesco nickte, sogar überzeugend.

»Also gut ... Meinetwegen auch einen Pool ... Aber weißt du, was das kostet? Ausheben, betonieren, mauern, mit Folie abdichten? Oder willst du die Leute in eine Sechsmeterwanne vom Baumarkt setzen? Ein Planschbecken? Mehr können wir uns doch gar nicht leisten.«

Damit hatte er allerdings recht. Diese bittere Wahrheit dämpfte Julias Freude über Francescos neu gewonnene Einsicht.

»Und wenn du doch deinen Vater fragst? Er könnte uns zumindest eine Bürgschaft geben für die Bank.«

Francescos Antwort war erneut ein abfälliger Laut.

»Gib's zu. Du bist einfach viel zu stolz, um ihn zu fragen. Mama gibt uns sicher auch noch etwas dazu. Aber dein Vater, der hat doch Kontakte. Gut möglich, dass er jemanden kennt, der etwas investieren möchte?«

Immerhin verzog Francesco nicht mehr das Gesicht.

»Ich frage ihn. Zufrieden?«

Halleluja, lag Julia bereits auf der Zunge.

»Manchmal muss man Hardcore-Müslis wie dich zu ihrem Glück zwingen.«

»Ich bin ein was?« Francesco sah sie perplex an.

»Und ein sexy Kellner«, sagte Julia.

»Und welcher von beiden gefällt dir besser?«

»Der mit dem knackigen Po, an dem keine fünf Kilometer zu große Jeans im Wind flattern«, gab sie augenzwinkernd zurück. Francesco musste nun auch grinsen. Na, wenigstens hatte er seinen Sinn für Humor wiedergefunden. Das war schon einmal der erste Schritt in Richtung Besserung.

»Ich muss ... Mama braucht mich vormittags ... und die Petition muss ausgelegt werden.«

Francesco nickte, schnappte sich den ausgedruckten Stapel und schob ihn sorgfältig in eine Klarsichthülle, die er ihr dann reichte. »Viel Glück!«

»Und was ist dein Plan für heute?«, wollte Julia wissen.

»Überlegen, wohin ich zwei Reihen Olivenbäume verpflanzen kann«, sagte er.

Auch dafür hatte er sich einen Kuss verdient.

Auf das richtige Timing im Leben kam es an. Die Faust musste aufs Auge passen. Ersteres war in diesem Fall ein Stapel gelber Petitionszettel, die auf einem kleinen Tisch neben dem Eingang zur

Konditorei auf reges Interesse stießen. Emilias Straßencafé war bis auf den letzten Tisch gefüllt. Die Leute saßen sogar ohne Klimaanlage drinnen. Und draußen wie drinnen wurde heiß diskutiert. Dabei ging es nicht nur um diese offensichtlich als Schikane angelegten Punktekarten, sondern generell um Gaspare, denn sein Gesundheitswahn wurde von allen gleichermaßen als unsinnig angesehen. Der Herr Bürgermeister hatte nun dank des leuchtenden Blätterstapels schlechte Karten, womit die Faust das Auge traf. Wer bei einer Wahlveranstaltung vor dem Rathaus, abgesehen vom Dorfpfarrer und vermutlich einigen seiner Angestellten, kaum Publikum hatte, dessen Auge war symbolisch betrachtet schon mehr als nur blau. Im Prinzip gab es somit zwei Wahlveranstaltungen, denn Arturo war im Café anwesend. Er hatte es im Gegensatz zu Gaspare nicht nötig, auf einer Holztribüne zu stehen und das wenige Fußvolk, das ihm geblieben war, mit Mikrofon in der Hand durch riesige Lautsprecher mit seinen leeren Parolen zu beschallen. Arturo bevorzugte den persönlichen Kontakt und ging von Tisch zu Tisch, um sich den Fragen der Dorfbewohner zu stellen. Das war sicher effektiver.

Emilia reichte ihrer Tochter die nächsten beiden Kuchenteller mit ihrer inzwischen berühmten Tartufo-Eistorte. Den dritten Teller wollte sie selbst servieren, weil der für draußen bestimmt war. Bei der Gelegenheit konnte Emilia auch gleich erkunden, wie es um Gaspare stand. Es war nicht mal ein gutes Dutzend Bürger, das vor der Tribüne stand. Einen von ihnen kannte Emilia bereits. Der hatte ihr die Gewerbegenehmigung zähneknirschend geben müssen. Gaspares Publikum stand mit dem Rücken zur anderen Fraktion, der Opposition beziehungsweise des »Widerstands«. Ihre Cafégäste taten es dem Gegner gleich. Sie hatten die Stühle so zurechtgerückt, dass auch sie mit dem Rücken zu Gaspares Showbühne saßen. Im Gegensatz zu den zum Zuhören

Verdammten, die wahrscheinlich schon die Minuten zählten, bis Gaspare endlich fertig war, damit sie sich danach einen von Emilias Kuchen einverleiben konnten, lugte von ihren Gästen niemand hinüber zur Bühne oder zum Pizza- und Getränkestand daneben. Demonstrativer ließ sich Desinteresse nicht bekunden. Emilia wunderte sich darüber, dass Gaspare sich davon nicht beirren ließ.

»Was der für einen Unsinn labert«, sagte Julia, die sich zu ihr gesellte.

»Was labert er denn?« Emilia verstand über die knarzenden Lautsprecher kein Wort.

»Wie vorbildlich das Dorf bereits jetzt ist. Angeblich zieht es in Rom bereits Kreise, dass die Menschen hier so gesund leben. Vorhin hat er sich darüber ausgelassen, dass sein neuer Wanderweg den Wohlstand des Dorfes sichert.«

»Der hat sie doch nicht mehr alle«, erwiderte Emilia kopfschüttelnd.

»Gaspare ... pazzo«, kam es lautstark von der Lebensmittelhändlerin. Sie hielt ihn auch für »verrückt«, ein Wort, das man in einem Dorf unter der Fuchtel von einem Bürgermeister wie Gaspare schnell lernte, weil es kaum jemanden gab, der ihn nicht für verrückt hielt. Seine Vasallen klatschten trotzdem, wenngleich man ihnen auch aus der Distanz ansehen konnte, dass es ihnen an Euphorie fehlte. Der Applaus hielt an. Hatte er irgendetwas Bedeutungsvolleres von sich gegeben? Es genügte, Julia einen fragenden Blick zuzuwerfen.

»Alle da drüben, damit meint er uns, seien dem Untergang geweiht und wüssten gar nicht, welch großen Schaden sie sich zufügen«, übersetzte Julia. Daher also hatte er in Richtung ihres Cafés gedeutet. Täuschte sie sich, oder hatte sie eben das Wort »peccato« gleich dreimal aus des Pfarrers Mund vernommen? Es hatte sich wie ein Fluch angehört.

»Peccato?«, fragte sie ihre Tochter.

»Sünde.«

»Das ist ja unerhört«, empörte sich Emilia. Auch die Köpfe einiger Gäste waren nun auf die andere Seite des Dorfplatzes gerichtet.

»Gleich kommt noch Sodom und Gomorrha oder dass wir alle untergehen wie in Pompeji«, amüsierte Arturo sich. Das Spektakel wollte er sich anscheinend auch nicht entgehen lassen.

»Das ist geschäftsschädigend«, entfuhr es Emilia, denn die Worte des Pfarrers hatten doch glatt einen älteren Herrn dazu veranlasst, die Kuchengabel zur Seite zu legen und mit sichtlichen Schuldgefühlen auf den Rest der Tartufo-Torte zu starren. Eine etwa gleichaltrige Frau am Nebentisch war der Bissen im Hals stecken geblieben, obwohl eine Tartufo-Torte normalerweise nur so in den Magen flutschte. Sie kämpfte immer noch damit.

»Peccato?«, rief Emilia so laut, dass man es sicher auf der anderen Seite hören konnte. Prompt richteten sich die Blicke von Gaspares Publikum zu ihr. Er selbst schaute verdutzt.

»Vita. Bella Vita«, rief Emilia dann gleich noch lauter und baute sich wie eine Galionsfigur vor ihrem Café auf, ihrem Heiligtum, dem Sündentempel von Piccola Leone. Von wegen Sünde. Ihre Torten waren alles andere als das und das Leben viel zu schön für Enthaltsamkeit, nur damit halb Rom über ihn sprach. Profilierungssüchtiger Gockel. Na warte!

Arturo klatschte. Ihre Gäste tauschten Blicke und fingen dann auch an zu klatschen. Das war aber kein Applaus, sondern schnell fanden die vielen Hände einen eigenen Rhythmus. Gäste von drinnen kamen heraus. Auch sie schlossen sich dem Klatschkonzert an. Nun mussten sogar Löffel und Tassen herhalten, um als Zeichen des Protests ordentlich Lärm zu machen.

Gaspare stand da wie Rumpelstilzchen, doch die Zornesröte in seinem Gesicht wich entsetzter Blässe, als sich die Cafégäste auch noch erhoben.

»Dittatore!«, hörte sie eine Männerstimme lautstark klagen. Das bedurfte keiner Übersetzung.

Schon zückte ein anderer älterer Herr seine Punktekarte, stand auf und stellte sich demonstrativ vor das Café, um sie für alle Welt sichtbar in tausend Stücke zu reißen. Sofort hatte Emilia ihre erste Begegnung mit Alberta vor ihrem geistigen Auge. Schade, dass sie heute nicht hier war. Sie hätte jede Sekunde dieses Spektakels mindestens so genossen, wie Emilia es gerade tat.

»Basta trascinare!«, gellte eine Frau.

»Keine Schinderei mehr«, übersetzte Julia, der wohl klar war, dass Emilia das Wort nicht kennen konnte. Man musste auch nicht jedes Wort verstehen. Der Tonfall genügte. Gaspare stand in einem Trommelfeuer aus Vorwürfen.

Das Wort »medico« fiel. Aha. Sie hatten also auch von diesen Pflichtbesuchen beim Arzt die Nase voll.

»Arturo«, rief dann einer der Gäste in Richtung Gaspare. Aus der einzelnen Stimme wurde im Nu ein Chor, der immer wieder seinen Namen skandierte. Emilia konnte Arturo ansehen, dass er selbst gerade nicht glauben konnte, wie viel Sympathien er genoss und dass sich die Leute so offen hinter ihn stellten. Das war es dann wohl mit Gaspares Wahlkampfveranstaltung. Mit den Stimmen seiner Angestellten würde er seinen Posten sicher nicht halten können. Das musste ihm wohl auch klar sein, denn wütend schritt er die Treppen herunter und marschierte schnurstracks Richtung Café.

Die ersten kraftvollen Stimmen ebbten ab, was auch kein

Wunder war, wenn ein schnaubender Stier auf einen zuschoss. Mit diesem Theater konnte er bestenfalls ältere Menschen beeindrucken, die ihm jahrelang treu ergeben gewesen waren. Nicht aber Emilia! Sie schritt ihm gelassen entgegen, und als sie ihn erreichte, um sich ihm in den Weg zu stellen, stemmte sie in italienischer Manier ihre Hände in die Hüfte. Das verstand er sicher auch ohne Worte.

»Das ist Aufwiegelei!«, fuhr er sie gleich an.

»Man sagt dazu Demokratie«, entgegnete Emilia. Rückendeckung hatte sie ja, denn sie erntete zustimmendes Gebrummel. »Demokratie« verstand vermutlich jeder Italiener. Prompt rief eine männliche Stimme: »Viva la democrazia! Viva Emilia!«

Emilia war sich bis dato gar nicht bewusst, dass sie so selbstsicher und süffisant lächeln konnte, wie Politiker das gerne in Talkshows machten.

Arturo stand bereits neben ihr.

»Gaspare. Dein Auftritt ist peinlich. Lass uns in Ruhe«, sagte er ihm in aller Gemütsruhe, nachdem die Zwischenrufe verebbt waren.

Gaspare sagte tatsächlich nichts mehr. Er schritt an Emilia und Arturo vorbei ins Sichtfeld seiner abtrünnig gewordenen Schafe und fing mit überraschend ruhiger Stimme an, mit ihnen zu reden. Einige von ihnen drehten sich demonstrativ weg. Andere hörten gebannt zu. Was redete er da nur, und wieso war der Name Alberta gleich zweimal gefallen?

Julia schien sich davon beeindrucken zu lassen, und auch Arturo wirkte sichtlich betroffen.

»Alberta ... Sie ist gestern Nacht gestorben«, sagte Arturo tieftraurig.

Emilia wurde augenblicklich heiß. Sie suchte Halt an Arturos Hand.

»Er sagt, dass nur du Schuld daran trägst, weil sie jeden Tag hier war …«

Gaspare bekam offenbar mit, dass Arturo es für sie übersetzte.

»Und jeden Tag dieses ungesunde Zeug in sich hineingestopft hat. Und jetzt? Sind Sie jetzt zufrieden?«, fuhr Gaspare Emilia an.

»Du freust dich ja gar nicht, Arturo. Endlich klingelt wieder die Kasse«, rief er, diesmal an Arturo gerichtet.

Die Gäste waren verstummt. Einige hatte seine Rede wohl verunsichert. Sie fingen an zu tuscheln. Zwei Damen, die etwa in Albertas Alter waren, starrten nachdenklich auf den bis eben noch mit Wonne verzehrten Kuchen auf ihrem Teller.

»Du solltest dich schämen, Gaspare«, sagte Arturo.

Der ignorierte das aber und wandte sich erneut an Emilias Gäste, doch bevor er etwas sagen konnte, erhob sich eine der älteren Damen und wagte es, Gaspare mit geballter Faust Paroli zu bieten. Gaspare verstand die Geste offenbar, denn er schwieg und hörte sich an, was die Frau ihm zu sagen hatte.

»Sie hat ein glückliches Leben geführt, bis Sie hier angefangen haben, uns zu schikanieren«, übersetzte Arturo.

»Bravo!«, kam es nach und nach von allen Seiten.

Gaspare gab nur einen abfälligen Laut von sich.

Emilia warf einen Blick zur Tribüne, um zu sehen, wie Gaspares Gefolgschaft reagierte. Sie schauten dem Auftritt ihres Brotgebers schweigend zu. Der Pfarrer bekreuzigte sich, aber sicher nicht, um dem Herrn Ehre zu erweisen. Am Ende war Alberta tatsächlich an zu viel Zucker gestorben, überlegte Emilia für einen Moment. Sie hatte nicht mehr die Kraft, Gaspare etwas zu entgegnen. Das war auch gar nicht mehr erforderlich, denn Gaspare machte auf dem Absatz kehrt und stapfte zurück zu seiner Bühne, nachdem er seinen eindringlichen Blick über alle Anwesenden hatte schweifen lassen. So ging man nicht auf Stimmenfang. Im

Moment war das aber ein schwacher Trost, denn sie hatte Alberta in ihr Herz geschlossen, und dort klaffte nun ein schmerzhaftes Loch.

Als Emilia den Briefkasten des Rathauses erreichte, sagte sie sich, dass der Tag trotz aller Aufregung erfolgreich zu Ende ging. Zweihundertachtundneunzig Unterschriften steckten in dem Umschlag, den sie in Händen hielt, also hatten fast zwei Drittel aller Einwohner unterschrieben. Arturo hatte sie ausgezählt, denn nachdem sich der letzte Gast verzogen hatte, war Emilia nicht mehr in der Lage dazu gewesen. Zu tief saß der Schock, dass Alberta nicht mehr unten ihnen weilte. Es fiel ihr schwer, sich darüber zu freuen, dass Gaspare es wahrscheinlich abschreiben konnte, ihr hier eine Baustelle vor die Nase zu setzen, wenn die gelbe Zettellawine über seinen Schreibtisch walzte. Emilia warf den Umschlag ein. Es war höchste Zeit, noch ein wenig aufzuräumen. Julia war bereits wieder zurückgefahren, um sich für den Abend herzurichten. Angeblich wollte Francesco sie ins Nachtleben nach Tropea ausführen, damit sie mal rauskam. Noch ein Grund zur Freude, genau wie Francescos Einsicht, dass ein Pool mehr Gäste mit sich bringen würde. Ein bisschen Geld war nach der Sanierung ja noch übrig geblieben. Emilia gab es Julia gerne.

Als sie die Tür zu ihrem Café erreichte, blickte sie noch einmal zurück auf den Platz. Arbeiter trugen die letzten Balken und Bretter von Gaspares Tribüne zu einem Lkw, um sie darin zu verstauen. Die Stände waren bereits verschwunden und keine Minute später auch der Lkw. Emilia setzte sich auf einen ihrer Stühle und lauschte dem Motorengeräusch, das sich schnell in der Ferne verlor. Es herrschte Totenstille, obwohl die Sonne erst in gut einer Stunde ihre letzten Strahlen auf Piccola Leone werfen würde. Ach, wenn du doch jetzt hier wärst, gute Alberta, sagte sie sich. Paradoxerweise musste sie zugleich schmunzeln, weil ihr Tod Arturo noch viel betroffener gemacht hatte. Riss er vor Kurzem doch noch Witze darüber, dass er hier arbeitslos sei. Jetzt nicht mehr, dank ihrer Torten? Die zwei Engel, die er ihr links und rechts an den Mauervorsprüngen aufgestellt hatte, verloren auf einmal ihren Charme. War ihre Konditorei am Ende der Eingang zur Himmelspforte? Was, wenn noch mehr Leute plötzlich das Zeitliche segneten?

»Nein, ihr seid sicher nicht hier, um Leute abzuholen«, sagte sie mehr zu sich als zu den Engeln, wobei dies ihre Zweifel nicht verstummen ließ. Wie verführerisch einer von beiden diesen Kuchenteller in der Hand hielt. Teufelswerk? Verführerisch auf jeden Fall, aber nicht der Teufel, sondern sie hatte die Torten gemacht und nur die besten Zutaten verwendet. Emilia kam nicht mehr dazu, diese Gedanken weiterzuverfolgen. Sie hörte Schritte hinter sich. Arturo! Er hatte Alberta abholen und in die Aussegnungshalle des Friedhofs bringen müssen. Sicher keine leichte Aufgabe. Da hatten es seine Kollegen in der Großstadt vermutlich leichter. Sie kannten die Verstorbenen in der Regel nicht persönlich. Arturo kannte jeden, und die Trauer stand ihm immer noch ins Gesicht geschrieben.

»Ihre Angehörigen reisen morgen an. Ihr Sohn mit seiner Frau und einem Enkelkind«, sagte er, als er sie erreichte.

»Haben sie Wünsche geäußert, wie sie beerdigt werden soll?«, fragte Emilia.

»Nur ein einfacher Grabstein.« Arturo setzte sich neben Emilia und schaute nun auch auf den Dorfplatz. Normalerweise hielt es Emilia nicht aus, schweigend neben jemandem zu sitzen. In seiner Gesellschaft machte ihr das überraschenderweise gar nichts aus. Sie konnte sich ja denken, was gerade in ihm vorging. Die

Trauer still miteinander teilen zu können, gab ihr Halt, doch noch immer nagten Schuldgefühle an ihr.

»Am Ende hat Gaspare recht. Sie war jeden Tag hier …«

»Du musst dir keine Sorgen machen … Ich habe mit dem Arzt gesprochen. Sie hatte keinen Diabetes und war auch sonst noch recht rüstig für ihr Alter gewesen. Das Herz … Es hat einfach aufgehört zu schlagen. Sie ist friedlich in ihrem Sessel eingeschlafen«, versicherte Arturo.

Emilia fiel augenblicklich ein Stein vom Herzen.

»Wir müssen alle einmal gehen«, sagte er.

»Meinst du, ich kann Alberta mit dem Handytrick sehen?«

Arturo musste unwillkürlich lachen.

»So hat das auch noch niemand genannt.«

»Na ja, vielleicht sehe ich wieder ein Gesicht … würde mich freuen«, sagte Emilia.

»Du kannst es ja probieren – und wenn du Alberta siehst, dann denke ganz intensiv an eine deiner besten Torten«, sagte Arturo und legte eine Hand auf ihre. Das gab Emilia so viel Kraft, dass sie sich trotz der traurigen Umstände ein Lächeln aus vollem Herzen nicht verkneifen konnte.

Kapitel 15

Durch die Altstadt Tropeas zu bummeln, mit all den Läden, deren Auslagen bis hinaus auf den Bürgersteig reichten und Touristen aus aller Welt mit Kunst, Mode und Souvenirs in Beschlag nahmen, war das ideale Kontrastprogramm zur Monotonie einer Olivenplantage. Julia hatte das Gefühl, dass auch Francesco diese Abwechslung guttat. Untrügliches Zeichen dafür war, dass er ausnahmsweise sogar an den Schaufenstern hängen geblieben war und das eine oder andere bunt bemalte Gefäß des hiesigen Kunsthandwerks bestaunte. Wann hatten sie in den letzten Wochen schon die Zeit gehabt, statt durch endlos lange Gänge eines Baumarkts durch malerische enge Gässchen zu schlendern? Natürlich mit einem Gelato in der Hand, wie es jeder normale Tourist tat. Der verführerische Duft aus den Holzpizzaöfen ließ Julias Magen wie auf Knopfdruck knurren. Ende des Stadtbummels. Bis zu ihrem Lieblingsrestaurant mit den schönen bunten Sonnenschirmen war es nicht weit. Alle Gässchen mündeten sowieso in einer großen Piazza direkt an der Küste. Sie verdankte ihren Namen einer eindrucksvollen Kanone, die in der Mitte des Platzes stand. Dort gab es Essen mit Aussicht, denn ganz Tropea lag einem an diesem Ort zu Füßen, zur Rechten die an den steilen Felsen klebenden Häuser, zur Linken der Campingplatz mitten im Grünen, dahinter, entlang der Küste, die vielen Strandrestaurants und Buden. Aus dem Meer ragte eine kleine Landzunge mit riesigem Felsen, umgeben von einem Park, hervor. Die nach der Isola Bella benannte zauberhafte kleine Kapelle stand darauf. Julia konnte sich kaum ein schöneres Panorama denken. Dinner zum Sunset war dort etwas ganz Besonderes. Während sie mit Francesco die Aussicht genoss, tauchte die untergehende Sonne das Meer in kräftiges orangefarbenes Licht. Julia konnte Francesco ansehen, dass er sich entspannte, und das schon, bevor er auch nur an seinem Aperol Spritz genippt hatte. Angesichts solch atemberaubender Schönheit durfte es sogar ungesunde normale Pasta sein. Francesco hatte den Ober nicht einmal mit seinen sonst üblichen Nachfragen nach Vollkornnudeln behelligt. So ließ es sich leben. Konfliktfreie Zone. Hier konnte man ewig sitzen und einfach nur aufs Meer hinaussehen, wie sie es früher an freien Unitagen gemacht hatten. Solche Momente beschworen Gemeinsamkeiten herauf, sorgten im Schein der Tischkerzen für Romantik zum Tiramisu. Das war die perfekte Gelegenheit, um ihm von den anderen Umständen zu berichten, den künftigen Familienfreuden.

»Schatz, ich muss dir was sagen.« Julia hatte sich vorgenommen, ihm die Schwangerschaft mit diesem ersten Satz zu eröffnen, doch daraus wurde nichts.

»Lass uns zum Beachklub fahren«, kam er ihr zuvor und verlangte die Rechnung, als der Ober an ihrem Tisch vorbeikam. Francescos Vorschlag hatte Julia mehr als nur überrascht, denn an sich war er gar nicht der Typ, der gerne ausging, schon gar nicht an einen Ort, wo sich die Touris nachts die volle Partydröhnung gaben. Vielleicht tat er es auch nur ihr zuliebe, von wegen »mal rauskommen«. Ein schönes Kontrastprogramm war es allemal. Auf der kurzen Fahrt dorthin wäre zwar immer noch genug Zeit gewesen, um ihm die Schwangerschaft zu eröffnen, doch schon steckte eine Musikkassette im alten Player des Gefährts –

mit Hardrock, und auch noch so laut, dass jegliche Konversation damit unterbunden war. Etwas Tanzbares wäre ihr lieber gewesen. Wenigstens Francesco hatte dabei seinen Spaß. Sein Kopf zuckte im Takt der Musik hin und her, als stünde er als Rock-Gitarrist auf einer Bühne. Julia machte sich in dem Moment klar, dass er für sie ein großes Opfer brachte. Sie fuhren schließlich ihretwegen zum Partyvolk. Also schön. Erst abtanzen, Spaß haben und dann auf dem Heimweg den dritten Anlauf für heute starten, nahm Julia sich vor.

Das Resort erreichten sie keine Viertelstunde später. Die dazugehörigen Bungalows reihten sich von der Einfahrt wie aufgefädelt bis zum Strand. Überall brannten Lichter. Die Urlauber saßen auf ihren kleinen Terrassen zusammen oder tummelten sich an einer Bar am Ende des Wegs, der zu zwei Poolanlagen und zu einem kleinen Nadelwäldchen führte, hinter dem das Meer lag. Der Beachklub selbst gehörte jedoch zu einem eher exquisiten Hotel. Es stand etwas abseits der Bungalowketten und des Partygeschehens, vermutlich, weil bei den starken Bässen, die aus den Lautsprechern der Tanzfläche am Strand dröhnten, sonst kein Mensch schlafen konnte. Gegen das, was hier los war, konnte sich Ibiza verstecken. Ab und zu brauchte der Mensch so was, sagte Julia sich, nachdem Francesco an der Strandbar zwei Cocktails für sie bestellt hatte. Zwei Zombies, das Gesöff aus Studi-Zeiten. Ein besseres Warm-up gab es seiner Meinung nach nicht. Julia spürte die Musik schon in den Beinen. Francesco hielt sich lieber an seinem Cocktail fest, denn mit R & B konnte er nicht viel anfangen. Julia nippte lediglich an ihrem Getränk. Während der Schwangerschaft waren Zombies tabu, doch ihren zurückgehen zu lassen wäre Francesco aufgefallen, weil er wusste, dass er ihr normalerweise schmeckte. Den Grund dafür zu benennen, bot sich im Moment nicht an, zumal sein Zombie bereits halb leer war und man einem Mann Eröffnungen weitreichender Art wohl besser nicht in Partystimmung machte. Gab er sich jetzt die Kante, damit er den Abend ihr zuliebe ertrug und sich die steifen Beine eines Vollblutmüslis lockerten?

»Jetzt komm schon«, forderte sie ihn auf und zog ihn kurzerhand auf die Tanzfläche, die auf der anderen Seite der Bar lag. Immerhin ohne den sonst üblichen Protest. Na also, geht doch. Gerade mal zwei Songs hatte er durchgehalten, und das etwas hölzern und bemüht, zumindest im Vergleich zu den schlangengleichen Bewegungen, die Julia im Beat mit dem Partyvolk aufs Parkett legte. Mehr war ihm anscheinend nicht abzuringen.

»Tanz ruhig. Ich chill lieber an der Bar.« Das war wenigstens mal eine klare Ansage. Und weg war er. Halb so schlimm, weil Julia von guter Laune pur umgeben war, der DJ sie mit Pink – ganz ihr Ding – beschallte und die Tanzfläche mit einem sinnesraubenden Lichterinferno flutete. Die Welt um Julia herum versank. Die Tanzfläche war mittlerweile so voll, dass sie den gelegentlichen Blickkontakt zu Francesco erst gar nicht mehr suchte. Sie war nicht die Einzige, die allein tanzte und sich der Ekstase hingab, doch die hielt nicht lange an, denn der DJ legte nun eine Schmuserunde ein. Die Tanzfläche leerte sich. Nun wiegten sich nur noch wenige Solisten im Takt. Ansonsten waren ausschließlich Pärchen auf Tuchfühlung zugegen. Chillen und die leichte Brise vom Meer genießen, sagte Julia sich. Das klappte aber nicht so recht, weil Julia nun doch nach Francesco Ausschau hielt. Sie traute ihren Augen nicht. Schon wieder die? Das war doch das Überweib, das ihm bereits auf dem Marktplatz einen Kuss auf die Wange gedrückt hatte.

»Finger weg von meinem Mann!«, hätte Julia ihr am liebsten zugerufen, was angesichts der Distanz von gut zwanzig Metern und der nach wie vor lauten Musik natürlich nicht machbar war.

Weiter beobachten! Sie lachten. Okay, die kennen sich, also lass sie lachen. Oha! Legte man einem Freund von früher mal so mir nichts, dir nichts die Hand auf den Oberschenkel? Julias kreisförmige Bewegungen, um den Schein zu wahren, dass sie noch tanzte, engten sich ein und kamen gänzlich zum Erliegen, als er sein Bier austrank, aufstand und dann Sandras ausgestreckte Hand ergriff, um sich daran wegführen zu lassen. Julia stand mittlerweile steif wie ein Stock da mit der Folge, dass sie angerempelt wurde.

»Pass doch auf!«, keifte sie, obwohl der Typ gar nichts dafür konnte, dass plötzlich ein Holzklotz mitten auf der Tanzfläche stand und ihm und seiner weiblichen Begleitung den Weg versperrte.

»Hey, bleib mal locker«, rief der Italo-Schönling ihr zu. Das sagte sich so einfach, denn Francesco war mit der Tussi bereits an den Treppen angelangt, die zum Hotel führten. Nee! Das glaub ich jetzt nicht. Julia schüttelte die Lähmung von sich ab und ging im Slalom quer über die Tanzfläche, auch wenn sie dabei weitere Rempler in Kauf nehmen musste. Nichts wie hinterher, und zwar schnell. Am besten unbemerkt, denn da war doch etwas im Busch mit dieser Sandra. Jemand, der sich von Gaspare anheuern ließ, der stand charakterlich sicherlich nicht auf der Warteliste für eine Heiligsprechung. Die sah schon so aus, als ob sie nichts anbrennen ließ. Julia konnte es kaum fassen, dass er sich wie ein willenloser Hund zum Haupthaus der Hotelanlage führen ließ, und zwar nicht zur Rezeption dieser edlen Anlage, sondern auch noch zu einem Nebeneingang. Das ist nicht der Francesco, den sie kannte. Er würde sie doch niemals betrügen. Einerseits! Andererseits: einen Zombie-Cocktail im Blut, offensichtlich mit einem Bier nachgespült, und die Freundin auf der Tanzfläche in Trance versunken. Er wähnte sich unbeobachtet. Auf seinen Schenkeln hatten ihre Hände ja schon einmal gelegen. Wer wusste denn, wie weit sie sich hinter verschlossenen Türen noch vorarbeiten würde. Schlampe! Und Männer waren doch alle gleich. Mamas Worte! In diesem Moment schloss sie ihm die Tür auf und bat ihn hinein. Sollte sie sich nun bemerkbar machen? Oder den Schlüssel zu dieser Tür an der Rezeption verlangen? »Ich bin hier Gast und hab den Schlüssel zum Nebeneingang verloren?« Kannste vergessen. Derartige Maßnahmen waren auch gar nicht erforderlich, denn in dem Raum ging sofort das Licht an. Man konnte auch von draußen hineinsehen. Julia setzte daher ihren Zickzackkurs hinter Palmen fort, um einen Blick in das Zimmer zu erhaschen. Das gibt's doch nicht! Wie Julia durch die Jalousien erkennen konnte, hatte Francesco es sich bereits auf der Couch bequem gemacht. Das war auch kein normales Zimmer, weil sie einen Computer auf einem Schreibtisch stehen sah. Julia duckte sich hinter einem Busch unmittelbar vor dem Fenster. Sandra trat an die Scheibe, blickte nach links und nach rechts, dann klappte sie die Jalousien nach unten. Nix mehr zu sehen. Vielleicht etwas zu hören, wenn sie nah genug an die Scheibe ging? Julia beschloss, dass sie das gar nicht mehr hören wollte. Daher also der plötzliche Wunsch bei Francesco, mal in die Stadt zu fahren. Von wegen ihr zuliebe. Er war schon die ganzen letzten Tage so komisch gewesen, leicht niedergeschlagen. Am Ende war er unglücklich in ihrer Beziehung, weil sie so oft an ihm rumgenörgelt hatte. Einmal hatte sie ihn sogar im Bett abgewiesen. Sollte sie hier sitzen bleiben, bis das Gekeuche selbst hinter dem Busch zu hören war? Julia beschloss, lieber nach Hause zu fahren. Mit der Ape. Er hatte ja jetzt ein Nest, wo er bleiben konnte.

So ein kleines pappsüßes dolce, wenn man nicht einschlafen konnte, wirkte normalerweise Wunder. Aber im Nachthemd quer über den Hof huschen? Und wenn schon. Es konnte ja niemand Emilia sehen. Selbst die Hühner schliefen um diese Zeit. Es herrschte Totenstille. Das Knirschen von Emilias Badeschlappen im Kies der Zufahrt hörte sich unnatürlich laut an. Noch etwas raschelte hinter ihr. Emilias Nackenhaare stellten sich auf, doch es war nur ein Vogel, der von einem Baum zum anderen flog. Also ganz allein hier zu wohnen, wäre nix für sie. So beruhigend die Weitläufigkeit des Olivenhains tagsüber wirkte, so unheimlich war sie in der Nacht. Hinter jedem Baum konnte jemand stehen – natürlich nur in der Fantasie eines Menschen, der sich zu viele Krimis im Fernsehen angesehen hatte. Dennoch war es an der Zeit, ins Dorf zu ziehen, unter Menschen, nur hatte Emilia bisher noch keine Gelegenheit dazu gehabt, das erste Stockwerk über der Bäckerei voll funktional und vor allem gemütlich einzurichten, geschweige denn, persönliche Dinge aus Deutschland zu holen. Im Moment bestand dazu auch keine Eile, weil Julia und Francesco die Bude so schnell sowieso nicht voll bekamen.

Von ihrer Eisvariation der Linzer Torte müsste doch noch ein kleines Stück im Kühlschrank sein. Sahne drauf und dann ab ins Land der Träume. Dummerweise erinnerte sie die Linzer an Alberta. Sie hatte sie in der Konditorei probiert und sich in sie verliebt. Die Arme. Ihretwegen war Emilia überhaupt noch auf den Beinen und nicht, weil sie sich wie früher um Julia Sorgen machte, wenn sie spätnachts noch unterwegs war. Wenn junge Leute heutzutage zum Feiern gingen, kamen sie vor dem Morgengrauen sowieso nicht nach Hause.

Kaum hatte Emilia die Terrasse erreicht, knackte etwas verdächtig laut. Dort vorn im Eck war es stockdunkel. Ihr Handy hatte sie zum Glück dabei. Ohne die eingebaute Taschenlampe konnte man, mit Nachtblindheit gesegnet, nicht einmal den Griff der Terrassentür erkennen. Licht an! Emilia wagte sich ein paar

Schritte vor und sah einen kleinen Gecko, der, vom grellen Spot der Kamera aufgescheucht, die Steinwand nach oben huschte. Ob sie den wohl fotografieren konnte? Das Licht aus ihrem Handy müsste reichen, um die Aufnahme nicht gänzlich zu verwackeln. Außerdem war das sicher angenehmer für den Kleinen als ein greller Blitz. Er rührte sich nun nicht mehr von der Stelle. Klick. Was für ein schönes Foto, aber Moment. Wo kam dieser Lichtpunkt auf einmal her? Emilia kroch der nächste Gänsehautschauer über den Rücken. War das etwa einer dieser Orbs? Emilia hätte darauf gewettet, dass es die nur bei Arturo gab, also in Friedhofsnähe, und sie ihn besuchten, weil er mit Toten schon allein aus beruflichen Gründen zu tun hatte. Emilia vergrößerte das Foto und glaubte, ein Gesicht zu erkennen. Alberta? Nein. Alberta hatte keinen Oberlippenbart. Die nächste gefühlte Ameisenkolonie ging auf ihrem Rücken spazieren. Dieses Ding da, mit etwas Fantasie sah es glatt so aus wie Ernst. Emilia versuchte, es zu vergrößern. Mit jeder Wischbewegung ihrer Finger wurde der Lichtpunkt aber unschärfer. Die Konturen lösten sich bis zur Unkenntlichkeit in Bildrauschen auf. Alles Einbildung. Aber vielleicht war Ernst ja doch da gewesen. So absurd dieser Gedanke auch sein mochte, Emilia wollte sich Gewissheit verschaffen. Licht an, Videocam an und dann noch einmal in die Richtung halten, einen größeren Bereich mit der Kamera absuchen. »Also, Ernst, wenn du jetzt da bist ... dann zeig dich wenigstens so, dass ich mir sicher sein kann«, brabbelte Emilia leise vor sich hin, auch wenn sie sich albern dabei vorkam. Da vorn! Wieder einer dieser Orbs, und dann plötzlich eine ganze Lichterkette, wie zu Weihnachten. Oh Gott! Ich kann Geister sehen. Emilia hielt die Kamera in die Landschaft. Da war ja noch ein Punkt. Und was für ein fetter. Der hatte aber einen Zahn drauf. Außerdem war er sehr hell. Machten Orbs auch Geräusche? Sicher nicht die einer Ape. Emilia atmete erleichtert auf, weil sie bald nicht mehr allein in der Gegenwart von umherschwirrenden Engeln war, und schaltete das Licht ihres Handys aus. Julia und Francesco würden sich sonst Fragen stellen, was sie da trieb. Die beiden kamen im rechten Moment, denn ein bisschen unheimlich war ihr eben schon geworden, auch wenn die fliegenden Lichtpunkte eigentlich nicht bedrohlich wirkten. Wieso sollten Engelsenergien auch bedrohlich sein? Emilia hätte den Gedanken gerne weiterverfolgt, doch dazu kam es nicht mehr, weil ihr ein anderer Schrecken in die Glieder fuhr. Da saß nur eine Person in der Ape. Sie waren doch zu zweit losgefahren. Hoffentlich war nichts Schlimmes passiert. Die Art und Weise, wie der Wagen vor dem Haus bremste, war nicht minder besorgniserregend. Mit Karacho hierher fahren und dann so hart in die Bremsen steigen, dass die Ape auf dem Kies fast bis zum Haus rutschte. Emilia stand wie versteinert da. Erst als der Fahrer der Ape das Licht ausschaltete und nachdem sich ihre bis eben geblendeten Augen wieder an die Dunkelheit gewöhnt hatten, konnte Emilia erkennen, dass ihre Tochter aus der Ape gestiegen war.

»Julia«, rief sie ihr zu. Die Tochter erschrak, blieb für einen Moment wie angewurzelt stehen und schluchzte dann los.

Ihr »Mama« klang zum Steinerweichen. Julia wischte sich die Tränen aus dem Gesicht. Emilia eilte zu ihr.

»Was ist denn passiert?«

»Francesco ... Er betrügt mich ...«, wimmerte Julia.

»Jetzt setz dich erst einmal hin. Ich hol dir was zu trinken.«

»Ich will nix trinken«, sagte sie und ließ sich von Emilia zur Terrasse führen.

»Aber ihr wart doch gemeinsam aus«, wunderte Emilia sich.

Julia nahm Platz, und erneut kullerten die Tränen.

»Er hat was mit dieser Sandra.«

»Wie kommst du denn darauf?«, fragte Emilia, nachdem sie sich zu ihr gesetzt hatte.

»Lässt mich einfach auf der Tanzfläche stehen und sich dann von dieser Kuh begrapschen. Vor allen Leuten ...«

»Ist das nicht die mit der Gymnastik für Senioren?«

»Wahrscheinlich nicht nur für Senioren«, fauchte Julia, die sich erneut tapfer die Tränen von den Wangen wischte.

»Vielleicht kennen die sich.«

»Vielleicht? Ganz sicher. Sie hat ihn abgeschleppt. Ich bin ihnen hinterher, und dann sind sie im Hotel verschwunden. Und sie hat auch noch geschaut, ob sie jemand sieht, und er saß auf der Couch und ...« Julia schluchzte erneut auf.

»Und?«

»Dann gingen die Jalousien runter ...«, sagte Julia.

Emilia konnte das alles gar nicht glauben. Doch nicht Francesco!

»Jetzt red erst mal mit ihm.«

»Was gibt's denn da noch zu reden?«

»Julia. Er ist doch mit dir nach Tropea gefahren. Wenn er vorgehabt hätte, dich zu betrügen, wäre er allein losgezogen, oder etwa nicht?«

»Es ist ihm egal. Ich bedeute ihm nichts mehr. Ich hab zu viel an ihm herumgenörgelt, wegen dem scheiß Pool, und du hast doch auch mitbekommen, wie komisch er die letzten Tage war ... Dann noch ein starker Cocktail, Bier ... scheiß Abend, scheiß Agriturismo. Alles nur noch ... Scheiße.«

»Aber er will doch jetzt modernisieren.« Emilia versuchte, das Gespräch auf einen Nebenschauplatz zu verlegen. Das lenkte von dem Schmerz ab, betrogen worden zu sein, wie sie aus eigener leidvoller Erfahrung wusste.

»Vielleicht hat er das nur so gesagt, damit ich meine Klappe halte. Der ist so verbohrt … und jetzt, ausgerechnet jetzt …« Julia war völlig aufgelöst.

»Ausgerechnet jetzt?« So wie Julia das eben betont hatte, wollte Emilia das genauer wissen.

Julia wurde vom nächsten Heulkrampf geschüttelt.

Emilia ging um den Tisch herum und setzte sich neben sie, um sie tröstend in den Arm zu nehmen.

»Mama … Ich bin schwanger«, platzte es aus Julia heraus.

Emilia konnte kaum glauben, was sie da eben gehört hatte. Was für ein Wechselbad der Gefühle. Zunächst empfand Emilia Freude. Hey, du wirst Oma! Die Freude kippte, nachdem sich ihr Verstand zu Wort gemeldet hatte. Oh nein! Julia hatte recht mit ihrem »Ausgerechnet jetzt«. Und was noch viel mehr an Emilia nagte, war das Déjà-vu! Und was für ein Déjà-vu! Letzteres überwog und ließ sie förmlich erstarren.

»Mama. Jetzt sag doch was.«

Das Dumme war, dass Emilia im Moment zwar viel zu sagen hatte, aber ihren Mund nicht aufbekam.

»Wie soll es denn jetzt weitergehen? Ich kann doch unmöglich noch hierbleiben«, meinte Julia.

»Du bleibst hier.«

»Mama. Er betrügt mich.«

»Ein Mann. So sind sie halt.« Emilia hatte noch gut die Begegnung im Studentenwohnheim vor ihrem geistigen Auge, doch das behielt sie im Moment besser für sich.

»Mama. Was redest du da? Du tust ja grad so, als ob das überhaupt nicht schlimm wäre. So sind sie halt … Das hilft mir jetzt wirklich weiter.«

Emilia fragte sich das gerade auch, weil es an sich nicht ihrer Haltung entsprach und sie genau wie Julia reagieren würde, doch letztlich wusste sie, wovon sie sprach. Gleiches Spiel, schon einmal mit Ernst erlebt. Falsche Entscheidung getroffen.

»Ich muss mich von ihm trennen. Es bleibt mir doch gar nichts anderes übrig«, sinnierte Julia.

»Mach nicht den gleichen Fehler wie ich«, sprudelte es aus Emilia heraus.

»Den gleichen Fehler? Aber du und Papa? Ihr habt euch doch auseinandergelebt. Das kann man doch gar nicht vergleichen«, sagte Julia irritiert.

Wann, wenn nicht jetzt, sollte sie ihrer Tochter endlich reinen Wein einschenken.

»Er hat mich zum ersten Mal betrogen, als ich mit dir schwanger war.« Jetzt war es raus.

»Papa? Mama, was erzählst du da?«

»Die Wahrheit. Und glaub mir, ich war darüber mindestens so aufgeregt wie du jetzt und wollte noch am selben Abend meine Koffer packen, aber ich hab noch Jahre gebraucht ...«

»Papa? Aber das hast du mir nie gesagt?«

»Warum wohl? Ich wollte dir die Illusion von deinem lieben Papa nicht nehmen, dir die Kindheit nicht versauen. Bei ihm durftest du alles machen, und ich war immer die Böse. Einer musste schließlich die Arbeit machen ...«

Emilia musterte ihre Tochter. Sie weinte nicht mehr, doch dafür war sie nun leichenblass.

»Aber warum soll ich denn dann den gleichen Fehler machen wie du? Und jahrelang warten? Es über mich ergehen lassen?«, fragte Julia.

»Weil er wieder angekrochen kam und weil ich ihn liebte. Das hat nie aufgehört ... und dann hat er mich wieder verlassen, für immer«, sagte Emilia. In dem Moment glaubte sie, dass er hier war, bei ihnen. Verdammt. Eigentlich hatte sie sich doch vorgenommen, Julia das alles nie zu erzählen.

»Er wollte wieder zu dir zurück?«, fragte Julia fassungslos.

Emilia nickte.

»Das hast du mir auch nie gesagt.« Julias angeschlagene Stimme festigte sich.

Emilia wusste auf diesen Vorwurf nichts mehr zu erwidern.

»Du hast immer nur schlecht von ihm geredet, und ich hab nie verstanden, warum«, sagte Julia.

»Jetzt weißt du es ja«, erwiderte Emilia, betäubt von Scham und der schmerzhaften Erinnerung. Nun war sie es, der zum Heulen zumute war.

»Das ist mir alles zu viel. Einfach zu viel«, sagte Julia, die sichtlich durch den Wind war. Sie stand auf, ging ins Haus, nur um gleich wieder mit einem Schlüssel in der Hand zurückzukommen. An dem baumelte der gleiche Anhänger wie am Schlüssel zu Emilias Loft.

»Was willst du damit?«

»Wonach sieht's denn aus?«, gab Julia zurück. Offenbar hatte sie sich dazu entschlossen, mit Francesco nicht mehr das Bett zu teilen.

»Julia. Das wird sich schon aufklären.«

Zur Antwort bekam Emilia einen schnippischen Laut, während Julia auf eines der beiden Zimmer des Anbaus zusteuerte. Emilia gab es auf, ihre Tochter zur Vernunft zu bewegen. Wie sich das anfühlte, wenn man betrogen wurde, wusste sie nur allzu gut. Schon seltsam. Noch vor wenigen Tagen hätte sie aufgeatmet, wenn Julia ihr eröffnet hätte, dass sie diesen Italo verlassen würde, und jetzt? Nun hoffte sie, dass sich alles als Missverständnis entpuppen würde. Schließlich wurde sie Oma. Julia brauchte sie nun mehr denn je. Im Moment allerdings nicht, denn schon ging die

Tür zum Zimmer Nummer eins zu. An Schlaf war in dieser Nacht wohl nicht mehr zu denken. Emilia blickte auf ihr Smartphone und überlegte, ob sie noch einmal das Licht anknipsen sollte. Sie dachte an Ernst und schickte ihm in Gedanken eine Botschaft. »Wenn du dich mit dem Weibsbild damals nicht so verausgabt hättest, könntest du bald Opa werden. Na ja, wenigstens hattest du deinen Spaß, fügte sie noch hinzu und hoffte in diesem Moment inständig, dass Francesco in dieser Nacht nicht auch seinen Spaß gehabt hatte.

Normalerweise half es Julia, heiß zu duschen, um akuten Stress abzubauen. Diesmal jedoch nicht. Zehn Minuten länger unter der Brause, und der Dampf hätte die Fliesen von den Wänden gelöst. Die Eröffnungen ihrer Mutter reichten, um hartnäckig in ihrem Kopf umherzuschwirren. Sie lag dabei wie tot auf dem Bett und starrte gegen die Decke, was allerdings auch nicht so recht entspannte. Was war das für ein scheiß Leben, wenn man unentwegt betrogen wurde und alles schluckte, weil man jemanden liebte? Mama tat ihr richtiggehend leid. Einerseits – andererseits regte sich Julia immer noch im Fünfminutentakt darüber auf, dass sie ihr all das nie gesagt hatte. Um ihre Tochter zu schützen oder sich selbst keine Blöße zu geben? Sich unentwegt über ihn aufzuregen, weil er Termine verschwitzt hatte oder es mal wieder länger bei der Kundschaft dauerte – Julia ahnte mittlerweile, warum –, dann aber das Wesentliche gegenüber der Tochter zu verschweigen. Am schmerzhaftesten waren die offensichtlichen Parallelen zwischen Papa und Francesco. Der gleiche Luftikus und Charmeur. Sie liebte ihn, verdammt noch mal, aber was dabei rauskam, wenn man jemanden aufrichtig liebte, der es mit der Treue anscheinend nicht so ernst nahm, hatte ihre Mutter ihr ja vorgelebt. Bravo! Und wie treu Italiener ihrem Ruf nach waren, verstärkte Julias Ängste davor, so zu enden wie Mama. Francescos Verhalten tat im Moment so weh, dass der bloße Gedanke daran ihr förmlich den Magen umstülpte. Ihr Verdacht, dass er sich mit dieser Sandra vergnügte, hatte sich mit jeder Minute, die verstrichen war, verfestigt. Jetzt waren es schon zwei Stunden, die sie auf Francesco gewartet hatte, und bestimmt schon halb vier Uhr morgens. Ein sich näherndes Motorengeräusch ließ Julia vor Schreck erst versteifen, dann sprang sie auf. Um zu wissen, wer das mitten in der Nacht war, musste man kein Hellseher sein. Julia trat zum Fenster und sah das Taxi dann auch schon vorfahren. Francesco stieg aus, bezahlte und eilte zum Haus. Julia überlegte, ob sie ihn gleich zur Rede stellen sollte, entschied sich aber dagegen. Er sollte sich ruhig wundern, warum sie nicht brav in ihrem Bettchen lag. Die Ape stand ja vor dem Haus. Er musste also wissen, dass sie hier irgendwo war, und dass er nicht im Hühnerstall nach ihr suchen würde, war wohl klar. Es dauerte auch keine Minute, bis er auf den Gästetrakt zusteuerte. Weil der Schlüssel für die Eins nicht mehr am Haken des Regals im Büro hing, wusste er, wo sie war. Das Licht war aus. Sollte sie sich schlafend stellen? Auf alle Fälle mal weg vom Fenster. Natürlich war er kurz darauf an der Tür. Aufmachen? Nö.

»Julia ... Was ist los?«, rief er mit gedämpfter Stimme, sicher, um Mutter nicht aufzuwecken.

Dann war Ruhe. Julia sah seine Silhouette am Fenster. Wahrscheinlich überlegte er gerade, ob sie schlief. Was soll's. Die Nacht war eh schon gelaufen. Der Magen in Aufruhr und somit ein Abbild des Zustands in ihrem Kopf.

»Lass mich in Ruhe. Geh einfach, okay?«, verlangte sie.

»Julia. Was soll das?«

Wieso stellte der sich so dumm? Dass seine Stimme leicht alkoholisiert klang, verschlimmerte die Lage nur noch, doch Alkohol war nun wirklich keine Entschuldigung für sein Schäferstündchen.

»Julia. Mach auf!« Schon machte er sich am Griff der Tür zu schaffen. Mist. Sie hatten pro Zimmer zwei Schlüssel, und er wusste, in welcher Schublade sie die aufbewahrte. Beflügelt von einem erneuten ordentlichen Schub Wut, ging sie zur Tür und riss sie auf. Dann standen sie sich Aug in Aug gegenüber.

»Lässt du mich rein?«

»Nein.«

»Sag mal. Was ist denn los, verdammt noch mal? Haust einfach mitten in der Nacht mit der Ape ab.«

»Ich hatte nicht das Gefühl, dass dich meine Anwesenheit noch interessiert.«

Francesco verdrehte die Augen.

»Hat ja doch länger gedauert, als ich dachte. War's denn wenigstens schön?«

»Ich konnte mir kein Taxi von Tropea hierher leisten und musste warten, bis mich jemand nach Pizzo mitnimmt«, versuchte er, sich zu rechtfertigen.

Zumindest das klang in Julias Ohren glaubhaft.

»Bist du etwa sauer auf mich, weil Sandra da war?«

Oh, das war aber etwas unpräzise formuliert, stellte Julia fest. Sie war so fassungslos darüber, dass sie zunächst keinen Ton herausbrachte.

»Du weißt doch, dass wir uns seit Jahren kennen. Seit der Grundschule.«

»Ach, und das rechtfertigt, sich mit ihr in ein Separee im Hotel zu verziehen? Macht man das in Italien mit Freunden aus der Grundschule?«

Das saß. Francesco schluckte. Julia interpretierte es als

Schuldeingeständnis. Eigentlich könnte sie ihm die Tür auch gleich vor der Nase zuschlagen.

»Du hast mir also nachspioniert?«, fragte er für Julias Geschmack und angesichts der Sachlage einen Tick zu angriffslustig.

»Würdest du mir nicht nachspionieren, wenn ein Typ mir seine Hand auf die Titten legt?«

Nun war Francesco es, dem es die Sprache verschlagen hatte.

»Hat nur noch gefehlt, dass sie dein Teil rausholt und dir an der Bar vor allen Leuten einen bläst.« Julia merkte, dass sie sich in Rage redete.

»Du spinnst doch total.«

»Und dann schön die Jalousien runterlassen und vorher noch schauen, ob ihr unbemerkt seid«, fügte sie mit schneidender Stimme hinzu.

»In Italien ist man nicht so steif. Ein Küsschen, eine Umarmung ... Mein Gott, dann hat sie mich halt zufällig am Bein berührt. Das ist doch nichts Schlimmes.«

»Aha. In Italien ist also alles erlaubt.«

»Meine Güte! Ich war mal mit ihr zusammen. Lange vor dir. Zufrieden?«

Es wurde ja immer besser.

»Das war vor deiner Zeit«, wiederholte Francesco eindringlich, weil Julia mittlerweile vor Wut am ganzen Körper bebte.

»Und das habt ihr dann etwas aufgefrischt. So rein zufällig. Du warst wohl ziemlich voll und bist es auch jetzt noch«, hielt sie ihm vor, denn seine Fahne konnte sie riechen.

»Es ist nichts passiert.«

Julia lachte nahezu hysterisch auf.

»Willst du mich verarschen? Mich wundert, dass du dir auf der roten Couch nicht gleich selbst die Klamotten vom Leib gerissen hast.«

Erneut verdrehte er die Augen, bevor er dazu ansetzte, sich zu rechtfertigen.

»Die Wahrheit«, verlangte Julia.

»Wir haben geredet.«

»Und das geht nicht an der Bar?«

»Dort war es zu laut?«

»Und worüber?«

Die Tatsache, dass er ihr nicht gleich antwortete, sprach Bände. Im alkoholisierten Zustand hatte man glaubhafte Ausreden nicht so schnell zur Hand.

»Über Poolanlagen. Ihr Vater hat ein Hotel.«

Julia lachte erneut auf.

»Hat sie dir vielleicht auch noch die Briefmarkensammlung ihres Vaters gezeigt?«

»Julia! Also ...«

»Was? Verarschen kann ich mich selbst«, fuhr sie ihn an und dachte augenblicklich an ihre Mutter. Hatte Papa ihr auch so einen geschäftlichen Mist erzählt? Julia nahm sich vor, nicht darauf hereinzufallen.

»Es war nichts.«

»Weshalb habt ihr euch denn dann da drin eingeschlossen?«

In Francesco rumorte es sichtlich.

»Schön zu sehen, wie sehr du mir vertraust«, wich er ihr aus.

»Mit gutem Grund.«

»Ohne Grund.«

»Das sagst du!«, hielt Julia ihm entgegen.

Aufgeheizter konnte die Stimmung kaum sein.

»Wenn du mir weiter nichts zu sagen hast ...« Julia sah ihn erwartungsvoll an.

Francesco winkte ab, machte auf dem Absatz kehrt und stapfte zurück zum Haus. Dass er dabei gegen den Eimer neben dem Brunnen stieß und fluchte, bewies, dass er noch ordentlich einen in der Krone hatte.

Julia schloss die Tür hinter sich. Die Wut auf Francesco schlug augenblicklich in pure Verzweiflung um. Sie lehnte sich mit dem Rücken gegen die Tür und überlegte, ob sie eben den Fehler ihres Lebens gemacht hatte. Ha! Jetzt denkst du schon wie Mama. Nein. In solchen Dingen musste man hart bleiben, sonst tanzen sie einem auf der Nase herum. Ein Leben führen wie Mama? Einen Mann lieben, von dem man wusste, dass er es mit der Treue nicht genau nehmen konnte, und sich zur Ablenkung so in Arbeit stürzen, dass das eigene Leben dabei auf der Strecke blieb? Bis zur Rente warten, bis man seine Träume lebte, wie Mama das jetzt tat? Und die Unzufriedenheit am Kind auslassen, weil man ständig im Stress war und als Alleinerziehende nur noch malochte? Julia erinnerte sich noch gut an ihre Streitereien. Tolle Aussichten, doch das war Julia in diesem Moment egal. Soll er doch mit seiner Sandra glücklich werden. Wenigstens ein Gedanke erleichterte Julia. Sie war froh, dass sie bisher keine Gelegenheit gehabt hatte, ihm, wie ursprünglich geplant, von ihrer Schwangerschaft zu erzählen. Sandra wäre dann vielleicht nicht passiert, jetzt nicht passiert, weil Papagefühle vermutlich den Hormonspiegel bei einem Mann etwas ausbalancierten. Und dann? Eine Affäre nach der anderen, sobald sie sich um ihren Nachwuchs kümmerte. Das war doch der Klassiker, den man aus Frauenzeitschriften und allen möglichen Foren im Internet kannte. Kind da, Lust weg, Mama kaputt vom Tag mit Arbeit und Kind, auseinanderleben, Stress – auch noch mit einer Pension an der Backe –, Mann geht fremd. Nö! Ohne Julia!

Kapitel 16

Na prima! Nun redeten die beiden nicht einmal mehr miteinander. Emilia war gestern Nacht vom Gepolter im Hof wach geworden und erst kurz nach vier wieder eingeschlafen. So wie es aussah, hatten Julia und Francesco die Nacht in getrennten Betten verbracht. Auf der kurzen Fahrt ins Dorf zu ihrer Konditorei begannen gleich mehrere Narben zu jucken, die Ernst ihr vor Jahren zugefügt hatte. Emilia konnte sehr gut nachvollziehen, wie einen diese Ungewissheit, ob man nun betrogen worden war oder nicht, zermürben konnte. Für einen Moment hatte sie heute Morgen, als sie in der Dämmerung ihr Loft verließ, überlegt, mit Julia noch einmal in Ruhe darüber zu sprechen, doch das Kind lag sicher immer noch im Tiefschlaf. Vor vier war sie sicher nicht ins Bett gekommen. Als der Dorfplatz in Sicht kam, versuchte Emilia, sich zur Vernunft zu zwingen, eigentlich genau wie damals, als Ernst ihr mit seinem ersten Seitensprung so viel Kummer bereitet hatte. Man redete sich ein, dass alles nur ein Missverständnis sei, das sich bald aufklären würde. Selbstbetrug! Andererseits war Francesco nicht Ernst. Julia und Francesco bauten sich gemeinsam eine Existenz auf, da würde Francesco doch nicht so dumm sein und alles aufs Spiel setzen, oder? Erleichterung brachte dieser Gedanke nicht gerade, denn genau das hatte Ernst seinerzeit auch gemacht, und das mit dem Aufbauen einer Existenz klappte bei den beiden eher nicht so recht. Wer wusste schon, was im Kopf eines Mannes wirklich vorging und wie viel Macht die Steuerung des Teils zwischen seinen Beinen hatte. Hör auf damit! Alles wird gut!

Emilia stieg mit diesen Gedanken aus dem Wagen und eilte hinüber zur Konditorei. Warum brannte da drinnen Licht? Hatte sie am Vorabend vergessen, die Lampen im Verkaufsraum auszumachen? Am Ende waren es Einbrecher. Aber doch nicht um halb sechs Uhr morgens. Emilia näherte sich dem Schaufenster dennoch mit Vorsicht und atmete erst auf, als sie Julia mit einem Lappen in der Hand die Vitrine des Verkaufstresens putzen sah. Oha! Normalerweise kam Julia erst eine halbe Stunde, bevor sich die Pforten für die Kundschaft öffneten, und half nicht beim Backen. Einen notorischen Langschläfer bekam man sowieso nicht vor acht aus dem Bett. Wahrscheinlich hatte das arme Ding sogar die Nacht durchgemacht. Ihre Augenringe sprachen dafür.

»Morgen, Mama.« Julia hörte nicht auf zu putzen. Auch das kannte Emilia von früher. Damit konnte man sich herrlich ablenken. Als es ihr am dreckigsten gegangen war, war die Wohnung immer am saubersten gewesen.

»Ach, Julia.« Emilia seufzte und ließ sich auf einen der Stühle nieder. Eine Frau in anderen Umständen sollte sich Ruhe gönnen. Nichts war schlimmer als Stress in der Schwangerschaft. Das arme Ding.

»Hab's daheim nicht mehr ausgehalten«, erklärte Julia.

»Daheim ist gut. Du hast ja schon aushäusig übernachtet.« Emilias Feststellung bremste Julias Putzeifer augenblicklich, als ob sie ihr den Stecker gezogen hätte.

»Er sagt, es sei nix passiert.« Julia war anzusehen, dass sie das nicht glaubte.

»Und warum zweifelst du an ihm?«

»Die Umstände. Er war angetrunken und, was noch viel schlimmer ist, Mama, er war früher mit dieser Sandra zusammen.«

»Oha!« Bis eben war Emilia felsenfest davon überzeugt gewesen, dass es nichts weiter als ein Missverständnis sein konnte.

»Es ist ja nicht so, dass ich die Einzige bin, der so etwas passiert. Sieht man jetzt mal von dir ab. Zwei meiner Kommilitoninnen haben das Gleiche erlebt. Einer tat es im Suff, und der andere rastete immer bei akutem Stress aus. Vor jeder Klausur hat sich der den Stress quasi weggesext, allerdings nicht mit seiner Freundin.«

Julia hatte dafür den Putzlappen, den sie auswrang, um dann gleich wieder eifrig über die Scheibe zu fahren.

»Du meinst, dass Francesco den Stress nicht mehr packt? Weil er frustriert ist und eure Pension nicht so gut läuft?«

»Möglich, oder etwa nicht?«

»Aber dass er früher mal mit dieser Sandra zusammen war, wundert mich nicht«, sagte Emilia mehr zu sich.

»Wieso?«

»Sie schaut gut aus.«

»Ich schau wohl nicht gut aus, oder wie?«, hakte Julia gleich nach.

Emilia seufzte erneut. Wäre es nicht doch klüger, allein schon, um der Wahrheit willen, ihrer Tochter von der Begegnung mit ihren beiden Mitbewohnerinnen im Studentenheim zu erzählen? Emilia gab sich einen Ruck. Die Karten mussten auf den Tisch.

»Manche Männer suchen sich halt was für ein Nest und dann noch was ... Du weißt schon ...«

»Also, wir lagen bis dato nicht nur Händchen haltend im Bett, Mama!«

»Sandra und ... na ja ... Im Studentenwohnheim ...«

Julias Augen weiteten sich. Der Putzlumpen hing nun schlaff in ihrer Hand.

»Da war auch so eine Sandra. Könnte ihre Schwester sein, und angeblich hättest du ihn ihr ausgespannt.« Emilia war froh, dass es raus war.

»Sag, dass das nicht wahr ist.« Julia stützte sich Halt suchend am Tresen.

»Hat er sie dir gegenüber denn nicht erwähnt?«

»Nein«, empörte Julia sich. Sie warf den Lappen so wütend in den Putzeimer, dass das Wasser gegen die frisch geputzte Vitrine spritzte.

Für eine Weile starrte Julia nur Löcher in die Luft.

»Es hat keinen Sinn mehr, Mama. Er macht das doch dann immer wieder. Wie Papa. Und dann steck ich in der gleichen Scheiße wie du. Stell dir mal vor, wir blieben zusammen ... Ich weiß gar nicht, wie du das damals gepackt hast.«

»Das frag ich mich auch, doch die Zeit verging wie im Flug ... mit Arbeit, und du warst schließlich auch noch da.«

»Davon hab ich aber in den letzten Jahren nicht viel gemerkt«, hielt Julia ihr vor.

Emilia nickte schuldbewusst.

»Nur noch dein Büro ...«, fuhr Julia fort.

»Einer musste ja arbeiten, aber es stimmt schon ...« Emilia hielt für einen Moment inne, weil sie sich eingestand, dass sie sich selbst gegenüber nicht ehrlich gewesen war. Die Stunde der Wahrheit war gekommen, und am besten, man sprach sie aus.

»Klingt verrückt, aber irgendwie war ich wohl so blöd zu glauben, dass er dann immer noch bei mir ist. Es war ja die Vertretung seiner Eltern, die wir übernommen hatten. Und es war mehr als ein Pflichtgefühl ... Hätte ich mich nicht daran geklammert, dann wäre der Rest von ihm auch noch weg gewesen«, gestand Emilia sich und zugleich dem Menschen ein, der nicht minder unter dieser Situation gelitten hatte.

»Das ist ganz schön verrückt, Mama. Und das Schlimmste daran ist, dass ich vermutlich genauso blöd wäre wie du.«

»Du liebst ihn also immer noch.«

Julia nickte.

»Bevor ich Francesco persönlich kennengelernt hatte, war meine Vorstellung von ihm genau so, wie es jetzt zu sein scheint, doch, mal ganz ehrlich: Er liebt dich sehr. Das merkt man sogar als Außenstehender. Sprich mit ihm. Er ist nicht wie Papa, auch wenn sie sich in vielem zugegebenermaßen ähnlich sind.«

Julia zuckte unschlüssig mit den Schultern. »Mir ist sogar schon der Gedanke gekommen, dass er nur auf meinen Ausbildungsvertrag scharf war, um sich die Pension zu ermöglichen«, sagte sie.

»Glaub ich nicht«, erwiderte Emilia, auch wenn dieser Gedanke nicht gänzlich von der Hand zu weisen war.

»Vielleicht ist es ja wirklich das Beste, das alles hier aufzugeben.« Julia wirkte tieftraurig, nachdem sie das ausgesprochen hatte.

»Ja, und wie soll es dann weitergehen? Mit Kind zurück an die Uni? Elternzeit? Und dann in Deutschland Lehramt?«

»Da hab ich wenigstens ein sicheres Einkommen. Ich muss mein Kind schließlich irgendwie ernähren«, sagte Julia.

»Jetzt redest du ja schon wie ich.«

»Vermutlich prägt einen das Leben, wie man es bisher kannte ... Lebenserfahrung. Ziemlich bitterer Gedanke«, sagte Julia.

»Aber wenn du gehst, was will ich dann noch hier?« Nun war Emilia es, die eine Woge der Traurigkeit erfasste.

»Du hast doch die Konditorei. Die Leute lieben dich, und auch Lehrerinnen haben Ferien.«

Der Gedanke, dass Julia tatsächlich ging und sie allein hier zurückließ, wurde schier unerträglich.

»Jetzt übereil mal nichts, Julia. Versprichst du mir das?«

Julia nickte.

»Egal, was passiert. Ich lass dich nicht allein.«

Über Julias Augen huschte ein Glanz, den Emilia schon lange nicht mehr an ihr gesehen hatte. Tiefste Zuneigung sprach daraus.

»Kann ich trotzdem heut Nacht hier schlafen? Brauch Zeit zum Nachdenken.«

Emilia nickte und hoffte, dass dies nicht der Anfang vom Ende war.

Julia stellte an diesem Morgen fest, dass sie nicht nur das vermeintlich geteilte Schicksal mit ihrer Mutter stärker verband denn je zuvor, sondern auch die Arbeit in der Konditorei. Das war es doch eigentlich, was Julia sich immer gewünscht hatte. Neue und interessante Menschen aus aller Herren Länder kennenlernen. Allerdings machte sie sich auch klar, dass sich dies in einem Café hier am Ort nur in einem sehr begrenzten Rahmen realisieren lassen würde. Mehr als Small Talk war nämlich kaum drin, wenn der Laden brummte. Wer hier nur kurz hielt, der hatte nicht die Zeit, um sich länger zu unterhalten. Bei Pensionsgästen, die länger blieben, war das etwas anderes. Man kannte irgendwann seine Stammkundschaft, aus der letztlich eine Art Großfamilie wurde – in der Theorie, und bis dahin würden noch Jahre vergehen. Heute Morgen hatten ihnen zwei Pärchen aus England einen Besuch abgestattet und sich doch glatt einen im Café bereitliegenden Flyer für ihre Landpension geschnappt. Das wäre die volle Ironie. Ausgerechnet jetzt, wo sie darüber nachdachte, zurück nach Deutschland zu gehen, zeigten sich potenzielle Gäste. Julia hätte sie unter normalen Umständen davon überzeugt, für ein paar Tage bei ihnen zu wohnen, doch dazu fehlte ihr im Moment jegliche Motivation. Sie vermisste Francesco. Was er jetzt wohl machte? War er im Olivenhain zugange? Bäume stutzen? Wann war er wohl aufgestanden, oder lag er noch völlig fertig im Bett? Allein schon, dass sie darüber nachdachte, sogar während sie die Kundschaft bediente, regte sie auf. Dann versetzte es ihr einen Stich, weil das ein untrügliches Zeichen dafür war, dass sie unter der gleichen Gefühlsduselei litt wie ihre Mutter. Schon allein der Gedanke, sich nicht mehr an ihn schmiegen zu können, schmerzte. Alles nur chemische Reaktionen, sagte sie sich. Entzugserscheinungen! Das war genau wie mit Mamas Kuchen. Einmal davon gekostet, kam man nicht mehr davon los.

»Ach was. Ich nehme heute gleich zwei«, sagte eine Kundin, die Julia bereits namentlich kannte. Sie hieß Giulia. Den Namen konnte sie sich aufgrund ihrer Namensgleichheit gut merken. Sie war eine der vielen Witwen, die tapfer mit der Einsamkeit kämpften. Giulia hatte ihren Mann, soviel sie von Mama wusste, erst vor zwei Jahren verloren. Wenn man nach so einem Verlust auch noch allein und ohne den Rückhalt einer Familie dastand, wie schlimm mussten solche Entzugserscheinungen dann erst sein? Besser, sie trennte sich gleich von Francesco, um sich frühzeitig an das Alleinsein zu gewöhnen. Schwacher Trost.

»Haben wir noch von der Tartufo?«, rief Mutter aus der Backstube.

»Noch zwei.« Die Eistorten gingen bei sommerlichen Temperaturen weg wie geschnitten Brot. Wenn Arturo sich weiter so gütlich daran tat wie in den letzten Tagen, dann wurde aus Haut und Knochen vielleicht noch einmal ein Mensch. Rosige Wangen hatte er bereits, was eventuell auch daran lag, dass er sich so gut mit Mama verstand. Er war Stammgast und kam wie auch am heutigen Tag immer zur gleichen Zeit, zwischen zehn und halb elf. Mama lugte bereits immer wieder verstohlen in den Verkaufsraum. Sie schien regelrecht zu spüren, wenn er kam. Als dann der Mann ganz in Schwarz vor der Tür erschien, füllten sich auch Mamas Wangen mit Blut.

»Überregionale Presse! Sie sind hier und wollen über die Kommunalwahlen berichten.« Arturo gab sich selbst wie ein rasender Reporter und wirkte etwas gehetzt.

Mama eilte, sicherlich nicht nur von Neugier getrieben, daraufhin aus der Backstube.

»Und? Hat man dich schon interviewt?«, wollte ihre Mutter wissen.

»Von wegen. Die sind von ihm gekauft. Gaspare hat sie durchs Dorf geführt, an der Schule vorbei. Den Alten beim Schinden zugesehen. Die haben das glatt fotografiert. Mindestens fünfundachtzig würden hier alle und wie glücklich die Bürger hier doch seien.«

»Das kann man doch nicht einfach so unkommentiert stehen lassen. Außerdem ist es gelogen«, empörte Emilia sich.

»Sie haben nichts dazu gesagt?«, fragte Julia.

»Natürlich habe ich das. Er wollte ihnen weismachen, dass der Ort ein Jungbrunnen sei und deshalb die Regierung so viel investiert, von den EU-Mitteln ganz zu schweigen. Seit Jahren sei keiner mehr gestorben.«

»Auch das ist gelogen«, wandte Emilia ein.

»Das wissen sie jetzt auch. Die arme Alberta«, sagte Arturo und bekreuzigte sich.

»Aber du kandidierst doch auch. Interviewen die dich nicht?«

»Ich hab's ihnen angeboten. Im Beisein von Gaspare war das ja schlecht möglich.«

»Und wo?«

Arturo lächelte verwegen.

Mama zeigte sich nicht schwer von Begriff, denn nun lächelten sie synchron.

»Wenn die hier erst alle Eistorten probiert haben ... Ich denke, Sie werden sicher punkten, Arturo«, ermutigte Julia ihn, weil die Pressedelegation bereits im Anmarsch war. Man sah es am Outfit. Einheimische und Touristen trugen keine roten Stöckelschuhe und auch kein rotes Kostüm, das perfekt zum Lippenstift passte, oder umgekehrt. Ihr Begleiter war ein Fotograf, Typus Tier mit Stoppelbart, mit bis zum Bauchnabel aufgeknüpftem Hemd und modisch geschnittenen Jeans. Und die beiden waren nicht allein. Gaspare lief neben ihnen her und gestikulierte wild. Emilia klebte mittlerweile auch schon an der Schaufensterscheibe.

»Wieso deutet der denn die ganze Zeit auf den Brunnen und die Rathausfassade?« Mamas Frage war mehr als berechtigt.

Arturo zuckte mit den Schultern.

Der Fotograf schien Gaspares Anweisung jedenfalls zu ignorieren, denn er deutete auf Mamas Café. Dies erklärte die Marschrichtung.

Für Emilia gab es kein Halten mehr. Schließlich kam Kundschaft, auch wenn ein ungebetener Gast mit dabei war. Arturo ging ebenfalls nach draußen. Julia schloss sich den beiden an.

»Ist doch viel schöner hier. Kein Gegenlicht und kein Baugerüst. Das würde sich nicht gut machen«, sagte der Fotograf. Er meinte bestimmt das kleine Gerüst um den Brunnen, und ein Blick gen Himmel machte Julia klar, was er mit dem Gegenlicht meinte. Das Rathaus bekam um diese Uhrzeit keine Sonne ab, wohingegen Mamas farbenprächtiges Café mit den vielen Blumen regelrecht leuchtete. Klar, dass es sich bestens für schöne Reportagefotos eignete – zugleich war dies Werbung für das Café.

»Buongiorno.« Emilia setzte ein strahlendes Lächeln für die Kundschaft auf, und die erwiderte es, bis auf Gaspare.

»Wir möchten hier ein paar Fotos machen. Sie haben so tolle Blumen. Ist das in Ordnung?«, fragte die Frau in Rot. Mama hatte sicherlich nicht alles verstanden, doch sie nickte und bat die drei mit einer einladenden Geste, Platz zu nehmen.

»Und Sie knipsen wir auch gleich. Zwei Fliegen mit einer Klappe«, sagte der Fotograf an Arturo gewandt. Der nickte ebenfalls, wenngleich etwas verstimmt.

»Aber mich bitte auch vor dem Rathaus. Das ist doch viel amtlicher«, mischte sich Gaspare erneut ein.

»Sieht aber schlecht aus bei dem Licht. Wie oft soll ich Ihnen das denn noch erklären?«, entgegnete der Fotograf.

Seine Kollegin nahm auf einem der Stühle Platz und ließ ihre Blicke umherschweifen.

»Ist das schön hier ... Tolle Idee, hier ein Café aufzumachen. Das wertet den ganzen Ort auf«, stellte sie fest.

»Einen Kaffee vielleicht? Wir haben leckere Eistorten.« Mama genoss das Kompliment der Dame von der Presse sichtlich.

»Schwarzwälder oder Tartufo? Meine Mutter kommt aus dem Schwarzwald. Als Eistorte einfach unschlagbar«, erklärte Julia. Sie war sich sicher, dass die beiden sofort anbeißen würden.

»Schwarzwälder«, kam es dann wie aus einem Mund.

Emilia eilte hinein.

»Wenn Sie sich bitte hier hinsetzen könnten?«, wies der Fotograf Gaspare an.

»Es kommen doch sicher auch viele Touristen. Also, ich wollte vorhin schon hier anhalten«, sagte die Journalistin.

Gaspare nickte widerwillig und setzte sich anweisungsgemäß um.

»Und auch noch mit internationalem Flair. Das gibt's ja nicht mal in Rom. Eistorte als Schwarzwälder. Ich hab mal eine normale gegessen. Ein Traum. Jetzt auch noch als Eis. Mein Gott. Ich kann es kaum erwarten«, plapperte die Reporterin weiter, was Gaspares Miene sichtlich verfinsterte.

»Na, ein wenig lächeln sollten Sie schon«, forderte der Fotograf Gaspare auf. Wenn der Emilia sah, fror sein Gesicht normalerweise ein. Weil der Fotograf um ihn herumschwirrte wie eine Hummel und unentwegt knipste, blieb Gaspare aber gar nichts anderes übrig, als sich sein Lächeln förmlich anzutackern.

Und wie ausgebufft Mama war. Sie stellte Gaspare doch glatt auch eine Schwarzwälder Eistorte hin. Julia konnte Arturo ansehen, dass er kurz davorstand, loszuprusten. Er verkniff es sich.

Die Reporterin versenkte die Gabel gleich in der Tortenspitze und ließ sich das erste Stück auf der Zunge zergehen. Wenn die im Bett auch so stöhnte wie im Moment, könnte sie in der Pornoindustrie nicht nur wegen ihrer langen Beine Karriere machen.

»Probieren Sie ...«, forderte sie Gaspare auf. »Gianni, mach doch noch ein paar Aufnahmen, wenn er isst. Das ist so sinnlich. Kommt bestimmt gut rüber. Ein Mann vom Volk ...«

Gaspare zierte sich. Er starrte auf den Teller vor sich, als wollte ihn gerade jemand vergiften. Prompt gab es einen Rüffel von der Regie.

»Lächeln!«

»Du willst doch gewählt werden, oder etwa nicht?«, fragte ausgerechnet Arturo, was Julia nicht minder verblüffte als ihre Mutter.

Gaspare war der Kraftakt anzusehen, seine Hand zur Kuchengabel zu führen. Steif wie eine Marionette saß er mittlerweile da, was sicherlich auch daran lag, dass jetzt alle Blicke erwartungsvoll auf ihn gerichtet waren. Es gesellten sich zwei weitere Augenpaare hinzu, nämlich die von einem hiesigen älteren Ehepaar, das bei Mama Stammgast war. Julia konnte ihnen ansehen, dass sie ihren Augen nicht trauten. Der Herr Bürgermeister saß vor einer ungesunden pappsüßen Torte, noch dazu in Mamas Café?

Gaspare warf ihnen ein verlegenes Lächeln zu.

»Ist nur ein Fotomotiv«, versuchte er, sich zu rechtfertigen, scheiterte damit jedoch kläglich.

»Nehmen Sie ein Stück auf die Gabel, und dann mach ich noch ein paar Aufnahmen, während Sie essen. Sieht dann nicht so gestellt aus.« Der Fotograf hatte recht.

Mama stellte gleich noch den Espresso dazu.

»Guten Appetit«, sagte sie ihm auf Deutsch.

Gaspare blieb gar nichts mehr anderes übrig, als die Gabel mit dem Kuchenstück in seinen Mund zu schaufeln.

»Mögen Sie das etwa nicht?«, raunzte der Fotograf ihn an.

»Ungesund«, gab Gaspare kleinlaut von sich.

»Ach was. Das sind Biokirschen, und Mama verwendet Birkenzucker. Bei ihr ist immer alles bio.«

»Na, sehen Sie«, meinte der Fotograf zu Gaspare. Der Teller seiner Kollegin war bereits leer. Sie leckte die letzten Krümel vom Tellerrand. Nichts konnte appetitanregender sein, als wenn jemand sich jeden Krümel vom Geschirr pickte. Es wirkte. Gaspare hatte den Bissen endlich im Mund. Er konnte sich noch so sehr anstrengen, seinen Widerwillen zu manifestieren, Emilias Torte war stärker. Anscheinend war Gaspare lange auf Entzug gewesen, denn das zweite Stück landete schon schneller im Mund.

»Tolle Aufnahmen. So lebendig«, feuerte ihn der Fotograf an.

»Ich mach das nur für die Presse«, erklärte Gaspare den zwei

Repräsentanten seines Wahlvolks, deren Augen immer größer wurden, mit vollem Mund.

»So einen Bürgermeister wählt man gerne«, kommentierte Arturo, was die beiden Bürger mit Begeisterung untermauerten.

»Bravo«, kam es von der Frau.

Die Reporterin wirkte nun doch etwas nachdenklich und wandte sich an Arturo.

»Wollen Sie denn nicht auch gewählt werden?«, wollte sie sich vergewissern.

»Das kommt ganz darauf an, wie dringend wir einen neuen Bürgermeister brauchen«, sagte Arturo in die Runde, ließ seinen Blick dann aber zu Gaspare wandern. Der verschluckte sich daraufhin beinahe und zog urplötzlich die Stirn kraus.

Julia fragte sich, worüber er im Moment wohl nachdachte. Ein fast schon diabolisches Grinsen folgte. Dann fing er an zu posieren, mit der Kuchengabel in der Hand.

»Ja genau. Das ist es«, juchzte der Fotograf.

Julia verwirrte das. Mama und Arturo erging es nicht anders. Dann fiel bei Julia der Groschen. So ein ausgekochtes Schlitzohr.

»Was hätte ich denn noch sagen sollen?« Man musste keine besondere Menschenkenntnis haben, um allein schon an Arturos Stimmlage zu erkennen, dass er über den Verlauf des Interviews nicht besonders glücklich war. Emilia merkte, dass es ihn einfach nicht losließ. Sie hatte daher beschlossen, mit ihm einen kleinen Spaziergang quer über den Friedhof zu seinem Haus zu unternehmen. Unter dem Schirm der Pinien war es angenehm kühl und daher ideal, um der drückenden Schwüle zu entfliehen. Angeblich sollte es heute noch regnen. Da kamen dann sowieso weniger Gäste. Julia räumte das Notwendigste auf, und weil sie nicht zurück zur Pension gehen wollte, Francesco anscheinend vor sich hin schmollte und sich nicht gemeldet hatte, konnte Emilia es sich leisten, für Arturo da zu sein. Er war sich sicher, dass Gaspares Konterfei und sein lüsterner Blick auf die Kuchengabel in allen regionalen Zeitungen zu sehen sein würden und die Leute dann vermutlich glaubten, alles sei wieder gut. Der Schuss, ihn während des Interviews zum lustvollen Verzehr ihrer Schwarzwälder zu animieren, war wohl nach hinten losgegangen. Emilia ließ daher nichts unversucht, um Arturo aufzubauen.

»Hat doch alles gepasst. Die Leute wissen, wofür du stehst. Die Abschaffung der Punktekarten dürfte die meisten interessieren«, sagte Emilia.

»Gesund leben und trotzdem genießen, oder so ähnlich. Wetten, das steht unter seinem Foto oder als Überschrift? Dass der nicht rot angelaufen ist ... Es wird sich gar nichts ändern. Er will der Vorzeigebürgermeister sein, besser als sein Kollege in Selia. Der interessiert sich doch gar nicht dafür, ob irgendjemand gesund lebt. Was heißt das überhaupt?«

»Meine Worte. Genießen gehört zum Lebensglück. Und das hält jünger, als jeden Tag Aerobic oder auf alles zu verzichten, was schmeckt.«

»Aus der Nummer ist er jetzt raus«, stellte Arturo fest, als sie an seinem Haus angekommen waren und er die Tür zum Garten öffnete.

»Die Leute kennen ihn, und dein Foto ist doch auch nicht schlecht. Die schönen Blumen im Hintergrund und noch einige Gäste. Das ist symbolisch. Die Leute stehen hinter dir.«

»Eigentlich will ich gar kein Bürgermeister werden«, sagte er noch im Flur, der zu seinem Skulpturengarten führte.

»Aber du hast doch kandidiert?«, hakte sie verwundert nach.

Arturo schwieg daraufhin.

Emilia erinnerte sich zugleich an die Umstände, die ihn dazu gebracht hatten. »Meinetwegen?«, wollte sie sich vergewissern.

Arturo ließ sie vorangehen und schnappte sich eine gefüllte Wasserkaraffe mit Gläsern. Er beantwortete ihre Frage erst, nachdem Emilia auf der Bank im Schatten Platz genommen hatte.

»Das weißt du doch.«

»Bereust du es?«, fragte Emilia, die sich geschmeichelt fühlte und darin mehr als nur einen Freundschaftsbeweis sah.

»Ich fürchte, um als Politiker Erfolg zu haben, fehlen mir jede Menge negativer Charaktereigenschaften. Ich bin nicht bestechlich, interessiere mich nicht für Macht um jeden Preis und muss auch nicht von Leuten auf einem Dorfplatz beklatscht werden. Eigentlich will ich eher meine Ruhe, und selbst in so einem kleinen Dorf ist genug zu tun. Als engagierter Bürgermeister ist man rund um die Uhr beschäftigt, und früher oder später tauscht ja doch einer der Alten seine Beine gegen Flügel ein. Wer soll sich dann darum kümmern, wenn ich im Rathaus sitze?«, sagte er, während er Wasser in die Gläser schenkte und sich zu ihr auf die Bank setzte.

»Du wärst nicht der einzige Bürgermeister, der noch seinem alten Beruf nachgeht.«

Arturo nickte, immer noch in Gedanken versunken.

»Du hast ja jetzt schon so viel bewirkt. Ohne deine Kandidatur hätte Gaspare mein Café bestimmt schon geschlossen. Die Leute lassen sich nicht mehr alles gefallen. Das ist dein Verdienst. Ich weiß gar nicht, wie ich dir dafür danken soll. Welcher Mann macht das schon für eine Frau?«

Arturo schmunzelte für einen Moment. »Du weißt, warum, aber offen gestanden sind es nicht nur die Gefühle, die ich für dich hege. Es ist vermutlich mehr als das. Ich hab hier jahrelang allein gelebt und bin nur ins Dorf gegangen, wenn ich irgendetwas brauchte – und dann kamst du.«

Emilia ging dieses Kompliment runter wie Öl. Anscheinend hatte sie ihn aus dem Reich der Toten wieder ins Reich der Lebenden geführt.

»Meine Rede. Nichts muntert einen mehr auf als eine gute Schwarzwälder«, sagte Emilia, obwohl sie genau wusste, dass dies sicher nicht der Grund war, den Arturo angesprochen hatte.

Arturo lachte.

»Also hab ich recht?«

»Ich fühl mich wieder lebendig. Hab schon mit der zweiten Skulptur angefangen, nur für mich ...«

»Das ist doch prima«, stellte Emilia begeistert fest.

»Du hast meine Lebensgeister wieder geweckt. Vielleicht zu viele davon«, erwiderte er.

»Zu viele?«

Arturo zögerte, bevor er ihr antwortete.

»Ich wollte ein Mal besser sein als Gaspare.«

»Wie meinst du das? Besser? Als Bürgermeister?« Emilia hatte keine andere Erklärung zur Hand.

Arturo schüttelte den Kopf und holte tief Luft.

»Sofia. Ihretwegen bin ich überhaupt hier gestrandet«, sagte er nachdenklich.

»Deine große Liebe?« Die aufziehenden dunklen Wolken passten perfekt zu seiner Leidensmiene. Dass er ihretwegen hier hängen geblieben war, hatte er ja bereits angedeutet, aber was um alles in der Welt hatte das mit Gaspare zu tun?

»Ich weiß, wie schlimm das ist, jemanden zu verlieren, den man liebt«, sagte Emilia und hoffte, dass geteiltes Leid, wie man so schön sagte, nur noch halbes Leid war.

»Ich hatte sie schon zu Lebzeiten verloren, auch wenn ich mir immer eingeredet habe, dass ich doch noch ihr Herz für mich allein gewinne.«

»Ich erinnere mich. Du sagtest, sie war verheiratet.«

Arturo nickte und seufzte dann. »Mit Gaspare ...«

Diese Eröffnung musste Emilia erst einmal mit einem kräftigen Schluck Wasser herunterspülen.

»Es waren andere Zeiten. Vielleicht hat sie Gaspare auch tatsächlich geliebt. Er war früher umgänglicher, ja fast schon ein netter Kerl. Und dann hatten sie ja ein Kind ...«

»Francesco«, sagte Emilia mehr zu sich.

»Als ich hier als Rucksacktourist ankam, war der Ort belebt. Auf dem Dorfplatz gab es einen Markt, nicht so mickrig wie heute. Ich hab mir was zu trinken gekauft, und sie stand neben mir. Ein Blick ... Es war nur dieser eine Blick. Ihr ging es nicht anders.«

Emilia nickte, da selbst einmal erlebt, wenngleich nicht auf einem Markt, sondern auf dem Pausenhof der Berufsschule.

»Wir haben uns heimlich getroffen. Gaspare wusste davon nichts. Bis heute nicht. Sofia brachte es nicht übers Herz, ihre Familie zu verlassen. Ich hab sie auch nicht gedrängt, sondern bin einfach nur hiergeblieben. Die Hoffnung starb aber dann doch zuletzt«, sagte Arturo traurig.

»Sofia ist gestorben ...«

»Eine seltene Herzerkrankung. Als sie die Diagnose vom Arzt bekam, ist für mich eine Welt zusammengebrochen. Sie kam ins Krankenhaus nach Rom und dann in eine Schweizer Privatklinik, weil ihr in Rom niemand mehr helfen konnte. Ich konnte nicht einmal zu ihr«, erzählte Arturo.

Emilia konnte ihm ansehen, dass er das damalige Leid gerade erneut durchlebte. »Du hast sie nicht mehr sehen können, bevor sie gestorben ist?«, fragte sie behutsam nach.

»Nein. Erst wieder, als sie hier war, tot, aber immerhin war sie dann bei mir …«, sagte er bitter.

Emilia konnte den Schmerz, den die Erinnerung in sein Herz trug, nahezu körperlich spüren.

»Vielleicht war das sogar der wahre Grund, weshalb ich nie wieder von hier fortkam. Gaspare hatte sie zu Lebzeiten bei sich – und ich danach. Die letzten Stunden vor ihrer Beerdigung verbrachte sie mit mir, und so merkwürdig das auch klingen mag: Ich hatte noch lange Zeit das Gefühl, ihre Anwesenheit, ja sogar ihre Liebe zu spüren«, gestand Arturo.

»Ist das der Grund, warum du dich mit diesen Engelsenergien befasst hast?«

»Ich wollte wissen, ob es das Jenseits gibt. Jetzt weiß ich es, aber ich weiß auch, dass wir im Hier und Jetzt leben sollten. Dank dir …«, sagte Arturo und griff nach ihrer Hand.

Emilia war so gerührt, dass sie den Wunsch verspürte, ihn in die Arme zu schließen, doch daraus wurde nichts, weil er ihr direkt in die Augen sah, mit so viel Gefühl und mit einer Intensität, die es Emilia nahezu unmöglich machte, sich zu bewegen. Wenn er einen so ansah, konnte man direkt weiche Knie bekommen. Gut, dass sie saß. Seine Hand fuhr durch ihr Haar, ohne den Blick von ihr zu lassen. Emilia ließ es geschehen. Wann hatte sie zum letzten Mal ein Mann so zärtlich berührt? Da wurde einem nicht nur warm ums Herz. Was, wenn er sie jetzt küsste? Emilia spürte, wie ihr Blut in Wallung geriet. Er setzte gerade dazu an, doch dann erhellte ein greller Blitz den Himmel. Dumpfes, ohrenbetäubendes Grollen folgte. Emilia hatte sich so sehr erschrocken, dass sie versteifte. Der romantische Moment war dahin.

Arturo sah hinauf zum Himmel.

»Meinst du, sie hätte etwas dagegen?«, fragte Emilia augenzwinkernd.

Arturo lachte. »Nein, denn das wäre doch nur gerecht. Schließlich musste ich sie auch mit Gaspare teilen …«

Die ersten Regentropfen fielen vom Himmel. Den Kuss, der in der Luft gelegen hatte, trug aufkommender Wind davon, genau wie die romantische Stimmung, doch letztlich war Emilia froh, dass er wieder der Arturo war, der zweifelsohne gerade mit seiner offenen Art und diesem Lächeln ihr Herz erobert hatte.

Julia zuckte beim nächsten Donnerschlag erneut zusammen. Draußen vor dem Fenster wütete ein Sturm, wie sie ihn in Italien noch nie erlebt hatte. Der Wind schüttete den Regen eimerweise gegen die Scheiben. Und das ging jetzt bestimmt schon eine Viertelstunde so. Dem Blick in den Himmel nach zu urteilen, konnte es eigentlich nur noch schlimmer kommen. Er war rabenschwarz. Dann krachte es auf dem Marktplatz. Der Wind hatte das kleine Baugerüst am Brunnen mitten auf dem Platz erfasst und es mit Getöse gegen die Wand des Rathauses geschleudert. Hoffentlich war Mama nicht in den Regen geraten. Sollte sie ihre Mutter anrufen, um nachzufragen, ob alles in Ordnung war? Unsinn. Sie war bei Arturo sicher in guten Händen. Ob sie wohl endlich begriff, wie verliebt er in sie war? Die Glückliche.

Mit ihrer Liebe hingegen stand es nicht zum Besten, sagte Julia sich, während sie auf den gegen die Scheibe prasselnden Regen starrte. Nicht einmal per WhatsApp meldete sich Francesco. Er hätte auch vorbeikommen und zumindest versuchen können, ihr erfolgreich einzureden, dass alles ein Missverständnis war. Julia stieß sogleich einen verächtlichen Ton aus, und der war für sie selbst gedacht, denn sie tendierte schon wieder dazu, sich etwas schönzureden und in Wunschdenken zu verfallen. Wie dumm war das denn, sich zu wünschen, dass jemand einem so lange Bullshit erzählte, bis man es glaubte? Krank! Liebeskrank. Sie vermisste ihn. Verdammte Biochemie. Erneut plagten sie die typischen Entzugserscheinungen, die Sehnsucht nach seinen Berührungen, seinen Küssen. Sie vermisste einfach alles an ihm. Er wusste, dass sie bei Gewitter Angst hatte. Er würde sie jetzt ganz fest in den Armen halten. Julia konnte ihn förmlich riechen und seinen Bauch an ihrem Rücken spüren, seinen Stoppelbart in ihrem Nacken. Gewohnheit! Weiter nichts. Das kann dir jeder Mann bieten. So lange war sie ja noch nicht mit Francesco zusammen gewesen. Siehste! Vorher warste auch glücklich, und jeder Entzug ging naturgemäß über kurz oder lang vorbei. Langfristig denken. An Mamas Leben denken! Und an Papa! Mistkerl! Der Gedanke übertünchte im Nu alle tollen Erinnerungen. Er schien sich wie ein Schleier darüber zu legen. Er ließ die Farben verblassen und machte nüchterne Schwarz-Weiß-Aufnahmen daraus, genau wie der Regen, der die Welt da draußen gerade grau einfärbte und alles Schöne wegwusch. Die Fluten spülten schließlich sogar die Erinnerungen an unzählige glückliche Momente weg, genau wie die Zweifel daran, dass es das Beste war, lieber gleich die Bremse zu ziehen. Weg von ihm, schon allein ihres Kindes wegen, das in ihrem Bauch heranwuchs.

Julia wandte sich von der Scheibe ab, um die aufkeimende depressive Stimmung mit etwas Süßem zu killen. Dafür waren die Kalorienbomben doch schließlich da. Kundschaft kam heute sowieso keine mehr, also rein mit der Sacher! Julia griff gerade zu einem Kuchenteller aus dem Schrankregal, als es gleichzeitig blitzte und so laut donnerte, dass sie erschrak und den Teller fallen ließ. Brachten Scherben nicht Glück? Sie klaubte sie vom Boden auf und kehrte den Rest flink auf eine Schaufel. Der zweite Anlauf, sich mit Mamas Torte zumindest kulinarisches Glück zu bescheren, gelang. Julia hatte sich auf einen der Bistrostühle gesetzt und stellte fest, dass selbst ihr Gaumen kaum etwas spürte.

Egal! Rein mit dem Zuckerzeug! Zu mehr als zwei Bissen kam es aber nicht, denn aus der Backstube schob sich langsam, aber sicher eine Pfütze in den Verkaufsraum. Julia sprang auf, ging um den Tresen herum und sah das Wasser die Wände herunterlaufen. Es waren gleich drei Wasserfälle. Niagara in der Mitte und zwei kleinere an der Seite. Dann schepperte es draußen, als ob jemand vor dem Café Geschirr zerschmiss. Julia eilte zur Eingangstür und sah die nächsten Geschosse über den Platz fliegen. Rote Teile, nur schwer zu erkennen, weil ein Regenvorhang vor der Scheibe hing. Julia riss die Tür auf, und wenn sie sich nicht täuschte, lagen bereits ein gutes Dutzend Dachziegel vor ihr in tausend Stücken. Woher die kamen, war klar, denn das Wasser kroch bereits zu den Tischen und Stühlen. Die zwei Putzeimer, die sie in der Abstellkammer hatten, brauchte sie erst gar nicht in der Backstube aufzustellen. Die wären im Nu voll. Die Feuerwehr anrufen oder doch zuerst Mama? Julia entschied sich für Letzteres.

Kapitel 17

Mittlerweile standen drei Wannen direkt an der Wand und mindestens drei Dutzend Eimer unter der Decke der Backstube, in der es von freiwilligen Helfern nur so wimmelte. Die Solidarität der Dorfbewohner war einzigartig. Emilia hatte niemanden fragen müssen. Dass Not am Mann war, sah man bereits an dem roten Scherbenteppich vor der Konditorei, vom teilweise abgedeckten Dach ganz zu schweigen. Der Wind hatte die kleinen Bruchstücke der Dachziegel inzwischen auf dem ganzen Platz verteilt. Sie färbten die Pfützen rot. Emilia war gemeinsam mit Arturo gleich nach Julias Anruf durch den strömenden Regen zurück zur Konditorei geeilt – doch letztlich hatten sie dem Wasser nur noch dabei zusehen können, wie es Zentimeter für Zentimeter im gesamten Erdgeschoss gestiegen war und auch noch an den frisch renovierten Wänden emporkroch. Die alten Mauern sogen das Wasser auf wie ein Schwamm. Das wahre Ausmaß des Schadens war erst zutage getreten, nachdem der Sturm nachgelassen hatte. Im Gebälk des Daches klafften quadratmetergroße Löcher. Da nützte es auch nichts, das Wasser in der Backstube unter Kontrolle und den Boden bald wieder trocken zu haben. Die Leute hatten sogar Putzlumpen mitgebracht. Anscheinend waren Vorfälle dieser Art bei alten Gebäuden nicht so ungewöhnlich, wie Emilia zudem berufsbedingt wusste. Allerdings hatte es bei keinem anderen Gebäude an diesem Platz auch nur einen einzigen Ziegel abgedeckt.

»Edoardo hätte das Dach schon vor Jahren renovieren müssen«, teilte Arturo ihnen mit, der genau wie Emilia, Julia und all die anderen Helfer einen mit Wasser vollgesogenen Lappen nach dem anderen in einem Eimer auswrang.

»Stand es nicht jahrelang leer? Und so ein Unwetter kommt ja auch nicht alle Tage vor«, merkte Julia an, was jetzt nicht unbedingt tröstlich war.

Immerhin platschte es nicht mehr bei jedem Schritt im Verkaufsraum. Der Specksteinboden war mittlerweile auch wieder mit Straßenschuhen begehbar. Emilia war wie die meisten anderen, die nicht gleich mit Gummistiefeln angerückt waren, bis vor wenigen Minuten noch barfuß durch das Haus gewatet. Sie hoffte, dass sie sich in den letzten Stunden auf dem nasskalten Boden nicht den Tod geholt hatte.

»Du hast aber schon eine Gebäudeversicherung mit Wasserschäden abgeschlossen?«, fragte Julia ausgerechnet eine ehemalige Versicherungskauffrau. Emilia warf ihrer Tochter daher einen vielsagenden Blick zu.

»Hätte doch sein können, dass hier in Italien …«, deutete Julia an.

»Natürlich, und es war überhaupt kein Problem«, versicherte Emilia ihr. Das Büro des Notars hatte ihr eine Broschüre mitgegeben, die einen Käufer darüber informierte, an was alles in Italien zu denken war und welche Versicherungen sich anboten.

»Dann ist wenigstens materiell kein Schaden entstanden«, stellte Arturo erleichtert fest.

»Die Torten haben es immerhin überlebt«, sagte Julia mit Galgenhumor. Emilia wäre es lieber gewesen, wenn die Wände es überlebten und sie das Gemäuer wieder trocken bekamen. Schimmelpilze hatten in einer Konditorei nichts zu suchen.

Arturo wischte das letzte Eck an der Tür trocken und schmiss den Lappen in den Eimer.

»Wir sollten mal nach oben gehen und uns den Schaden dort genauer ansehen«, schlug er vor.

»Julia. Ich schau mir den Schaden oben an. Gib bitte jedem Kuchen mit. So viel er will«, wies Emilia ihre Tochter an, weil die ersten Helfer bereits ihre Lappen und Eimer zusammenpackten. Zwei ihrer Stammkunden, zwei ältere Herren, denen das berretto am Kopf angewachsen zu sein schien und die ihr bereits bei ihrer Ankunft in der Stadt begegnet waren, schenkten ihr ein warmherziges Lächeln, als sie sich auf dem Weg zum Flur bei ihnen bedankte.

»Torta per tutti«, rief Julia in den Verkaufsraum.

Die beiden zierten sich erst etwas, nahmen ihr Angebot dann aber doch an, nachdem Julia schon an der Vitrine stand und Pappteller und Alufolie bereitlegte. Wenigstens eine kleine Wiedergutmachung, dachte Emilia, während sie bei den Treppen noch einige weitere Hände schüttelte.

Mittlerweile konnte man die Feuchtigkeit in den Wänden sogar riechen. Arturo fuhr mit den Händen darüber.

»Es gibt gute Entfeuchter im Baumarkt … Das kriegen wir wieder hin.«

Allein schon, dass er von »wir« sprach, zeigte, wie nah er ihr inzwischen stand. Für einen Moment verharrte er an der Treppe in den ersten Stock und schien etwas zu überlegen.

»Besser, ich gehe hinter dir. Wenn du ausrutschst, kann ich dich auffangen.« Auch das sprach Bände, und es entpuppte sich zudem als sinnvoller Vorschlag, denn die gemauerte Treppe erwies sich momentan in der Tat als ziemlich glitschig.

Schon als sie das erste Stockwerk mit seinen drei geräumigen Zimmern erreichten, wurde auf einen Blick ersichtlich, dass sich hier der Schaden in Grenzen hielt. Das Wasser rann nur an einer Seite der Wand herunter und hatte sich seinen Weg in die Backstube gebahnt, weil ausgerechnet dort, wo Abflussrohre nach unten in den Keller führten, das Mauerwerk der Schächte marode war. Der Keller hatte das meiste abbekommen, war jedoch dank eines funktionstüchtigen Ablaufs nicht zum Aquarium mutiert. Hier oben war gottlob bis auf ihr künftiges Schlafzimmer noch nichts eingerichtet. Gut durchlüften würde reichen, um dafür zu sorgen, dass die Feuchtigkeit in der einen Wand nach draußen wich.

Die Treppe zum Speicher ließ sich mit einer Stange herunterziehen. Emilia hatte schon damit gerechnet, dass ihnen ein Schwall Wasser entgegenkam, doch der blieb erfreulicherweise aus. Bei der ersten Speicherbegehung vor dem Kauf hatte ein dunkler Raum vor ihr gelegen, dem nur zwei kleine Dachluken Licht gespendet hatten. Nun war es darin taghell, und die Sonne lachte sie durchs nackte Gebälk zwischen zwei vorbeiziehenden Wolken an. Emilia ahnte Schlimmes, noch bevor Arturo die letzten Treppenstufen nahm und ihr seine Hand reichte, um ihr nach oben zu helfen. Über ihnen klaffte ein gut zweieinhalb Meter großes Loch. Der Rest des Daches sah aus wie Schweizer Käse. Das Gebälk, ebenfalls schon ziemlich marode, wenngleich auf den ersten Blick stabil, lag frei wie das Gerippe eines Kadavers, das ein Rudel Löwen zerpflückt hatte.

»Wenn sich mal ein Teil löst, dann ist das wie eine Lawine«, erklärte Arturo, der sich den Schaden besah und schon an die dort noch angebrachten Ziegel fassen wollte.

»Besser nicht. Am Ende lösen sich noch mehr. Unten sind ja Leute«, sagte Emilia.

»Die Versicherung wird sich freuen«, meinte Arturo.

»Hoffentlich legen die mir keine Steine in den Weg.« Emilia sprach aus Erfahrung, denn wenn man einen Schaden hatte, versuchten Versicherungen nicht selten, sich irgendwie aus der Affäre zu ziehen.

»Es war doch ein Wetterschaden. Und der ist versichert.« Emilia hoffte, dass Arturo mit seiner Einschätzung recht hatte.

Sie klaubte eine der fast intakten Schindeln auf und besah sie sich im Sonnenlicht.

»Sie werden einen Gutachter schicken. Der stellt dann bestimmt fest, dass das Dach marode war, und solche Dachschindeln hab ich noch nie gesehen. Sie sind länger als üblich. Vermutlich noch von damals, als das Haus errichtet wurde. Ich hab das nicht extra bei der Police angegeben. Und wenn man etwas verschweigt …«

»Emilia. Jetzt sieh nicht gleich schwarz. Wir sind hier in Italien. Die Versicherung wird dich nicht hängen lassen«, versuchte er, sie aufzumuntern. Dafür hingen nun Emilias Schultern. Sie setzte sich auf eine Kiste, in der alte Backutensilien waren.

»Und wenn sie doch nicht zahlt? Im schlimmsten Fall könnte ich meine Wohnung in Deutschland verkaufen. Eigentlich wollte ich das ja nicht, aber …« Emilia seufzte.

»Was aber?«

»Vielleicht ist das auch ein Zeichen. Dass es nicht richtig war, hier …« Emilia ließ ihren Gedanken freien Lauf.

»Ein Zeichen? Und wie richtig es war, hier ein Café aufzumachen. Du weißt doch, wie sehr die Leute es lieben. Du hast dafür gekämpft«, sagte Arturo, der sich neben ihr auf der Kiste niederließ.

»Julia ist schwanger. Sie denkt darüber nach, wieder zurück nach Deutschland zu gehen. Ohne Francesco«, erklärte sie ihm.

»Dann wirst du ja bald Oma.« Arturo freute sich zunächst sichtlich für sie, stutzte dann aber doch.

»Und warum zurück nach Deutschland? Und Francesco?«, fragte er irritiert nach.

»Julia glaubt, dass er sie betrügt ... Er ist jung ... Beide sind noch sehr jung. Es war wohl noch Alkohol im Spiel«, erklärte sie.

»Doch nicht Francesco«, gab er zurück.

»Sehe ich genauso, aber Julia hat Angst davor, enttäuscht zu werden ... Mir ging es ja einmal genauso.«

»Du möchtest sie nicht allein lassen, im schlimmsten Fall, aber es wird nicht so weit kommen, dass die beiden sich trennen. Sie liebt ihn doch, zumindest hatte ich den Eindruck. Oder ist es wegen der Pension, weil sie noch nicht so richtig läuft?«

»Das spielt sicher auch eine Rolle.«

»Du denkst also wirklich darüber nach, hier alles aufzugeben?«

Emilia zuckte ratlos mit den Schultern.

»Wäre nicht einfach für mich«, sagte er geradeheraus.

Auch das wusste Emilia.

»Ich werde hier gebraucht und du auch«, fuhr er fort.

»Aber falls Julia geht ... Sie braucht mich doch dann auch. Allein schafft sie das gar nicht.«

»Davon will ich jetzt nichts hören. Du wirst sehen. Die Versicherung zahlt, und das mit Julia und Francesco wird sich auch wieder einrenken.«

Vielleicht hatte er recht, denn die letzte Wolke am Himmel hatte sich verzogen. Das zumindest war schon einmal ein gutes Zeichen.

Eigentlich hatte Julia damit gerechnet, dass Arturo Mama zum Rathaus begleiten würde, doch der hatte sich um die morgige Beerdigung von Alberta zu kümmern – auch keine leichte Aufgabe. Sargträger mussten organisiert werden. Jemand musste sich um ihre Angehörigen kümmern. Soviel Julia wusste, war nur ihr Sohn angereist, weil Albertas Enkelkind krank und seine Frau in Mailand geblieben war. Arturo war in Sachen Sensenmann sozusagen Mädchen für alles, und als Julia davon erfahren hatte, wie viel er zu tun hatte, war es selbstverständlich, ihre Mutter zu begleiten und, wie bisher auch, Dolmetscherdienste zu leisten. Das galt auch für das Telefonat mit der Versicherung. So ganz unkompliziert war die Angelegenheit nämlich nicht. Erst einmal sollte ein Gutachter vorbeikommen, auch wenn Julia telefonisch hatte klären können, dass diese Art von Schaden tatsächlich von der Police gedeckt war. Bei alten Gebäuden gab es angeblich Abschläge, je nach Zustand, aber immerhin würde Mutter nicht gänzlich leer ausgehen – Mamas größte Sorge, weil das Dach ja seit Jahren nicht renoviert worden war. Da sie bei der Angabe des Baujahrs jedoch keine Falschangaben gemacht hatte, sah es nicht einmal schlecht aus. Der Sachbearbeiter von der Versicherungszentrale in Rom wirkte vertrauenswürdig. Er wusste Bescheid und auch, dass für die Neueindeckung eines Daches im historischen Zentrum natürlich eine Genehmigung vonseiten der Gemeinde einzuholen war. Und die wollte sich Mama so schnell wie möglich beschaffen, denn in Amtsangelegenheiten tickten italienische Uhren nun mal besonders langsam.

»Gaspare hat das Malheur sicher mitbekommen«, stellte ihre Mutter fest, nachdem sie die Konditorei hinter sich abgeschlossen hatte.

»Und wenn schon. Er wird schadenfroh sein, aber dass du das Geld von der Versicherung bekommst, daran kann auch er nichts ändern«, meinte Julia.

Mutter drehte sich auf dem Weg zum Rathaus noch einmal

um. Das Gebäude sah aus wie nach einem Bombenangriff. In diesem Moment überlegte Julia, wie wohl ihre Pension das Unwetter überstanden hatte. Die Gebäude waren frisch saniert worden, auch das Dach. Ob der luftig gebaute Stall wohl noch stand? Und Francesco? Hoffentlich war ihm nichts passiert. Die letzten Stunden waren so stressig gewesen, dass sie gar nicht dazu gekommen war, darüber nachzudenken. Dafür piesackte sie der Gedanke nun umso stärker.

»Vielleicht sollten wir danach auch mal zur Pension fahren, um nach dem Rechten zu sehen ... hm, aber eigentlich reicht es doch auch, wenn du hinfährst«, schlug Julia vor.

»Wenn, dann fahren wir gemeinsam. Wie sieht das denn aus, wenn ich allein vorbeischaue?«

»So soll es ja auch aussehen«, sagte Julia, wobei sie sich gar nicht sicher war, ob sie das auch wirklich so meinte.

»Und wenn Francesco was zugestoßen ist? Am Ende hat ihn ein Ast von einem Olivenbaum erwischt. Bei dem Sturm«, sagte ihre Mutter.

»Dem ist schon nichts passiert«, gab Julia trocken zurück.

»So kenn ich dich ja gar nicht.«

»Ich mich auch nicht«, erwiderte Julia prompt.

»Interessiert dich denn gar nicht, ob es ihm gut geht? Es würde mich wundern, wenn die alte Scheune nichts abbekommen hätte«, sagte Emilia.

»Er hat sich die ganze Zeit über nicht blicken lassen. Und nur weil es heftig geregnet hat, komm ich auch nicht angekrochen. Er müsste angekrochen kommen.«

»Es war kein heftiger Regen, sondern ein Sturm«, präzisierte Emilia, als sie am Brunnen, dem der Wind das Baugerüst weggerissen hatte, vorbeikamen.

»Im Notfall hätte er sich gemeldet.«

»Julia. Er ist trotz alledem der Vater deines Kindes«, sagte ihre Mutter mit Nachdruck.

»Das ich allein großziehen werde.« Julia hoffte insgeheim, dass es nicht so weit kommen würde, doch das lag nicht nur an ihr.

»Du bist dermaßen stur …«

»Wer weiß, vielleicht war er ja in Tropea.«

»Unsinn.«

»Woher willst du das wissen?«, fragte Julia angriffslustig.

»Du weißt es doch auch. Scheiß Stolz, aber ganz ehrlich. Ich würde, glaube ich, genauso handeln.« Ihre Mutter zog das Resümee, bevor sie das Rathaus erreichten. Andere Dinge waren nun wichtiger, zumindest sorgte dieser Gedanke dafür, dass sich Julias schlechtes Gewissen etwas beruhigte und die aufkeimenden Sorgen um Francesco erst gar keine Gelegenheit hatten, weitere Blüten zu treiben. Wo die Abteilung für Genehmigungen aller Art war, wussten sie ja bereits. Es war der gleiche Gang wie der für die Gewerbeanmeldungen, nur zwei Zimmer weiter. Eine Nummer ziehen musste man hier nicht, da es nur sehr selten vorkam, dass jemand etwas aus- oder anbaute, von Neubauten ganz zu schweigen. Am Ende war das Büro gar nicht besetzt, doch da täuschte Julia sich, denn aus dem Inneren vernahm sie Stimmen. Jemand, der hier bauen wollte? Hatte es noch jemandem das Dach abgedeckt, und der war aus dem gleichen Grund hier? Julia trat an die Tür heran und vernahm gleich mehrere Stimmen und dann auch noch Applaus. Irgendjemand sprach zum Thema Beziehungen und Singledasein in Rom. Da schaute jemand fern, während der Arbeit. Na, wenn das so war, konnte sie auch resolut an der Tür klopfen. Der Applaus kam sofort zum Erliegen. Es herrschte Totenstille, und dann vernahmen sie ein knorriges »Entrano«, was so viel hieß wie: »Treten Sie ein!«

Mama hatte es wohl auch ohne Übersetzung verstanden, denn ihre Hand war schneller an der Türklinke, als Julia schauen konnte. Die verknöcherte Dame vor dem PC hatte doch glatt noch schnell ein paar Akten vor sich ausgebreitet, eine allerdings verkehrt herum. So was passierte im Eifer des Gefechts, wenn man die Fernseh-App schnell schließen musste. Auf frischer Tat ertappt. Julia begrüßte sie trotzdem freundlich. Mama beherrschte das überschwängliche italienische Perlweißlächeln inzwischen auch, und schon deutete die goldbehangene Hand der Sachbearbeiterin auf die beiden Holzstühle vor ihrem Schreibtisch. Schade, dass es keine Kundin der Konditorei war. Wer im Rathaus arbeitete, dem verbot Gaspare anscheinend, dort einzukehren.

»Il tempo brutto ... Il tetto della mia pasticceria«, jammerte Mama drauflos. Mal abgesehen davon, dass den beiden Sätzen das Verb fehlte, hatte sie ihr wohl den Zusammenhang zwischen dem schlechten Wetter und dem Dach ihrer Konditorei klargemacht. Die Dame vom Amt nickte wissend. Wenn Emilia Julia in solchen Situationen einen Hilfe suchenden Blick zuwarf, war ihr Vokabular meist erschöpft. Julia übernahm das Ruder und erklärte, dass sie eine Genehmigung für das Neueindecken des Daches benötigten. Daraufhin nickte die Dame. Sie hatte aufmerksam zugehört und wirkte interessiert. Das war doch schon mal ein gutes Zeichen. Die für ihr Alter wirklich unpassenden Nail-Extensions, auch noch knallrot, klapperten sofort auf der IBM-Tastatur, Baujahr 1989, herum. Warum stöhnte die ständig? Und auch noch so wehleidig.

»Difficile? Perché?« Mama schaltete sich wieder mit ein, weil sie es schon richtig verstanden hatte, dass es Schwierigkeiten gab. Und die waren nicht von schlechten Eltern, weil ihr Gegenüber die Worte »monumenti storici« in den Mund genommen hatte. Gepaart mit »salvaguardia« hieß das »Denkmalschutz«, wie Julia ihrer mittlerweile äußerst beunruhigten Mutter übersetzte.

»Denkmalschutz? Frag sie, was das in meinem Fall bedeutet«, wies ihre Mutter sie an.

Die Beamtin hätte den langen Redeschwall auch mit »niente« abkürzen können, denn so, wie es aussah, konnte Mama die Neueindeckung des Daches vergessen. Wenn nämlich ein Gebäude unter Denkmalschutz stand, musste es hierzulande den Ausführungen der Dame nach mit den gleichen oder ähnlichen historischen Ziegeln gedeckt werden.

»Aber Ziegel sind doch Ziegel.« Emilias Einwand war berechtigt, doch der Redeschwall hatte auch beinhaltet, dass dem eben nicht so war. Erstens seien die von Mamas Gebäude länger, entsprächen nicht mehr den Normen, und zweitens viel flacher gearbeitet. Auch das erklärte Julia ihrer Mutter.

»Aber die kriegt man doch bestimmt noch irgendwo«, wandte ihre Mutter ein.

Julia glaubte nicht so recht daran, was ihr auf Nachfrage die Beamtin bestätigte.

»Und wenn eine Brennerei sie nach Maß anfertigt?«

Dass dies dem Budget einer Restaurierung des Petersdoms entsprach und wohl unbezahlbar wäre, war Julia klar.

»Sie meint, es kommt dich billiger, wenn du gleich ein anderes Haus kaufst und einfach umziehst.«

Emilia rang nach Luft, und das trotz des ratternden Ventilators am Schreibtischende.

»Die ist doch gekauft … von ihm«, mutmaßte sie.

Julia war dieser Gedanke zugegebenermaßen bereits auch gekommen.

»Ich will einen Ausdruck von diesem Denkmalschutz«, verlangte Emilia.

Die Beamtin machte das gerne, stand auf und fischte wenig später drei Blätter aus dem Drucker, die sie Julias Mutter reichte.

»Mi dispiace tanto«, sagte die Frau. Emilia verstand, dass es ihr leidtat. Dass sie ihr wünschte, passende Ziegel zu finden, übersetzte Julia im Anschluss.

Emilia stand so unter Schock, dass sie wie angewurzelt dasaß.

Julia bedankte sich bei der Dame, was ihre Mutter dann doch als Aufbruchsignal wahrnahm. Anscheinend war die Beamtin doch kein Werkzeug von Gaspare, wie ihre Mutter vermutet hatte, denn als sie sie zur Tür geleitete, gestand sie offen ein, dass sie sich bisher noch nie getraut hatte, in Emilias Konditorei vorbeizuschauen, weil das nicht gern gesehen würde. Zwei Kollegen hätten heimlich von der Tartufo-Eistorte probiert.

Beim Wort »Tartufo« bekam Emilia wieder etwas Farbe ins Gesicht. Sie musste wohl einen Teil dessen verstanden haben, weil sie sich nun ebenso herzlich bei ihr bedankte. Das war Italien. Man bedankte sich, obwohl man bis zum Hals in der Scheiße steckte.

Emilia war schon auf dem Weg zurück zur Konditorei, um dort die restlichen Schäden zu begutachten, und plante, im Anschluss daran mit Julia zum Baumarkt zu fahren, weil sie sowieso einen Entfeuchter brauchte, doch die Sache mit dem Denkmalschutz ging ihr einfach nicht aus dem Kopf. Ein UNESCO-Kulturerbe sah nämlich anders aus als der Platz, den sie gerade überquerten.

»Siehst du, was ich sehe?«, fragte sie Julia, die sie bereits verwundert gemustert hatte, weil sie mitten auf dem Dorfplatz stehen geblieben war, um sich die Dächer der anderen Häuser anzusehen.

»Konditorei nach Bombenhagel«, diagnostizierte Julia. Ihr fehlte eindeutig der Blick eines Fachmanns. Mit der Versicherung von Gebäuden hatte sich Emilia ja jahrelang beschäftigt. Dabei bekam man natürlich auch von baulicher Seite einiges mit, doch selbst ein ungeübtes Auge müsste eigentlich erkennen, dass mindestens zwei Dächer der Nachbargebäude noch relativ neu waren.

»Schau mal auf das Dach vom dritten Gebäude von rechts«, wies Emilia sie an.

»Oje ...« Julias Reaktion traf es auf den Punkt.

Das Beste daran war, dass es Nullachtfünfzehn-Ziegel auf einem alten Haus waren, das mit Sicherheit schon mindestens genauso lange auf diesem Platz stand wie ihre Konditorei.

»Wie kann es sein, dass ausgerechnet mein Café unter Denkmalschutz steht?« Emilia konnte es kaum fassen. Arturo hatte sie bereits eine Nachricht auf der Mailbox hinterlassen mit der Bitte, bei Edoardo nachzufragen.

»Müsste das nicht im Kaufvertrag stehen oder im Grundbuch eingetragen sein?« Julias Frage war berechtigt.

»Das Kleingedruckte hat mir niemand übersetzt, aber ich bin mir sicher, dass der Notar etwas gesagt hätte«, meinte Emilia.

»Wer schert sich darum in Kalabrien, ob Denkmalschutz oder nicht. Vielleicht war es ihm nicht so wichtig«, mutmaßte Julia.

Emilia bemerkte, dass einer der Anwohner, ein Kunde ihrer Konditorei, gerade das Haus verließ. Wenn sie sich recht erinnerte, hieß er Giancarlo.

»Frag ihn. Der wohnt bestimmt schon eine halbe Ewigkeit da drin«, forderte sie Julia auf und rief seinen Namen. Jemand, der Schwarzwälder auch in der klassischen Variante ohne Eis mochte, war ein guter Mensch. Emilia wunderte es daher auch nicht, dass er gleich zu ihnen kam und sie herzlich begrüßte. Emilia verstand nur wenig von dem, was Julia ihm gerade erklärte, doch weil er nun auch die umliegenden Dächer betrachtete, ging Emilia davon aus, dass Julia das Gespräch fest im Griff hatte. Giancarlo schüttelte den Kopf. Auch das war vielsagend.

»Bei ihm nicht, hab ich recht?«, fragte Emilia.

»Er hat noch nie davon gehört. Das sind ganz normale Häuser. Er wüsste auch gar keinen Grund, warum sie unter Denkmalschutz stehen sollten«, erklärte Julia. Auch das stimmte. Es war schließlich nichts Besonderes an diesen Fassaden. Nicht einmal ein Hauch von Barock, wie man ihn in einigen Städten des Südens vorfand.

Julia erklärte ihm nun wohl auch, dass ihnen das Rathaus etwas anderes gesagt hatte. Sie reichte ihm den Ausdruck des Amts. Er zog seine Lesebrille auf die Nase und lachte.

»Dev'essere un errore«, sagte er.

Julia brauchte das nicht zu übersetzen, denn was ein »errore« war, konnte Emilia sich denken. Vielleicht klärte sich die Angelegenheit gleich auf, denn Arturo kam aus der Gasse, die zum Friedhof führte. Er rief nach ihr, und der Geschwindigkeit seiner Schritte nach zu schließen, hatte er es offenbar eilig.

»Hast du Edoardo erreicht?«, fragte Emilia, nachdem Arturo auch Giancarlo begrüßt hatte.

»Er ist sich absolut sicher, dass das Haus nie unter Denkmalschutz stand«, sagte Arturo sichtlich angespannt. Er wusste ja, was es für Emilia bedeuten würde, wenn der Bescheid stimmte.

Julia übersetzte es für Giancarlo, der daraufhin das Wort »manipolazione« in den Mund nahm.

»Das denke ich auch. Kurz nachdem seine Schwester verstorben war, hat er das Dach renovieren wollen und war auf dem Amt. Die hatten seinerzeit nichts dagegen. Er hat es nicht gemacht, weil ihm das Geld fehlte und die Bank ihm kein Darlehen geben wollte«, schilderte Arturo.

»Vielleicht ist das neu. Irgendein Gesetz«, überlegte Julia laut.

»Ich glaube, Giancarlo liegt da ganz richtig. Und wer kann solche Verordnungen veranlassen? Für wen ist Manipulation sicher kein Fremdwort?« Emilia konnte Arturo folgen, doch es fiel ihr schwer zu glauben, dass man offizielle Einträge so einfach fälschen konnte.

»Du denkst tatsächlich, Gaspare ...?«, deutete Emilia an.

»Ja, wer denn sonst? Er hat die Folgen des Unwetters sicher mitbekommen und weiß, dass du das Dach neu decken lassen musst«, sagte Arturo.

»Gaspare. Il diavolo«, fluchte Giancarlo.

»Dann packen wir den Teufel mal bei den Hörnern«, schlug Emilia vor.

Wo der Teufel sein Büro hatte, wusste Emilia. Gaspares Assistentin versuchte erst gar nicht mehr, sie abzuwimmeln, außerdem waren sie in der Überzahl. Julia und Arturo waren sicher nicht minder gespannt darauf, was der Herr Bürgermeister zu diesem Denkmalschutzgedöns zu sagen hatte. Diesmal öffnete seine Empfangsdame ihnen sogar die Tür zu seinem Büro. Zu Emilias großer Überraschung fanden sie Gaspare gut gelaunt vor. Seit wann schenkte er ihr ein Lächeln? Hatte ihn am Ende der Verzehr einer ihrer Torten verzaubert, die er sich aus PR-Gründen gewaltsam hatte einverleiben müssen? An solche Wunder glaubte Emilia allerdings nicht, auch wenn sie nichts auf ihre Backkunst kommen ließ.

»Nehmen Sie doch Platz. Darf ich Ihnen etwas zu trinken anbieten?«, fragte er und wirkte auf Emilia dabei noch nicht einmal scheinheilig. Arturo und Julia tauschten auch schon irritierte Blicke aus.

»Ein furchtbares Unwetter heute Morgen. Ich habe Ihr Haus gesehen. Es sieht sehr mitgenommen aus«, fuhr er fort. Aha. Er ergötzte sich also daran, dass sie sozusagen teilweise obdachlos geworden war.

»Deswegen sind wir hier«, sagte Arturo.

»Oh. Und ich dachte schon, es ginge um die Bürgermeisterwahl. Eigentlich nur noch reine Formsache.«

»Da wäre ich mir nicht so sicher«, erwiderte Arturo.

Emilia konnte die ihr nun bekannte Rivalität zwischen den beiden deutlich spüren.

Gaspare schnappte sich die Lokalzeitung und hielt sie so hin, dass alle sein Konterfei sehen mussten. Arturos Bild war deutlich kleiner. Emilia wusste, dass der Fotograf auch einige schöne Schnappschüsse von ihm gemacht hatte, doch dieses Foto zeigte ihn wirklich nicht von der besten Seite.

Arturo griff nach der Zeitung und wirkte nicht minder überrascht.

»Das ist Manipulation«, beschwerte er sich.

Gaspare zuckte unschuldig mit den Schultern.

»Wie viel hast du ihnen bezahlt?« Arturo ließ nicht locker.

»Arturo. Ich bin seit so vielen Jahren im Amt. Den Leuten geht es gut. Sie sehen, dass ich es mir auch gut gehen lasse. Und wer wählt schon einen Leichenbestatter zum Bürgermeister? Ich stehe für das Leben und du ...«

»Das sehen viele Bürger aber anders«, warf Emilia mit scharfer Stimme ein.

»Das legt sich schon wieder ... Die Zelle des Widerstands existiert ja jetzt nicht mehr, oder wollen Sie Ihre Eistorten open-air backen?« Sein Grinsen war die Fleischwerdung von Schadenfreude.

»Wir werden das Café so schnell wie möglich wieder instand setzen«, stellte Emilia klar. Sie bereute, dass das Gespräch in diese Richtung gegangen war. An sich müsste sie bei ihm wohl eher zu Kreuze kriechen, um diese dämliche Denkmalsache zu überprüfen.

»Das wird vor der Bürgermeisterwahl nicht mehr fertig, und danach ... Wird sicher nicht einfach. Gebäude, die unter Denkmalschutz stehen ... Gibt es da nicht besondere baurechtliche Bestimmungen?«, deutete er genussvoll an.

»Denkmalschutz. Das hast du dir doch ausgedacht. Wen hast du geschmiert?«, fuhr Arturo ihn an. Allein schon, dass Gaspare von sich aus dieses Thema angesprochen hatte, untermauerte ihren Verdacht.

»Es ist ein wunderschönes altes Haus. Die Dachzinnen und die Verzierungen an den Fenstern ...«, sinnierte er.

»Das haben hier fast alle Häuser«, erinnerte Emilia ihn.

»Und warum stehen die nicht unter Denkmalschutz?«, hakte Julia nach.

»Das wird schon seinen Grund haben«, erwiderte Gaspare.

»Wir wissen von Edoardo, dass hier etwas oberfaul ist. Willst du Schwierigkeiten? Die kannst du haben.« Arturos Motor lief anscheinend gerade heiß. Emilia hätte sich bis eben gar nicht vorstellen können, dass er so in Rage geraten konnte.

»Hier geht alles mit rechten Dingen zu«, sagte Gaspare mit unerträglicher Selbstgefälligkeit.

»Du könntest einem Änderungsantrag zustimmen. Als versöhnliches Zeichen. Das käme auch gut bei den Leuten an.«

Gaspares Stirn legte sich in Falten.

»Wir können auch ein Schild vor die Konditorei hängen, dass ich sie schließen muss, weil der Bürgermeister nicht in Betracht zieht, diesen scheiß Denkmalschutz aufzuheben«, drohte Emilia ihm. Zu verlieren hatte sie ohnehin nichts mehr.

»Tun Sie, was Sie nicht lassen können, aber erkundigen Sie sich vorher, ob das Anbringen von solchen Schildern strafrechtlich nicht bedenklich ist«, sagte er trocken und vor allem siegessicher.

Emilia dachte für einen Moment darüber nach, ihm an die Gurgel zu springen.

»Gibt es sonst noch was?«, fragte er.

»Eines sag ich Ihnen: Die Konditorei wird wiedereröffnet, und wenn ich mir diese verdammten Dachziegel aus den Überresten von Pompeji einzeln zusammenklauben muss«, fauchte Emilia ihn an.

»Viel Spaß dabei!«

Arturo setzte dazu an, etwas zu sagen, doch Emilia griff nach seiner Hand.

»Kein Wunder, dass Francesco Sie nicht ausstehen kann. Würde mir genauso gehen, wenn Sie mein Vater wären«, setzte Julia noch nach, bevor sie auf dem Absatz kehrtmachte.

Treffer! Gaspares selbstgefälliges Lächeln fiel augenblicklich in sich zusammen. Er verstummte.

»Einen schönen Tag noch.« Nun war Emilia es, die ein Lächeln aufgesetzt hatte – allerdings ein bissiges. Nichts wie raus aus diesem Büro, bevor sie ihm tatsächlich noch an die Gurgel ging.

Kapitel 18

Julia hatte noch nie so sehr mit sich gehadert. Das war nun schon die zweite Nacht, die sie ohne Francesco verbringen musste, und auch noch auf einer Matratze auf dem Boden. Julia fühlte sich wie auf Klassenausflug ins Zeltlager. Noch viel schlimmer war die Aussicht, mit Mama in einem Zimmer nächtigen zu müssen. Dass darin noch ein paar Möbel fehlten und sie keine frischen Klamotten dabeihatte, kam noch erschwerend mit hinzu – von einer Seitenwand, die noch feucht war, ganz abgesehen. Mama hatte wenigstens ein richtiges Bett. Ein Geschenk von Arturo. Das war aber auch schon alles. Ihre Sachen waren im Loft, Julias noch im Schlafzimmer der Landpension. Ab und an sollte sich der Mensch frisch einkleiden, vor allem nach schweißtreibenden Tagen wie diesen. Wäre sie nur mitgefahren, warf Julia sich nun vor. Ihre Mutter hatte noch versucht, sie dazu zu überreden. Einfach mal nach Francesco sehen und gucken, wie er reagiert, hatte es geheißen. Nicht ums Verrecken! Mama hatte immerhin eingesehen, dass sie nicht zurück zur Pension wollte, um dort erneut im Gästetrakt zu übernachten. Allerdings mit der Konsequenz, dass sie ihren Umzug auch gleich über die Bühne bringen wollte, damit Julia nicht so allein war.

Francesco hatte noch nicht einmal die Ape abgeholt, mit der sie ins Dorf gefahren war. Julia blickte aus einem der Fenster, von dem aus man auf die Straße vor dem Dorfplatz sehen konnte. Dort stand sie noch immer. War er etwa die ganze Zeit mit dem Fahrrad unterwegs? Oder am Ende noch mit dem Taxi? Wenn ja, wohin würde er überhaupt ohne sie fahren? Siehste! Hättest du Mama begleitet, wüsstest du das. An sich hatte Julia sich vorgenommen, die Flasche mit dem Roten erst aufzumachen, wenn Mama zurück war. Und wo blieb sie so lange? Es war ja schon halb elf, wie ein Blick auf ihr Smartphone ergab. So lange brauchte man doch nicht, um sich ein paar Klamotten zu holen. Sicher redeten sie miteinander. Ihre Mutter wäre nicht ihre Mutter, wenn sie nicht versuchen würde zu vermitteln, obwohl Julia ihr das ausdrücklich verboten hatte, bevor sie losgefahren war. Warum war das Leben nur so furchtbar kompliziert und manchmal eine richtige Bitch? Erneut fragte sich Julia, ob sie nicht überreagierte. Nein! Francesco war zwar ein Sturkopf, doch sicher hielt ihn auch das schlechte Gewissen davon ab, nach ihr zu sehen. Es gab nur noch einen Ausweg, diese vielen zermürbenden Gedanken abzustellen. Ein kleiner Schluck vom Roten machte müde und würde dem kleinen Schlumpf in ihrem Bauch bestimmt nicht schaden. Julia ließ sich auf die Matratze plumpsen und griff nach dem Wein. Dann blickte sie an sich herab. Du bist schwanger, Julia, sagte sie sich mit Nachdruck. Die Weinflasche stellte sie prompt wieder zur Seite. Zuschütten war nicht mehr. Wo blieb Mama nur? Julia konnte sich nicht daran erinnern, sich jemals so elend gefühlt zu haben. Noch nicht einmal Strom hatten sie hier oben. Der war abgestellt, um einen möglichen Kurzschluss zu verhindern, weil die Leitungen im ersten Stock noch aus der Zeit stammten, in der man sie mit Stoff isoliert hatte, und nach dem Regenguss Wasser in die brüchigen Kabel eingedrungen war. Nur im unteren Teil des Hauses waren Stromkabel neueren Datums verlegt. Der Raum wurde nur vom Licht der Straßenlaterne erhellt, und das schien wie ein Scheinwerfer auf die Stelle, auf der sie nun saß. Erneut vernahm sie das Geräusch eines Wagens. Gleich würde es bestimmt wieder leiser werden. Julia war schon so oft aufgestanden, um aus dem Fenster zu sehen, dass sie es nun vorzog, einfach nur sitzen zu bleiben. Das Geräusch von klappernden Schlüsseln an der Tür war aber eindeutig.

»Hilfst du mir beim Tragen?«, hörte sie ihre Mutter kurz darauf rufen.

Julia stand auf, ging in den Flur und eilte die Treppen herunter. Immerhin dort hatten sie Licht.

Ihre Mutter hatte ihren Koffer dabei und noch zwei Tüten, die sie erst einmal abstellte. Dann schloss sie die Tür hinter sich ab.

»Und, war er da?«

»Ja, was denkst du denn?«, erwiderte ihre Mutter.

»Was hast du denn die ganze Zeit dort gemacht?«

»Geredet.«

»Was hat er gesagt?«

»Kannste dir das nicht denken?«

»Ist er sauer?«

»Ihr passt besser zusammen, als du denkst. Francesco ist nämlich der gleiche Sturkopf wie du.«

»Ich war nicht mit einem ragazzo im Bett.«

»Er auch nicht mit dieser ragazza. Ich hab ihm doch angesehen, dass er leidet wie ein Hund, aber kein Wort darüber. Richtig zickig war er. Und genauso vernagelt. Du glaubst ihm nicht, also vertraust du ihm nicht, und weil er nichts Verwerfliches getan hat, gibt es keinen Grund, dir hinterherzulaufen.«

»Das ist ja wohl das Allerletzte«, sagte Julia, musste sich in dem Moment aber zugleich eingestehen, dass zumindest die Logik seiner Argumentation stimmig war.

»Er hat mich in dein Zimmer gelassen, weil du ja auch frische

Sachen brauchst«, sagte Mutter und deutete auf die beiden prall gefüllten Tüten.

»Hat er mich rausgeschmissen?«

»Julia! Ich habe ihn darum gebeten, weil du das so wolltest.«

Da hatte Mutter auch wieder recht.

»Und sonst? Ihr habt doch bestimmt nicht zwei Stunden nur über mich geredet.«

»Nein. Jetzt hilf mir mal, das Zeug hochzutragen. Nimm du meinen Koffer, die Tüten sind schon schwer genug«, sagte ihre Mutter. Dann hängte sie sich die Last über die Schultern und ging die Treppe nach oben. Julia schnappte sich ihren Koffer und stapfte hinterher.

»Dir muss man ja alles aus der Nase ziehen«, beschwerte sie sich.

»Ich kann nicht schleppen und gleichzeitig reden. Ich ersticke sonst«, sagte ihre Mutter. »Es waren noch Gäste da«, sagte sie, als sie oben angekommen war und die Tüten auf dem Boden abgesetzt hatte.

»Was?« Julia fiel aus allen Wolken.

»Deshalb bin ich noch auf ein Gläschen Wein hängen geblieben. Außerdem musste ich Francesco erzählen, wie schlimm der Schaden ist.«

»Er wusste davon?«

»Die Gäste haben es ihm erzählt. Die müssen hier vorbeigefahren sein.«

Julia schielte schon zur Weinflasche. Nur ein kleiner Schluck zur Beruhigung, doch die Neugier obsiegte. »Was sind das für Leute?«

»Ein junges Paar. Sie kamen aus Sizilien. Hat mir irgendwie gutgetan, ein bisschen zu plaudern nach all dem Stress heute. Man kann sich bei euch wirklich gut erholen.«

»Aus Sizilien? Italiener?« Julia überlegte schon, ob sie besser Online-Werbung auf italienischen Portalen hätte machen sollen.

»Deutsche. Die sind mit dem Leihwagen im Süden unterwegs. Und stell dir mal vor, die haben Orangenbäume adoptiert«, sagte ihre Mutter, während sie zwei Paar von Julias Schuhen und ihren Kulturbeutel aus einer der Tüten holte.

»Mama, hast du zu viel getrunken? Man kann nur Menschen adoptieren, aber keine Früchte«, sagte Julia, die um Fassung bemüht war.

»Nein. Ernsthaft. Das ist doch ’ne tolle Geschäftsidee. Ein Vincenzo hat dort eine riesige Orangenplantage. Und stell dir vor, dort wohnt sogar ’ne Deutsche. Eine Monika, wenn ich mich recht erinnere. Die lebt dort mit ihrer Tochter, und die hatten die Idee dazu.«

»Was? Orangenbabys zur Adoption freigeben?« Julia hatte Mühe, nicht in Hysterie zu verfallen.

»Die haben dort überall Webcams stehen. Die Leute adoptieren Bäume und können von der Ferne aus über das Internet sehen, wie die wachsen. Und wenn die reif sind, dann werden die verschickt. Alles bio, und man weiß, woher die Ware kommt. Die Idee fand ich großartig. Das könntet ihr doch mit euren Olivenbäumen auch machen. Heutzutage wird so viel mit dem Öl gepanscht und gestreckt …«, sagte Mutter auf dem Weg zum Bad.

Julia stand da wie angewurzelt und hatte Mühe, all das auf einen Schlag zu verarbeiten.

»Hast du das Francesco auch gesagt?«

»Ja, ist doch naheliegend.«

»Und, macht er es?«

»Kind. Ich sehe schon, es gibt jede Menge Gesprächsbedarf. Warum um alles in der Welt hockst du dich nicht in meinen Wagen und fährst hin? Die sitzen immer noch draußen auf der wunderschönen Terrasse. Streiten könnt ihr dann immer noch, wenn die Gäste im Bett sind. Darf ich jetzt duschen?«

Julia nickte.

Ihre Mutter öffnete ihren sichtlich schnell gepackten Koffer und zog den Kulturbeutel heraus.

»Ich dann als Nächste«, kündigte Julia an.

»Ich dachte, du wolltest noch mal hinfahren?«, fragte ihre Mutter. Dann knipste sie die Taschenlampe ihres Handys an, um damit das Bad auszuleuchten.

»Ich denke nicht daran!« Das war natürlich glatt gelogen. Julia dachte an nichts anderes mehr, doch wie es im Moment aussah, kam er künftig bestens auch ohne sie klar. Olivenbäume adoptieren. Wie verrückt war das denn? Julia blickte erneut zur Weinflasche. Sie rief förmlich nach ihr, doch ihr eiserner Wille, den sie vermutlich von ihrer Mutter geerbt hatte, bezwang auch diese Gelüste.

Arturo hatte maßlos damit übertrieben, dass er hier »gebraucht« wurde, denn die gute Alberta war die einzige »Kundin« seit Monaten gewesen, für die er sozusagen beruflich tätig war. Doch nicht nur um Alberta ging es an diesem Morgen. Für Emilia fühlte es sich auf dem Weg zu ihrer Beerdigung so an, als würde sie ihre eigenen Träume zu Grabe tragen. Wenn ein Tag schon mit so einem traurigen Ereignis anfing, sorgte das nicht gerade für einen Energieschub, aber sagte man nicht, dass immer alles zusammenkam? Zumindest schien die Sonne, und Julia hatte wieder frische Sachen an. Man musste stets das Positive sehen. Dazu gehörte auch, dass Julia sie nicht mehr mit Nachfragen über jedes noch so kleine Detail vom Gespräch mit Francesco am Vorabend löcherte. Thema Nummer eins schon seit dem Frühstück. Anscheinend hatten Friedhöfe die Eigenschaft, einen von allem Irdischen zu befreien, das einen belastete. In Arturos Reich galten andere Gesetze als außerhalb der Friedhofsmauern, denn letztlich zählte nur eines: Sein oder Nichtsein. Und wenn man sich das Sein auf dem Weg durch die Grabreihen in dieser weit vom Alltag entfernten Welt durch den Kopf gehen ließ, erschien einem so manches Problem nichtig und klein. Julia schien es genauso zu gehen. Sie trottete schweigend neben Emilia her und besah sich die Grabsteine zu ihrer Linken und Rechten im Vorbeigehen. Am Ende der Weggabelung stießen weitere Dorfbewohner zu ihnen. Camilla entdeckte sie in einem der Seitenwege. Gaspares Mutter unterhielt sich mit gleichaltrigen Frauen. Sie kannte sie vom Sehen, denn es waren Kundinnen der Konditorei. Wo war denn Gaspare? Hatte Arturo ihr nicht gesagt, dass zu Beerdigungen in der Regel das halbe Dorf kam? Zu so einem selten gewordenen Anlass, der aufgrund Gaspares Gesundheitspolitik fast schon zum Politikum wurde, durfte der Bürgermeister doch nicht fehlen. Emilia entdeckte ihn dann am Ende der Pinienallee. Er trug einen Kranz in der Hand, aus der auch eine Rose lugte. Ein Kranz und eine Rose für Alberta? Seine Geliebte dürfte sie schon rein alterstechnisch nicht gewesen sein. Auch er war mit in Schwarz gekleideten Trauergästen im Gespräch, bog dann aber ganz unversehens allein in einen Gang ab. War er etwa auf Wählerfang am Friedhof? Zuzutrauen wäre es ihm. Vielleicht war ihm auch nur die Lust vergangen, sich mit älteren Herrschaften, die sich unentwegt mit Taschentüchern gegen die Augen tupften, zu beschäftigen. Emilias Tränendrüsen juckten auch schon. Die arme Alberta.

»Emilia«, rief Camilla ihr zu, kurz bevor sich ihre Wege kreuzten. Irgendetwas sagte Camilla zu den beiden Damen, die sie begleiteten. Sie gingen daraufhin gemächlich weiter in Richtung der kleinen Menschentraube, die sich vor Albertas Grab gebildet hatte, wohingegen Camilla zu ihr und Julia stieß. Sie suchte anscheinend das Gespräch.

»Furchtbar, was mit Ihrem Haus passiert ist. Ich hoffe, Sie kriegen das wieder in Ordnung«, sagte Camilla, nachdem sie auch Julia zur Begrüßung die Hand gereicht und ein Lächeln geschenkt hatte, das von Herzen kam.

»Wollen wir es hoffen ...«, erwiderte Emilia.

»Die Hoffnung stirbt bekanntlich zuletzt.« Julias Einschätzung klang da schon etwas pessimistischer.

»Aber Sie sind doch bestimmt versichert?«, hakte Camilla besorgt nach.

»Sicher, aber das Gebäude steht unter Denkmalschutz, und wir müssen die gleichen Dachziegel finden. Nur, die gibt es jetzt nicht mehr.«

»Denkmalschutz? Hier steht doch nichts unter Denkmalschutz«, wunderte sich Camilla.

»Ihr Sohn sieht das leider anders. Und es steht so in den Unterlagen der Stadt«, erwiderte Emilia.

»Ach, Gaspare ... Der soll sich nicht so anstellen.«

»Wo ist er eigentlich? Hat er Sie denn nicht hergebracht?«, fragte Julia.

»Der ist vermutlich bei Sofia.«

»Verstehe«, sagte Emilia. Sie wunderte sich nicht darüber, dass Julia sie verblüfft ansah.

»Seine verstorbene Frau.« Camilla hatte schon dazu angesetzt, Emilia mit der Erklärung zuvorzukommen, doch es war wohl besser, keine Konversation zu diesem Thema aufkommen zu lassen, denn der Tod der Schwiegertochter war sicherlich auch schmerzlich für Camilla gewesen. Sie ging trotzdem darauf ein.

»Seit Sofias Tod ... Manchmal glaube ich, dass er gar nicht mehr der Mensch ist, den ich auf die Welt gebracht habe. Früher war er so liebenswert und … Ach, was rede ich. Heute geht es wahrlich nicht um Gaspare«, sagte Camilla.

»Standen Sie sich nah? Alberta war ja so eine liebenswerte Person.« Emilia konnte sich das gut vorstellen, weil Camilla wahrscheinlich in Albertas Alter sein dürfte.

»Jeder hier im Dorf ist wie ein Familienmitglied für mich. Baujahr neununddreißig. Uns verbindet der Krieg. Unsere ersten Kindheitserinnerungen an die Besetzung durch die Deutschen. Wie Heuschrecken sind sie über Italien hergefallen, bis in den Süden, aber wir haben ihnen getrotzt. Mein Vater war bei den Partisanen. Nach dem Krieg blühte das Land auf. Fischerei und Landwirtschaft. Wohlstand für alle. Unser Dorf war reich. Das Leben hätte schöner nicht sein können, und nun ist alles verfallen. Auch wir verfallen und landen irgendwann bei Arturo«, sagte Camilla gedankenverloren.

»Sie haben ganz schön viel miterlebt.« Die Art, wie Julia das sagte, zeugte vom Respekt, den sie der alten Frau zollte.

»Deswegen reicht es mir ja auch. Ich bin, ja, wie will ich das sagen … des Lebens satt, trifft es vielleicht am besten, aber der Appetit auf Ihre leckeren Torten ist mir noch nicht vergangen«, sagte Camilla.

Emilia lachte, auch wenn das auf einer Beerdigung alles andere als angemessen war.

Einerseits war Julia froh darüber, ihre Mutter begleitet zu haben, weil Alberta ihr auch ans Herz gewachsen war und sie sich von ihr verabschieden wollte. Andererseits bereute sie es, denn auch Francesco war anwesend, und nachdem sich ihre Blicke für einen kurzen Moment gekreuzt hatten, starrte er nun schon seit gut einer Viertelstunde auf das frisch ausgehobene Grab, vor dem der Priester eine Laudatio auf Alberta hielt. Julia bekam von seinem

Sermon nur noch die Hälfte mit. Im Prinzip reichte das auch, weil er genau das Gleiche nur ausführlicher von sich gab, was ihnen vorhin Camilla in Kurzform bereits über das Leben im Dorf erzählt hatte. Allerdings kamen weitere interessante Dinge über Alberta zutage. Als junge Frau war sie in Mailand gewesen, um dort für ein Bekleidungsgeschäft zu arbeiten, und doch hatte es sie wieder in die alte Heimat verschlagen, der Liebe wegen. Letzteres war aus dem Mund des Pfarrers das Stichwort, um über ihre eigene »amore« nachzudenken. Und das auf einem Friedhof. Am liebsten wäre Julia gleich zu Francesco gegangen, um ihm zu sagen, wie bescheuert er sich verhielt. Dummerweise konnte sie sich das Gleiche vorhalten. Auf einer Beerdigung fing man keinen Streit an, also verwarf sie diesen Gedanken wieder. Julia, die eingekeilt zwischen Camilla und ihrer Mutter stand, blickte aber erneut verstohlen zu ihm hinüber. Wie versteinert stand er da. Er fixierte immer noch das Loch in der Erde. Eigentlich hatte Julia erwartet, dass sein Vater neben ihm stehen würde, doch der war gegenüber und somit links von Julia. Die beiden würdigten sich ebenfalls keines Blickes. Hatten sie sich gestritten, oder hatte ihre Mutter ihm von den jüngsten Machenschaften seines Vaters erzählt? Julia musterte die anderen Anwesenden und überlegte, ob es nicht vielleicht doch ganz normal war, wenn jeder gesenkten Hauptes herumstand. Wenn der Pfarrer redete, dann herrschte nun mal andächtiges Schweigen, und irgendwo musste man währenddessen ja hinsehen. Sie schien die Einzige zu sein, die von dieser Regel abwich, also folgte sie den Blicken der anderen.

Julia machte gedanklich drei Kreuze, dass der Pfarrer endlich von Asche, die zu Staub wurde, sprach. Er war auch der Erste, der zu einer Schaufel mit langem Holzstiel griff, nachdem vier der kräftigsten Männer nach Arturos Kommando den kranzgeschmückten Sarg mit Seilen ins Grab gelassen hatten. Der Mittfünfziger mit Tränen in den Augen musste Albertas Sohn aus Mailand sein, denn ihm reichte der Pfarrer die Schaufel als Erstes. Ob er sich wohl vorwarf, dass er von hier weggezogen war und seine Mutter allein zurückgelassen hatte? Was für ein schrecklicher Gedanke. Würde sie ihre Mutter im Alter auch allein lassen? Das Bild des weinenden Sohnes prägte sich ihr ein. Sie schwor sich in diesem Moment, dass ihre Mutter das Schicksal von Alberta nicht teilen würde.

Nun starrte Julia auch auf den Sarg. Ihre Augen füllten sich mit Tränen, jedoch spielte Camilla beim nun einsetzenden allgemeinen Schluchzkonzert die erste Geige, Mama die zweite. Julia vergoss ihre Tränen aber nicht nur wegen der armen Alberta, sondern auch, weil der Schwur, den sie an ihrem Grab geleistet hatte, sie so aufwühlte, bewies er doch, wie viel ihre Mutter ihr bedeutete. Der dritte Grund war Francesco. Und der beachtete sie immer noch nicht. Alle paar Sekunden fiel etwas Erde auf Holz. Der Rhythmus des Abschieds. War es zugleich der Abschied von Francesco? Zum Schluchzen, das wie schräge Violinentöne klang, und dem Trommeln der Erde auf den Sarg gesellte sich auch noch eine Trompete. Camilla schnäuzte sich, nachdem auch sie etwas Erde auf den Sarg geworfen hatte. Sie reichte dann die Schaufel an Emilia weiter. Julia verkrampfte augenblicklich, denn wenn sie nach ihrer Mutter hervortrat, stand sie Francesco auf der anderen Seite des ausgehobenen Grabes gegenüber, ohne die schützende Wand der anderen Trauergäste vor sich zu haben. Zwei weitere Trommelschläge folgten. Ihre Mutter hatte gleich zweimal Erde auf Albertas Grab niederprasseln lassen. Der Stiel der Schaufel lag nun in Julias Hand. Sie versteifte sich und musste sich regelrecht dazu zwingen, an den Rand des Grabes zu treten. Auch wenn sie nicht zu Francesco hinübersah, spürte sie, dass sein Blick auf ihr lag. Julia wagte es, zu ihm hinüberzusehen. Standen Tränen auch in seinen Augen? Waren sie feucht geworden, weil Alberta nicht mehr unter ihnen weilte? Julia las Zorn und Verzweiflung in seinen Augen. Er wandte sich zum Gehen und bahnte sich seinen Weg durch die anderen Trauergäste.

»Julia. Die anderen warten«, flüsterte ihre Mutter ihr zu.

Julia stach in den Erdhügel, häufte etwas auf die Schaufel und verstreute es auf Albertas Sarg. Ruhe in Frieden. Tut mir leid, dass ich im Moment nicht so recht bei der Sache bin, aber ich muss dringend mit Francesco sprechen, ließ sie Alberta in Gedanken wissen. Die Schaufel reichte sie an einen ihrer Kunden weiter und machte dann auch auf dem Absatz kehrt.

»Beeil dich«, sagte ihre Mutter leise.

Nur wenige Blicke folgten ihr. Der von Gaspare auch. Das bekam Julia gerade noch mit, bevor sie Francesco nacheilte, der sich schnellen Schrittes zum breiten Hauptweg begab, auf dem auch sie hergekommen waren.

»Francesco«, rief sie ihm mit gedämpfter Stimme nach. Das Drama brauchte ja nicht gleich jeder mitzubekommen.

Er reagierte nicht darauf. Noch einmal laut nach ihm zu rufen, kam nicht infrage. Es war schon schlimm genug, dass sie sich beide noch während der Beerdigungszeremonie verdrückt hatten. Julia blieb nichts anderes übrig, als ihre Schritte zu beschleunigen. Ihm nachzurennen würde im Moment auch auffallen, zumindest, solange sie in Sichtweite waren. Zum Ausgang ging es nach rechts. Vollgas. Und jetzt musste sie ihre Stimme auch nicht mehr dämpfen.

»Francesco! Jetzt bleib endlich stehen, verdammt noch mal!« Julia war Letzteres vor Zorn so lautstark entfahren, dass man es nicht nur bis zu Albertas Grab, sondern bis ins Dorf gehört haben musste. Auch schon egal, Hauptsache, es wirkte.

»Was willst du?«, blaffte Francesco sie an.

»Reden.«

»Auf einmal?«, fragte er etwas spitz.

»Dir war ja auch nicht gerade danach, oder ist mir da etwas entgangen?«, gab sie zurück.

Ein Streit auf einem Friedhof. Wenigstens abseits der Gräber, dachte Julia.

»Was gibt es denn zu reden? Du hältst mich doch für einen Betrüger.«

»Hast du mir denn keinen Grund dazu gegeben?«

»Nein.«

»Aber du hast mir nicht die Wahrheit gesagt. Du hast die ganze Zeit herumgeeiert, und ein schlechtes Gewissen hattest du auch, sonst hätten wir schon viel früher geredet«, hielt Julia ihm vor.

»Schlechtes Gewissen. Weshalb denn?« Francesco hatte eines, denn er stützte sich an der Friedhofsmauer ab, als ob er daran Halt suchen würde. Den hatte er doch früher immer an ihr und sie an ihm gefunden. Jetzt mussten Steine dafür herhalten.

»Was ist mit dieser Sandra? Sag mir die Wahrheit.«

Francesco haderte sichtlich mit sich.

»Du warst betrunken, hast dich an ihre großen Titten erinnert, und dann ist dein Hormonspiegel mit dir durchgegangen. War es das?«, fragte sie.

Francesco schüttelte fassungslos den Kopf.

Julia hatte mit einer wütenden Reaktion oder der Fortsetzung ihrer ersten Konversation zu diesem Thema gerechnet. Stattdessen setzte er sich auf den Mauervorsprung, an dem die Eingangstore eingelassen waren, und fing schon wieder damit an, auf Erde zu starren. Julia rechnete bereits mit dem Schlimmsten. »Ich hab mich wieder in sie verliebt …« Oder: »Es war ein Fehler mit uns.« Selbst die Variante, dass er zu dem Schluss gekommen sei, dass

Sandra besser zu ihm passte, weil sie eine Italienerin war, geisterte schon durch Julias Kopf.

»Ich hab dir nicht die volle Wahrheit gesagt«, gestand Francesco.

»Was heißt das?« Präziser musste Julia die Frage in diesem Fall nicht stellen.

»Ich wollte Sandra fragen, ob sie mir Geld leihen kann. Sie ist wohlhabend. Ihr gehört die Hälfte des Hotels, die andere Hälfte ihrem Bruder. Sie gibt die Aerobic-Stunden nur, weil ihr das Spaß macht und sie den Alten etwas Gutes tun will. Ihr Bruder sollte nichts davon mitbekommen. Sie hat die Jalousien nur sicherheitshalber runtergelassen, damit uns niemand im Büro sieht.« Francesco sprach nun wieder mit ihr und nicht mit dem Boden.

»Was?«

»Na, ich brauchte doch das Geld für deinen Pool und den ganzen Luxuskram.«

»Und wieso bist du nicht zu deinem Vater gegangen?«

»Das bin ich. Ich musste mich dazu überwinden, und es ist genau das passiert, was ich mir gedacht hatte. Er hat mir keines gegeben. Angeblich ist er blank.«

»Das glaubt er doch selbst nicht«, sagte Julia fassungslos. Sie setzte sich zu ihm. Die Wut auf ihn war wie weggeblasen. Immerhin betrug die Distanz zwischen ihnen nur noch eine Handspanne. Die unsichtbare Mauer, die sich in den letzten Tagen zwischen ihnen errichtet hatte, stand aber immer noch, auch wenn sie kleiner geworden war. Das spürte Julia.

»Ich wollte es dir nicht sagen, dass er uns nicht helfen kann oder will.«

»Warum nicht?«

»Weil ich mich für ihn schäme.«

»Gott. Ihr Italiener. Euer Stolz. An alles hätte ich gedacht, nur nicht …«

»Ja, an alles. Als ob du mich nicht kennen würdest.«

Das Mäuerchen zwischen ihnen wuchs gleich wieder ein paar Zentimeter, denn sein Vorwurf rief ihr in Erinnerung, was ihre Mutter ihr über sein Vorleben gesteckt hatte.

»Tue ich auch nicht.«

»Was soll das jetzt wieder?«, beschwerte er sich.

»Von deiner Freundin vor mir hast du mir nie etwas erzählt, auch nicht, dass du sie meinetwegen verlassen hast.«

Francesco schluckte. »Woher weißt du das?«

»Mama hat die Dame kennengelernt. An der Uni. Ein Busenwunder.«

Francesco verdrehte die Augen.

»Stimmt's etwa nicht?«

»Doch.«

»Und warum hast du mir das nicht erzählt?«

»Dass mir das Busenwunder mal kurz den Kopf verdreht hat? Wir waren kurz zusammen. Rein sexuell. Ich war nicht im Kloster, bevor wir uns kennengelernt haben.«

»Und warum dann ausgerechnet ich?« Julia sah demonstrativ an sich herab. »Soll ich mir jetzt Implantate reinmachen lassen?« Julia spürte, dass sich sein Groll verzogen hatte. Die Streitereien fühlten sich fast schon normal an. Sich gegenseitig aufzuziehen gehörte zu ihrer Dynamik als Paar. Unter normalen Umständen hätte Francesco etwas erwidert wie »Mindestens Dolly-Buster-Größe«, doch stattdessen suchte er nur Blickkontakt. Einmal hergestellt, klickte es wieder in ihrem Herzen. Und ihr war, als ob sie den Klick in seinem auch gehört hätte.

»Weil ich dich liebe, okay?«, kam es dann prompt.

Der warme Strom aus purem Glück, der Julia nun erfasste, war unbeschreiblich intensiv. Und dieses Gefühl verstärkte sich, als er endlich die letzte Handspanne zwischen ihnen überwand, indem er zu ihr rutschte und seinen Arm um sie legte.

»Glaubst du mir denn das nicht?«

Julia wollte darauf gar nichts sagen, weil er ihre Antwort in ihren Augen lesen konnte. Sie wurden schon wieder feucht, aber diesmal vor Freude.

»Jetzt fang du nicht auch noch an zu schluchzen wie die vorhin am Grab. Das macht einen ja voll fertig«, sagte Francesco.

Julia ignorierte seine Worte, weil ihr eben eingefallen war, dass es wohl keinen besseren Moment gab, als ihm beizubringen, dass er in ein paar Monaten Papa wurde.

»Hab ich was Falsches gesagt?«, fragte er verunsichert nach.

Julia schüttelte den Kopf.

»Warum heulst du dann?«

Julia suchte nach den richtigen Worten. Sie konnte nicht einfach sagen: »Du, ich bin schwanger …« Das war ihr zu banal. Es poetischer oder irgendwie anders auszuschmücken, dazu fehlte es ihr nach der ganzen Aufregung aber an Ideen. Bevor sie irgendeinen Unsinn schwafelte, griff sie lediglich nach seiner Hand und legte sie sich behutsam auf den Bauch. Dorthin tropfte eine Träne.

Francesco musterte sie irritiert. Schwer von Begriff war er noch nie gewesen.

»Echt jetzt?«

Hoffentlich täuschte sie sich nicht, und er dachte, sie hätte sich nur den Magen verdorben.

Julia nickte.

»Ich? Papa?« Aha, er wollte sich doch vergewissern. Aber dann strahlte er bis über beide Ohren.

Julia wischte sich die Tränen aus den Augen, auch wenn sie

aufgrund seiner Reaktion vor Glück erneut hätte losheulen können.

Francesco schmiegte sich glückselig an sie und hielt sie ganz fest.

»Ich wollte es dir früher sagen, aber es ergab sich nie die richtige Gelegenheit, und dann ... dann kam Sandra ...«, rechtfertigte Julia sich, obwohl er noch nicht einmal danach gefragt hatte, seit wann sie von ihrer Schwangerschaft wusste oder warum sie es ihm nicht schon früher offenbart hatte.

»Ach, Julia ... meine Julia ... Kannst du mir verzeihen? Meinen Stolz?«

Julia winkte ab. Was gab es denn da zu verzeihen, wenn man wie er so einen Vater hatte.

Francesco verstand die Geste richtig und streichelte ihren Bauch.

»Schon verrückt, dass man im gleichen Moment Fröhliches und Trauriges erleben kann. Alberta ging von uns, und da drin, da ist jemand, für den ein neues Leben beginnt, hier am selben Ort, von dem man doch immer sagte, dass er ausstirbt.«

»Wenn es ein Mädchen wird ... Mir gefällt Alberta ziemlich gut.«

»Ich glaube, Alberta würde das auch gut gefallen«, sagte Francesco und begann, sie zu küssen.

Gehörte sich das auf einem Friedhof? Julia bejahte diese Frage, weil es wohl kein besseres Publikum als die Toten gab. Liebe währte nämlich genau wie ihre Seelen ewig.

Während Emilia an der Kaffeemaschine stand, um für sich, Julia und Francesco drei Tassen zuzubereiten, dachte sie darüber nach, dass Freud und Leid manchmal so nahe beieinanderlagen. Dass beim Leichenschmaus nur noch wenige Tränen vergossen, kaum mehr geschnieft und geschluchzt, sondern sogar ab und an gelacht wurde, lag sicherlich nicht an Emilias Eistorten, die sie gratis an Albertas Freunde verteilt hatte. Emilia hielt dies für angemessen und auch für passend, weil Alberta ihre Torten geliebt hatte. Ihr Vergnügen zu Lebzeiten mit den Menschen zu teilen, die ihr nahegestanden hatten, hielt Alberta nicht nur in ihrer Erinnerung lebendig. Man teilte ganz konkret etwas mit ihr, und Emilia war sich sicher, dass Alberta sich das auch so wünschen würde. Es waren die vielen kleinen Episoden, witzige Begebenheiten aus ihrem Leben, und vor allem die Erinnerung an ihr Temperament, die dem einen oder anderen ein Schmunzeln entlockten. Dies erklärte auch, warum aus einer Trauergesellschaft eine Gemeinschaft wurde, die in ihren Gesprächen über Alberta mehr an ihr Leben als an ihren Tod dachte. Arturo war sowieso davon überzeugt, dass sie vom Himmel herab alles mitbekam und Emilias Konditorei gelegentlich besuchen würde. So oft, wie sie ausgeholfen hatte, gehörte Alberta ja bereits zum Inventar, auch wenn man sie vermutlich nur nächtens im Licht der Kamera eines Handys sehen würde. Die meisten der Gäste waren etwa in Albertas Alter und sprachen darüber, welches Glück sie doch gehabt hatte, allem Anschein nach friedlich eingeschlafen zu sein. Konnte man mehr Glück im Leben haben? Die Leute freuten sich für sie, so paradox das auch auf den ersten Blick aussehen mochte, denn der Tod eines Menschen war an sich ein trauriger Anlass. Doch wie Arturo sagte: Der Tod gehörte zum Leben, und wer im hohen Alter war, für den schien der bevorstehende Abschied am Horizont des Lebens weniger dramatisch zu sein, so als ob irgendein inneres Programm ablaufen würde, das einen Menschen darauf vorbereitete. Angeblich würde das auch bei denjenigen passieren, die früher aufgrund einer Erkrankung aus dem Leben gerissen wurden. Emilia zweifelte Arturos Expertise nicht an.

»Ich glaube, die Leute haben recht. Wenn ich im Leben einen Wunsch frei hätte, würde ich mir wünschen, so wie Alberta zu gehen. Einfach wegzuschlummern«, sagte selbst Julia, die ihr einen Teil der Gespräche, die Emilia naturgemäß nicht vollends verstand, übersetzt hatte.

Julia stand mit ihr am Tresen und schnitt sich nun auch etwas von der Erdbeertorte ab, für sich und Francesco, der sich draußen zu den Gästen gesellt hatte. Auch das war natürlich ein Grund zur Freude. Wie es schien, hatte sich das Missverständnis in Wohlgefallen aufgelöst, und die Aussicht darauf, Papa zu werden, beglückte ihn derart, dass er von innen heraus strahlte, und zwar so, dass einige der Leute ihn auf dem Rückweg zum Marktplatz schon darauf angesprochen hatten. Dass das Dorf bald Nachwuchs zu erwarten hatte, kam mittlerweile nur noch selten vor. Insofern freuten sich alle mit ihm, und es machte schnell die Runde.

»Wie ausgewechselt«, sagte Julia, die Francesco ebenfalls im Blick hatte.

»Er hat sein Lächeln wiedergefunden«, befand auch Emilia.

»Das meine ich nicht.«

»Sondern?«

Julia erweckte den Eindruck, als müsste sie selbst noch darüber nachdenken. Beide beobachteten ihn durch das Schaufenster. Emilia konnte sich immer noch nicht denken, was Julia damit meinte.

»Es kommt mir so vor, als ob er von jetzt auf gleich irgendwie erwachsen geworden ist«, stellte Julia fest.

»Weil er weiß, dass er Vater wird?«, hakte Emilia nach.

»Alles zusammen.«

»Und woran merkst du das?«, fragte Emilia.

»Er ist sich dessen bewusst, dass sich unser Leben drastisch ändern wird, und er sieht ein, dass er sich mit seinem Agriturismo-Kram verrannt hat.«

»Das spricht auf alle Fälle für ihn. Ich denke, den Kaffee hat er sich verdient. Nimm noch ein Glas Wasser mit. Er ist bestimmt schon heiser.«

Julia lachte, tat wie geheißen und folgte dann ihrer Mutter nach draußen.

Mit Julias Einschätzung bezüglich Francescos Veränderung im Hinterkopf, wunderte es Emilia schon gar nicht mehr, dass sie das Wort »bambino« aus seinem Mund mindestens zweimal vernahm, während sie ihm den Kaffee servierte und dann Platz nahm.

»Da weht bald ein anderer Wind«, sagte Emilia. Sie war neugierig, wie er darauf reagierte.

»Das haben andere auch geschafft. Und sobald wir den Pool und ein bisschen mehr Komfort haben ... Ich hätte früher auf Sie hören sollen«, gestand Francesco.

»Ich bin mir sicher, alles wird gut«, sagte Emilia zuversichtlich. Sie blickte nach oben zu ihrem immer noch teilweise abgedeckten Dach. Sie wünschte sich in diesem Moment, das Gleiche von sich behaupten zu können.

»Bei dir auch, Mama. Bestimmt«, sagte Julia, die ihrem sorgenvollen Blick nach oben gefolgt war.

»Und wenn Arturo niemanden findet, der eine Plane draufmacht, dann machen wir sie halt drauf. Ich bin schwindelfrei«, sagte Julia.

»Das kommt nicht infrage«, wandte Francesco sogleich ein. Schwangere hatten auf einem Dachgebälk in der Tat nichts zu suchen.

»Warum wollt ihr das Loch da oben eigentlich mit einer Plane zumachen? Es ist doch gescheiter, es gleich neu mit Ziegeln zu decken«, fuhr Francesco fort.

»Hast du es ihm noch gar nicht gesagt?«, wollte Emilia von Julia wissen. Die schüttelte den Kopf.

»Denkmalschutz. Und alte Dachziegel aus der Zeit zu bekommen, kann man vergessen«, sagte Emilia voll Kummer.

»Blödsinn, Denkmalschutz. Niemals«, sagte Francesco.

Emilia winkte ab, denn diese Einschätzung hatte sie auch schon von anderer Seite gehört.

»Ist so. Ich war mit Mama auf dem Rathaus.«

»Das kann aber nicht sein. Ich hab doch die Pläne gesehen«, sagte Francesco.

»Welche Pläne?«, wollte Emilia sogleich wissen.

»Na, für den Umbau. Ich bin die Tage mit dem Fahrrad zu Oma gefahren, wollte sie besuchen. Sie schlief. Vater hab ich in seinem Büro vermutet. Er war aber nicht da. Da ist mir eine Mappe ins Auge gestochen, vielmehr ein Bild von der Bäckerei, nur komplett modernisiert. Darin waren die Pläne, die wir ihm versalzen haben, und noch jede Menge anderer Dokumente und Kopien von Urkunden. Ich hab mich noch gefragt, warum die auf seinem Schreibtisch liegen. Das Thema war doch schon vom Tisch. Anscheinend hat er immer noch nicht aufgegeben und sich deshalb die Sache mit dem Denkmalschutz einfallen lassen. Diese Leute aus Rom hätten alles erneuert, und oben wollten sie eine Dachterrasse hinbauen«, sagte Francesco.

»Wie soll das gehen, wenn ein Haus unter Denkmalschutz steht?« Julia nahm Emilia die Frage aus dem Mund.

»Eben ...«, stellte Francesco bedeutungsvoll in den Raum.

»Aber dann stimmt das vielleicht wirklich nicht.« Julia mutierte zur Schnellmerkerin.

»Vater kann ja ins System der Stadt, in den Computer. Er kennt sich damit aus. Er war früher auf dem Grundbuchamt ...«, deutete Francesco an.

»Aber wir können das doch nicht beweisen«, sagte Emilia.

»Wenn wir diese Pläne hätten, dann schon«, erwiderte Francesco.

»Dann musst du halt noch einmal deine Großmutter besuchen. Am besten, wir fragen sie gleich«, schlug Julia mit Blick auf Camilla vor, die an einem der Tische auf der anderen Seite der Blumentopfbegrenzung saß.

»Sagen wir ihr die Wahrheit?«

»Natürlich, sonst spielt sie nicht mit«, sagte Francesco.

»Und dann halten wir ihm die Pläne unter die Nase«, meinte Emilia voller Vorfreude.

»Dein Vater wird dich enterben, wenn nicht Schlimmeres«, stellte Julia fest.

Francesco zuckte gleichgültig mit den Schultern, doch Emilia konnte ihm trotzdem ansehen, dass ihm das nicht so ganz gleichgültig war.

»Camilla hat mir gegenüber angedeutet, dass er früher anders gewesen ist. Liebenswerter ...«, sagte Emilia.

Francesco nickte.

»Und war er schon immer so ein Gesundheitsapostel?«, wollte Julia wissen.

»Erst, seitdem Mutter von uns gegangen ist«, bekannte Francesco.

»Sie war schwer krank, am Herzen. So war es doch, oder?« Julia sah Francesco fragend an. Der nickte.

»Du meinst, er will andere davor bewahren, krank zu werden? Deshalb der ganze Zinnober?«

Francesco zuckte unschlüssig mit den Achseln.

»Ich weiß nur, dass ich mich für ihn schäme, und ich hab mir geschworen, ein besserer Vater zu sein«, sagte Francesco entschlossen, erhob sich und ging hinüber zu Camilla, um den nächsten Besuch bei seiner »nonna« einzufädeln.

Kapitel 19

Emilia stand während ihrer kurzen Fahrt zu Gaspares Haus noch immer unter dem Einfluss eines wunderschönen Traums – einem von Alberta. Sie war zu ihr ins Café gekommen, hatte sich eine Sacher-Eistorte bestellt und sie bis zum letzten Bissen genossen. Kein Wort hatte sie von sich gegeben, sondern einfach nur gegessen, glückselig und in sich ruhend. Die letzten Krümel auf dem Kuchenteller hatte sie sich mit der Kuchengabel zusammengeschabt und dann genussvoll auf der Zunge zergehen lassen. Mit einem entrückten Lächeln im Gesicht war sie dann verschwunden. War das ihre Art, sich von ihr zu verabschieden? Um ein Haar wäre Emilia mitten in der Nacht aufgestanden, um sich mit ihrem Handy zu vergewissern, ob Alberta ihr als Engel nicht am Ende tatsächlich einen Besuch abgestattet hatte. Die Erinnerungen daran waren so intensiv, dass Emilia den Wagen wie in Trance auf der Landstraße rollen ließ, die Fahrbahn gerade noch wahrnahm und Julias Bedenken gegen Francescos Plan auch nur mit halbem Ohr mitbekam.

»Ich kann das noch gar nicht glauben. Wir brechen da faktisch ein«, stellte Julia fest. Diesen Gedanken hatte sie am Vorabend beim gemeinsamen Abendessen, bei dem auch Arturo zugegen gewesen war, erstmals geäußert. Und Arturo, der neben ihr auf dem Beifahrersitz saß, gab ihr nahezu wortgleich die gleiche Antwort.

»Er ist sein Sohn. Außerdem denke ich, dass auf Camilla Verlass ist«, sagte er in Richtung Rückbank von Emilias Leihwagen, wo Julia neben Francesco saß.

»Irgendwie schlägt mir das grad furchtbar auf den Magen«, jammerte Julia.

»Mir war in den ersten Wochen der Schwangerschaft auch ständig schlecht. Das hat nix mit der Situation zu tun«, rief Emilia nach hinten, wobei sie Julia verschwieg, dass sich ihr Magen zugegebenermaßen im Moment auch etwas flau anfühlte. Immerhin drangen sie in ein fremdes Haus ein, auch wenn Francesco einen Schlüssel hatte.

»Und wenn wir die Pläne nicht finden?«, wandte Julia ein.

Emilia überlegte, ob sie während ihrer Schwangerschaft auch so dünnhäutig gewesen war.

»Finden wir schon«, sagte Arturo mit Zuversicht, was Emilia als aufmunternde Floskel ansah, denn schließlich war er zuletzt vor einer halben Ewigkeit in Gaspares Haus gewesen, auch noch zu einem äußerst traurigen Anlass. Er hatte Sofia abholen müssen. Als sie ihm gestern von Francescos Plan erzählt hatte, war dies zutage gekommen.

»Wir sind schließlich zu viert«, sagte Francesco an Julia gerichtet, wie Emilia im Rückspiegel des Wagens sehen konnte.

Eine gute Stunde war zugegebenermaßen kein besonders großzügig bemessener Zeitrahmen, um Gaspares Villa auf den Kopf zu stellen. Die Pläne lagen bestimmt nicht mehr offen auf seinem Schreibtisch herum. Mehr Zeit hatten sie aber nicht zur Verfügung, denn genauso lang dauerte es, um Camilla zu ihrem Hausarzt am Stadtrand von Pizzo zu fahren und, falls das Ausstellen eines Rezepts sehr schnell vonstattenging, wieder hier zu sein. Dorthin gelangte sie natürlich nicht mit dem Taxi. Ihr Sohn spielte für gewöhnlich Chauffeur. Das war ja das Mindeste – Camillas Worte. Ihn dazu zu bekommen, um Punkt elf loszufahren, ließ sich sicherlich einrichten. Auf Camilla war in jeder Hinsicht Verlass. Francescos Erzählungen nach hatte er ihr am Vortag im Café die Situation gar nicht vollumfänglich erklären müssen. Sie hatte den hohen Besuch aus Rom ja mitbekommen. Zweimal sei dieses »Pack« im Haus gewesen. Unsympathen vor dem Herrn. »Klar hat Gaspare getrickst, und jetzt tricksen wir ihn aus.« Camilla kannte anscheinend ihren Pappenheimer. Francesco hatte ihnen versichert, dass Camilla nur zu gern mitmachte.

Emilia kannte die Strecke zu Gaspares Haus und wusste, dass sie in gut fünf Minuten dort sein würden, trotz des Umwegs, denn natürlich konnten sie nicht die übliche Strecke auf der gut ausgebauten Straße fahren. Auf der würde Gaspare nach Pizzo unterwegs sein und ihnen dabei zwangsläufig entgegenkommen. Es blieb Emilia also nichts weiter übrig, als von der anderen Seite um den Hügel herumzufahren und auf einen Feldweg abzubiegen, der zu einem kleinen Waldstück führte. Von dort gelangte man auch zu seinem Haus. Ein Stück musste man allerdings noch zu Fuß gehen.

Francesco hatte alles minutiös geplant. Sobald sie den Waldrand erreicht hatten, sollten sie seinen Vater bei der Abfahrt beobachten können. Emilia blickte auf die digitale Zeitanzeige neben dem Tacho, als sie den Blinker setzte und in den Feldweg abbog. Dort fuhr nach Francescos Wissen nur der alte Marcello mit seinem Traktor, ein Zwiebelbauer, dem der Acker hinter dem Wald gehörte. Dementsprechend zerfurcht war der lehmige Boden. Mit einem Jeep war der wohl besser befahrbar. Emilia fuhr daher langsamer, um nicht noch einen Achsenbruch zu riskieren. Francesco musste die schlechten Straßenverhältnisse mit einkalkuliert haben, denn wie prognostiziert erreichten sie kurz vor elf das Ende des Waldwegs.

»Macht schnell. Die fahren gleich weg«, wies sie die anderen dennoch an. Emilia wollte mit eigenen Augen sehen, dass Gaspare sich in Camillas Begleitung auf den Weg machte und die Luft rein war.

Emilia erreichte den Waldrand als Erste, versteckte sich hinter einem Busch und beobachtete Gaspare dabei, wie er seiner Mutter galant die Tür öffnete und sogar beim Einsteigen half. Täuschte sie sich, oder sah Camilla tatsächlich kurz in ihre Richtung? Hauptsache, Gaspare tat es nicht. Der ging um seinen schicken Schlitten herum und stieg ein. Abfahrt eins nach elf. Ihnen blieb ab jetzt gerechnet eine Stunde, um auf der sicheren Seite zu sein. Zwei Minuten gingen ja schon drauf, um das Grundstück zu erreichen. Emilias Anspannung glich mittlerweile dem eines Leichtathleten kurz vor einem Hundertmeterlauf, doch erst musste Gaspares Wagen außer Sichtweite sein. Dann rannten alle los. Emilia kam sich vor wie in einem Actionfilm. Sturm auf die Bastille. Fehlten nur noch Waffen und Rammböcke, doch die brauchten sie nicht, denn Francesco kramte, noch bevor sie die Tür zum unteren Teil von Gaspares Garten erreicht hatten, die Schlüssel aus der Tasche. Die Uhr tickte. Emilia hatte mittlerweile einen Puls wie nach zwei doppelten Espressi, was sicherlich auch den steilen Treppen durch die Weingärten geschuldet war.

»Wir müssen in den ersten Stock. Dort ist sein Büro«, wies Francesco sie an.

Emilia überlegte sich in diesem Moment, ob sie sich nicht besser aufteilen sollten, denn wer wusste schon, wo er Dinge dieser Art aufbewahrte. Sie lagen sicher nicht griffbereit herum. Dennoch folgten alle in Reih und Glied der Spitze des Einsatzkommandos, sprich Francesco. Noch nicht einmal zum Verschnaufen war Zeit. Francesco ging zielstrebig zum Schreibtisch seines Vaters und durchsuchte Schnellhefter und Mappen. Es überraschte Emilia nicht, dass dort nichts zu finden war.

»Er hat die meisten Ordner im Mahagonischrank. Julia und Arturo?« Der Chef des Einsatzkommandos hatte gesprochen. Fehlte nur noch, dass die beiden salutierten.

»Und was soll ich machen?«, fragte Emilia etwas ratlos. Sie stand vor dem Schreibtisch wie bestellt und nicht abgeholt. Wenigstens bekam sie jetzt wieder normal Luft.

»Im Flur steht noch ein Schrank. Das ist der uralte mit Rissen. Darin sind, soviel ich weiß, ältere Ordner. Vielleicht legt er erledigte Sachen ja auch dort rein«, klärte Francesco sie auf.

Emilia wusste nun, was zu tun war. Während sie zum Flur ging, blickte sie sich in Gaspares Zimmer um. Von wegen kein Geld. Der Kronleuchter an der Decke war zwar nicht riesig, aber definitiv aus Muranoglas gefertigt, und an den Wänden hingen Ölgemälde. Ein Rodin-Imitat aus Bronze konnte sich sicher auch niemand leisten, der pleite war. Emilia hatte aber im Moment Wichtigeres zu tun, als über Gaspares Vermögenswerte nachzudenken. Hatte er sich an der Börse verzockt? Bitcoins zum falschen Zeitpunkt gekauft? Möglich. Er wäre nicht der Erste. Emilia öffnete den Schrank und stieß auf teilweise schon vergilbte Papierstapel neben Ordnern, deren Beschriftung am Rücken kaum noch lesbar war. Ein Ordner sah neueren Datums aus. »Fatto« stand darauf. Hieß das nicht so viel wie »erledigt«? Dort fing sie an zu suchen. Wie die Pläne aussahen, hatte Francesco ihnen ja ausführlich beschrieben. Das Dokument sei auffällig, da groß und schlecht faltbar. Es musste daher zwangsläufig zwischen DIN-A4-Blättern herausragen oder den Blätterstapel wölben. Emilia kannte das von den Plänen ihrer Eigentumswohnung. In diesem Ordner waren sie jedoch nicht.

»Nichts«, hörte sie Arturo rufen.

»Hier sind auch keine Pläne drin«, gab Julia allen zu verstehen. Emilia hatte die anderen vom Flur aus im Blick und sah, dass bereits mehrere Ordner aussortiert am Boden standen. Julia und Arturo zogen weitere aus Gaspares Schrank heraus und blätterten durch die Seiten.

»Legt er so was vielleicht in den Safe?«, rief Emilia in Gaspares Büro.

»Soviel ich weiß, hat mein Vater keinen«, hörte sie Francesco sagen. Er musste immer noch am Schreibtisch zugange sein, der sich ihrem Sichtfeld entzog.

»Wie viel Zeit haben wir noch?«, fragte Emilia.

»Eine halbe Stunde maximal«, gab Francesco ihr zu verstehen, der kurz darauf an der Tür erschien und seinen Blick über die beiden Kommoden bis hinüber zum Schlafzimmer seines Vaters wandern ließ.

»Im Schlafzimmer? Das glaube ich jetzt aber nicht«, sagte Emilia.

Francesco nickte.

»Pläne«, juchzte Julia.

Francesco machte auf dem Absatz kehrt und eilte zurück ins Büro. Emilia folgte ihm auf dem Fuß, jedoch umsonst, denn Francesco winkte in einer abwertenden Handbewegung ab.

»Das sind die Pläne für unser Haus«, sagte er.

»Oh. Und hier sind Kontoauszüge«, merkte Julia an, die schon den nächsten Ordner in der Hand hielt.

»Brauchen wir nicht«, sagte Francesco.

Julia ließ sich davon aber nicht beirren. Emilia gestand sich ein, dass sie auch darin herumgeschnüffelt hätte. War doch angesichts seiner angeblich miesen finanziellen Lage interessant zu wissen, was er so verdiente.

»Oh, da ist ja alles rot. Schulden ... Mein Gott, Dispo mit dreißigtausend überzogen«, stellte Julia fest. Das interessierte offenbar nun auch Francesco. Der wurde bleich, nachdem auch er einen Blick darauf geworfen hatte.

»Dein Vater scheint ja echt blank zu sein«, sagte Julia.

»Also, ich hab nur noch drei Ordner, und die losen Blättersammlungen hab ich schon alle durch«, gab Arturo ihnen zu verstehen.

»Dann räumen wir das alles am besten wieder so, wie es war, in den Schrank«, schlug Francesco vor.

»War's das jetzt?«, wollte Julia wissen.

Francesco schien fieberhaft zu überlegen.

»Hat er die Sachen vielleicht im Büro in der Stadt?«, spekulierte Emilia.

»Nie im Leben. Viel zu gefährlich«, stellte Arturo fest.

»Also hier ist wirklich nichts mehr.« Julia wirkte etwas ratlos.

»Was macht man mit Briefen oder Dokumenten, die man nicht mehr braucht?«, fragte Emilia in die Runde.

»Einscannen, schreddern und dann wegschmeißen?«, mutmaßte Julia.

»Würde er so etwas tatsächlich wegschmeißen? Pläne schmeißt man doch nicht weg, und schreddern? Ich würde das nicht machen«, überlegte Emilia laut.

»Es wurde ja nichts draus«, stellte Arturo fest.

»Ich schau im Papierkorb nach«, bot Julia an, doch Francesco winkte ab.

»Schon zu lange her.«

Julia zeigte den Inhalt des Papierkorbs trotzdem in die Runde. Nur Werbung und ein paar zerrissene Schreiben.

»Sammelt man hier in Italien nicht auch Altpapier?«, wollte Emilia wissen.

Francesco lachte auf. »Ich schon, doch hier im Süden ... Nun ja, eher selten. Und mein Vater erst recht nicht, aber er liebt seinen offenen Kamin. Er hat jede Menge Papier im Schuppen. Er verwendet es, um die Holzscheite zu entzünden.«

»Würde er so ein heikles Dokument denn nicht gleich verbrannt haben?«, fragte Emilia.

»Er weiß ja noch nicht, dass es heikel ist«, klärte Francesco sie auf.

»Wo ist der Schuppen?«, drängte Emilia, denn ein Blick auf die Uhr hatte ergeben, dass die Zeit langsam knapp wurde.

»Hinter den Zypressen beim Eingang«, erwiderte Francesco.

»Nix wie runter.« Auch Julia hatte gerade auf ihre Armbanduhr geblickt.

Arturo stellte den letzten Ordner in den Schrank zurück und friemelte so lange an der Ordnerreihe herum, bis alle wieder kerzengerade nebeneinanderstanden.

Francesco warf noch einen Kontrollblick in das Büro seines Vaters, bevor er die Tür zuzog und genau wie Julia und Arturo die Treppen hinunterging.

Emilia wollte sich ihnen schon anschließen, da fiel ihr eine Rose ins Auge, die in einer kleinen Vase neben einem gerahmten Foto auf der Anrichte seines Schlafzimmers stand. Sie konnte einfach nicht widerstehen, sich Sofia, seine verstorbene Frau und Francescos Mutter, die zugleich Arturos Geliebte gewesen war, näher anzusehen. Es waren ja nur wenige Schritte. Emilia wünschte, sie hätte mehr Zeit, um diese schöne Aufnahme auf sich wirken zu lassen. Gaspare und Sofia Arm in Arm. Aufgrund der Kleidung, die sie trug, musste die Aufnahme schon etwas älter sein.

»Emilia. Wo bleiben Sie?«, rief Francesco schon von unten.

»Gleich!«

So feine und ebene Gesichtszüge. Eine wahre Schönheit. Emilia zog der zarte Duft der Rose an die Nase. Er hatte sie wohl erst heute Morgen gekauft, so kräftig und frisch wirkte der Blütenkelch. Das erklärte ihre erste Begegnung im Blumenladen. Er musste Sofia sehr geliebt haben, wenn er sie jeden Tag mit einer frischen Rose bedachte. Dass so jemand wie er überhaupt lieben konnte, verwunderte Emilia.

»Emilia! Sind Sie auf dem Klo?«, hörte sie Francesco rufen.

»Ich komme.«

Vom Rosenkavalier zum Vollidioten. Anscheinend war Gaspare mit dem Tod seiner Frau nicht fertiggeworden, doch es blieb keine Zeit, diesen Gedanken zu vertiefen, weil Francesco erneut nach ihr rief. Emilia beschloss, ihn nicht auf das Bild seiner Mutter anzusprechen. Vielleicht bei Gelegenheit, und jetzt war sowieso der ungünstigste Zeitpunkt.

Emilia eilte die Treppe hinunter, wo Francesco im Flur bereits auf sie wartete und ihr die Tür aufhielt. Er schloss sie ab, nachdem sie hinausgegangen war. Sie folgten einem abschüssigen gepflasterten Weg hinunter zum Garten, wo sich der Schuppen mit Gaspares mutmaßlichem Altpapierbestand befinden sollte.

»Da vorn rechts«, wies Francesco die beiden per Fingerzeig auf die Gartenseite an, die zum Haus grenzte. Dahinter musste Gaspare das Altpapier aufbewahren.

Julia und Arturo öffneten die Tür des Schuppens und verschwanden darin.

Emilia sah gar keinen Grund mehr, Francesco hinterherzueilen, denn sie glaubte nicht daran, dass sie die Pläne hier finden würden. Und als sie den Schuppen erreichte, sah es ganz danach aus, als würde sich ihre Vermutung bestätigen. Julia kam nach draußen und wirkte desillusioniert.

»Tonnen Papier, aber erstens ist es da drin stockdunkel, und zweitens kommen wir nicht ran«, sagte sie.

»Warum das denn?«, wunderte Emilia sich.

»Er schmeißt den ganzen Papierkram in eine riesige Kiste, aber von der anderen Seite. Da ist eine Öffnung, wie bei einem Briefkasten«, erklärte Francesco.

»Momentan steht da alles voll«, sagte Julia schulterzuckend, woraufhin Francesco zu Arturo nach drinnen ging.

Kurz darauf polterte es. Etwas ging scheppernd zu Boden, und dann hörte Emilia ein lautes schabendes Geräusch. Es hörte sich so an, als ob irgendetwas Schweres auf dem Steinboden bewegt wurde.

»Oh, wir kommen wohl doch heran«, sagte Julia, nachdem auch sie bemerkt hatte, dass Francesco und Arturo dabei waren, den oberen Teil einer alten Kommode nach draußen zu tragen. Sie stellten ihn auf dem Rasen ab. Die beiden verzogen sich gleich wieder nach drinnen und trugen wenig später den gefühlt tonnenschweren unteren Teil des massiven Holzschranks ein Stück nach draußen. Gaspare musste den Raum im Moment wohl als Abstellkammer verwenden.

Emilia lugte nun selbst hinein. Francesco und Arturo hatten eine schmale Gasse geschaffen, um an das ganze Altpapier in der riesigen Holzkiste zu kommen.

Julia ging sofort hinein. Francesco kramte bereits rechter Hand in der Kiste. Arturo nahm sich die linke Seite vor.

»Und was mach ich?«, fragte Emilia, nachdem sie sich auch noch in den Schuppen gezwängt hatte.

»Du stehst Schmiere«, wies Arturo sie an. Warum, das wurde Emilia klar, als sie auf ihre Armbanduhr sah. Nur noch fünf Minuten – schlechtestenfalls. Gaspare könnte günstigstenfalls noch sonst wo hingefahren sein oder Besorgungen erledigen, wenn er schon einmal in der Nähe von Pizzo war. Das war denkbar, wenn man seine Mutter zum Arzt fuhr, doch verlassen konnten sie sich darauf nicht. Camilla hatte ja vorgeschlagen, dass sie den Arzt nur um ein Rezept für ihre Herzpillen bitten würde, deren Packung aus Versehen im Müll gelandet sei. Ein längerer Aufenthalt in der Praxis, nur um ihren Sohn eine Stunde oder länger warten zu lassen, ließ sich ohne Termin kaum arrangieren. Man konnte sich schließlich schlecht nur zum Spaß ins Wartezimmer setzen.

»Die Dokumente auf meiner Seite sind neuer«, hörte Emilia Arturo sagen. Sie lugte aufs Neue hinein. Die Posteinwurf-ähnliche Öffnung lag zwar näher bei Francesco, doch alles, was dort hineinkam, musste zwangsläufig aufgrund des Gefälles auf die andere Seite rutschen. Arturo streckte sich und spielte Wühlmaus. Emilia hingegen ging die paar Schritte zurück zum Ende des Wegs, der von Gaspares Haus in den Garten führte. Von dort hatte man die Einfahrt im Blick.

»Ich hab's«, hörte sie Arturo jubilieren.

Emilia eilte zurück und schaute in den Schuppen. Im Halbdunkel konnte sie erkennen, dass Arturo einen großen Plan in der Hand hielt. Er war durchgerissen. Den anderen Fetzen hatte Francesco ausfindig gemacht. Julia zupfte gerade einen dritten Teil des Plans heraus.

»Das ist er, und alle Dokumente zum Haus und Grundstück lagen darunter«, sagte Arturo, der sofort damit hinaustrat, um sie bei hellem Tageslicht zu überfliegen.

»Hier haben wir ihn ja, den Grundbuchauszug. Und das Beste ist: Hier steht nix von Denkmalschutz«, sagte er und grinste.

»Yeah«, kam es von Julia, doch die Freude währte nicht lange, denn ein verräterisches Geräusch näherte sich von der Straße. Der Motor brummte kraftvoll. Der eines kleinen Fiats oder einer Ape war es sicher nicht.

Emilia schoss um die Ecke des Schuppens und rannte zurück zum gepflasterten Weg, wo sie sich hinter einem Busch versteckte, denn sie sah ihren Verdacht bestätigt. Gaspares Wagen erreichte das Tor zur Einfahrt. Das Eisentor bewegte sich wie von Geisterhand.

Emilia lief zurück zum Schuppen und rief den anderen mit gedämpfter Stimme zu: Gaspare!

Die drei erstarrten für einen Moment, doch dann gestikulierte Francesco wild. Das konnte nur heißen, dass die Möbel möglichst schnell zurück in den Schuppen mussten. Emilia ging zu ihnen, um beim Tragen zu helfen.

»Schaffen wir schon«, hieß es von Francesco.

Raus war wohl einfacher als wieder rein, denn die Kommode hatte ursprünglich passgenau vor dem Papierbehälter gestanden. Schieben ging nicht. Das machte zu viel Lärm. Sie hörten bereits Camillas Stimme. Das Schaben von vorhin würden die beiden mitbekommen.

»Heben. Bei drei«, flüsterte Francesco und begann dann zu zählen.

Das mit dem Heben klappte, entpuppte sich jedoch nicht als besonders gute Idee, denn der Rand der Kommode entglitt Arturos Händen. Das schwere Teil fiel auf seinen rechten Fuß. Arturos unterdrückten Schmerzlaut konnte Gaspare sicher nicht hören, den lauten Gong dagegen schon. Francesco hatte nämlich ebenfalls losgelassen. Eine Schublade war dabei herausgerutscht und gegen ein Fass aus Metall geschlittert. Sie hätten genauso gut auch gleich im Chor »Gaspare« rufen können. Verräterische Schritte im Kies machten Emilia klar, was gleich passieren würde.

»Alle rein in den Schuppen«, flüsterte Francesco.

An sich eine gute Idee, doch leider passten sie nicht alle hinein, und noch stand der obere Teil der Kommode draußen. Emilia wurde schlecht, und ihr Zustand besserte sich nicht, als sie Camilla den Namen ihres Sohns rufen hörte. Wahrscheinlich wollte sie ihn ablenken, doch vergeblich, denn keine zehn Sekunden später schoss er auch schon um die Ecke. Er erstarrte genau wie Emilia.

»Was machen Sie hier?«, empörte er sich, dann fiel sein Blick auf den oberen Teil der Anrichte im Gras. Er wirkte wie vom Blitz getroffen und völlig verdattert, als dann noch Julia, Arturo und Francesco gefühlt mit erhobenen Händen aus dem Schuppen traten.

»Was geht hier vor?«, fuhr er sie scharf an.

Emilia war froh, dass Francesco das Wort ergriff und vortrat.

»Vater. Offen gestanden wollten wir dich das fragen«, sagte er. Francesco hielt ihm den größeren Teil des zerfetzten Plans hin.

Arturo gesellte sich zu ihm und wedelte mit dem Grundbuchauszug herum.

»Denkmalschutz. Steht Urkundenfälschung in Italien nicht unter Strafe?« Julia riskierte eine ziemlich freche Lippe. Die hatte Nerven, aber auch recht. Mit so starkem Rückenwind setzte Emilia gleich nach, denn mittlerweile konnte sie eins und eins zusammenzählen. Wer Schulden hatte, kooperierte wahrscheinlich gerne mit römischen Halsabschneidern.

»Wie viel hätten Ihnen die Geschäftsleute aus Rom denn bezahlt? Wer hoch verschuldet ist, greift wohl nach jedem Strohhalm«, hielt Emilia ihm vor.

Gaspare sah so aus, als wüsste er gar nicht mehr, wie ihm geschah. Mittlerweile hatte auch Camilla den Ort des Geschehens erreicht. An den Ohren hatte sie nach Emilias Wissen nichts, daher wunderte es sie nicht, dass sie sich nun auch noch mit einmischte.

»Hoch verschuldet? Wer ist hoch verschuldet?« Camilla musste nur den Blicken der Anwesenden folgen. Sie waren auf Gaspare gerichtet. Nun nahm sie ihren Sohn ins Visier, und zwar mit stechendem Blick.

Gaspare stand da wie von Medusa geküsst.

»Warum hast du eigentlich etwas gegen Emilia? Sie hat dir doch nichts getan«, fragte Francesco.

»Das möchte ich auch gerne wissen«, insistierte Camilla.

Aus der Zwickmühle kommste jetzt nicht mehr raus, dachte sich Emilia. Ihr Blick schien dies zu verdeutlichen. Gaspare senkte sein Haupt und schnappte nach Luft, bevor er seinen Mund aufbekam.

»Ich kann alles erklären«, stammelte er mit gebrochener Stimme. Sie passte zum gebrochenen Mann, der vor Emilia stand. Und auf die Erklärung war sie gespannt.

Gaspare tat Emilia fast schon eine Spur leid. Obwohl er gerade in einem bequemen Sessel seines Wohnzimmers Platz genommen hatte, saß er da, als ob die heilige Inquisition ihn auf einen mit Spießen übersäten Folterstuhl fixiert hätte, stocksteif und leidend. Camilla war es gewesen, die ihn zuerst ins Verhör genommen hatte, und zwar schon auf dem Weg zurück ins Haus. Warum er so hoch verschuldet sei, wollte nicht nur sie wissen, und ob sie sich nach einer neuen Bleibe umsehen müsse. Mehr als diese Frage kopfschüttelnd zu verneinen und ihr zu versichern, dass sie sich diesbezüglich keine Sorgen machen müsse, war während des Schweigemarsches ins Wohnzimmer nicht gekommen. Der große Zampano war gefühlt auf die Größe eines Wichtelmännchens geschrumpft. Dass Francesco ihm ein Glas Wasser hinstellte, und zwar, bevor er den anderen einschenkte, war Emilias Eindruck nach keine höfliche Geste gewesen, sondern eher die Aufforderung, endlich den Mund aufzumachen.

»Warum hast du so viele Schulden? Jetzt sag schon.« Die Herrin des Hauses beharrte mit Nachdruck darauf, dass er ihr diese Frage beantwortete.

»Sofia«, stammelte er nur.

»Was hat Mama damit zu tun?«, warf Francesco entsetzt ein. Das Kreuzverhör hatte begonnen.

Ein Seitenblick hinüber zu Arturo, der neben Emilia auf einem der kreisförmig um Gaspare angeordneten Stühle saß, genügte, um zu erkennen, dass ihn dies auch brennend interessierte.

»Ich konnte die Rechnungen nicht mehr bezahlen«, sagte Gaspare mit gebrochener Stimme.

»Für Mama? Moment ... Du meinst die Arztrechnungen?«, hakte Francesco nach.

Gaspare nickte.

»Aber sie war doch krankenversichert«, wunderte sich Camilla.

»Sie wollten die Kosten für die Behandlung in der Spezialklinik nicht übernehmen«, sagte Gaspare.

Emilia glaubte ihm, nicht nur, weil ihm anzusehen war, dass ihn die Erinnerung an die zweifelsohne schlimme Zeit sichtlich mitnahm. Sie hatte schließlich lange genug in der Versicherungsbranche gearbeitet und wusste, dass Probleme dieser Art an der Tagesordnung waren.

»Warum hast du uns nichts davon gesagt?«, fragte Francesco geradeheraus.

»Wir hätten das Haus ihretwegen verkaufen müssen. Das wollte sie nicht. Francesco und du, Mutter, wo hättet ihr wohnen sollen? Sofia wollte, dass ihr glücklich seid. Euer Glück war ihr wichtiger als alles andere«, erklärte Gaspare.

»Und woher hast du Geld für die Behandlung bekommen?«, fragte Camilla.

»Zunächst von der Bank. Als Bürgermeister ist man kreditwürdig, aber die Kosten in der Klinik stiegen ins Uferlose. Die erste OP an der Herzklappe misslang. Sie wusste nichts davon, doch die Ärzte hatten sie schon aufgegeben. Ich habe einen Herzspezialisten aus Boston kontaktiert, der auch für eine Schweizer Klinik arbeitet. Sofia war nicht mehr flugtauglich. Es musste schnell gehen. Sein Honorar, die Flüge und die Kosten für die Schweizer Klinik ... Ich brauchte noch mehr Geld. Die Bank spielte nicht mehr mit. Es blieb mir nichts mehr anderes übrig, als es mir anderweitig zu besorgen.«

»Von diesen Leuten aus Rom?« Francesco kam auf den gleichen Gedanken wie Emilia.

»Roberto war ein guter Freund. Wir kennen uns seit der ersten Klasse. Er kommt von hier und hat es in Rom weit gebracht. Allerdings mit unsauberen Geschäften. Glücksspiel, und ihr könnt euch ja vorstellen, was da alles dranhängt. Er kannte Sofia. Ich konnte mir Zeit lassen, alles zurückzubezahlen. Umgerechnet rund dreißigtausend Euro, aber dann verstarb er, und seine Söhne haben das Ruder übernommen. Die Geschäfte laufen schlecht heutzutage, auch in Rom. Sie wollten das Geld früher zurückhaben, aber woher nehmen und nicht stehlen?«, versuchte Gaspare, sich zu rechtfertigen.

»Du hast es doch nicht etwa gestohlen?«

Gaspare druckste herum.

»Papa?« Francesco wirkte fassungslos.

»Na ja, ich hätte es mir geliehen ... Von der Regierung«, sagte Gaspare mit verständnisheischendem Blick in die Runde, doch dafür hatten die anderen genauso wenig Verständnis wie Emilia.

»Wie kann man sich denn Geld von der Regierung leihen?«, fragte sie daher.

»Das Gesundheitsprogramm und die Investitionen in den

Park, sie wurden ... subventioniert ... Ich hätte mir nur einen kleinen Teil davon genommen, aber dann kam das unwiderstehliche Angebot aus Rom.«

»Die Geldwäsche?«

»In zwei Jahren wäre ich die Schulden losgeworden«, erklärte Gaspare.

Camilla holte tief Luft. »Gaspare, Gaspare ...«, sagte sie nur.

»Deshalb haben Sie versucht, mich zu ruinieren, und die Sache mit dem Denkmalschutz erfunden? Nur, damit diese Leute aus Rom das Gebäude bekommen?«

Gaspare nickte beschämt.

»Wie viel müssen Sie den Leuten denn noch bezahlen?«

»Um die zwanzigtausend, und dann noch die Schulden bei der Bank.«

Für einen Moment herrschte Stille im Raum.

»Es war für Sofia?« Emilia hatte den Eindruck, dass Arturo die ganze Tragweite der Tragödie erst jetzt so recht fassen konnte.

Gaspare nickte.

»Ich kann dir etwas leihen«, sagte Arturo unvermittelt.

»Du?«

»Von was, glaubst du, lebe ich die letzten Jahre? Sicher nicht von dem, was Bestattungen einbringen. Ich hab ein schuldenfreies Haus. Und von meinen Eltern habe ich Geld geerbt. War in den letzten Jahren gut angelegt. Es ist meine Reserve, um im Alter einigermaßen über die Runden zu kommen. Hier braucht man ja nicht so viel«, sagte Arturo.

Gaspare saß mit halb offenem Mund da, genau wie seine Mutter, die Arturo fassungslos anstarrte. Emilia rührte Arturos Angebot umso mehr, weil sie die Hintergründe kannte, weshalb er sich so großzügig zeigte.

»Aber daran ist eine Bedingung geknüpft«, sagte Arturo und

sah Gaspare direkt in die Augen. Der war allem Anschein nach immer noch so überrascht, dass er keinen Ton herausbrachte. Er nickte, und zwar nicht zögerlich.

»Du löschst den Eintrag zum Denkmalschutz und lässt Emilia von nun an alle Unterstützung zukommen, die sie braucht«, verlangte Arturo.

Gaspares Blick wanderte nun zu Emilia.

»Aber ich habe auch eine Bedingung zu stellen«, sagte Gaspare, obwohl er weiß Gott nicht in der Position war, irgendetwas einzufordern. Meinte er das etwa nicht so ganz ernst?

»Wenn Sie mir verzeihen können, Emilia«, sagte er mit flehendem Blick.

Emilia zierte sich, schon allein, um diesen Moment auszukosten. Sie musste sich gar nicht umsehen, um die Blicke aller Anwesenden auf sich zu spüren.

»Na ja ... wenn's denn sein muss«, erwiderte sie, allerdings untermalt von einem befreiten Lächeln. Weil Gaspare aufatmete, hatte er wohl verstanden, dass sie seine Entschuldigung annahm.

»Und an die Punktekarten knüpfst du künftig Anreize und keine Strafen mehr«, sagte Arturo.

»Tolle Idee. Eine Studienfahrt nach Pompeji oder vielleicht ein Wellnesswochenende auf Ischia.« Julias kreative Energie bahnte sich augenblicklich ihren Weg.

»Ich glaube, das macht besser Arturo. Ich bin wohl kein guter Bürgermeister. Sie werden sowieso dich wählen«, sagte Gaspare. Dass er dabei nicht in Mitleid zerfloss, verblüffte Emilia.

»Dazu wird es nicht kommen. Ich werde meine Kandidatur zurückziehen«, erwiderte Arturo.

Alle Anwesenden tauschten überraschte Blicke. Arturo sprach erst weiter, als Emilia ihn irritiert ansah. »Noch vor einigen Tagen hattest du mir unterstellt, ich würde Emilia nur unterstützen, weil ich dann bald wieder mehr Kundschaft habe. Von wegen todbringende Torten«, sagte Arturo.

Gaspare lächelte verlegen, nickte aber beschämt. Er glaubte bestimmt selbst nicht an den Unsinn, den er da geäußert hatte.

»Also mich bringen sie nicht um. Im Gegenteil!«, sagte Camilla zur Erheiterung aller in die Runde.

»Ich muss gestehen, dass ich nichts lieber täte, als alle zu probieren. Und damit das etwas schneller vonstattengeht, kümmere ich mich gleich heute um Handwerker für das Dach«, sagte Gaspare.

Wenn das mal keine versöhnliche Geste war.

»Ihre Hand drauf«, verlangte Emilia.

Gaspare stand auf, ging zu ihr und besiegelte den Deal mit einem Handschlag.

Mit Arturo nachts in bequemen Baststühlen auf seiner Terrasse zum verwilderten Garten hin zu sitzen und dem Geplätscher des Springbrunnens zu lauschen, hatte tiefenentspannende Wirkung. Die Hitze des Tages hatte sich verzogen, die Freude über ihren erfolgreichen Coup verblieb. Emilia konnte immer noch kaum glauben, dass sie in diesem wunderschönen Ort weiterhin ihre Torten unters Volk bringen konnte und wahrscheinlich im Lauf der Zeit sogar eine gewisse Reputation erlangen würde. Ein bisschen stolz zu sein auf das, was man tat, durfte man schließlich.

»Wirst sehen. Eines Tages kommen die Leute nur wegen deiner Eistorten hierher«, sagte Arturo und nippte an seinem gekühlten Weißwein.

»Oder wegen deiner Skulpturen, den beiden kleinen Engelchen. Wo gibt es schon welche, die Kuchen servieren? Du wirst noch Weltruhm damit erlangen«, sagte Emilia, woraufhin Arturo lachte.

»Vielleicht ist das der Schlüssel zum Erfolg. Altbekanntes völlig neu ausgestalten. Überleg dir das mal. Ich mach deutsche klassische Torten in Eisvariante, und du lässt Engel alles Mögliche machen, nur nicht beten oder Harfe spielen.«

»Du meinst, ich sollte mehr von diesen verrückten Skulpturen fertigen?«

»Warum denn nicht? Die sind witzig und total süß, nicht kitschig. Da bleibt doch jeder, der an der Konditorei vorbeigeht, daran hängen«, versicherte Emilia ihm.

»Du krempelst meine Kunst ganz schön um ... Und mein Leben hast du auch schon ganz schön umgekrempelt«, sagte er.

»Du meinst jetzt aber nicht die aufgeräumte Küche oder dass es hier im Garten kein Unkraut mehr gibt.«

Natürlich wusste Emilia, was er damit meinte. Warum taten sich Männer so schwer, offen über Gefühle zu sprechen? Da war Arturo keine Ausnahme. Immerhin schmunzelte er und legte seine Hand auf die ihre. Ohne die Ereignisse des heutigen Tages hätte diese Geste sofort Kribbeln in Emilia ausgelöst. Das Kribbeln blieb im Moment aber aus.

»Du musst Sofia sehr geliebt haben. Das ist mir heute klar geworden.«

Arturo nickte, doch dabei hörte er nicht auf, ihre Hand sanft zu streicheln, auch wenn sein Blick gedankenverloren auf den Springbrunnen seines Gartens gerichtet war.

»Gaspare bestätigt meine Ansicht, dass niemand von Grund auf böse ist. Er hat alles für Sofia getan«, sagte er dann.

»Dass du ihm hilfst, wird er dir nie vergessen. Er kennt den wahren Grund ja nicht.«

»Er soll ihn auch nie erfahren.«

»Was wäre so schlimm daran?«

»Es würde sein Bild zerstören, das er von Sofia hat. Das möchte ich Sofia nicht antun«, erklärte Arturo.

Er dachte also immer noch an sie. War in seinem Herzen denn überhaupt noch genug Platz für eine deutsche Konditorin? Emilia bedrückte der Gedanke so sehr, dass sie etwas versteifte.

Arturo sah sie daraufhin fast flehend an. »Hast du mir vorhin denn nicht zugehört?«, fragte er sanft.

»Was meinst du damit? Ich höre dir doch immer zu.«

»Das mit dem Umkrempeln.«

Emilia sah ihn fragend an, weil sie hoffte, dass er ihr im zweiten Anlauf seine Gefühle gestehen würde.

»Bevor ich dich kennenlernte, dachte ich, dass es besser ist, mit den Toten zu leben. Ihre Seelen sind wieder so rein wie die von Neugeborenen oder Tieren. Sie tun niemandem weh, sind frei von bösen Gedanken und allem, was das Leben hier mit Menschen so anrichtet, aber ...« Arturo zögerte weiterzusprechen.

»Aber was?«

»Man kann sie nicht berühren und ihnen nicht die Hand halten ... um nur eines von vielen Beispielen zu nennen, die mir gerade durch den Kopf schießen.«

»So. Welche denn?«

Arturo musste gar nichts mehr sagen. Ein Blick in seine Augen genügte, um zu wissen, dass er sie küssen wollte. Hoffentlich las er in ihren, dass sie den gleichen Wunsch verspürte. Gottlob tat er es.

Auch wenn es heute Morgen nicht nach Regen aussah, war Julia trotzdem froh, dass ihre Mutter wieder ein Dach über dem Kopf hatte. Vorerst war es jedoch nur aus Plastik. Die Folien glänzten im Licht der Sonne und heizten das obere Stockwerk auf Saunatemperaturen auf. Julia konnte ihren Blick gar nicht davon abwenden. Modern Art, dachte sie. Mama war aus diesem Grund wohlweislich und auf Arturos Anraten hin wieder zurück ins Loft gezogen, letztlich aber auch, um den Sieg über Gaspare zu feiern. Damit war ja verbunden, dass sie ihr Café behalten konnte. Mit Unterstützung der Stadtverwaltung würde es sicher bald eine Attraktion von Piccolo Leone werden. Julias Idee, es auf die offizielle Seite des Tourismusbüros für Kalabrien setzen zu lassen, hatte Gaspare ihnen schließlich hoch und heilig versprochen.

»Il conto per favore.« Ein Tourist mit englischem Akzent, der die Rechnung verlangte, riss Julia aus ihren Gedanken. Im Vorbeigehen sammelte sie noch das Geschirr der Gäste auf und stellte es auf ihr Tablett.

»Subito«, rief sie dem Gast zu, der nach der Rechnung gefragt hatte. Was für ein stressiger Tag! Im Hinblick auf die Bürgermeisterwahl auch kein Wunder. Mama hatte das Café daher ein bisschen früher als sonst geöffnet, denn was tat man nach der Wahl, wenn es ein wunderschönes Café gleich gegenüber dem Rathaus gab?

»Ich hätte Arturo gerne gewählt«, schnappte sie im Vorbeigehen nicht zum ersten Mal auf.

»Ach was, Gaspare hat seine Sache doch bisher ganz gut gemacht, oder soll er etwa Arturos Job übernehmen?«, sagten zwei ältere Herrschaften, die ihr ebenfalls das benutzte Geschirr reichten.

»Du hast doch auch das Bild in der Zeitung gesehen. Emilias Torten scheinen ihn geläutert zu haben«, sagte ein anderer.

»Und ab jetzt kratzen wir alle wieder früher ab. Die ungesunden Torten«, amüsierte sich der alte Giuseppe, einer der älteren Herren, die auch bei Hitze berretti trugen. Er war auch einer jener Stammgäste, die Julia wohl vermissen würde, denn von nun an gab es zu Hause wieder jede Menge zu tun. Schon für morgen hatte Francesco einen Bagger bestellt, um einen Graben für den Pool auszuheben. Erst sich mit aller Gewalt dagegenstemmen und nun gleich einen auf dicke Hose machen. Eine ganze Poollandschaft sollte entstehen, etwa fünfzehn Meter lang, aber mit vielen Nischen zum Chillen unter schattigen Sonnensegeln und einem Whirlpool mitten im Olivenhain. Ein Teil der Kohle kam von Mama, der Rest von Sandra in Form eines zinslosen Kredits, für den sich Julia persönlich bedankt hatte, auch wenn sie dabei über ihren Schatten der Eifersucht auf so eine sündhaft gut aussehende Frau hatte springen müssen.

»Meine fleißige Julia.« Francesco, der sich angesichts des Großkampftages ebenfalls als Aushilfe betätigte und wieder einmal Ober spielte, fing sie am Eingang ab und drückte ihr einen Kuss auf den Mund. So viel Zeit musste sein.

»Dem Amerikaner, der gerade die Rechnung verlangt hat, hab ich von unseren Olivenbäumen erzählt. Er will tatsächlich fünf adoptieren.«

»Das glaub ich jetzt nicht.« Mamas Torten schienen Unmögliches möglich zu machen.

»Was mit Orangenbäumen geht, geht mit Oliven auch. Und die Leute wissen es zu schätzen, wenn klar ist, woher das Öl kommt«, erklärte Francesco ihr zwischen Tür und Angel.

»Il conto«, kam es erneut von einem anderen Tisch von drinnen. Dort war es ebenfalls rappelvoll. Julia eilte hinein. Die Hektik, wenn hier der Laden brummte, würde ihr sicher fehlen. Sie hoffte, dass ihre Mutter schnell eine Aushilfe fand. Für morgen hatte Julia sich bereits abgemeldet, denn sie erwarteten neue Gäste in der Pension. Und an wem blieb es wohl hängen, sich an den Computer zu setzen, um eine »Adoptionsseite« für Olivenbäume optisch schön ins Netz zu stellen? Endlich Bewegung in ihrem Leben, und auch noch in die richtige Richtung. Julia ging zur Kasse. Ihre Mutter nahm ihr das Tablett aus der Hand.

»Komm, das übernehme ich. Bist schon den ganzen Morgen wie ein Wiesel gerannt. Übernimm du die Theke«, sagte sie und reichte das Tablett mit dem benutzten Geschirr an Arturo weiter. Aus dem Bürgermeister in spe und offiziellen Leichenbestatter war ein Tellerwäscher geworden. So wie die beiden aneinanderklebten, brauchte Julia sich wohl keine Sorgen mehr in Sachen Aushilfe zu machen. Wahrscheinlich hatte er sich heute aber auch nur deshalb in die Küche verzogen, weil er es leid war, sich jedem zu erklären. Einigen Bürgern war übel aufgestoßen, dass sie am Eingang zum Rathaus ein gelbes Plakat begrüßt hatte, auf dem stand, dass Arturo nicht mehr kandidierte. Somit wurde die Wahl wieder einmal zur Farce, da es wie in den letzten Jahren nur einen einzigen Kandidaten gab, nämlich Gaspare. Mama hatte gestern noch naiv gefragt, ob so etwas denn nicht gegen die Wahlordnung verstoßen würde. Sie war noch nicht lange genug im Süden Italiens. Keine Wahl, keine Ordnung – wen kümmerte das schon? Hauptsache, die Menschen waren glücklich.

Epilog

Der Begriff »Idylle« entfaltete hier an diesem wunderschönen Ort seine volle Blüte, auch wenn Olivenbäume nur silbrig-grüne Blätter trugen. Emilia brauchte gerade eine kleine Verschnaufpause und genoss einen der neuen Liegestühle, mit denen man sanft wippen konnte. Arturo auch, wie er ihr nach ihrem weltmeisterschaftsreifen Wiener Walzer auf Dean Martins »That's Amore« gestanden hatte. Er war groggy wie Emilia. Der Song passte wie die Faust aufs Auge zu diesem Abend, denn Julia und Francesco waren das Sinnbild von amore, so oft, wie sie sich küssten. Auch andere Textstellen dieses Songs passten. Der Mond schien wie »a big pizza pie« am sternenklaren Himmel. Romantischer konnte eine Hochzeit kaum sein. Eigentlich hatten Julia und Francesco gar nicht vorgehabt, so schnell zu heiraten, doch sie waren nun einmal in Italien. Wenn jeder einen unentwegt darauf ansprach, wann denn endlich die Hochzeitsglocken läuteten und dass es doch höchste Zeit wäre, dann baute sich jede Menge Druck auf. Julias Bauch hatte sich ohnehin nicht mehr verbergen lassen. In einem Monat begann dann für Emilia die neue Lebensphase, die sich Omadasein nannte.

»Den beiden kann man ansehen, wie glücklich sie sind«, sagte Arturo, der genau wie Emilia seinen Blick auf Julia und Francesco gerichtet hatte, die sich händchenhaltend mitten im Trubel der

Hochzeitsgesellschaft offensichtlich pudelwohl fühlten. Das halbe Dorf schien da zu sein. Natürlich auch Gaspare und Camilla, die nun einen Grund mehr hatte, noch weit über neunzig zu werden, denn wer hatte schon das zum Greifen nahe Glück, Uroma zu werden?

»Lebenssatt ist Camilla jedenfalls nicht mehr.« Konnte Arturo etwa Gedanken lesen? Vermutlich war ihm ebenfalls aufgefallen, dass sie wie ein junges Ding ihr Tanzbein schwang, und das auch noch mit Gaspare. Dem hatte schon nach wenigen Takten der Schweiß auf der Stirn gestanden.

Emilia nahm noch einen kleinen Schluck vom gekühlten Weißwein und stellte ihn dann auf einem kleinen Tisch neben der Liege ab. Sie streckte sich wohlig und fing wieder an zu wippen. De luxe, superbequem und chillig. Zehn dieser Liegen standen mittlerweile unter leinenfarbenen Sonnensegeln, die auch einen Teil des beleuchteten Swimmingpools zierten. Und all das inmitten von alten Olivenbäumen, die sich hervorragend mit den modernen Elementen, die hier Einzug gefunden hatten, vertrugen und nachts sogar leuchteten. Das Licht der Solarlampen kroch von ihren Stämmen hinauf bis in die Kronen. Es sah faktisch jeden Abend so festlich aus. Und das Beste daran war: Die Bude war voll, und zwar jeden Tag. Ein Teil der Hochzeitsgesellschaft waren ihre Gäste. Jung und Alt tanzte auf der nun gepflasterten Piazza vor der alten Scheune oder stand am Büfett, das Julia auf der Terrasse angerichtet hatte. Gerade die älteren Dorfbewohner schienen es zu genießen, sich mit den Touristen zu unterhalten. Ein Anbau mit weiteren vier Zimmern war für das kommende Jahr geplant. Aus der Ferne sah Julias und Francescos kleines Paradies mit den vielen Lichtern bereits aus wie ein kleines Dorf, auch wenn ein Luxusresort daraus geworden war. So belebt musste es früher einmal in Piccolo Leone gewesen sein, überlegte Emilia, doch wer wusste schon, ob der Ort nicht eines Tages ebenso aufblühte.

»Wer hätte das gedacht, dass wir wieder Nachwuchs haben, Kinder, die hier aufwachsen«, sagte Arturo unvermittelt.

»Wenn Francesco und Julia sich ranhalten, aber ob Gaspare deswegen gleich die Schule wiedereröffnet?«, sagte Emilia augenzwinkernd.

»Du wirst sehen. Das Dorf wird sich so oder so in den nächsten Jahren beleben. Die Städte sind zu voll geworden, zu teuer. Die Menschen sind unglücklich, arbeiten nur noch, um sich das Leben in der Stadt überhaupt leisten zu können. Und hier? Hier kann man noch leben«, schwärmte Arturo.

»Ein Herr aus Mailand, der letzte Woche im Café war, will sich die Wohnung über dem Blumenladen kaufen und herrichten. Mit Dachterrasse«, erinnerte Emilia sich.

»Als Ferienwohnung?«

»Nein, er ist Übersetzer und kann von überall aus arbeiten. Ein Internetanschluss reicht ja. Er hat, glaube ich, auch einen Sohn.«

»Ich sehe es schon kommen ... Die Schule wird wieder aufmachen«, sagte Arturo voller Zuversicht.

»Ob wir das noch erleben? Vielleicht sollten wir uns sicherheitshalber auch einmal pro Woche in Sandras Hände begeben«, schlug Emilia vor.

Arturo sah an sich herab und tätschelte seinen Bauch, eigentlich auf die maximal drei Millimeter mehr Fleisch, die sich über seine Rippen gelegt hatten.

»Ich esse zu viel Kuchen«, stellte Arturo fest.

»Du musst ihn ja nicht essen«, erwiderte Emilia.

»Aber er ist unwiderstehlich.«

»Und ich dachte, du kommst jeden Tag meinetwegen.« Emilia tat so, als ob sie eingeschnappt wäre.

»Wo denkst du hin?« Emilia liebte Arturos Humor und sah ihm nun direkt in die Augen. Der Witz war, dass sie viel seltener Heißhunger auf ihre Torten verspürte. Vermutlich hatte sich ihre Geschmackssensorik umgestellt. Emilia musste sich eingestehen, dass seine Küsse besser schmeckten als jede noch so perfekte Sacher. Er sah das offenbar genauso, und keine zwei Atemzüge später berührten sich ihre Lippen.

Leseprobe

Tessa Hennig

Nie wieder Amore!

Küsse niemals einen Sizilianer

Seit sie Rentnerin ist, hat Moni Renner viel zu viel Zeit. Zeit zum Nachdenken über Vincenzo, ihre große Liebe von einst, und seinen plötzlichen Tod. Da erreicht Moni eine Nachricht von Lena, einer jungen Deutschen, die in Italien lebt. Von ihr erfährt sie Unglaubliches: Vincenzo ist gar nicht tot, sondern lebt als Orangenbauer auf Sizilien. Wie kann das sein? Moni ist empört und reist mit ihrem Enkel Jan nach Palermo. Gemeinsam mit Lena versuchen sie, Vincenzo zu finden und klappern jede Orangenplantage der Insel ab. Monis Engagement ruft aber nicht nur die Behörden, sondern auch windige Mafiosi auf den Plan. Doch zu Jans Überraschung kann Oma Moni es selbst mit dem furchteinflößendsten Mafiaboss aufnehmen ...

Italienischer Urlaubsspaß von Bestsellerautorin Tessa Hennig

Kapitel 1

Wenn der Weg zum Discounter zum Highlight des Tages wird, ist irgendetwas faul an deinem Leben. Faul ist gar kein Ausdruck. Es stinkt zum Himmel. Moni rümpfte prompt die Nase, als sie die ineinander verkeilten Kampfwagen neben dem Parkplatz erreicht und einen davon mit einer Euromünze von seiner Kette befreit hatte. Ab heute galt der neue Prospekt. Darin Waffeleisen für neunzehn neunzig. Moni brauchte eines, andernfalls wäre es ihr nie im Leben eingefallen, sich an so einem Tag mitten ins Kriegsgebiet zu begeben. Der Einkaufswagen hatte auch noch einen Rechtsdrall, was ihr prompt die linke Hüfte übel nahm. Und wenn schon. Bei Linksdrall würde sich das rechte Knie melden. Von wegen: »Mit sechsundsechzig Jahren, da fängt das Leben an.« Moni stieß in Gedanken an Udo Jürgens' Rentnerhymne einen abfälligen Laut aus, und zwar so laut, dass eine jüngere Kundin in unvorteilhaften Leggings meinte, er gelte ihr. Moni grinste verstohlen, denn es war bestenfalls mutig, mit derartigen Rettungsringen um die Hüfte Leggings zu tragen. Wenigstens hatte das junge Ding sicher noch keine Zipperlein und schien fit wie ein Turnschuh zu sein. Kein Wunder, wenn man von Mitte fünfzig noch meilenweit entfernt war. Um den Dreh machten sich nämlich die ersten Anzeichen des Alters bemerkbar. Runter von der Überholspur, keine Lichthupe mehr, das Tempolimit beachten.

Man hatte es ja nicht mehr so eilig. Moni erinnerte sich mit Wohlgefühl an diese Zeit. Einfach entspannter durchs Leben gehen. Da störte einen nicht einmal ein ständig nach links ausscherender Einkaufswagen. Heute schon. Moni hatte bereits Mühe, auf dem Parkplatz des Augsburger Stadtrand-Discounters nicht im Kreis zu laufen. Dann kam die Phase, strikt in der Mitte zu fahren, der Bequemlichkeit wegen. Man wusste, dass es die anderen nervte – na und? Ab sechzig war auch das zu stressig geworden. Immer schön rechts fahren, nachgeben, da man ja klüger war. Spätestens wenn man aber anfing, gelegentlich sogar mit der Standspur zu liebäugeln, und immer häufiger an die letzte Ausfahrt dachte, wurde einem klar, dass man mit sechsundsechzig eben nicht mehr »in Schuss« war, wie einem deutsches Liedgut von einem mittlerweile verstorbenen Österreicher glauben machen wollte. Eine Durchhalteparole aus den Siebzigerjahren, um fleißig bis zur Rente zu malochen, die goldenen Aussichten »noch lange nicht Schluss« vor Augen. Und wer hat dem Jürgens die Mär von reihenweise in Jungbrunnen plumpsenden Rentnern damals nicht abgekauft? Moni stieß gleich noch einen missmutigen Laut aus, der diesmal aber im Lärm des Supermarktgewimmels unterging. Vier ihrer besten Freundinnen hatten nämlich nicht einmal mehr ihren Rentenbescheid erlebt. Werner auch nicht, allerdings selbst verschuldet. Ein Apotheker sollte wissen, dass man Viagra nicht überdosiert, wenn man sich bei Calima heimlich in den Dünen von Gran Canaria mit einer drallen Spanierin vergnügt. Der nächste abfällige Laut blieb Moni im Hals stecken. Schon zehn Jahre her und trotzdem geriet das Blut in Wallung. Dass man anfing, über sein Leben ungesund exzessiv nachzudenken, müsste eigentlich im Beipackzettel zum Rentenbescheid stehen – die unerwünschten Nebenwirkungen und Risiken, wenn man auf einmal zu viel Zeit hatte und die Phase vorbei war, in der man sich jeden Morgen darüber freute, ausschlafen zu können, oder lang ersehnte Spaziergänge entlang des Lechs zu langweilen begannen.

Moni zückte ihren Einkaufszettel. Ablenken! Kuchen für Tanja stand ganz oben auf der Liste. Ungesundes Zuckerzeug, aber das Töchterlein braucht's. Dann war sie besser drauf. Ein gewichtiges Argument – im wahrsten Sinne des Wortes. Eine promovierte Apothekertochter müsste es eigentlich besser wissen und sich gesünder ernähren. Was soll's. Hauptsache, Tanja machte es glücklich.

»Na?«, gellte es von der Auslage mit den in Plastikfolie verschweißten glasierten Kalorienbomben. Die Gruber. Stammkundin. Kein Einkauf im Viertel, ohne irgendeinem Kunden über den Weg zu laufen.

»Geht so, und selbst?«, gab Moni mit dem jahrelang eingeübten Lächeln einer pensionierten Apothekerin zurück. Lieber Gott, mach, dass sie jetzt nicht anfängt, mir all ihre Beschwerden aufzuzählen – jahrelang ertragen. Moni mochte die Gruber nicht, vor allem ihre Hörigkeit Ärzten gegenüber. So manches ihrer Wehwehchen hätte man auch naturheilkundlich in den Griff bekommen, aber nein, sich lieber mit der eigenen Leber anlegen, sprich Tabletten in sich reinstopfen und auf den Rat einer erfahrenen Apothekerin pfeifen.

»Sie haben es gut. Ich hab noch drei Jahre«, lamentierte die Gruber in Anspielung auf Monis goldenes Rentnerdasein.

»Ach, die paar Jahre kriegen Sie auch noch rum«, erwiderte Moni und verkniff es sich, hinzuzufügen: »falls Sie sich bis dahin nicht mit Pharmaprodukten vergiftet haben«.

Die Gruber nickte einsichtig und zog mit aufgesetztem Lächeln in Richtung Wursttheke weiter. Halleluja! Jetzt aber mit Vollgas zu den Wühltischen, also mitten rein in die Kampfzone. Schon vernahm Moni von dort das erste empörte »Autsch!«. Ein zweites folgte auf dem Fuß. Wie an solchen Tagen üblich, hatten bereits zwei der Kampfwagen die Fersen der Vorderleute gerammt. Im Moment war man in der Nähe der Wühltische nur mit Springerstiefeln sicher. Moni beschloss daher, sich zunächst zu den Obst- und Gemüsetischen zu begeben – ihre Lieblingszone, da »gesund«. Heute im Angebot: sizilianische Blutorangen. Und wie die dufteten! Verführerisch. Unaufhaltsam setzte vor den prall gefüllten Obststeigen, die orangefarben leuchteten, eine sinnbetörende Lähmung ein. »Bella Sicilia«, pochte es vom Herzen bis hinauf zum Kopf. Rhythmisch und unaufhaltsam. Moni schloss augenblicklich die Augen, um sich diesem Duft hinzugeben. Sofort sah sie eine schier endlose Plantage vor sich, die saftig grünen Blätter ihrer Orangenbäume und darin Tausende von orangefarbenen Tupfern, über die sich azurblauer Himmel spannte. Moni seufzte. Wie gern hätte sie das wenigstens einmal im Leben »live« gesehen. Die plötzlich einsetzende Melancholie ließ sich nicht mehr abschütteln. Vincenzo! Schon stand er vor ihr. Moni spürte förmlich seine Nähe. Was für ein hübscher Mann: lockiges schwarzes Haar, wache blaue Augen, die stets nur auf sie gerichtet waren. Und dann noch sein unwiderstehliches verwegenes Lächeln, mit dem er ihr Herz im Sturm erobert hatte.

»Ti amo per sempre amore mio.« Seine rauchige Adriano-Celentano-Stimme hatte sie sofort im Ohr, und dann legten sich seine Lippen auf die ihren, ganz sanft und doch so fordernd. Moni japste nach Luft und suchte augenblicklich Halt am Obststand.

»Kann ich Ihnen helfen?«, tönte es aus dem Mund einer äußerst besorgt wirkenden uniformierten Angestellten. Nie waren sie da, wenn man sie brauchte. Heute schon.

»Mir ist nicht mehr zu helfen«, flüsterte Moni mehr zu sich.

Die Sorgenfalten der Verkäuferin glichen bereits einer Vulkankraterlandschaft. Um die zu glätten, sollte sie ihr halt in Gottes

Namen »helfen«, auch wenn hier normalerweise Selbstbedienung angesagt war.

»Vier Kilo von diesen Blutorangen. Ach was, geben Sie mir gleich sechs«, sagte Moni dann mit gefestigter Stimme, was ihr Gegenüber sichtlich beruhigte. Wenn sich Tanja heute mit Kuchen die Droge gab, dann gedachte Moni, sich mit einer Überdosis Blutorangen ins Reich der Träume zu schicken. Als Rentnerin hatte man ohnehin alle Zeit der Welt.

Lena konnte Emilia, der alten Gemüsehändlerin vom hiesigen Markt, nur recht geben. Der liebe Gott hatte wohl bei der Erschaffung der Welt mit Italien angefangen und sich dabei so verausgabt, dass er etwas müde gewesen war und den Rest seiner Schöpfung nur noch sporadisch mit atemberaubender Schönheit bestückte. Wenn ein Künstler ein Meisterwerk erschuf, wurde es zum Maß aller Dinge und konnte einfach nicht mehr übertroffen werden: Lenas Theorie – und bei einem ihrer letzten Einkäufe an Emilias Stand wohl so überzeugend vorgetragen, dass die Gemüsehändlerin sie sofort in ihr Herz geschlossen hatte.

»Du denkst schon wie eine echte Sizilianerin.« Wenn das mal kein Kompliment war, noch dazu für eine junge Deutsche, die noch gar nicht so lange hier war. Neuerdings griff Emilia Lenas Gedanken zur Erschaffung der Welt sogar auf, um vorbeischlendernden Touristen ihre Ware schmackhaft zu machen. Etwas Besseres als sizilianische Orangen und Limonen gab es demnach nicht. Das Gleiche galt natürlich auch für Pistazien, Oliven, Maronen, Maulbeeren, Feigen und Kapern, selbst wenn Letztere überwiegend von den Liparischen Inseln im Norden Siziliens stammten. Kundenfang auf Sizilianisch. Lena brauchte man allerdings nicht mehr einzufangen. Sie hatte sich bereits vor einem guten Vierteljahr unsterblich in Taormina, eine wahre Perle der sizilianischen Ostküste, verliebt. Es verging kein Tag, an dem sie nicht für mindestens ein Viertelstündchen auf der kleinen Steinmauer ihrer derzeitigen Behausung in der Oberstadt saß, um von dort hinab auf unzählige Dächer und blumengeschmückte Balkone des malerischen Orts und dessen Amphitheater zu blicken. Immer dann, im Angesicht solcher Schönheit, fielen ihr Emilias Worte wieder ein, wobei der liebe Gott zumindest in architektonischer Hinsicht nicht für das vor ihr liegende getupfte Landschaftsgemälde verantwortlich zeichnete, sondern die Baukunst der Menschen. Sie passte sich den Örtlichkeiten an. Die Häuser Taorminas wuchsen den steilen Hang hinunter bis zum Meer, an dessen Küste die Landstraße und die Bahnstrecke verliefen. Nirgendwo sonst auf der Welt hatte Lena ein derart intensives Meeresblau gesehen. Es schien von innen zu leuchten. An klaren Tagen wie heute konnte man sogar die grünen Hänge am Fuße des Ätna im Landesinneren erkennen und seinen Atem sehen. Es hingen meist Dampfwölkchen über seinem Schlot, fast so, als ob der Vulkan genüsslich eine Friedenspfeife paffte. Für die Sizilianer war der mit rund dreitausendvierhundert Metern höchste aktive Vulkan Europas eine gute Freundin, also erstaunlicherweise weiblich, geliebt für ihre Schönheit und gefürchtet wie eine launische Schwiegermutter, die ab und an grollte.

In nordwestlicher Richtung lag das italienische Festland, Kalabrien, um genau zu sein. Von dort gingen die meisten Fähren nach Messina, einem Ort im Nordosten der Insel und Ausgangspunkt für Tausende von Touristen, die während der Saison von Ostern bis in den Oktober Sizilien für sich entdeckten oder einfach nur Strandurlaub machten – sofern sie nicht per Flieger nach Palermo oder Catania kamen. Wie unromantisch! Lena musste beim Anblick einer der Fähren, die eine weiße Gischtspur im Meer hinter sich herzog, unwillkürlich schmunzeln, weil sie auf diesem Weg hierhergekommen war. Eigentlich hatte sie nur einen Strandurlaub geplant gehabt, einen Break nach Abschluss ihrer letzten Klausuren an der Uni, doch dann war alles ganz anders gekommen. Und der Grund dafür, zu dem eine feurig temperamentvolle Stimme gehörte, riss sie nun aus ihren Gedanken.

»Lena, mein Engel. Wo steckst du denn?«, tönte es vom Haus. Warum die gut zwanzig Jahre ältere Francesca sie gelegentlich Engel nannte, wusste Lena. Das lag an ihrem lockigen blonden Haar und angeblich an ihrer herzlichen Ausstrahlung, die ihr Francesca bereits bei ihrer ersten Begegnung auf der Fähre attestiert hatte.

»Ich komme gleich«, rief Lena in Richtung des in die Jahre gekommenen Hauses, für deutsche Verhältnisse fast schon eine Ruine, die Francesca von ihren Eltern geerbt hatte. Schon auf der Überfahrt hatte Francesca ihr von ihren Plänen vorgeschwärmt. Eine Sprachschule wollte sie hier aufmachen. Kein schlechter Gedanke. Idyllischer konnte ein Ort kaum sein. Unterricht im Freien, an der frischen Luft? Das war Francescas Idee, und eine gute noch dazu. Der riesige Garten würde es ermöglichen. Ihn zierten drei mächtige Palmen, zwei Gartenlauben und ein Pavillon, der von Sternjasmin umrankt war. Er spendete im Sommer Schatten. Kaum ein anderes Haus in dieser Gegend hatte so einen großen Grund, auf dem sogar noch ausreichend Platz für zwei Zitronen- und drei Orangenbäumchen in riesigen Lehmtöpfen war. Im April zog der Duft ihrer Blüten bis ins Haus, das mit Stuck und uraltem Mobiliar auf zwei Etagen nostalgischen Italo-Flair verbreitete.

»Die Leute lieben so was. Nur ein bisschen renovieren. Zu zweit schaffen wir das locker. Und ich kenne ein paar Handwerker hier. Freunde der Familie.« Francescas Worte. Die verrückte Nuss hatte sie tatsächlich nach nur einer Hausbesichtigung dazu gebracht, einzuschlagen. Mit Romanistik war sowieso kein Geld zu verdienen, und je länger Lena in Italien lebte, desto näher kam sie ihrem Ziel, eines Tages als Dolmetscherin zu arbeiten. Bei Francesca lagen die Gründe auf der Hand. Sie war sowieso schon Lehrerin, hatte aber keine Lust mehr, sich für wenig Geld mit den kratzbürstigen Jugendlichen an einem Gymnasium in Padua herumzuärgern, um ihnen Deutsch beizubringen. Lena konnte trotzdem immer noch kaum glauben, dass sie nun Francescas Geschäftspartnerin war – mit sich selbst als Eigenkapital nebst einem Zuschuss von ihrer Mutter, um sich die erste Zeit über Wasser zu halten.

»Hilfst du mir jetzt im Keller oder nicht?« Francesca ließ einem aber auch keine fünf Minuten Ruhe. Schon schleppte der Rotschopf eine Kiste ins Freie und stellte sie mit Geschepper und Getöse auf der gefliesten Terrasse ab.

»Meine Eltern haben mir nie etwas davon erzählt, dass sie den Keller zuletzt als Lager vermietet haben. Da steht so viel Zeugs rum, sogar Kisten von fremden Leuten«, echauffierte sich Francesca.

Lenas Neugier war geweckt, als sie die Kiste erreichte und einen ersten Blick hineinwarf.

»Von Fremden?«, hakte Lena nach. Ihr war das bisher noch gar nicht in den Sinn gekommen, weil sie von Francesca wusste, dass ihre Eltern früher einen Trödelladen hatten und naturgemäß alles Mögliche in solchen Läden verkauft wurde. Sie hatten sich allem Anschein nach aber auf Kleinmöbel und Lampen spezialisiert. Denn davon war der Keller voll.

»Ein Teil der Kisten ist mit Namen beschriftet. Und das andere Zeug … Meine Eltern hatten nie ein Grammofon, weder privat noch im Laden, und schon gar keine Schellackplatten … und das hier …« Francesca zog drei Filmdosen heraus. »Schmalfilme … Die haben nie gefilmt. Das wüsste ich. Am besten, wir hauen alles in den Müll«, fuhr sie fort.

Lena setzte schon dazu an, zu Francescas Wagen zu gehen, um eine Sackkarre zu holen, die sie heute Morgen im Supermarkt gekauft hatten. Doch dann fiel ihr Blick auf eine der runden Filmdosen, die aus Aluminium gefertigt schienen. Auch wenn es bereits verblasst war, konnte Lena darauf ein Herz erkennen. Jemand musste es vor Jahren mit einem wasserfesten Stift darauf gemalt haben. Sofort begann Lenas Herz heftig zu schlagen. Hinter dieser kühlen Schale aus Metall schlummerte sicher eine heiße Romanze.

»Von wem das wohl ist?«, sinnierte sie laut vor sich hin.

»Ist doch egal«, erwiderte Francesca mittlerweile etwas genervt, weil Lena generell dazu tendierte, sich jedes Fundstück näher zu besehen, um es ausgiebig zu bewundern.

Lena nahm die Filmdose an sich. Ihrer Breite nach zu urteilen musste darin ein Schmalfilm liegen. Vater hatte seine alten Super-8-Filme vor Jahren auf Video überspielen lassen, daher kannte sie das Format. Ein am Rand angebrachtes Klebeband hielt die beiden Dosenhälften zusammen. Die darauf angebrachte Schrift war noch heute zu lesen. »Chiemsee 1972«, murmelte Lena vor sich hin. Das weckte offenbar auch Francescas Interesse, denn wie um alles in der Welt kam ein mit einem Herzchen versehener Film, der offenbar am Chiemsee gedreht wurde, nach Sizilien?

»Ist wunderschön dort. Wir haben oft Ferien im Chiemgau gemacht. Vater liebte die Berge. Das war im Jahr, bevor er starb«, erinnerte Lena sich.

Francesca seufzte und begann dann, in der Kiste zu kramen.

»Mit 'nem Grammofon können wir die Filme jedenfalls nicht ansehen.« Francesca juckte es nun anscheinend auch in den Fingern.

»Ich war auch mal dort ... ein Ausflug mit einer meiner Klassen. Die wollten das nie fertiggestellte Schloss von Ludwig sehen. Herrenchiemsee«, erklärte sie.

»Kann man sich so einen alten Schmalfilmprojektor hier denn nicht leihen? Vielleicht in Palermo?«, wollte Lena wissen.

»Der alte Giuseppe ... Hatte früher mal ein Kino hier«, erwiderte Francesca nach kurzer Überlegung. »Wer weiß, am Ende ist es ja ein privater Porno aus den Siebzigern«, amüsierte sie sich.

»Dann wäre doch kein Herz drauf«, wandte Lena ein.

»Na, auf den Film bin ich jetzt aber gespannt.« So wie Francesca nun auf die Dose starrte, platzte sie gleich vor Neugier. Warum sollte es ihr anders ergehen als Lena? Hoffentlich konnten sie sich den Film ansehen.